Andrew Michael Hurley

Teufels Tag

Andrew Michael Hurley

Teufels Tag

Roman

Aus dem Englischen
von Yasemin Dinçer

Ullstein

Besuchen Sie uns im Internet:
www.ullstein-buchverlage.de

MIX
Papier aus verantwortungsvollen Quellen
FSC® C014496
FSC
www.fsc.org

Die englische Originalausgabe erschien 2017 unter dem Titel *Devil's Day* bei John Murray, London.

Die Arbeit der Übersetzerin am vorliegenden Text wurde vom Deutschen Übersetzerfonds gefördert.

ISBN: 978-3-550-05045-9

Innengestaltung: deblik Berlin
Gesetzt aus der Quadraat Pro powered by pepyrus.com
Druck und Bindearbeiten: GGP Media GmbH, Pößneck
Printed in Germany

Für Jo, Ben und Tom

Das Leben der Hirten lieferte das beste Beispiel für eine ehrliche Kameradschaft.
George Puttenham – Arte of the English Poesie

So schnell wie der Wind, und schon ist es geschehn,
Der Teufel von mir will zu dir übergehn.
Und erst wenn ich seh, ich bin wieder allein,
Dann weiß ich, der Teufel und ich waren eins.
Ein alter Reim aus den Endlands

Der Schneesturm

Eines Tages gegen Ende Oktober, vor etwas mehr als hundert Jahren, wollten die Bauern in den Endlands ihre Schafe von den Hochmooren zusammentreiben, wie sie es jeden Herbst taten. Doch in diesem Jahr, während die Hirten ein widerspenstiges Lämmerpaar aus dem Torfmoor zogen, tötete der Teufel eine der Auen und riss ihr den Schafpelz ab, um sich unbemerkt unter die Herde zu mischen.

Auf den Bauernhöfen im Tal huschte er dann von einem Haus zum nächsten, und da er zu listig war, um sich fangen zu lassen, offenbarte er sich nur in all dem, was er befiel. Er war die Made im Auge des guten Hundes, der Krebs, der die Keimdrüsen des Schafbocks verfaulen ließ, das Blut in der Milch für das Baby.

Die Geschichten drangen langsam durch das Tal bis zu den Bewohnern des Dorfes Underclough vor, die weder überrascht noch entsetzt darüber waren, dass jener heidnische Haufen in den Endlands vom Owd Feller heimgesucht wurde, unterdessen jedoch ihren Pfarrer aufforderten, etwas zu ihrem eigenen Schutz zu unternehmen. Aber dieser war alt und gebrechlich und wollte sich nicht allein mit dem Teufel anlegen, weshalb er den Bischof um einen Assistenten bat und damit einen Stellvertreter meinte.

Der Priester, der dann mit seinem Kruzifix und seinem Weihwasserwedel erschien, war ein junger Mann, der seinem

Ruf voller Skepsis folgte. Er beschloss, sich als Missionar zu verstehen, als Lichtbringer in diesem dunklen Tal. Diese Leute waren nicht besser als die leichtgläubigen Wilden in den Kolonien, die Geister in allem sahen, was sie umgab, von den Wolken bis zum Staub. Sie verdienten sein Mitleid.

Aber als er die Tiere vor seinen Augen verenden und das Blut aus der Brustwarze der Amme tropfen sah, da geriet sein Mut ins Wanken, und der Teufel brachte einen Schneesturm in das Tal, der tagelang andauerte.

Die kleinen Häuser im Dorf erstickten unter Schneewehen, die bis zu den Fenstern anstiegen, und die Holz- und Torfvorräte, die für den gesamten Winter hätten reichen sollen, waren schnell verbraucht. Von der eingeschüchterten Kirche auf der anderen Seite der Brücke ging kein Licht aus, und auf dem Friedhof wurden die Toten ein zweites Mal begraben, als eine größere Woge Schnee ins Tal hinab und über das Ackerland fegte. Mensch und Tier waren gezwungen, sich um dieselbe Wärme zu scharen. Ferkel und Jagdhunde schliefen auf den Kaminvorlegern. Der Widder dampfte in der Küche.

Die Tage wurden spät hell und endeten schnell, und die ersten Menschen starben. Zunächst die älteren Leute, die sich ihre Lungen in tomatenhautähnlichen Fetzen aus dem Leib husteten, dann die Kinder, die im Fieber verglühten.

Am schlimmsten, am allerschlimmsten war ihren Berichten zufolge jedoch, dass man unmöglich vorhersagen konnte, wen der Teufel als Nächstes heimsuchen würde. Er hinterließ keine Fußstapfen im Schnee, er klopfte nicht an die Tür. Es war, wie sie sagten, als wäre er die Luft an sich. Das Zeug, das sie einatmeten.

Die Dorfbewohner von Underclough gaben den Bauern in den Endlands die Schuld, und die Bauern begannen sich zu fragen, ob sie das Unheil tatsächlich selbst über sich gebracht hatten, ob es irgendein Zeichen gegeben hatte, das sie übersehen hatten und das nun eiterte wie eine offene Wunde. War nicht im Sommer eines Abends eine Dohle in das Haus der Curwens geflogen und hatte sich an den Wänden selbst zu Tode geschlagen? Hatten die Dyers-Kinder nicht auf dem Friedhof gesehen, wie ein Hase Knochen ausgrub? Dann war da noch jener warme Samstag im September gewesen, als Joe Pentecost, betrunken von Sherry und Stolz, sein Glas hatte fallen lassen, während er beim Hochzeitsessen seiner Tochter die Tischrede hielt. Sie hatten ihn alle ausgelacht, hatten ihm seinen Augenblick der Tollpatschigkeit verziehen und sich nichts dabei gedacht. Nun jedoch stritten sie über jenes Ritual, das das Unglück gemeinsam mit dem verschütteten Wein fortgewischt hätte. Allerdings konnte sich niemand mehr daran erinnern, was zu tun war, ihnen kamen lediglich Fragmente alter, mahnender Geschichten in den Sinn, die sie dazu brachten, ihre Katzen hinaus in den Schnee zu werfen und Salz auf ihre Treppenstufen zu streuen.

Was sie auch taten, am Ende bewirkte es nur wenig. In jenem Herbst starben auf den Höfen und im Dorf dreizehn Menschen. Ihre Leichname wurden in Decken gewickelt und in Scheunen und Hinterhöfen gelagert, bis sie in eine Erde hinabgelassen werden konnten, die weich genug war, um sie aufzunehmen.

Briardale Moss

Nein, erzähl mir eine andere Geschichte, sagt Adam. Die kenne ich schon.

Alle Geschichten aus dem Tal beginnen unweigerlich mit dem Teufel, entgegne ich.

Aber es muss doch welche geben, die ich noch nicht gehört habe, beharrt er. Du kennst Hunderte davon.

In den letzten paar Jahren habe ich mir einen Ruf als Geschichtenerzähler erworben, genau wie der Gaffer, mein Großvater. Allerdings gibt es einige Geschichten, die Adam nicht würde hören wollen. Die ich besser für mich behalte.

Komm schon, bettelt er. Erzähl mir eine aus der Zeit, als du so alt warst wie ich.

Später, sage ich. Wir sind schließlich hergekommen, um Schnepfen zu schießen, oder etwa nicht?

Er nickt auf seine seltsame Weise und streichelt Jenny mit einer Hand über den Rücken, während er mit der anderen meine Hand fest umklammert.

Du musst loslassen, Adam, ermahne ich ihn. Sonst können wir gar nichts tun.

Er lockert seinen Griff, bleibt jedoch dicht an meiner Seite, in Riechweite, und neigt den Kopf so, dass er das Schwappen des Sumpfwassers hören kann.

Es ist ein kalter Frühlingsabend, und der letzte Rest Tageslicht verschwindet langsam aus dem Moss, gleitet aus dem Tal hinauf auf die Hochmoore, weicht westwärts zurück in Richtung Meer. Die Abenddämmerung hat den Bergrücken bereits die Farbe genommen und das Geräusch des Wassers in Fiendsdale Clough anschwellen lassen. Irgendwo in der Dunkelheit strömt der Fluss gegen die Ufer, die er während der Stürme Anfang des letzten Monats geschaffen hat, und schlängelt sich bis hinein in die schwarze Masse von Sullom Wood. Die Luft fühlt sich an wie gehäutet. Aber Adam ist ein guter Junge und hat kein Wort darüber verloren. Wie alle Jungs in seinem Alter ist er stolz auf seine Tapferkeit. Etwas durchstehen zu können, ohne Tränen zu vergießen, ist eine Auszeichnung, die alle Söhne vor ihren Vätern tragen wollen. Aber ich weiß, dass er mich um Geschichten bittet, weil er abgelenkt werden möchte. Ich weiß, dass er sein Bestes gibt, seine Angst davor, so nah am Wasser zu sein, nicht zu zeigen.

Erinnerst du dich noch daran, was du zu tun hast?, frage ich, während ich erst eine, dann eine weitere Patrone in die Browning stecke, die Dadda mir vererbt hat. Die Doppelflinte mit dem Walnussschaft.

Jetzt?, fragt Adam.

Ich sage dir, wann.

Noch ein paar Jahre, dann hätte ich ihm beibringen sollen, wie man im Moss schießt. Ich selbst habe mit zwölf geschossen. Waldschnepfen und Tauben und Fasane. Sachen, die wir essen konnten. Adam wird natürlich niemals ein Gewehr abfeuern, aber das heißt nicht, dass er sich nicht nützlich machen kann. Er kann immer noch die Vögel aus ihren Verstecken aufscheuchen, er kann mein Treiber sein.

Mit dem Kolben an der Schulter vergrößere ich den Abstand zwischen uns, und als er meine Stimme weiter entfernt hört als erwartet, weiter entfernt, als ihm lieb ist, sagt er: Daddy, und streckt seine Hand nach mir aus.

Ich bin immer noch da, beruhige ich ihn. Dir passiert nichts. Du befindest dich noch nicht einmal in der Nähe des Wassers. Tu, was ich dir gesagt habe. Na los.

Er hält sein Gesicht noch einen Augenblick in meine Richtung gewandt und beginnt dann, in die Hände zu klatschen.

Eine Laune der Akustik lässt das Geräusch klingen, als käme es von den Bergrücken, sodass es uns die Vögel aus dem Unterholz entgegentreibt. Diesen Trick hat mir Dadda beigebracht, dem er vom Gaffer überliefert wurde, der ihn wiederum von seinem alten Herrn gelernt hat, und dieser von seinem, und so weiter, immer weiter zurück. Um ehrlich zu sein, würde es mich nicht überraschen, wenn schon seit Jahrhunderten Väter und Söhne hierherkämen, um sich in der Dämmerung zu verstecken und aus dem Schlagen der Flügel ihr Abendessen herauszuschießen.

Lauter, fordere ich, Adam nickt, und sogleich lässt das Echo die Krickenten und Austernfischer aus dem seichten Gewässer aufsteigen und klagend über unsere Köpfe eilen. Ein Reiher klettert gemächlich empor, dann platzen die Schnepfen aus den Binsen und schlängeln sich tief über dem Sumpfland, wobei ihr Spiegelbild im Wasser zu kleinen braunen Sensen verzerrt wird. Ich richte die Gewehrläufe etwas vor sie, verliere eine, die mit den sich verdunkelnden Schatten verschmilzt, und hole die andere mit dem zweiten Schuss herunter, als sie sich vor dem Weiß der Ebereschen in der Nähe des Tores zu erkennen gibt. Adams Schultern zucken beim Knall des Gewehrs, und die Schnepfe schreckt mitten im Flug auf und fällt in hohem Bogen irgendwo auf das Feld, das wir in diesem Jahr haben brach liegen lassen.

Halt sie fest, weise ich ihn an, und er packt Jenny fester am Halsband, ehe sie davonjagen kann, um den Vogel aufzusammeln. Sie muss sich ihre schlechtesten Instinkte abtrainieren.

Lass sie Sitz machen, Adam, sage ich, klappe das Gewehr auf

und schüttele die leeren Patronenhülsen heraus. Sie muss wissen, wer das Sagen hat.

Er fährt ihr mit der Hand über den Rücken und drückt ihr das Hinterteil nach unten. Mit einem Mal wird es noch dunkler, und ein stärkerer Windstoß biegt das Schilfrohr. Das Moss kräuselt sich. Jenny blinzelt und wartet.

Jetzt schick sie los, sage ich, und Adam macht das Geräusch, das ich ihm beigebracht habe, ein lautes Zungenschnalzen, und lässt Jenny laufen. Sie prescht davon, windet sich unter dem Weidentor hindurch, ganz berauscht von dem Geruch, und bringt den Vogel völlig zerfetzt zurück.

Adam kann sie hören und riechen, und sie presst ihre Stirn in seine Handfläche.

Lass los, befiehlt er ihr und berührt den Vogel in ihrem Maul. Als sie nicht gehorcht, versucht er, ihr die Finger zwischen die Zähne zu schieben.

Nein, sage ich. Auf die Nase.

Er drückt ihr eine Hand gegen die Wange und versetzt ihr mit der anderen einen zögerlichen Klaps, der sie jedoch nur knurren lässt.

Härter, sage ich. Sonst wird sie es nie lernen.

Ein kräftiger Schlag auf die Schnauze, und sie tut, was man ihr sagt. Beim nächsten Mal wird sie sich an den Schmerz erinnern. Sie wird ihn schon erwarten, wenn Adam nur die Hand erhebt, und das Maul öffnen, sobald er es ihr befiehlt. Sie ist ein schlaues Mädchen. Alles in allem sanft und gutmütig. Eher aus Enthusiasmus als aus Boshaftigkeit hat sie die Schnepfe geköpft.

Lass sie für die Dohlen zurück, Adam, sage ich. Wir haben genug.

Hand in Hand und bis zu den Knien mit Schlamm bespritzt folgen wir langsam dem Weg zurück zum Bauernhof, während Jenny vorausrennt, wartet, weiterrennt, hin- und hergerissen zwischen ihrem Gehorsam mir gegenüber und ihrem Bedürfnis, die Grenzen ihres Territoriums zu erschnüffeln. Adam trägt Daddas alte lederne Jagdtasche über der Schulter und kann es sich nicht verkneifen, seine Finger hineinzustecken und die Stockenten zu berühren, die ich zuvor geschossen habe. An ihren Federn klebt noch immer der Geruch ihres Blutes und der Geruch des Wassers. Wenn wir zurück auf dem Hof sind, werden wir die Kugeln herausholen und die Tiere über Nacht in die Spülküche hängen. Und dann habe ich Adam versprochen, ihm beizubringen, wie man sie ausweidet und für den Ofen vorbereitet.

Ist es jetzt dunkel?, fragt er. Es fühlt sich kälter an.

Fast, erwidere ich. Mam hat die Lichter angezündet.

Sind schon Sterne zu sehen?, möchte er wissen.

Ein paar, antworte ich. Orion. Der Große Wagen.

Er kennt ihre Umrisse. Ich habe seine Hand gehalten und sie mit seinem Finger nachgezogen.

Ist der Mond rund oder schmal?, fragt er.

Rund, sage ich. Vollkommen rund.

Ein aufgedunsenes, erstauntes Gesicht, wie das eines Toten unter Wasser.

Wo ist er?, hakt er nach.

Hinter uns, erkläre ich. Er steigt über den Drei Schwestern auf. Er verlängert unsere Schatten.

An einem anderen Abend hätte er noch ein Dutzend weitere Fragen gestellt, aber er ist müde, und jeder seiner Schritte über den Kies ist ungelenk, und zwar mit Absicht. Er würde es nicht zugeben, aber er möchte, dass ich ihn trage. Zumindest, bis wir den Asphalt erreicht haben.

Hier, sage ich, und drücke ihm das Gewehr in die Hand, um ihn abzulenken.

Er hängt es sich aufgeklappt über den Arm, obwohl es für ihn so schwer ist wie ein Paar Bleirohre, dreht das Gesicht meiner Stimme zu und grinst. Trotz allem hegt er keinen Zweifel daran, dass dies alles ist, was er sich wünscht. Im Augenblick seiner Geburt gehörte der Hof bereits ihm, genau wie er mir gehörte, als meine Mam mich auf die Welt brachte. Er spürt seine Großväter hinter sich und stellt sich seine Söhne vor, die vor ihm gehen. In seinem Alter ging es mir ganz genauso. Aber danach bin ich vom Weg abgekommen.

Dann erzähl mir eine Geschichte, sagt er. Erzähl mir eine über den Gaffer, nicht über den Teufel. Wir haben noch Zeit für eine, nicht wahr?

Das Problem dabei ist, dass in den Endlands eine Geschichte das Erzählen einer weiteren erfordert, und dann noch einer, und in jeder von ihnen spielt der Teufel seine Rolle.

Die Endlands

Ich hatte immer gewusst, dass der Tod des Gaffers plötzlich kommen würde, wie wenn eine Glühbirne durchbrennt und das Glas schwärzt. Dennoch war ich, als Dadda eines Abends anrief, um mir die Nachricht zu übermitteln, unwillkürlich schockiert darüber, dass er fort war. Schockiert und gefühlt auf einmal sehr weit entfernt von unserem Hof.

Damals lebte ich in Suffolk, war frisch verheiratet und unterrichtete an einer Jungenschule am Rande der Fens. Es war schwierig, öfter als zwei-, dreimal im Jahr zurück in die Endlands zu fahren, also packte ich meist dann mit an, wenn ein weiterer Helfer gerade am dringendsten benötigt wurde: beim Lammen zu Ostern, oder zur Ernte im Sommer, oder in der Herbstzeit, wenn die Schafe von den Hochmooren heruntergetrieben wurden. Als Dadda ein paar Tage vor den Oktoberferien anrief, waren Kat und ich tatsächlich gerade beim Packen gewesen, um hinaufzufahren und beim Abtrieb zu helfen. Und das würden wir natürlich immer noch tun, nur würde zuerst eine Beerdigung stattfinden.

So unglücklich die Umstände auch waren, freute Kat sich darauf, den Ort zu sehen, an dem ich aufgewachsen war. Da es dem Kindergarten in den Ferien stets an Personal mangelte, hatte sie mich noch nie zuvor in die Endlands begleiten können und die anderen Bauernfamilien, die Dyers und die Beasleys, erst einmal getroffen, am Tag unserer Hochzeit in jenem Juni. Wenn ich es recht bedenke, kannte sie Dadda damals auch noch nicht besonders gut. Nach unserer Verlobung waren wir ein paarmal hoch nach Derbyshire gefahren, um uns mit ihm zu treffen, wenn er gerade dort war, um ein paar Schafe zu verkaufen, aber es hatte sich immer nur um eine schnelle Tasse Tee und ein Sandwich zwischen den Auktionen gehandelt, und er und Kat waren nicht über Small Talk über den Hof oder über ihre Eltern hinausgekommen.

Er hatte sich zwar nicht dazu geäußert, aber er schien sie recht gernzuhaben. Nicht dass ich seinen Segen erbeten oder benötigt hätte. Nun, da ich die Endlands verlassen hatte, war die Wahl meiner Ehefrau für den Hof nicht mehr von Belang. Doch zumindest hatte er sich die Mühe gemacht, sie kennenzulernen.

Der Gaffer war natürlich nie mitgekommen, und Kat bekam ihn zum ersten Mal im Standesamt zu Gesicht. Doch als ich ihr erzählte, dass er gestorben sei, war sie so bestürzt wie jeder im Tal und fragte mich während der gesamten Zugfahrt nach ihm aus, voller Enttäuschung darüber, ihn nun niemals besser kennenlernen zu können.

»Tut mir leid, wenn ich dich bombardiert habe«, sagte sie, als wir bei der letzten Station mit einem dumpfen Geräusch zum Stehen kamen. »Ich bin einfach bloß neugierig.«

»Na ja, mach das nur nicht mit Dadda«, warnte ich sie. »Er wird nicht über ihn reden wollen. Er wird einfach nur ganz normal weitermachen wollen.«

»Ich weiß«, meinte Kat. »Ich habe das schon einmal durchgemacht.«

»Das hier ist etwas anderes«, entgegnete ich.

»Verleugnung ist nichts Ungewöhnliches, John«, beharrte sie, als wir auf den Bahnsteig hinaustraten. »Die kleine Emma Carter hat mindestens sechs Monate lang über ihren Vater gesprochen, als wäre er noch am Leben.«

Etwa ein Jahr zuvor war der Vater eines der Kinder in ihrem Kindergarten gestorben, und Kat hatte alles getan, um der Familie zu helfen, mit dem Verlust zurechtzukommen. Sie hatte sie bei der Organisation der Beerdigung unterstützt und für Mrs Carter Briefe an die Versicherung und die Bank geschrieben, doch vor allem hatte sie sich um die Arbeiten im Haushalt gekümmert, die in Trauerzeiten oft vernachlässigt wurden. Sie sorgte dafür, dass das Haus sauber war und dass alle gut aßen, sie brachte den Müll raus und fütterte die Katzen.

Sie hatte die Carters auf unsere Hochzeit eingeladen, diese waren aber anscheinend noch nicht ganz bereit gewesen für große gesellige Zusammenkünfte und hatten stattdessen eine Karte geschickt. Ein handgemachtes Ding, für dessen Zustellung der Briefträger klopfen musste. Ich war als Strichmännchen mit Zylinder gezeichnet worden, Kat hatte Flügel und einen Heiligenschein.

Im Vorfeld der Hochzeit war Kat jeden Tag mit zwei, drei neuen Kreationen nach Hause gekommen, die die Kinder ihr mitgebracht und deren Pfeifenreiniger und Glitzer und Voile-Streifen sich unterwegs gelöst hatten. Sie zeigten alle mehr oder weniger dasselbe – eine Kirche, Konfetti und eine große gelbe Sonne –, auf einem jedoch sah man ein kleines Mädchen weinen, während Kat und ich Händchen hielten.

»Was ist denn mit ihr los?«, fragte ich.

»Oh Gott, das ist Olivia Brown«, sagte Kat und blickte vom Zwiebelschneiden auf. »Ich musste mich heute Morgen eine halbe Stunde lang bemühen, ihr zu versichern, dass du mich nicht von hier fortbringen wirst.«

Insbesondere Mädchen wurden bei ihr wahnsinnig besitzergreifend, nachdem sie zuerst von ihrem hübschen Aussehen angezogen wurden, dann von ihrer schwesterlichen Zuneigung. Auf Kats Knie setzten sie sich, um zu weinen, in ihren Ärmel schnäuzten sie sich, ihr Haar flochten sie mit ihren marmeladeverklebten Fingern, an ihre Hände klammerten sie sich, wenn es Zeit war, nach Hause zu gehen.

Kinder rückten Kat rasch und intuitiv in den Mittelpunkt ihres Lebens, und auch wenn sie viel älter war als jene, um die Kat sich im Kindergarten kümmerte, hatte Grace Dyer bei unserer Hochzeitsfeier dasselbe getan. Sie war Liz' und Jeffs einziges Kind, zu jener Zeit tatsächlich das einzige Kind in den Endlands, und hängte sich im Nu an jeden, der ihr auch nur ein winziges bisschen Aufmerksamkeit schenkte. Den ganzen Abend über war sie Kat wie ein Schatten gefolgt. Sie hatten miteinander getanzt, die Luftballons hochgekickt, mit zwei Strohhalmen in einer Limonade dagesessen und einander ins Ohr geschrien, wenn die Musik zu laut war. Und als Kat genug von ihren Schuhen hatte und stattdessen auf verführerische Weise barfuß ging, durfte Grace sie für den Rest des Abends tragen, bis wir zum Hotel in der Nähe des Flughafens aufbrachen. Als sich alle vor dem »King's Head« auf der Straße versammelten, um uns zu verabschieden, war Grace diejenige, die am längsten winkte, während das Taxi davonfuhr.

»Ich hoffe, sie ist nicht zu enttäuscht«, sagte Kat. »Ich habe versucht, es ihr behutsam klarzumachen.«

»Was denn?«, fragte ich.

»Ich weiß nicht, weshalb«, erwiderte Kat, »aber das arme Ding schien zu glauben, wir würden nun, da wir verheiratet sind, auf den Hof deines Vaters ziehen.«

»Was hast du zu ihr gesagt?«, wollte ich wissen.

»Dass wir sie besuchen kommen, sobald wir können«, meinte Kat. »Was sollte ich denn sonst sagen?«

»Du weißt aber schon, dass sie dich beim Wort nehmen wird.«

»Das macht mir nichts aus«, behauptete Kat. »Sie ist einsam.«

»Wie ich höre, macht sie es sich selbst nicht unbedingt

leicht«, gab ich zu bedenken. »Sie ist nicht gut darin, dauerhafte Freundschaften aufzubauen.«

»Wie sie mir erzählt hat, wird sie in der Schule gehänselt«, erwiderte Kat.

»Sie weiß sich anscheinend zu wehren.«

»Sei nicht gemein, John. Dir ist doch dasselbe geschehen«, sagte sie. »Du weißt, wie schrecklich so etwas sein kann.«

Sie blickte aus dem Rückfenster und zupfte mit dem Daumen an den Zacken des Plastikkamms, den Grace ihr gegeben hatte. Es war ein Geschenk, das in den Endlands alle frisch verheirateten Frauen bekamen. Wenn Kat ihr Haar in der Hochzeitsnacht frei von Knoten halten konnte, würde sie noch vor dem Herbstmond schwanger sein.

»Ich dachte, wir wollten noch eine Weile warten?«, bemerkte ich und wies mit dem Kinn auf ihre Hand.

»Ich glaube nicht, dass Grace das zulassen wird«, erwiderte Kat schmunzelnd. »Sie will unbedingt, dass ich ein Baby bekomme.«

»Nur, damit sie etwas zum Spielen hat, wenn wir sie besuchen.«

Kat winkte ein letztes Mal, als das Taxi um eine Kurve fuhr. »Na ja, wieso auch nicht? Sie ist ein Schätzchen«, stellte sie fest. »Ich werde sie vermissen.«

Und das hatte sie.

Sie hatte Grace eine Postkarte aus Spanien geschickt und auf der langen, schweißtreibenden Busfahrt nach Granada entschieden, dass sie ihr bei ihrer nächsten Begegnung das Medaillon schenken würde, das sie an unserem Hochzeitstag getragen hatte – »etwas Altes«, das ihr ihre Mutter überreicht hatte, ehe sie sich im Standesamt auf ihren Platz setzte.

Doch nun brachte sie ein noch viel besseres Geschenk mit in die Endlands, und sie freute sich ganz besonders darauf, Grace die Neuigkeiten mitzuteilen.

Kats Eltern waren natürlich außer sich vor Freude gewesen, vor allem Barbara, aber ich hatte sie gewarnt, nicht zu erwarten, dass Dadda auf dieselbe Weise reagieren würde. Er würde keine Namen vorschlagen oder Pläne schmieden, das Gästezimmer mit Dschungeltieren zu bemalen.

Hier an der Endstation hingen die Wolken niedrig über den Hügeln, die hinter den Geschäften und Häuserreihen aufragten, und ein kalter Wind fuhr durch die Straße. Clitheroe war vom Tal aus die nächste Stadt, und im Sommer kamen Besucher hierher, um sich die Burg anzuschauen oder am Fluss entlangzuspazieren, doch in dieser Jahreszeit, zwischen dem Bimmeln des Eiswagens und der Weihnachtsbeleuchtung, lag eine Trostlosigkeit über dem Ort, vor der es kein Entkommen gab.

Kat saß mit ihrem kleinen Reisekoffer zwischen den Beinen auf einer Bank und hob die Zeitung auf, die neben ihr lag. Die Schlagzeile berichtete über zwei Kinder, die in einer Sozialwohnsiedlung in Burnley von Hunden angegriffen worden waren, das jüngere von ihnen erst ein Jahr alt. Auf dem Foto, das die erste Seite ausfüllte, hielt das kleine Mädchen ihren Bruder auf dem Knie, ihr Kinn auf seinem Kopf, während er mit einem Plastikdinosaurier spielte. Demzufolge, was ich entziffern konnte, schien die Polizei davon auszugehen, dass die Hunde absichtlich auf sie gehetzt worden waren.

Ohne etwas zu sagen, faltete Kat die Zeitung zusammen und legte sie dorthin zurück, wo sie sie gefunden hatte. Sie blickte die Straße hinunter und legte sich die Hand auf den Bauch. Nach und nach wurde es real.

Mit sechs Wochen war er – Kat wusste, dass es ein Junge werden würde – noch nicht größer als eine Erbse, hatte aber bereits so etwas wie Augen, eine Wirbelsäule, fleischige Knospen, aus denen Arme und Beine werden würden. In ein paar Monaten würde sie die ersten Bewegungen in sich spüren, und dann würde es nicht mehr lange dauern, ehe das Baby sich mit Fersen und Fäusten Geltung verschaffte.

Wir warteten, bis die Bahnhofsuhr die halbe Stunde überschritten hatte, und ich wollte gerade vorschlagen, um das Gebäude herum zur Bushaltestelle zu laufen und nachzusehen, ob es noch eine Verbindung hinaus ins Tal gab, als ich Daddas Land Rover die Straße heraufkommen hörte.

Ein kurzer Lichtstrahl, dann schwenkte er hinter eine Reihe von Taxen, während der Motor versuchte, unter der Haube hervorzuruckeln. Dadda besaß die Karre seit Jahren. Sie war älter als ich und pfiff aus dem letzten Loch, wie einer von jenen armen spanischen Packeseln, die Kat und ich gesehen hatten, wie sie übergewichtige Touristen hinauf zur Alhambra schleppten. Ein zersprungener Frontscheinwerfer wurde mit Tesafilm zusammengehalten, und die blaue Lackierung, die mich an Aktenschränke erinnerte, warf an den Rändern Blasen. Die Sparsamkeit hatte Dadda stets fest im Griff gehabt, und er mochte seinen Schrotthaufen zwar mit Ersatzteilen von Abbot's zusammenflicken, würde ihn jedoch nicht ersetzen.

»Entschuldigt«, sagte er, als ich die Heckklappe öffnete. »Ich war bei Halewood's. Du weißt ja, wie er ist. Man geht wegen einer Sache rein, und er versucht, einem zwei andre zu verkaufen. Ist genügend Platz?«

»Gerade so«, antwortete ich und quetschte meine Reisetasche und Kats Koffer zwischen die verbeulten Werkzeugkästen, allerlei Stiefel und Handschuhe, leere Futtersäcke, Ketten und Seile. Inmitten des Gerümpels saß wie immer der Mistgeruch, als wäre er ein zusätzlicher Passagier, und Kat tat, als würde sie ihn nicht bemerken, während sie sich neben mich hineinzwängte und die Tür beim dritten Versuch zubekam.

»Wie geht es dir, Tom?«, fragte sie und beugte sich über mich, um Dadda die Hand zu schütteln.

Sie kannte ihn besser, als sie behauptete, und wusste, dass eine Umarmung ihn in Verlegenheit gebracht hätte. In solchen Dingen war sie gut, Kat. Gut darin, Menschen zu durchschauen, zu wissen, wie man dafür sorgte, dass sie sich wohlfühlten.

»Bei mir ist alles in Ordnung, sobald es dem Bock besser geht«, antwortete er.

»Er ist also immer noch nicht gesund?«, hakte ich nach.

»Ich denke, er ist auf dem Weg der Besserung«, berichtete Dadda. »Aber es ist schwer zu sagen. Leith meint, ich solle ihn im Auge behalten.«

Und ich hatte keinen Zweifel, dass er genau das getan hatte, so wie ich Dadda kannte, wahrscheinlich einmal pro Stunde.

»Mum und Dad senden ihr Beileid«, sagte Kat. »Es tat ihnen so leid, das vom Gaffer zu hören. Er hat uns wirklich den Hochzeitstag gerettet.«

Allerdings erst, nachdem er ein paar Pints intus und aufgehört hatte zu schmollen. Dann war er nicht mehr zu stoppen gewesen. Noch um zwei Uhr morgens, als das Barpersonal bereits um die Gäste herum aufräumte, waren dank ihm alle am Singen gewesen. Er sei ein echtes Unikum, hatten die Leute gesagt. Jemand, den sie nicht so bald vergessen würden.

»Aye, na ja, die Menschen gehen halt, wenn's an der Zeit ist«, erwiderte Dadda. »Mehr gibt's dazu nicht zu sagen.«

Er warf einen Blick in den Rückspiegel und lenkte den Wagen dann vom Bordstein weg, während Kat mich ansah. Er war genauso, wie wir beide es erwartet hatten, und ich war froh darüber. Wäre er weinerlich und redselig gewesen, hätte ich nicht gewusst, was ich tun sollte.

Wir überquerten den Ribble über die Edisford Bridge und fuhren auf der langen, geraden Straße in Richtung Tal. Der Herbst war hier bereits in vollem Gange, und auf der stoppeligen Erde der Heuwiesen, die darauf warteten, gepflügt zu werden, wimmelte es von Krähen. Ahorn und Buchen fielen bei jedem Windstoß ein wenig mehr auseinander. Stehendes Wasser kräuselte sich. Jedes Feld war zurückgestutzt worden auf den ersten entscheidenden Schritt der Bewirtschaftung, und die Furchen der alten Wölbäcker erstreckten sich bis zu den Hecken und Buschwäldern.

Dies war die Landschaft, in die meine Gedanken wanderten, wenn ich in Churchmeads hinten im Klassenzimmer stand und mich nach den Ferien sehnte. Vor dem Tod des Gaffers war ich bereits seit einer Weile rastlos gewesen. Ich war nicht gerade unglücklich mit dem, was ich tat, denn die Jungs waren insgesamt angenehm und lernten eifrig, aber ich erwischte mich nun öfter bei Gedanken an die Endlands, als ich es gewohnt war. Ich war von dort fortgegangen, als ich kaum älter war als meine Jungs im dreizehnten Schuljahr, und während ich sie auf dem Schulhof belauschte, wie sie mit ihren erfundenen Eroberungen von Mädchen aus der Queen Mary's angaben, oder beobachtete, wie sie sich im Debattierclub Pickel ausdrückten, hatte sich bei mir das Gefühl eingeschlichen, diese Entscheidung getroffen zu haben, als ich noch überhaupt keine Ahnung vom Leben hatte. Wie jeder Jugendliche hatte ich es nicht erwarten können, dem Nest so schnell wie möglich zu entfliehen, ohne auch nur auf die Idee zu kommen, dass ich dafür unter Umständen einen Preis würde zahlen müssen. Aber als junger Mann hat man gewisse Vorrechte, nicht wahr? Egoismus. Ignoranz. Kurzsichtigkeit.

Falls Kat jemals ein ähnliches Verlangen verspürt hatte, ihren eigenen Weg zu gehen, so hatte sie es besser unterdrückt als ich. Sie war in Suffolk fest verwurzelt, genauer gesagt in ihrem kleinen Winkel von Suffolk. Sie stammte zwar nicht ursprünglich von dort (sie war in Harrow geboren worden, wo ihr Vater Vertretungspfarrer in der Holy Trinity gewesen war), hatte aber in Dunwick gelebt, seit sie elf war, und betrachtete die Felder mit ihren Constable-Quellwolken als ihre Heimat. Ihr gefiel es, dass sie dort *sehen* könne, sagte sie. Es sei nicht gut für England, dass so viel davon eingezäunt war.

Die klare Sicht ließ sich an der Anzahl der Kirchen ermessen, die wir vom Schlafzimmerfenster aus benennen konnten. Bei Regen erkannten wir lediglich den Sitz des Reverends auf der anderen Seite des Dorfes, aber an guten Tagen konnte unser Blick bis zum Feuersteinturm von St Hubert's schweifen, hinter dem der Horizont grau war, wo die ebene Erde ins ebene Meer überging.

Wenn die Sintflut käme, sagte ich, wären wir den Wellen ausgeliefert. Aber sie habe bereits Pläne geschmiedet, das Haus auf Pfählen zu erhöhen, erwiderte sie. Das werde nichts nutzen, entgegnete ich. Seit dem Schmelzen der Eisdecke, erklärte ich ihr, kippe das Land von einem Drehpunkt irgendwo in der Nähe von Derby aus, wobei der Norden ansteige und der Süden sinke. In zwanzig Jahren werde ich zur Arbeit rudern, sagte ich. Wir wandern lieber aus, solange wir noch können.

Ich nehme an, ihr war klar, dass die Scherze eine tiefer liegende Bedeutung verbargen, auch wenn sie mich niemals fragte, ob ich glücklich sei. Wahrscheinlich, weil sie wusste, wie die Antwort lauten würde.

Wann immer wir über das Tal sprachen, war es für Kat stets die Kulisse für einen Teil meines Lebens, der endgültig vorüber war. Etwas, das so eigentümlich und zauberhaft war wie die Vergangenheit. Ein Ort, an dem sie für alle Zeit eine Besucherin wäre, und glücklich darüber. Keiner, an dem sie sich vorstellte, jemals tatsächlich zu leben. Ich vertraute jedoch darauf, dass sie ihre Meinung ändern würde, wenn sie die Endlands das erste Mal mit eigenen Augen sah. Sie würde erkennen, dass die Gegend so kostbar war wie das Baby, das sie bei der nächsten Ernte im Arm halten würde.

Auf der ruhigen Landstraße gab Dadda Gas und klopfte mit seinem Ehering gegen das Lenkrad.

»Schau mal, ob du mein Feuerzeug findest, John«, sagte er, und als ich die alten Rechnungen und Einkaufstüten auf dem Armaturenbrett durchwühlte, stieß ich auf die Schachtel mit Hohlspitzgeschossen, die er bei Halewood's gekauft hatte.

»Herrgott, Dadda«, rief ich. »Was willst du denn mit denen schießen?«

»Ich habe Hirsche auf dem Moor gesehen«, erklärte er.

»Hirsche?«, fragte ich. »Bist du sicher? Ich dachte, die wären längst fort.«

Ich hatte seit dem Sommer, in dem ich die Dorfschule verließ, keine Hirsche mehr gesehen.

»Was ist denn schlimm daran, Hirsche auf dem Moor zu haben?«, fragte Kat. »Das verstehe ich nicht.«

»Sie dürfen nicht mit den Schafen in Kontakt kommen, Liebes«, erklärte Dadda. »Sie übertragen Krankheiten. Ich habe schon ein krankes Tier. Ich brauche nicht noch mehr davon.«

»Und was machst du dann?«, wollte Kat wissen. »Sie davonjagen?«

Dadda nahm das Feuerzeug von mir entgegen, das ich unter einem alten Päckchen Eukalyptus-Hustenbonbons gefunden hatte.

»Ich fürchte, es muss ein bisschen was Dauerhafteres sein, meine Liebe«, erwiderte er.

»Du meinst, du tötest sie?«

»Aye«, bestätigte Dadda. »Unserer Erfahrung nach funktioniert das am besten.«

»Gehören sie denn niemandem?«, fragte Kat.

»Und wenn schon?«, gab Dadda zurück. »Verschwinden müssen sie trotzdem.«

Er schaltete und schlug sich dann beim Husten mit der Faust gegen das Brustbein. Also hatten sich seine Lungen wieder gemeldet. Der Husten kehrte jedes Jahr um diese Zeit zurück, wie die isländischen Gänse, die sich auf dem Briardale Moss versammelten.

»Mit diesem Husten gehst du aber nicht hinauf aufs Moor, oder?«, fragte ich.

»Das klingt wirklich übel, Tom«, pflichtete Kat bei.

»Ich hatte schon Schlimmeres und hab's überlebt«, brummte Dadda.

»Trotzdem«, beharrte ich. »Du solltest lieber zum Arzt gehen. Du könntest doch sicher einen Termin morgen früh bekommen, vor der Beerdigung, oder nicht?«

»Ich habe zu viel zu tun«, wehrte er ab.

»Nun, vielleicht könnte John anrufen«, schlug Kat vor. »Er könnte den Arzt bitten, stattdessen zu dir zu kommen.«

Dadda warf ihr einen Blick zu und schüttelte leicht den Kopf. Er mochte Ärzte nicht besonders. Hatte es nie getan. Der einzige Arzt, der in letzter Zeit einen Fuß auf den Hof gesetzt hatte, war jener gewesen, der den Gaffer für tot erklärt hatte.

»Mir geht's gut«, versicherte er und zündete die Selbstgedrehte an, die hinter seinem Ohr gesteckt hatte.

Sein Haar und sein Gesicht hatten schon immer nach Tabak gerochen. Nach Tabak und Stroh und jener süßlichen Mischung aus feuchtem Ölzeug und Schweiß. Der Geruch war tief in ihn eingedrungen, und selbst wenn Dadda sich Hände und Gesicht mit dem Stück Karbolseife neben der Küchenspüle abschrubbte, dauerte es nicht lange, bis er wieder an seine Hautoberfläche stieg. Ich war stets überzeugt davon gewesen, dass ich ihn in einem überfüllten Raum innerhalb von einer Minute erschnuppert hätte.

Das Führerhaus füllte sich mit Rauch, und er hustete sich heiser, ehe er das Fenster herunterkurbelte. Er rauchte immer zu viel, aber um diese Jahreszeit schien er permanent eine Selbstgedrehte parat zu haben. Im Oktober begann der Fortpflanzungszyklus, und die Zukunft der Herde hing von so vielen Faktoren ab, die größtenteils außerhalb seiner Kontrolle lagen: Die Schafe mussten Frühling und Sommer überlebt haben, ohne im Sumpf zu versinken oder sich irgendwelche Krankheiten zuzuziehen, das Heu musste in der Scheune gereift sein, der Bock musste scharf und die Aue musste willig sein. Probleme, die er aus dem Weg schaffen konnte – wie etwa das Rotwild –, wurden so schnell wie möglich angepackt.

Er gab erneut ein bellendes Husten von sich, und Kat stieß mich an. Weitere Überredungsversuche, sich an einen Arzt zu wenden, hätten jedoch nichts bewirkt. Das Tal ließ friedfertige Menschen stur werden, so wie es alternde Menschen noch älter machte. Ganz besonders im Herbst.

Ich habe es selbst in diesen letzten paar Jahren am Devil's Day und beim Abtrieb gemerkt. Adam lacht mich aus, wenn meine Schulter knackt, und nennt mich Opa. Ich mache mir Sorgen um die Knorpel. Ich lese die Etiketten auf den Tuben mit Salbe in der Hoffnung, dass sie ihre Versprechen einlösen. Es gibt Schmerzen und Leiden, die immer wieder zurückkehren, als wollten sie irgendetwas von mir. Beim Gaffer war es ganz genauso gewesen.

Als ich klein war, ließen Kälte und Feuchtigkeit seine Beine manchmal so steif werden, dass er im Bett bleiben musste und man mich mit heißem gesüßten Tee zu ihm hinaufschickte, den er mit einem Schluck Scotch aus der Flasche unter seinem Kopfkissen versetzte.

»Gib mal deine Hand, Johnny, mein Junge«, sagte er, als er sah, wie ich nach seiner Verletzung Ausschau hielt, und klemmte sich die Kippe in den Mundwinkel, während er sein Hemd aus der Hose zog.

»Fühl mal«, forderte er mich auf und drückte meine Finger gegen seine Hüfte. Wenn er das Bein bewegte, knirschten Gelenkkopf und -pfanne, als wäre Sand dazwischengeraten.

»Was ist da passiert?«, fragte ich.

»Ein Bock hat es gebrochen«, erklärte er mit im Mundwinkel wackelnder Kippe. »Der hatte einen Schädel wie eine verfluchte Abrissbirne. Einen Bock darfst du niemals aus den Augen lassen, Johnny, mein Junge.«

Der Gaffer hatte mehr abbekommen als irgendjemand sonst im Tal. Nicht notwendigerweise durch Leichtsinn, obgleich auch ein, zwei Narben die Resultate lautstarker Nächte im »Croppers' Arms« waren, sondern weil er noch einer Generation angehörte, die mehr mit den Händen arbeitete als mit Maschinen. Er fällte die Eschen im Buschwald mit einer Axt. Er benutzte die Handscheren, die sein Vater, Joe Pentecost, einst verwendet hatte und deren Klingen noch nach hundert Jahren steif federten. Und schon bald nach seiner Hochzeit musste er seinen Ehering an der rechten Hand tragen, nachdem der größte Teil seines heiligen Fingers, wie er ihn nannte, von einer der übellaunigen Säue der Beasleys abgebissen worden war.

Der Lauf der Natur hatte den Ring irgendwann wieder zum Vorschein gebracht (wenn auch nicht die Fingerknöchel), und er hatte ihn unter dem Wasserhahn auf dem Hof abgespült und wieder übergestreift.

»Das ist ja schrecklich«, sagte ich.

»Deine Großmutter hätte noch Schlimmeres angestellt als das Schwein, wenn ich ihn nicht gefunden hätte«, erklärte er.

Ich hatte Oma Alice nie kennengelernt, da sie lange vor meiner Geburt starb, aber nach allem, was ich gehört hatte, war sie die Einzige, die den Versuch unternahm, den Gaffer an der kurzen Leine zu halten. Eine echte Hochlandfrau. So hart wie Horn.

»Du wirst auch einmal solche Hände haben, Johnny, mein Junge«, sagte der Gaffer. »Und wenn du sie dir anschaust, wirst du sagen können, dass du hart gearbeitet hast.«

Das wünschte ich mir mehr als alles andere. Ich wollte Hände, die sich von denen der Kinder unten im Dorf unterschieden. Ich wollte Finger ohne Nägel, Schwielen entlang meiner Herzlinie, einen Daumen, der beim Bewegen knallte wie eine Spielzeugpistole, Knochen, die Geschichten erzählen konnten. Bis ich auf die Oberschule kam, hatte ich bereits drei gute Narben: eine zwischen Zeigefinger und Daumen, eine über meiner Augenbraue von Lennie Sturzakers Faust und eine am Ellbogen, die ich nur im Spiegel sehen konnte.

Kat blickte aus dem Fenster, während sie mit dem Daumen über die Schwielen fuhr. Sie hatte meine Hände immer gemocht. Kurz nach unserer ersten Begegnung hatte sie sie Millimeter für Millimeter untersucht wie eine Handleserin und hatte in den Falten und Verletzungen irgendetwas gefunden, das ihr eine glückliche Zukunft versprach.

Für heutige Verhältnisse schienen wir wohl ziemlich schnell geheiratet zu haben: Weniger als achtzehn Monate verstrichen zwischen unserer ersten betrunkenen Begegnung auf Amanda Stewards dreißigstem Geburtstag bis zum Austauschen der Ringe. Aber es fühlte sich damals nicht überstürzt an, und wenn irgendeiner unserer Freunde anderer Ansicht war, so behielt er es für sich. Es schien für uns einfach keinen Grund zum Warten zu geben. Ein oder zwei weitere Jahre hätten uns nicht sicherer werden lassen in dem, was wir wollten. In den letzten paar Monaten war mir allerdings irgendwann Kats Blick aufgefallen, wenn wir zufällig an einer Hochzeit vorbeikamen. Denselben Blick, mit dem sie nun, als wir durch den kleinen Weiler Whitewell fuhren, zusah, wie jemand vor dem überdachten Kirchhoftor Konfetti und Blätter davonfegte.

»Wie hübsch«, sagte sie.

Diesen Tonfall des Bedauerns hatte sie von ihrer Mutter übernommen, die die gesamte Zeremonie damit verbracht hatte, sich zum Lächeln zu zwingen, während sie daran dachte, dass Kat – um Himmels willen, die Tochter eines Pfarrers –

begleitet vom Anschwellen der Orgelmusik und vom Echo alter Steine zum Altar von St Leonard's hätte schreiten sollen, statt sich mir in einem Rathaus neben dem Co-op hinzugeben.

Natürlich glaubte sie, ich wäre bei der ganzen Angelegenheit der verderbliche Einfluss gewesen, und konnte (oder wollte) nicht sehen, dass auch sie selbst dazu beigetragen haben mochte.

Kaum hatten wir unsere Verlobung verkündet, hatte Barbara begonnen, den Hochzeitstag zu planen, und um zumindest teilweise die Kontrolle zurückzuerlangen, hatte Kat ihr eines Tages am Abendbrottisch erklärt, dass sie sich keine Gedanken mehr um die Auswahl der Kirchenlieder oder Bibelstellen zu machen brauche, da wir uns bereits mit dem Standesbeamten im Rathaus in Verbindung gesetzt und ein Zeitfenster für den fünften Juni reserviert hätten. Ein Zeitfenster? Das Wort blieb Barbara im Hals stecken. Wir hatten ein Zeitfenster reserviert? Es klang, als hätten wir anstelle der Hochzeit eine Stunde Skiunterricht gebucht.

Sie weinte sich durch das Clafoutis, das sie zum Nachtisch gemacht hatte, und dann während der nächsten sechs Monate immer wieder, bis das Taxi sie und den Reverend abholte, um sie zum Standesamt zu bringen. Nach außen versicherte Kat bis zuletzt, dies sei genau das, was sie wollte, doch als wir auf den Lederbänken darauf warteten, dass wir an der Reihe waren, konnte ich ihren Wunsch spüren, sie hätte nicht ausgerechnet diesen Kampf ausfechten wollen. Um ehrlich zu sein, denke ich, sie hätte alles dafür gegeben, in einer Kirche zu heiraten. Spitze, Glocken, ein Chor in Halskrausen. Das volle Programm.

»Du und Mrs Pentecost habt in der Kirche geheiratet, nicht wahr?«, fragte sie Dadda.

»Aye, meine Liebe«, antwortete er.

»Im Dorf?«

»In St Michael's, aye«, bestätigte Dadda.

»John hat mir Bilder von seiner Mum gezeigt«, fuhr Kat fort. »Sie war wunderschön.«

Das war sie nicht. Nicht schön im eigentlichen Sinne. Aber Dadda verzog die Mundwinkel zu einem schiefen Lächeln und richtete dann den Blick wieder auf die Straße.

Kat wollte noch etwas hinzufügen, verstummte jedoch plötzlich, als wir aus dem Schatten der Bäume fuhren und zu unserer Linken die Schlucht sichtbar wurde. Außer einer hauchdünnen Absperrung aus Draht und Wollbüscheln gab es nichts, das einen Wagen davon abhalten würde, in den weißen Strom hinunterzustürzen. Dadda war diese Strecke jedoch bereits bei jedem Wetter, zu jeder Tages- und Nachtzeit gefahren, und nahm die Kurven völlig unbeeindruckt von dem Abgrund.

Je höher wir stiegen, desto stärker wehte der Wind, und ich spürte, wie Kats Griff um meine Hand fester wurde. Als wir Syke House erreichten, das düstere Herrenhaus aus rotem Backstein, das zurückgesetzt von der Landstraße inmitten von Rosskastanien stand, war der Wind zu einem Sturm angewachsen und fegte Äste und Blätter über die Cutting, wie die Straße ab hier genannt wurde.

Für etwa drei Meilen wand sie sich nordwärts durch die Hügel, bis sie Wyresdale erreichte und von dort aus abfiel in Richtung weiterer Marktflecken und der Nebenstraßen, die zu den Häfen an der Küste führten. Eine Route für Packpferde, die seit Jahrhunderten bestand, auch wenn der Abschnitt durch die Hügel rau und schlammig war.

»Ach, aber Menschen sind wie Wasser, Johnny, mein Junge«, hatte der Gaffer gesagt. »Sie werden sich immer einen Weg hindurch suchen. Ganz gleich, was sich unter ihren Füßen befindet.«

Die Straße war stets dem Wetter ausgesetzt gewesen, und er erinnerte sich noch an jene Zeit, als die Cutting nicht mehr als ein Feldweg gewesen war, der im Herbst weich wie Butter wurde und im Sommer Staub aufwirbeln ließ, der ihr Dahinschlängeln in einem dichten braunen Nebel anzeigte. Bereits nach einem kurzen Regenschauer strömte die oberste Schicht davon wie ein Fluss, und die Pferde mussten sich meilenweit bis zu den Knien versunken voranschleppen und ihre Wagen wie Schlitten hinter sich herziehen. In den schlimmsten Wintern konnte das Tal tagelang abgeschnitten sein. Nach dem Schneesturm dauerte es Wochen, ehe irgendjemand hinein- oder herauskam. Bis dahin war das, was dort geschehen war, was der Teufel getan hatte, bereits zu einer Legende geworden.

Bis zum heutigen Tag zeigt kein Straßenschild das Dorf Underclough oder die paar Häuser der Endlands an. Wer ins Briardale Valley kommt, der weiß, wo sie sind, und wenn ein Fremder um eine Wegbeschreibung bittet, dann wird ihm erklärt, er solle zwischen dem Schlachthof und den drei Buchen abbiegen, die diesen Teil der Straße dauerhaft in Schatten hüllen.

Jede von ihnen war bestimmt fünfundzwanzig bis dreißig Meter hoch, massig und verdreht, sogar schon zu Joe Pentecosts Zeiten alt, wie der Gaffer mir stets erklärte. Er hatte ihnen auch Namen gegeben.

»Aber wenn ich sie dir einmal in den Kopf setze, Johnny, mein Junge, dann darfst du sie nicht mehr dort rauslassen«, ermahnte er mich. »In solchen Sachen sind Bäume eigen.«

Ich hatte mein Wort gehalten. Ich hatte sie niemandem verraten. Nicht Dadda. Nicht Kat. Ich habe sie noch nicht einmal Adam verraten, der sich mit seinen zehn Jahren, dem Alter des neugierigen Nachbohrens, an diesem Wissen ergötzen würde. Vielleicht würden die Namen etwas heraufbeschwören, das ihm dabei helfen mochte, sie sich vorzustellen. Ich meine, was glaubt er, wie ein Baum aussieht? Wie kann er sich ihre Höhe ausmalen? Ich habe ihn einmal hochgehoben und auf einen Ast gesetzt, von wo aus er gelauscht hat, wie der Wind durch die obersten Zweige wehte, aber für ihn könnte der Baumstamm, den er berührt, ebenso gut bis in die Wolken emporsteigen, wie die Bohnenstange im Märchen.

Von der Einmündung in das Tal sind es noch mindestens zwei Meilen bis Underclough, und zunächst ist nicht viel zu sehen. Hier und dort eine kaputte Mauer. Der hölzerne Anhänger, der seit Jahren vor sich hin fault. Es ist so wenig los, dass ein Wiesel in aller Ruhe die Straße überqueren kann. Das Gras und das Farnkraut werden niemals geschnitten oder gestutzt und jedes Jahr dichter, gemeinsam mit den Brombeersträuchern und dem Riedgras.

Kat blickte aus dem Fenster, während die Wolken über die Felsen zogen wie der Rauch eines Schlachtfelds und dabei die Stechpalmenbüsche und die Ebereschen, die in den Spalten wuchsen, verhüllten und wieder zum Vorschein brachten. Es regnete zuerst nadelfeine Tropfen, dann strohhalmdicke, und Dadda ließ die Scheibenwischer in einem zitternden Bogen loslegen.

Die Landstraße näherte sich dem Fluss Briar, der reißend aufblitzte, und hielt sich dann den ganzen Weg bis zum Dorf nah am Ufer. Als die ersten Gebäude auftauchten, konnte ich Kats Enttäuschung spüren. Sie hatte sich wahrscheinlich vorgestellt, Underclough würde sich in das Tal schmiegen und nicht dunkel und beengt daliegen wie etwas, das tief unten in einem Sack steckte. Sie hatte auch nicht erwartet, dass es so überwuchert sein würde, oder so laut vom Wasser, oder dass die Bergrücken darüber zu steil wären, als dass irgendetwas einen langen Schatten werfen könnte.

»Es ist wirklich ganz hübsch, nicht wahr?«, fragte sie, obwohl sie für Dadda nicht höflich zu sein brauchte. Er hätte als Erster zugegeben, dass der Ort heruntergekommen und gottverlassen war. Der Weg war mittlerweile voller Schlaglöcher und mit Gras überwachsen, und die alte Wollmühle auf der anderen Seite des Flusses – *Arncliffe's* für alle im Tal – stand seit der Kindheit des Gaffers leer. Sie hatte einst als bescheidenes Hausgewerbe begonnen, und auch wenn das Hinzufügen von Weberhütten und einem zusätzlichen Stockwerk durch nachfolgende Generationen sie in das größte Gebäude Underclonghs verwandelt hatte, sah sie unter den Bergrücken immer noch klein aus.

»Oh, das ist aber wirklich schade«, rief Kat aus, als sie über den Fluss spähte. »Ich hätte die Mühle zu gern in Betrieb gesehen.«

Dafür war sie allerdings über achtzig Jahre zu spät gekommen. Die Hütten hatten seit dem Ersten Weltkrieg nichts mehr produziert, als sie meterweise khakifarbene Serge und dicke, robuste Decken für die Militärkrankenhäuser ausgespuckt hatten. In den folgenden Jahren, als die Hälfte der Arbeiterschaft tot war und die Länder des Empires über billigere Arbeitskräfte und eigene Webstühle verfügten, geriet die Firma, der die Mühle gehörte, in eine Krise und ging Konkurs. Irgendwann in den Zwanzigern war das Dach eingestürzt und der Giebel, in den der Name Arncliffe eingraviert war, lag in Trümmern auf dem Boden.

Seitdem hat die Mühle meines Wissens ein halbes Dutzend Mal den Besitzer gewechselt, und hin und wieder gab es Pläne, das Grundstück einzuebnen und Häuser darauf zu errichten. Oder, als es in jüngerer Zeit modern wurde, in Industrieruinen zu wohnen, das existierende Gebäude in Wohnungen umzuwandeln. Doch nichts davon wird je in die Tat umgesetzt, und Jahr um Jahr verfällt es mehr. All seine Fenster sind nun mit Stahlplatten vernagelt, doch als damals der Gaffer starb, waren sie offen den Elementen ausgesetzt, nachdem die Kinder aus dem Dorf eins nach dem anderen eingeworfen hatten.

Unter seiner drohend aufragenden Präsenz hatte der Fluss die Farbe von Whisky und war an den Ufern bedeckt von Nesseln und Bärenklau, die wie jedes Jahr im Sommer außer Kontrolle geraten waren und den Mühlgraben überwuchert hatten. Das Bauwerk aus Backstein war nun im Verfall begriffen und von grünem Moos überzogen, hatte jedoch einst einen Teil des Wassers abgezweigt und steil hinabfallen lassen, um damit das Rad anzutreiben, das zwar noch intakt war, an dem sich nun allerdings lediglich die Abfälle sammelten, die der Fluss anschwemmte oder was die Dorfbewohner hineinwarfen. Jahrzehnte des Verschlammens hatten den Wasserspiegel ansteigen lassen, sodass die Stufen rasch in einer abgestandenen Brühe verschwanden, in der Zweige und Blätter, Bierdosen und Chipstüten hin und her schwappten. Ich hatte mich stets vom Fluss bei Arncliffe's ferngehalten. Wenn man einmal hineinfiele, hätte man Mühe, wieder herauszukommen. Hände und Füße würden am glitschigen Mauerwerk keinen Halt finden. Und mit seinem letzten Atemzug würde man den Mund voll mit Zigarettenkippen und Hundescheiße bekommen.

Ich hatte Kat nichts davon erzählt – warum sollte sie es auch wissen wollen? –, aber in jenem Sommer, als ich die Grundschule verließ, wurde dort eines Nachmittags Lennie Sturzaker im Unrat treibend gefunden.

Gemeinsam mit vielen anderen meiner Klassenkameraden hatte er in der New Row gelebt, einer Häuserzeile aus achtzehn Arbeiterhäusern auf dieser Seite des Flusses. Wie alles, was hier im Tal gebaut worden war, bestanden die Häuser aus braunen, rußigen Backsteinen, die sich durch die feuchte Luft noch dunkler färbten. Allerdings waren die Arncliffes fortschrittlich eingestellt gewesen und hatten hinter jedem Häuschen einen kleinen Garten eingeplant, damit die Mühlenarbeiter ihr eigenes Gemüse anbauen und einen Obstbaum einpflanzen konnten. Ein paar der Flächen wurden noch immer auf diese Weise genutzt, viele waren jedoch ungepflegt oder mit Steinplatten bedeckt, und zwar anscheinend nur, um rostenden Motorrädern und kaputten Öfen einen festen Untergrund zu bieten.

Ein permanenter Geruch nach Kohlefeuern hing hier in der Luft, und der Rauch aus den Schornsteinen stieg durch den Regen auf und verfing sich als aschiger Nebel in den Bäumen. An Tagen wie diesen wurden die Straßenlaternen früh angezündet, und die Leute blieben in ihren Häusern, überließen das Dorf den Dohlen, die seit jeher in großer Anzahl hier nisteten und noch mehr Lärm machten als der Fluss.

Ein paar von ihnen flatterten nun von der Brücke auf, als Dadda auf sie zufuhr, und flogen davon bis zum Dach von Beckfoot's. Mit ihrem Erkerschaufenster und ihrem hammelfarbenen Glanzanstrich hatte sich die Metzgerei kaum verändert seit jener Zeit, als ich den Gaffer dorthin begleitete, wenn er Fasane oder Schnepfen zu verkaufen hatte. Er bekam nie besonders viel für die Vögel, gerade genug für ein paar Runden Gin Rummy am Samstagabend im Pub, aber es war eine gute Ausrede, um bei Alun Beckfoot nachzubohren, was es mit dem Dorfklatsch auf sich hatte, der seinen Weg hinunter in die Endlands gefunden hatte. Wer dieses oder jenes getan hatte. Wer im »Cropper's Arms« gesehen worden war. Wer aus dem letzten Loch pfiff. Wer sich immer in der Hausnummer acht aufhielt, wenn ihr Ehemann Nachtschicht hatte. Wenn sie mir während ihres Gespräches einen Blick zuwarfen, war dies der Hinweis darauf, dass ich nicht zuhören sollte, und so wanderte ich ans andere Ende der Ladentheke, um zu beobachten, wie die Beckfoot-Brüder im Vorbereitungsraum hinter den durchsichtigen Plastikstreifen hackten und schnitten. Sie taten alles in einer solchen Geschwindigkeit, dass kaum zu verstehen war, wie sie es auch nur eine Minute lang hinbekamen, sich nichts Lebenswichtiges abzusäbeln. Doch nie sah ich ein Mitglied der Familie Beckfoot blutend oder mit einem Verband. Insbesondere Alun hatte Hände, die nicht aussahen, als hätten sie sich jemals auch nur in der Nähe eines Fleischerbeils oder einer Knochensäge befunden. Im Grunde hatte er Frauenhände. Blass und unbehaart, mit schlanken Fingern, die besser zu einem Klavierspieler gepasst hätten. Ihre Makellosigkeit war angesichts seiner Sehschwäche ganz besonders erstaunlich. Aber ich schätze, ein tollpatschiger Metzger bleibt wohl einfach nicht allzu lange Metzger – und vielleicht hatte ihn sein Leiden dazu gebracht, mit den Messern doppelt aufzupassen.

»Er hat das Lamm für Devil's Day bekommen, nicht wahr?«, fragte ich, während ich beobachtete, wie Beckfoot das Schild an seiner Tür von GEÖFFNET zu GESCHLOSSEN umdrehte, und Dadda nickte.

»Aye«, sagte er. »Der Gaffer hat es letzte Woche runtergebracht.«

»Ich hatte noch nie vom Devil's Day gehört, bevor ich John kennenlernte«, bemerkte Kat gegenüber Dadda.

»Nun ja, nein, wie denn auch«, erwiderte er.

»Und wie ich höre, spielt Bill dann auf der Geige«, fügte Kat lächelnd hinzu. »Aus irgendeinem Grund kann ich ihn mir nicht dabei vorstellen.«

»Von uns allen wird erwartet, dass wir etwas vortragen«, sagte ich.

»Auch von mir?«, fragte Kat.

»Du kannst singen«, erklärte ich. »Ich habe dich schon gehört.«

»Aber ich kenne die Lieder nicht, die hier gesungen werden«, entgegnete Kat.

»Die wirst du rasch aufschnappen«, versicherte ich.

»Der Gaffer hatte wahrscheinlich seine Freude daran, oder?«, wollte Kat wissen.

»Es ist ein Tag für die Kinder«, erwiderte Dadda. »Also möchte ich behaupten, dass er bestimmte seine Freude daran hatte.«

»Komm schon, Dadda«, sagte ich. »Ich habe nie gehört, dass du dich an dem Abend beschwert hättest.«

»Die ganze Angelegenheit ist albern«, beharrte er. »Ich weiß nicht, weshalb wir uns noch die Mühe machen. Da wird bloß ein gutes Tier verschwendet.«

Der Eintopf, den wir am Devil's Day aßen, wurde stets aus dem Fleisch des Lammes zubereitet, das im Frühjahr als Erstes zur Welt kam, ganz gleich, ob männlich oder weiblich. Sobald es ins Stroh hinausglitt, bekam es eine rote Ohrmarke, damit man es in der Herde leichter wiederfand, wenn die Zeit nahte. Dann brachten wir es hinunter zu Beckfoot's, wo dieser ihm den Hals durchschnitt und es eine Woche lang hängen ließ, ehe es verarbeitet wurde. Das Hinterteil wurde für den Topf in Würfel geschnitten, Beckfoot bekam ein Bein, und was immer noch übrig blieb, wurde auf die drei Höfe aufgeteilt, wo es in die Gefriertruhen wanderte und über den Winter mehrere Mahlzeiten lieferte. Kat meinte, es klinge, als würden hier alle in einen Winterschlaf fallen. Und damit hatte sie wohl recht. Ab November verließ Dadda das Tal nicht mehr oft. Es gab auch keinen Grund dafür. Die Speisekammer war voll, in der Spülküche hingen Kaninchen und Vögel, und was er sonst noch brauchte, konnte er bei Wigton's bekommen.

»Ist das hier das Geschäft, von dem du mir erzählt hast?«, fragte Kat und wischte etwas Kondenswasser von der Scheibe, um den Dorfladen an der Straßenecke besser sehen zu können. »Gott, du hast recht. Es ist genau wie das von Oma und Opa.«

Es war einer jener Tante-Emma-Läden, der an jedem anderen Ort längst auf der Strecke geblieben wäre, so wie das Geschäft, das Kats Großeltern einst in Felixstowe besessen hatten. Seine Fenster waren mit uringelber Klarsichtfolie bedeckt, damit die Waren im Sonnenlicht nicht ausbleichten, auch wenn man sich mehr darum hätte sorgen sollen, dass sie nicht vom Alter ausbleichten. Die Auslage sah genauso aus wie seit eh und je: Spielzeugboote, Fischernetze, billige Westernheftchen auf einem steifen Karussell, Puzzle – so viele Puzzle – von Burgen und Häfen und Weichzeichnerkätzchen, Schachteln um Schachteln mit Hornby-Bahngleisen und allen Arten von Brücken und Lokomotiven, genügend, um damit eine komplette Prä-Beeching-Fantasie auszustatten.

Der Sohn der Wigtons, Davy, war in meiner Klasse gewesen. Stets rotwangig und verschwitzt, arbeitete er nun als Reinigungskraft im Schlachthof, schaufelte Innereien und sammelte Schafköpfe in einem Karren. Den Berichten des Gaffers zufolge wurde er von unseren ehemaligen Klassenkameraden Sam Sturzaker, Jason Earby und Mike Moorcroft, die wie er direkt nach der Schule im Schlachthof angefangen hatten, noch genauso gehänselt wie mit elf Jahren. Pigton Wigton nannten sie ihn, Piggy Wiggy. Sie warfen ihm ein Auge in den Tee, steckten ihm einen Schweinefuß in die Manteltasche, legten ihm das Ohr einer Sau auf das Sandwich, das seine Mam ihm jeden Morgen einpackte. Pigton Wigton. Piggy Wiggy. Mummys kleines Ferkel.

Viel konnten sie jedoch nicht sagen, wo sie doch alle noch bei ihren Eltern lebten: die Sturzakers und Earbys nebeneinander in der New Row, die Moorcrofts im zweiten der Nine Cottages, die sich zwischen Wigton's und der Schule aufreihten. Die Nine Cottages gehörten zu den ältesten Gebäuden im Dorf, und man konnte sich nur schwer vorstellen, dass sie jemals anders ausgesehen haben sollten als heute: heruntersackend und abblätternd und so bescheiden wie Armenhäuser. Jedes der winzigen Grundstücke war von den anderen abgetrennt durch einen Zaun von unterschiedlicher Höhe und Beschaffenheit, der mit allem, was bei Bedarf gerade griffbereit gewesen war, ersetzt oder ausgebessert worden war. Die meisten Vorgärten waren überwuchert, und Kinderfahrräder und Plastikspielsachen versanken tief im Unkraut, sodass die letzten beiden Häuser mit ihren bemalten Stirnbrettern und ihren kleinen Rechtecken gestutzten Grases fehl am Platze wirkten. Zwei alte Herren – Laurence Dewhurst und Clive Ward – standen in ihren tropfenden Türrahmen und unterhielten sich miteinander bei einem Tee und einer Zigarette. Als sie uns vorbeifahren sahen, schauten und nickten beide, verwirrt über den Anblick von Kat im Land Rover der Pentecosts, so wie jede Abweichung vom gewöhnlichen Gang der Dinge sie verwirrte.

Nichts veränderte sich in Underclough. Nichts passierte. Nicht im eigentlichen Sinne. Die Schlagzeilen, die auf dem Anschlagbrett der *Lancashire Gazette* auf der Straße vor Wigton's auftauchten und am nächsten Tag wieder verschwanden, wiederholten lediglich, was alle hier längst wussten: dass anderswo stets ein Ort war, an dem die schlimmsten Dinge geschahen. Man denke nur an die beiden kleinen Kinder in Burnley, von Hunden zerfleischt.

Der Rest des Dorfes zog an uns vorüber, und Kat lächelte beim Anblick dessen, was ich ihr seit unserer ersten Begegnung immer wieder beschrieben hatte. Wir erreichten meine Schule, Daddas Schule, des Gaffers Schule: eine Scheune aus Sandstein mit einem Wetterhahn und einer Glocke auf dem Dach. Der Schulhof war totenstill und übersät mit Pfützen, die Fenster der Vorschulklasse beklebt mit Herbstlaub, Kürbissen und Silhouetten von schleichenden Katzen und besenreitenden Hexen aus Bastelpapier. In ein paar Tagen war Halloween, und die Kinder würden bald unterwegs sein, um Süßes oder Saures zu fordern, wobei die Kleinen sich die New Road entlang voranarbeiteten, während die Jugendlichen auf dem Friedhof Böller anzündeten. Mit alldem hatten wir uns in den Endlands niemals aufgehalten. Wir hatten stattdessen den Devil's Day.

Kat drehte sich lächelnd auf ihrem Sitz um. Ich konnte sehen, dass sie amüsiert war von der Vorstellung von mir als kleinem Jungen, kaum älter als die, um die sie sich im Kindergarten kümmerte. »Die Schule ist reizend«, sagte sie. »Sie ist so klein.«

Kat hatte recht. Wann immer ich hierher zurückkam, fragte ich mich, wie der Pausenhof uns zwischen den Unterrichtsstunden jemals alle aufnehmen konnte. Und ich war mir sicher, dass das Feld daneben einst breit genug gewesen war, um sportliches Können zu demonstrieren oder auch zu widerlegen.

Weil ich Lennie Sturzaker um Längen geschlagen hatte, hatte er mich eines Nachmittags geschnappt und mir ein blaues Auge verpasst, um seine Schmach zu rächen. Er hätte auch noch das andere anschwellen lassen, hätte ich mich nicht aus seinem Würgegriff befreit und wäre durch den Friedhof davongelaufen. Er rief mir Drohungen und Versprechen hinterher, aber ich war rasch über das Gitter geklettert und in Archangel Back gelandet, jener kurzen Gasse aus überwuchertem Beton zwischen dem Kirchengelände und Sullom Wood.

Dies war stets der Ort gewesen – und ist es auch heute noch –, an dem die Dorfjugendlichen sich trafen, um zu rauchen und trinken und miteinander Dinge zu tun, die sich schmerzhaft anhörten. Womöglich im Bemühen, die nächste Generation davon abzuhalten, dasselbe zu tun, warnte man uns in der Schule gelegentlich, dass Archangel Back Eigentum der Kirche sei und wir uns des unbefugten Betretens schuldig machten, wenn wir dort hingingen, dass die Polizei gerufen würde und so weiter, aber niemand schenkte dem viel Beachtung, und kein Verantwortlicher kam jemals vorbei. Man konnte sich nur schwer vorstellen, dass sich überhaupt noch jemand wirklich für St Michael's interessierte. Zu Daddas Zeiten heirateten die Leute noch dort, und die Dorfbewohner hielten ihre Babys über das Taufbecken, aber ich hatte bislang ausschließlich miterlebt, wie die Kirche für Abschiede genutzt wurde.

Der Stumpf eines Glockenturms machte das Gebäude eher

zu einer Kapelle als einer Kirche, und im Vorbeifahren sah es noch baufälliger aus als im vergangenen Frühjahr. Nasses, faulendes Laub hatte die Schieferplatten grün gefärbt, und das Dichtungsblech am oberen Ende der Fallrohre war halb abgeblättert gelassen worden von Dieben, die entweder schlecht ausgerüstet gewesen oder verschreckt worden waren, ehe sie das Blei abziehen konnten. Die Kirche mochte über die lobenswerte Trotzhaltung eines letzten Gefechts verfügen – sie stand noch, sie stellte sich dem »Cropper's Arms« noch immer wie eine alte Widersacherin entgegen, wie sie es stets getan hatte. Vielleicht kam es jedoch nicht überraschend, dass der Pub in diesem Zermürbungskrieg besser abgeschnitten hatte. Seine Hängekörbe voller Farnkraut blickten herablassend auf den unkrautbewachsenen Flecken Erde voller Grabsteine, die am folgenden Morgen Zuwachs bekommen würden.

Ich konnte noch immer kaum glauben, dass der Gaffer tot war. Dass er nicht im Bauernhaus auf uns warten würde, wenn wir dort ankämen. Dass er sich zu den anderen verstorbenen Pentecosts gesellt hatte, wie sein Vater Joe und sein Bruder Philip, dessen flechtenüberzogener Name neben einem Dutzend anderer auf dem Kriegerdenkmal stand. Es schien allerdings nur richtig, dass ein Pentecost dort verewigt war, als Erinnerung daran, dass alles, was hinter dem Steinkreuz lag, den Bauern gehörte. Hier begannen die Endlands, und die schmale Straße führte hinein in die Dunkelheit von Sullom Wood.

Um diese Jahreszeit lag beinahe vollkommene Stille über dem Wald, das Laub und das durchnässte Fallobst verrotteten gemächlich in den Gräben. An diesem Geruch erkennt Adam, dass sich der Herbst dem Ende zuneigt. Daran und an dem Geräusch, wenn ich im Garten Holz hacke. Daran und an dem Geschmack der Brombeermarmelade, die wir immer massenweise für die Speisekammer einkochen. Und in jenen Tagen, erzähle ich ihm, war der Wald im Herbst das Königreich von

Owd Abraham, dem Eber der Beasleys. Ein plumper, aber fleißiger Gärtner, der mit der Schnauze die Wurzelballen der Farne ausgrub und das Farnkraut auffraß, sodass die Bäume des Eschenwäldchens im Frühjahr genügend Platz und Licht zum Wachsen hatten. Nicht dass wir ihn oft zu Gesicht bekommen hätten.

Mit der fortschreitenden Jahreszeit verschwand er auf der Suche nach Eicheln und Pilzen tiefer und tiefer zwischen den Bäumen, bis Angela ihn ein paar Tage vor Weihnachten einsammeln kam.

Etwa nach der halben Strecke ließ Dadda den Wagen langsam zum Stehen kommen, während Rauch aus den Bäumen wehte, und erklärte uns den wahren Grund für seinen Husten.

»Hier hat es gestern gebrannt«, berichtete er. »Weiter drinnen, direkt am Fluss.«

»Herrgott, Dadda. Wieso hast du denn nichts gesagt?«, fragte ich.

»Was hätte das denn gebracht?«, fragte er. »Du warst nicht hier, oder? Jedenfalls ist es nun gelöscht.«

»Danach sieht es aber nicht aus«, wandte ich ein, während ich zusah, wie der Rauch zwischen den Stämmen waberte.

»Es schwelt bloß noch«, meinte er.

»War es ein böses Feuer?«, erkundigte sich Kat.

»Ein gutes hat's wohl noch nie gegeben, oder?«, gab Dadda zurück.

»Ich meine, ist viel Schaden angerichtet worden?«, hakte Kat nach.

»Genug«, antwortete Dadda und blickte aus dem Fenster. »Es zu bändigen hat uns den größten Teil des Nachmittags gekostet.«

»Ihr habt es selbst gelöscht?«, fragte Kat. »Hat denn niemand die Feuerwehr gerufen?«

»Bis die hier draußen gewesen wären, wäre vom Wald nur noch Asche übrig geblieben, meine Liebe«, sagte Dadda.

»Wie ist es ausgebrochen?«, wollte ich wissen.

»Bill ist überzeugt davon, dass es der Junge der Sturzakers war«, erklärte Dadda.

»Was, Vinny?«, fragte ich. »Na ja, das würde mich nicht wundern.«

Wann immer ich ins Tal zurückkehrte, sah ich regelmäßig Vinny die New Road entlanggezerrt werden, wenn er eine der großen Doggen seines Opas hinunter zum Fluss brachte, damit diese dort ihr Geschäft erledigte. Er war erst zehn, konnte einen aber bereits so verachtend und höhnisch anstarren wie jeder beliebige Jugendliche, der sich in Archangel Back herumtrieb. Außerdem war er ein Langfinger, und wenn er im Dorfladen auftauchte, bewachte Mrs Wigton stets die Ladentheke, während Mr Wigton Zeitschriften oder Päckchen mit Dichtungsringen zurechtrückte, oder was auch immer sich in der Nähe der Stelle befand, wo Vinny sich gerade umzusehen vorgab.

»Ein Kind würde so etwas doch nicht tun«, entgegnete Kat. »Ganz sicher nicht.«

»Wenn Vinny Sturzaker auch nur die geringste Ähnlichkeit mit seinem Vater hat, dann hat er das Streichholz angezündet, ohne mit der Wimper zu zucken«, wandte ich ein.

»Du klingst wie Bill«, sagte Dadda.

»Na, wer sollte es denn sonst gewesen sein?«, wollte ich wissen.

»Ich weiß es nicht«, gab Dadda zu. »Vielleicht war es auch überhaupt niemand.«

»Hat denn keiner im Dorf etwas gesagt?«, fragte ich.

»Betty Ward meint, sie habe Vinny in den Wald gehen sehen«, antwortete Dadda. »Aber das heißt noch gar nichts. Sie meint ja immer, 'ne ganze Menge Dinge zu sehen, oder etwa nicht?«

»Vielleicht hatte sie diesmal recht«, erwiderte ich.

»Wer weiß«, sagte Dadda. »Na, jedenfalls ist es jetzt vorbei. Ich kann nicht noch mehr Zeit damit verschwenden, mir deswegen Sorgen zu machen, wenn ich die Schafe zusammentreiben muss.«

Ein Windstoß ließ Regenspritzer und Bucheckern auf das Dach des Land Rovers prasseln, und Dadda fuhr wieder an. Kat hielt meine Hand fest und ließ sie nicht mehr los, bis wir aus den Bäumen herauskamen.

Hier führte die Straße am Haus der Dyers vorbei, mit deren lang gezogenem Stall voller schreiender Gänse und stöhnender Ayrshires, und führte dann ins rauere offene Gelände. Dadda hatte mir erzählt, dass es hier die ganze Woche über immer wieder geregnet hatte, manchmal während ganztägig andauernder Unwetter. Die Endlands wirkten völlig durchnässt. Am Straßenrand sackten die braunen Farne zusammen, während der Röhricht wogte, dahinter strömte der Briar breit und rauschend und berührte beinahe die Unterseite der Betonbrücke, die hinauf zum Hof der Beasleys führte. Er hatte bereits den Rand der Weide überflutet, auf der sie einst ihre Pferde gehalten hatten, jenes Trio aus älteren Zuchthengsten, die sie nicht als Klebstoff oder Düngemittel enden lassen wollten. Sie hatten eher Jim gehört als Angela, genau wie all die anderen altersschwachen Tiere, denen er zu seinen Lebzeiten einen Zufluchtsort geboten hatte. Während meiner gesamten Kindheit war das Haus der Beasleys ein Heim für humpelnde Hunde und erblindete Esel, ohrlose Katzen und eine Zeit lang auch für einen räudigen Pfau gewesen, dessen Klagen wir noch von unserer Seite des Tals aus hören konnten. Die Beasleys. Ich verwende den Plural aus reiner Gewohnheit. Mit diesem Namen war nur noch Angela übrig.

Der Pentecost-Hof war der letzte der drei kleinen landwirtschaftlichen Betriebe. Ein cremefarbenes Cottage, ein Stall für die Lämmer, ein Schuppen und eine Heuscheune drängten sich um die kleine Weide, die zum Zusammentreiben und Decken verwendet wurde. Alles erschien zwergenhaft vor den Bergrücken dahinter.

Seit Generationen hatten wir Schafe gezüchtet, so wie die Dyers schon immer Gänse und Milchkühe gehalten hatten, und der Hang auf der anderen Seite des Flusses, der zum Hof der Beasleys hinaufführte, trug den Namen Schweinehügel nach den rötlichen Tamsworth-Schweinen, die dort mit den Rüsseln im Schlamm gewühlt hatten, seit man zurückdenken konnte.

Hinter Daddas Hof führte der Weg noch an zwei kleinen Heufeldern vorbei, ehe er an einem Eisengitter endete. Dahinter begann Briardale Moss, ein meilenweiter Landstrich aus Schilf und Sumpfland, der nach Fiendsdale Clough führte, und zu dem Weg hinauf auf die Weiden des Hochmoors.

Und das war das Tal.

Um zum Hof zu kommen, musste man scharf abbiegen, und Dadda verlangsamte auf Schleichtempo, ehe er am Lenkrad drehte und über die prasselnden losen Steine aufs Tor zufuhr.

»Macht es auf«, sagte er, und Kat und ich stiegen aus in den Regen.

Daddas Hunde, auf die, wie bei Collies allgemein üblich, jener Spruch zutraf, dass bellende Hunde nicht beißen, kamen kläffend und springend herbeigeeilt und zwängten sich durch die Stäbe. Musket besaß er nun schon seit einigen Jahren – ein guter Kerl, schlau und gehorsam und immer schnell zur Stelle, um die jüngere Fly zu züchtigen, die der Gaffer im Sommer als Ersatz für die alte Tubs gekauft hatte. Aber sie sei noch zu unreif, hatte Dadda mir eine Woche zuvor am Telefon erzählt, und mache lieber Unsinn, als zu arbeiten. Im Hintergrund hatte ich den Gaffer gehört, wie er ihn korrigierte. Ich glaube, das dürfte das letzte Mal gewesen sein, dass ich seine Stimme hörte. Zwei Tage später war er tot.

Fly kam unsere Knöchel beschnüffeln, und Kat trat einen Schritt zurück und stützte sich mit der Hand an der Mauer ab, als wollte sie hinaufklettern und sich oben zusammenkauern. Sie traute Hunden nicht. Als Kind war sie im Young Apostles Club vom deutschen Schäferhund ihrer Tante gebissen worden, und die Narben waren noch immer zu erkennen, erotisch weit oben an ihrem inneren Oberschenkel, wie verstreute Reiskörner.

Kat hatte den YAC (wie er auf dem Plakat auf der Anschlagtafel der Kirche angekündigt wurde) stets gehasst, musste jedoch trotzdem jeden Mittwochabend hingehen. Es war Barbaras Steckenpferd, dem sie sich widmen konnte, während der Reverend dem Dachrestaurierungskomitee vorsaß oder die Diskussionsrunden von Share and Care leitete. Sie hatte die Gruppe gemeinsam mit ihrer älteren Schwester Ellen gegründet, die nach zwei Ehen den Männern abgeschworen hatte und nun allein festsaß mit einem kränklichen Hund, den sie überallhin mitnehmen musste, und drei ungestümen Söhnen, von denen sie hoffte, Gott möge ihnen Ruhe und Frieden schenken oder sie vom Blitz erschlagen lassen: Sie wäre mit beidem zufrieden. Insgesamt kamen jede Woche etwa ein Dutzend Kinder ins Pfarrhaus, und wenn sie genug Hymnen gesungen und Bibelgeschichten nachgespielt hatten, wurden sie in den Garten geschickt, und die Stunde verwandelte sich meist in eine Gelegenheit für Barbara, ihrer Verzweiflung über die Seltsamkeiten ihrer Tochter Luft zu machen. Da war die Sammlung toter Fliegen, die sie in einer Tupperdose aufbewahrte. Der wüste Haarschnitt, den sie sich am Tag ihres Krippenspiels selbst verpasst hatte (zum Glück war sie ein Hirte und kein Engel gewesen, und das Desaster konnte unter einem Geschirrtuch versteckt werden). Ihre Angewohnheit, die Mahler-Platten des Reverends bei voller Lautstärke abzuspielen, wann immer wichtiger Besuch kam.

Und als sie dann gemeinsam mit den anderen Kindern den Garten nach Anzeichen für den Frühling (und Gottes Liebe zur

Erde) hätte absuchen sollen, stand sie stattdessen in Unterhosen im Gewächshaus und versuchte, Tante Ellens Hund eine von Daddys Krawatten umzubinden, um Hochzeit zu spielen. Kein Wunder, dass sie gebissen wurde.

Natürlich waren es nicht die Eigenheiten an sich, die Barbara so verstörten, schließlich waren alle Kinder auf die ein oder andere Weise exzentrisch, sondern die Tatsache, dass Kat diese so bewusst pflegte. Der Reverend meinte, er habe ihr schon oft genug gesagt, je mehr sie sich aufrege, desto schlimmer werde Kat sie bekämpfen, aber durch diese Worte fühlte Barbara sich nur noch schlechter. Sie verstand nicht, was sie getan haben sollte, um die Feindseligkeit ihres kleinen Mädchens zu verdienen. Weshalb ihre Tochter planen, tatsächlich planen sollte, sie vor anderen Menschen zu beschämen. Und wie konnte sie sich so fröhlich ins eigene Fleisch oder eben die Haare abschneiden?

»Weißt du, ich glaube, Barbara war ziemlich schockiert darüber«, erklärte mir der Reverend eines Nachmittags, als ich ihm half, in seinem Garten Unkraut zu jäten, »dass Katherine schließlich wie sie selbst geworden ist.«

Sie bemühten sich redlich, miteinander auszukommen, aber wie alle Menschen, die einander zu ähnlich sind, brauchte es nicht viel, damit sie in Streit gerieten. An jenem Abend, als wir die Nachricht über den Gaffer erhielten, hatte Kat ihre Mutter angerufen, um es ihr mitzuteilen, und das Gespräch hatte mit einer Auseinandersetzung geendet. Die Wohnzimmertür knallte zu, und als Kat die Treppe heraufgestampft kam, wusste ich, dass ich besser nicht sofort nachfragte, was geschehen war. Ich ließ sie zuerst ein Bad nehmen, was sie oft tat, wenn sie sich beruhigen wollte. Hinterher kam sie, sich das Haar mit einem Handtuch trocken rubbelnd, ins Arbeitszimmer, wo ich gerade einen Stapel *Macbeth*-Essays korrigierte.

»Mum will nicht, dass ich auf den Hof mitkomme«, sagte sie.

»Warum nicht?«, fragte ich.

»Was denkst du wohl, warum?«, erwiderte sie mit einem Blick hinunter auf ihren Bauch.

»Was, weil du schwanger bist?«, hakte ich nach.

»Ist das nicht lächerlich?«, fragte Kat. »Was glaubt sie denn, was dort passieren wird, um Himmels willen?«

»Sie macht sich nur Sorgen um dich«, beschwichtigte ich sie. »Das erste Enkelkind und so weiter.«

»Nimm sie nicht in Schutz, John«, sagte Kat. »Wenn es nach ihr ginge, würde sie mich von jetzt an bis zum Geburtstermin in Quarantäne stecken.«

»Na, komm«, wandte ich ein. »So schlimm ist sie auch wieder nicht.«

»Ich übertreibe nicht«, beharrte Kat und tupfte sich die Brust trocken. »Ich mache mir Sorgen um sie, wie sie sich wegen allem aufregt. Ich frage mich, ob sie irgendeine Störung hat. Ehrlich.«

Es klang, als stellte Barbara sich vor, Daddas Haus sei dauerhaft in einen Pesthauch gehüllt, von dem ein einziger Atemzug genügte, um den Fötus aufzulösen wie eine mit Salz bestreute Nacktschnecke. Diesen Eindruck hatte sie wahrscheinlich gewonnen, als sie während des Hochzeitsempfangs neben ihm saß. Sie hatte nicht bemerkt, dass ich sie beobachtete, aber wann immer Dadda eine ihrer Fragen zum Hof beantwortete, war ihr Blick zu seinen Händen gehuscht, fasziniert von deren Kartoffelfarbe und davon, wie er so unbekümmert mit ihnen essen konnte. Dabei waren sie vollkommen sauber gewesen. Der Dreck steckte unter seiner Haut.

Musket beschnüffelte Kats Hände, und Fly drehte sich bellend im Kreis, ganz aufgekratzt vom Geruch einer neuen Person.

»Geh schon«, sagte Kat und stupste sie mit dem Knie an. »Geh schon.«

Dadda lehnte sich aus dem Fenster und brüllte beide Hunde fort zu ihren Hütten. Kat trat zurück, und ich drückte das Tor unter Quietschen und Stöhnen auf, bis es an den alten Ford-Traktor des Gaffers gelehnt zum Stehen kam, der mittlerweile mehr Rost als Metall war.

Tatsächlich litten die meisten Dinge hier unter dem Zerstörungsdrang der Natur. Von den Dachrinnen hing babylonisches Grün, ein Fallrohr hatte sich von der Schnur gelöst, mit der es an der Wand befestigt gewesen war, und war zersprungen, der Schuppen, den Dadda und der Gaffer eines Sommers gebaut hatten, war bis zur Nutzlosigkeit verrottet. Bei den Dyers und den Beasleys war es genau dasselbe. Das Leben auf den Höfen war eine einzige wiederkehrende Abfolge von Instandhaltungsmaßnahmen. Nichts war jemals abgeschlossen. Nichts war jemals erledigt. Nichts. Hier starb jeder, während er gerade dabei war, irgendetwas zu reparieren. Aufgaben und Schäden wurden stets vererbt.

Kat sah zu, wie Dadda durch das offene Tor fuhr und neben dem Haus parkte. Ohne den Motor hörte man nichts als die Geräusche des Flusses, der Vögel, des Windes und des Regens. Als ich das Tor geschlossen hatte und wir über den Hof hinaufliefen, wurde der Regenguss noch heftiger und verdeckte das Tal, das wir gerade durchfahren hatten, und die Bergrücken darüber. Zwischen den Pflastersteinen rann ein Delta aus braunen Strömen voller Stroh und Schlamm. Wasser tropfte von den Fenstersimsen, lief aus den Abflussrohren, ließ die Gullys anschwellen und stieg in einem nach Mist riechenden Dunst auf. Auf dem Hang über dem Hof machte Gutter Clough seinem Namen alle Ehre und lief am Haus vorbei in Richtung Fluss über.

Kat hielt sich die Nase zu und sprang rasch um die Pfützen, während Dadda vom Land Rover aus zu uns stieß. Zu dritt standen wir tropfend im Eingangsbereich, und Dadda schloss die Tür vor dem Regen.

»Geht rein«, sagte er. »Es ist offen.«

In den Endlands schloss niemand jemals seine Tür ab.

Der Gaffer war erst seit ein paar Tagen von uns gegangen, doch sein Geist hatte sich bereits im Haus breitgemacht. Der Flur war durchdrungen von dem scharfen Rasierwasser, das er sich immer auf seine Stoppeln klatschte, bevor er in den Pub ging, und von dem Tabak, den er rauchte – normalerweise Old Holborn, manchmal mit ein paar Krümelchen von was auch immer die Jugendlichen in Archangel Back gerade bei sich hatten.

»Häng deine Jacke lieber nicht dort auf, meine Liebe«, empfahl Dadda und wies mit dem Kinn auf den Garderobenständer neben dem Telefon. »Sonst stinkt sie hinterher.«

Kat nahm ihre Jeansjacke herunter und blickte mich an, sich offensichtlich fragend, was sie stattdessen damit tun sollte, ehe sie ihm in die Küche folgte.

»Gib besser acht, wo du hintrittst«, sagte er warnend und zeigte auf die Pfütze, die sich unter der Spüle ausbreitete. »Ich dachte, ich hätte die Stelle repariert, aber irgendwo tropft es immer noch.«

Er legte die Hohlspitzgeschosse auf die Anrichte und warf ein paar Handtücher auf den Fußboden, um das Wasser aufzusaugen. Kat lächelte bemüht und ließ den Blick über den abgeplatzten Putz und die staubigen Ziergegenstände in der Küche wandern. Die Kleider, die auf einem Holzständer dampften. Das aufgehäufte Durcheinander. Mir war klar, dass sie an Mam dachte. An die sichtbare Präsenz einer Frau.

»Die Betten sind für euch bezogen«, sagte Dadda. »Bringt eure Sachen nach oben. Die anderen werden bald hier sein.«

Wenn irgendjemand von den Höfen starb, kamen am Abend vor der Beerdigung alle zusammen. Dadda hätte sie natürlich niemals vom Kommen abgehalten, aber er verabscheute es, dass so viel Aufsehen um ihn gemacht wurde, und sobald die ersten

Gäste da waren, die Dyers, entschuldigte er sich, um nach dem Schafbock zu sehen.

Ich hörte, wie Bill und Laurel sich zankten, während sie den Flur herunterkamen, auch wenn sie beim Betreten der Küche fröhlich strahlten.

Mit einer braunen Papiertüte in der Hand hielt Laurel die Tür offen für ihren Ehemann, der ein großes Tablett mit einem Gänsebraten hereintrug. Beide hatten ihre besten Kleider aus dem Schrank geholt: sie ein mit kleinen Rosen getupftes Kleid, er einen grünen wollenen Anzug, in dem er auch auf unserer Hochzeit erschienen war.

Wie viel Zeit auch seit meinem letzten Besuch in den Endlands verstrichen sein mochte, Bill sah immer gleich aus. Bärtig und bärenhaft. Die Zähne kaninchenbraun von all den Kippen.

»Alles klar, John?«, fragte er und ging die Gans auf der Anrichte abstellen, ehe er mir die Hand schüttelte. »Kann nicht glauben, dass der alte Knacker tot ist, du etwa?«

»Nein«, antwortete ich.

»Wobei sechsundachtzig natürlich kein schlechtes Alter ist, was?«, meinte er.

»Für hier ist es ein gottverdammtes Wunder«, bestätigte ich.

»Und er ist bei der Arbeit gestorben«, stellte Bill fest. »Genau, wie er es gewollt hätte.«

»Da hast du bestimmt recht«, erwiderte ich.

Nachdem wir die üblichen Annahmen über den Verstorbenen ausgetauscht hatten, kam er zu dem, was er eigentlich besprechen wollte.

»Ich nehme an, dein Dad hat dir von dem Feuer erzählt?«

»Er sagte, du glaubtest, dass es Vinny Sturzaker war?«, fragte ich.

»Ich glaube nicht, dass er es war«, entgegnete Bill. »Ich weiß, dass er es war, der kleine Mistkerl.«

»Was wirst du tun?«, fragte ich. »Zu ihm gehen?«

»Wenn dein alter Herr mich von der Leine lässt, aye«, erwiderte er und zwinkerte Kat dabei zu.

»Wie geht es dir, Bill?«, fragte sie.

Er wischte sich die Finger an seiner Jacke ab, da das Fett von dem Blech für mich zwar in Ordnung war, für sie jedoch nicht, und gab ihr einen Kuss auf die Wange.

»Gut schaust du aus, meine Liebe«, sagte er und hielt sie an den Schultern fest, bis Laurel ihn hinausschickte, um die Kartoffeln aus dem Wagen zu holen.

»Sag ihm, dass er seine Finger bei sich behalten soll, Katherine, meine Liebe«, meinte sie. »Und wie geht es dir, John?«

»Ich komme schon zurecht«, versicherte ich. »Es fühlt sich komisch an, dass er nicht hier ist.«

Sie ergriff meine Arme und lächelte. Seit ihr Jeff im vorigen Monat aus dem Knast gekommen war, war sie laut Dad so glücklich wie schon lange nicht mehr, aber die Jahre voller Sorgen hatten ihre Spuren hinterlassen, und sie machte einen ausgemergelten Eindruck, der sie viel älter wirken ließ, als sie war. Außerdem ließen ihre Augen nach, und die dicken Brillengläser, die sie trug, betonten den Leberfleck an ihrem Augenlid und vergrößerten die Ringe unter ihren Augen.

»Wir vermissen den Gaffer hier alle so sehr«, sagte sie. »Es ist, als hätte man dem Hof etwas entrissen.«

»Es muss ein Schock für euch gewesen sein«, erwiderte Kat. »Auch wenn er schon ein alter Mann war.«

»Das war es, meine Liebe«, bestätigte Laurel. »Aber zumindest wird er nun ein wenig Frieden gefunden haben.«

Sie lächelte Kat zu und führte die kleine Christusfigur, die sie um den Hals trug, an ihre Lippen.

Laurel war in den Endlands eine Kuriosität, niemand außer ihr zeigte hier auch nur das geringste Interesse an Religion. Die Kinder der drei Familien mochten zwar die katholische Grundschule in Underclough besuchen, seit diese erbaut worden war, und stets die drei Ks von Konfession, Kommunion und Konfirmation durchlaufen, jedoch nur, weil es unkomplizierter war, als meilenweit zu einer anderen Schule zu fahren. Auf ähnliche Weise war ein christliches Begräbnis lediglich ein notwendiges Theater, das dafür sorgte, dass der geliebte Verstorbene im Tal bleiben konnte.

Ich musste mir allerdings ins Gedächtnis rufen, dass das Ganze noch recht neu für sie war. Zwölf Monate zuvor war sie noch genauso gottlos gewesen wie alle anderen Bewohner der Endlands.

Ihr Damaskuserlebnis hatte stattgefunden, als Betty Ward sie zu einem Vortrag im Rathaus mitgenommen hatte, bei dem ein ehemaliger Straftäter berichtete, wie er von einer geisterhaften Erscheinung in seiner Zelle zu einem der Wohltätigkeit gewidmeten Leben bekehrt worden war. Er hatte bereits einem Mann in Blackburn eine Niere gespendet und lief nun einen Marathon, um Geld für die Opfer der Hungerkatastrophe in Somalia zu sammeln.

Beten, sagte er: Das sei es, was ihn verändert habe. Die geflüsterten Wünsche der christlichen Welt, Menschen wie er mögen gerettet werden, hätten den Geist von Pater Pio nach Strangeways gebracht. Beten helfe. Er sei der Beweis. Und zumindest Laurel hatte er überzeugt. Es gab noch Hoffnung für ihren Jeff.

Mit ihrem neu gefundenen Glauben überließ Dadda ihr bereitwillig die Verantwortung über die Organisation der Beerdigung des Gaffers. Sie hatte die Bibelstellen und Hymnen ausgewählt und die Abfolge des Gottesdienstes abgetippt, die sie insbesondere Kat unbedingt zeigen wollte, da diese als Pfarrerstochter ihre Entscheidungen würde anerkennen können.

»Ich dachte, wir beginnen mit ›Bleib bei mir, Herr‹«, erklärte Laurel und strich den zerknitterten Zettel glatt. »Und dann ›Der Herr ist mein Hirte‹«, nach der Lesung aus dem Johannesevangelium. Die Stelle kennst du sicher. ›In meines Vaters Hause sind viele Wohnungen‹?«

»Ja«, bestätigte Kat. »Die kenne ich.«

»Die Fürbitten habe ich selbst geschrieben«, sagte Laurel. »Ich weiß nicht, was du dazu meinst.«

Sie fischte nach Komplimenten, und Kat schluckte den Köder.

»Sie sind wunderbar«, sagte sie, »sie kommen wirklich von Herzen«, und Laurel lächelte und segnete sie und sagte ihr, wie hübsch sie sei, ehe sie von Bill gerufen wurde, die Küchentür zu öffnen.

»Er heult da draußen wie ein verdammtes Baby«, meinte er.

»Na ja, du wolltest ihn unbedingt mitbringen«, erwiderte Laurel und wandte sich an Kat. »Das ist unser Douglas«, erklärte sie, während sie Bill half, die Teller auf den Tisch zu stellen. »Wir wollten ihn nicht allein zu Hause lassen.«

Douglas war ein reizbarer alter Rottweiler, der jeden Besucher des Hofes der Dyers zähnefletschend am Tor erwartete, ganz gleich, ob es sich um Freund oder Feind handelte. Er war ganz eindeutig in der Lage, auf sich selbst aufzupassen, also war mir schleierhaft, weshalb sie ihn mitgenommen hatten.

»Geht es ihm gut?«, erkundigte ich mich. »Er ist doch wohl nicht krank, oder?«

»Nein, ihm geht's gut«, antwortete Laurel. »Nur, nach dem Feuer gestern, na ja, man kann nicht vorsichtig genug sein, oder?«

»Dein Dad täte gut daran, seine Türen zu verschließen, John«, fügte Bill hinzu. »Das habe ich ihm bereits gesagt. Jeder könnte durch dieses Tor hereinspazieren.«

»Jeder?«, fragte ich.

»Ich meine die Sturzakers«, erklärte Bill.

»Du hast doch etwa keine Angst vor dem kleinen Vinny, oder?«, wollte ich wissen.

»Du hast nicht gesehen, was er im Wald angerichtet hat«, gab Bill zurück.

»Es ist nur eine Vorsichtsmaßnahme«, meinte Laurel. »Bis wir herausfinden, was geschehen ist.«

Die Dyers gingen gemeinsam hinunter in die Spülküche – Laurel, um den Brombeerwein zu holen, und Bill, um Dadda vom Schafbock fortzureißen – und fingen sogleich wieder an zu streiten.

Sie konnten sich niemals auch nur auf die einfachsten Dinge einigen, und die Demut, die Laurel mit ihrer Bekehrung entwickelt hatte, ging Bill im Laufe der Zeit immer mehr auf die Nerven. Sie lebte nun seit dreißig Jahren im Tal, hatte jedoch nie wie eine Bauersfrau gewirkt.

Ganz anders als Angela Beasley, die nun in ihrem voluminösen orangefarbenen Rollkragenpullover durch die Tür trat. Sie war eine große, vollbusige Frau. Eine Glucke, die seit dem Tod ihres Ehemanns Jim Jahr für Jahr runder wurde.

»Da ist er ja endlich«, begrüßte sie mich und strich mir mit den Daumen die Haut unter den Augen glatt, um nach Makeln zu suchen und davon wie üblich auch reichlich zu finden.

»Herrgott, gibt sie dir denn überhaupt etwas zu essen?«, fragte sie und wies mit dem Kinn auf Kat. »An dir ist ja gar nichts dran, Junge.«

»Sie kümmert sich sehr gut um mich«, erwiderte ich. »Nicht wahr, Kat?«

»Ich gebe mein Bestes«, bestätigte Kat.

»Ihr beiden seht aus, als würdet ihr dringend eine ordentliche Mahlzeit benötigen«, erklärte Angela. »Ganz besonders du, junge Dame.«

»Nun, dafür bin ich hergekommen«, verkündete Kat. »Für frische Luft und einen herzhaften Appetit.«

»Und für harte Arbeit, will ich hoffen«, bemerkte Angela.

»Natürlich«, beeilte Kat sich zu sagen.

Angela griff nach ihren Händen und begutachtete die Finger, schlank und weiß wie Wurzeln.

»Werden die dafür genügen?«, wollte Kat wissen.

»Sie ist stärker, als sie aussieht«, erklärte ich.

»Dann ist ja gut«, meinte Angela und trat einen Schritt zurück, um sie in Augenschein zu nehmen. »Aber ich werde wohl lieber ein paar von Liz' alten Kleidern rüberbringen.«

»Schon in Ordnung, ich ziehe das hier heutzutage kaum noch an«, versicherte Kat und zog an ihrem zitronengelben Kleid. »Das kann ruhig dreckig werden.«

»Darüber mache ich mir keine Sorgen«, entgegnete Angela. »Du kannst dich so schmutzig machen, wie du möchtest. Aber du wirst uns keine große Hilfe sein, wenn du dich zu Tode frierst, nicht wahr?«

»Ich habe auch ein paar Pullover mitgebracht«, antwortete Kat.

»Leg deine guten Klamotten mal schön zurück in den Koffer«, sagte Angela. »Die wirst du hier nicht brauchen.«

Aus dem Flur kamen noch mehr Stimmen, dann erschien Grace in der Küchentür.

»Hi«, sagte Kat und gab ihr einen Kuss auf die Wange. »Wie schön, dich wiederzusehen. Wie ist es dir ergangen? Hübscher Lippenstift.«

Grace gab keine Antwort und ließ die Hände an den Seiten herunterhängen. Kat lächelte und runzelte die Stirn und versuchte es dann erneut.

»Du bist gewachsen«, sagte sie und hielt eine Hand über Graces Kopf. »In ein paar Monaten hast du mich überholt.«

Grace nickte ihr höflich zu und begann daraufhin, an den Rändern eines hautfarbenen Pflasters auf ihrer Handfläche herumzuzupfen.

»Eine Kriegsverletzung, oder was?«, fragte ich, doch sie

ignorierte mich und machte einfach weiter, während sie kaugummikauend im Türrahmen lehnte.

Trotz ihrer ersten Schminkexperimente sah sie jedes Mal, wenn ich ins Tal kam, mehr aus wie Angela: Das runde Mondgesicht und das kupferrote Haar hatten eine Generation ausgelassen, um bei ihr mit voller Wucht zutage zu treten. Sie befand sich im letzten Jahr an der Dorfschule und war froh, diese verlassen zu können. Sie war nie mit den anderen Kindern zurechtgekommen, am wenigsten mit Vinny Sturzaker. Ich hatte Kat nichts davon erzählt, aber nur kurz nachdem wir Grace bei der Hochzeit gesehen hatten, hatte er ihr während einer Schulhofprügelei den Arm so heftig umgedreht, dass er ihr beinahe die Schulter ausgekugelt hätte.

»Komm schon, Grace, beweg dich«, sagte Liz und stupste sie von hinten an.

Grace warf ihrer Mutter einen Blick über die Schulter zu, tat dann jedoch, wie ihr geheißen, und setzte sich mit verschränkten Armen mürrisch auf einen Stuhl. Kat gab ihr mit einem Lächeln zu verstehen, dass sie wusste, was Grace gerade durchmachte. Wenn sie nicht reden wollte, war das in Ordnung.

Es war Graces erste richtige Begegnung mit dem Tod gewesen, und es hatte sie verstört. Sie hatte den Gaffer vergöttert, und er war ganz vernarrt in sie gewesen, wie in alle Kinder, die in den Endlands geboren wurden: Sie stellten eine Absicherung dafür dar, dass der Ort nach seinem Tod fortbestehen würde. Aber es war noch mehr als nur der Tod des Gaffers. Aus dem Blick, mit dem Liz sie ansah, konnte ich schließen, dass Grace wegen irgendeiner Sache in Schwierigkeiten war.

»Bist du etwa gerade in Ungnade gefallen?«, fragte ich sie, doch sie blickte nur aus dem Fenster.

»Ach, beachtet sie gar nicht«, meinte Liz und wechselte die Hand, in der sie die riesige Plastiktüte voller Efeu trug, um mich zur Begrüßung küssen zu können.

»Hast du von dem Feuer im Wald gehört?«, wollte sie wissen.

»Klingt, als hättet ihr alle Hände voll zu tun gehabt«, erwiderte ich.

»Nur gut, dass es am Ufer ausgebrochen ist, und wir Wasser zur Hand hatten, um es zu löschen«, erklärte Liz. »Ich weiß nicht, was wir sonst getan hätten. Frierst du darin nicht, Mrs Pentecost?«

Kat blickte an ihrem Kleid hinunter. »Mir geht es gut«, versicherte sie.

»Hast du etwa noch mehr abgenommen?«, hakte Liz nach.

»Ich glaube nicht«, antwortete Kat, legte ihre Hände auf die Stelle, auf die Liz starrte, und lächelte bei der Vorstellung, wie sie allen verkündete, dass sie bald an genau dieser Stelle anschwellen würde.

»Jetzt brauchst du doch nicht mehr zu hungern«, bemerkte Liz und warf das Efeu auf die Anrichte. »Du bist verheiratet. Du hast ihn bekommen.«

»Das hast du wohl«, sagte Laurel, die mit dem Wein aus der Spülküche kam und mir auf die Schulter klopfte. »Und sieh zu, dass du ihn auch behältst, meine Liebe. Die Pentecosts sind allesamt gute Männer.«

»Ich weiß«, erwiderte Kat.

»Das war so ein schöner Tag, eure Hochzeit«, fuhr Laurel fort. »Und du hattest einen Riesenspaß, nicht wahr, Grace? Die ganze Nacht hast du durchgetanzt.«

Grace warf ihr einen kurzen Blick zu und pulte dann weiter an ihrem Pflaster herum.

»Lass das in Ruhe, Grace, um Gottes willen«, schalt Liz sie. »Du willst doch nicht, dass es sich entzündet, oder?«

»Komm schon, Fräulein, mach dich nützlich«, mischte Angela sich ein, während sie ein großes, rechteckiges Karotuch aufschüttelte, das immer verwendet wurde, wenn alle zum Essen vorbeikamen. Grace stand auf, um das Tuch über dem Tisch glatt zu ziehen, noch immer ohne ein Wort zu irgendjemandem zu sagen, worauf Angela ihr die Hände auf die Schultern legte und zu singen begann:

Die Arbeit ist getan, die Ernte eingefahr'n –
Die Äpfel und das Heu.
Die Blätter sterben noch am Baum
Und alles fällt am Devil's Day.

»Der Gaffer hat diese alten Lieder immer so schön gesungen«, bemerkte Laurel.

»Aye, er hat zumindest die Töne getroffen«, gab Liz zurück, und Angela streckte ihr die Zunge raus, ehe sie fortfuhr:

Hängt auf das Lamm, schenkt ein den Wein,
Spielt mit lautem Schall.
Der Teufel schlummert vorm Kamin,
Bis all die Schafe heil im Stall.

Adam kennt die Geschichte hinter dem Lied. Sie wird jedes Jahr an Devil's Day erzählt. Es ist wichtig, dass wir uns daran erinnern, weshalb wir tun, was wir tun, erkläre ich ihm. Es ist wichtig zu wissen, was unsere Großväter an uns weitergegeben haben.

Nach dem Schneesturm, als die Toten beerdigt waren und im Tal alles langsam wieder seinen gewohnten Gang ging, kam man überein, dass der Teufel ins Moor zurückgekehrt sein musste. Und so behielten die Bauern ihre Schafe einige Jahre lang unten in den Endlands, außerhalb seiner Reichweite.

Aber das Weideland war begrenzt. Das Moss mit seinen saugenden Sümpfen war gefährlich, und wenn man die Auen auf die Heuwiesen oder auf die Felder bei Sullom Wood pferchte, wurde die Erde dort irgendwann so aufgewühlt, dass nichts mehr wuchs. Nach ein paar Jahren blieb ihnen nichts anderes übrig, als die Auen und ihre Neugeborenen wieder auf das höher gelegene Weideland zu führen, damit die Felder im Tal sich erholen konnten.

Viel wurde darüber debattiert, was zu tun sei. Würden die Hirten den ganzen Sommer über im Hochmoor bleiben müssen, falls der Teufel käme und die Schafe rauben wollte? Und wenn er es täte, was könnten sie dann dagegen ausrichten? Im Tal waren dreizehn Menschen gestorben. War der Teufel einmal fest entschlossen, verlangte es einiges an Tapferkeit, um sich ihm in den Weg zu stellen. Und wenn der Owd Feller gerade schlief, wer konnte dann sagen, dass er nicht wieder aufwachen und sich erneut verkleiden würde?

Dem Gaffer zufolge war es Joe Pentecost gewesen, der vorschlug, sie sollten den Teufel selbst aufwecken, wofür er zunächst nur Spott erntete. Aber, beharrte Joe, trotz all seiner Gerissenheit hatte der Teufel seine Laster preisgegeben, als er ins Tal gekommen war, und anhand dieser würden sie ihm eine Falle stellen.

Bevor sie in jenem Herbst die Schafe für den Winter ins Tal trieben, lockten sie den Teufel also aus dem Hochmoor herunter – der Geruch des geschmorten Fleisches und des Brombeerweins, der Klang des Gesangs und des Gefiedels auf der Geige zogen ihn gebannt in das Bauernhaus, wie eine Schlange, die von der Flöte eines Fakirs hypnotisiert wird. Die ganze Nacht über hatten sie ihn dort festgehalten, bis er sich betrunken und vollgefressen auf dem Kamin zusammenrollte und einschlief.

Sobald die Schafe am nächsten Morgen heil auf der Weide neben dem Haus standen, verjagten sie den Teufel von seinem Bett aus Glut und ließen ihn von den Hunden den Weg hinunter hetzen. Er floh durch das Moss und kletterte die steile Fiendsdale Clough hinauf, wo er von Fels zu Fels sprang und dann im

Moor verschwand. Den Rest des Herbstes verbrachte er damit, die Bauern zu verfluchen, noch mehr aber seine eigene Leichtgläubigkeit. Als der Winter kam und der erste Schnee fiel, verkroch er sich in ein Loch unter dem Torf und schlief bis zum folgenden Jahr, als er erneut von den Gesängen der Endlander geweckt wurde und zu ausgehungert war, um sich darum zu scheren, ob er gerade hereingelegt wurde.

Als Grace das Tischtuch fertig ausgebreitet hatte, dankte Angela ihr und kniff ihr in die Wange.

»Kopf hoch, Trauerkloß«, sagte sie. »Es ist doch längst vergessen, nicht wahr, Liz?«

Liz wies mit dem Kopf in Richtung Spülküche.

»Geh nach Opa Tom schauen«, befahl sie. »Bring ihm das Efeu.«

Grace warf einen Blick auf die Tüte und schüttelte den Kopf.

»Du hast es gesammelt, du wirst es auch übergeben«, sagte Angela.

Es war stets Aufgabe der Kinder, das Efeu für die Krone des Schafbocks zu schneiden. Und es musste Efeu sein. Der Teufel hasste Immergrün.

»Komm schon«, drängte Liz sie. »Nach deiner heutigen Darbietung machst du besser, was man dir sagt.«

Angela reichte Grace die Tasche und gab ihr einen Kuss auf die Stirn.

»Geh schon, Süße«, sagte sie. »Versöhn dich wieder mit deiner Mam.«

»Man fühlt sich immer besser, wenn man behilflich sein kann«, mischte Kat sich ein, worauf Grace sie ansah und die Tüte zudrehte.

»Ich wünschte, Daddy wäre hier«, sagte sie.

»Er wird am Devil's Day zurück sein«, erwiderte Angela. »Das hat er versprochen.«

»Bis dahin dauert es noch ewig«, maulte Grace.

»Drei Tage«, korrigierte Angela sie. »Es könnte schlimmer sein.«

»Wieso kann er nicht heute Abend nach Hause kommen?«, fragte Grace.

»Er ist beschäftigt«, sagte Liz.

»Mit was?«

»Lieferungen«, antwortete Liz. »Du weißt, was Daddy macht. Hör auf, mich zu nerven.«

»Drei Tage«, wiederholte Angela. »Die gehen schnell vorbei, meine Liebe.«

Als Grace fort war, sagte Liz: »Gott, gerade könnte ich sie umbringen.«

»Sie hat das Efeu doch nun mitgenommen, oder etwa nicht?«, fragte Angela.

»Davon rede ich nicht«, entgegnete Liz. »Ich rede von dem, was zu Hause passiert ist.«

»Das meinst du?«, fragte Angela. »Ich glaube, du machst daraus eine größere Sache als nötig.«

»Du musstest ja auch nicht eine Stunde damit verbringen, Glasscherben aus dem verdammten Teppich zu picken, oder?«, gab Liz zurück.

Sie sah meinen Gesichtsausdruck.

»Oh, erzähl du es ihm, Mam«, sagte sie und ging die Kerzen auf dem Tisch anzünden.

Zuvor am Nachmittag, erklärte Angela, hatte Grace einen Hammer aus dem Werkzeugkasten unter der Spüle genommen und den Spiegel an ihrer Schlafzimmertür zerschmettert.

»Daher die Verletzung?«, fragte ich.

»Das sieht schlimmer aus, als es ist«, beschwichtigte Angela.

»Das hat Grace gemacht?«, fragte Kat.

»Erstaunt dich das?«, fragte Liz und blies das Streichholz aus. »Dann bleib mal ein bisschen länger hier.«

»Es ist ihr Alter«, meinte Laurel. »Sie kommt bald in die Pubertät. Da werden alle ein bisschen unberechenbar, ganz besonders die Mädchen.«

»Das hat nichts mit ihrem Alter zu tun«, wehrte Liz ab. »Sie ist bloß eine blöde Kuh.«

»Sie ist traurig wegen des Gaffers«, gab Laurel zu bedenken.

»Und sie vermisst Jeff«, fügte Angela hinzu.

»Aye, und meint ihr, ich weiß das nicht?«, fragte Liz. »Ich sage euch, wenn sie mich noch ein einziges Mal fragt, wann er nach Hause kommt, dann knalle ich ihr eine.«

»Krieg keine Kinder, wenn du ihre Fragen nicht beantworten willst«, sagte Angela. »Als du in ihrem Alter warst, hast du niemals Ruhe gegeben.«

»Aber es ist jeden Tag dasselbe, Mam.«

»Sie ist noch ein kleines Mädchen«, erwiderte Angela. »Du kannst ihr nicht verübeln, dass sie wissen möchte, wo er ist, oder?«

Es war ein paar Monate vor der Lammzeit in jenem Jahr gewesen, als Jeff gemeinsam mit Sam Sturzaker, Vinnys Vater, verurteilt wurde, weil sie eines Nachts den Safe der Spielhalle in der Stadt ausgeräumt hatten. Sie hatten nicht viel erbeutet (den Gerüchten zufolge gerade genug, um die Benzinkosten für Hin- und Rückfahrt zu decken), doch auch wenn der Diebstahl schlecht ausgeführt wurde, hatte der Richter offensichtlich gar nichts davon gehalten, dass er eindeutig geplant worden war. Er hatte Jeff zwölf Monate aufgebrummt, und Sam, der die Schlüssel zum Gebäude gestohlen hatte, hatte achtzehn bekommen. Und Grace und Vinny hatten plötzlich etwas gemeinsam.

Als Jeff auf Bewährung freigelassen wurde, hatte ein Freund eines Freundes eines Freundes für ihn einen Job als Auslieferer einer Brauerei erbetteln können. Dies bedeutete, dass er lange arbeitete und viel unterwegs war, aber immerhin arbeitete er überhaupt – Müßiggang ist aller Laster und so weiter –, und immerhin schickte er etwas Geld an Liz. Laurel sagte, es sei eine Schande, dass er nicht zur Beerdigung des Gaffers kommen könne, aber dies sei nun einmal die Art von Opfer, die ein berufstätiger Mann von Zeit zu Zeit bringen müsse. Es sei normal. Sie seien nun eine normale Familie.

Auf die ein oder andere Weise waren Liz und Jeff bereits seit unserer Kindheit zusammen und standen einander näher, als ich jemals einem von beiden gekommen war. Liz hatte sich zwar bemüht, mich in ihre Spiele einzubeziehen, aber Jeff hatte mir immer das Gefühl gegeben, das fünfte Rad am Wagen zu sein. Ihn und mich verband die Tatsache, dass wir beide aus den Endlands stammten, aber das war es dann auch schon.

Ich denke, dass jeder, Laurel und Liz jedoch ganz besonders, ein schlechtes Gewissen hatte, nicht mehr dafür getan zu haben, Jeff auf einen besseren Weg zu führen, als er noch ein Junge war, aber um ehrlich zu sein, hatte es mir immer gefallen, wenn er in der Schule und zu Hause in Schwierigkeiten geriet. Ich freute mich über Liz' Gesichtsausdruck, wenn er sie mit einer Tüte voller Süßigkeiten, die er bei Wigton's geklaut hatte, beeindrucken wollte, oder über die Art, wie sie ihn gekonnt beiseiteschob, wenn er sie im Spiel zu Boden drückte, um sie zu küssen. Schmutzig vom feuchten Gras und beschämt vor den johlenden Grundschülern, konnte er dann lediglich auf Grausamkeit zurückgreifen und kniff ihr in den Arm, schnipste ihr gegens Ohr und sagte ihr, sie sehe mehr aus wie ein Junge als er. Doch egal, was er tat, niemals war es so schlimm, dass er sie nicht fünf Minuten später wieder zum Lachen bringen konnte, auf eine Weise, wie sie niemals mit mir lachte. Jeff war eben einfach Jeff. Er war das Vergehen und die Entschuldigung, selbst heute noch.

»Hättest du am Ende bei ihr landen können, wenn du im Tal geblieben wärst?«, hatte Kat mich in der ersten Nacht unserer Hochzeitsreise gefragt.

Es war keine ernst gemeinte Frage, sie amüsierte sich bloß. Wenn ich sie gewählt hatte, konnte Liz eindeutig nicht mein Typ sein. Diese war eher gedrungen und gebeugt, mit großen Händen.

»Liz?«, fragte ich. »Nein.«

»Dann mochtest du sie nicht auf diese Weise?«, hakte Kat nach.

Selbst wenn ich es getan hätte, hätte es keinen Unterschied gemacht. Bevor ich fortzog, um auf die Universität zu gehen, in den letzten paar Tagen des Sommers, hatte ich Jeff und Liz in Sullom Wood am Ufer des Flusses gesehen. Ihre Unterhose hing ihr schlaff um ein Fußgelenk, und Jeff bearbeitete sie wie ein Presslufthammer.

Bill holte Dadda aus dem Pferch des Schafbocks herein, und sie tauchten gemeinsam aus der Spülküche auf, mit einer vor sich hin brütenden Grace im Schlepptau, die die Hände in den Hosentaschen ihrer Jeans vergraben hatte und mit den Turnschuhen gegen die losen Klappen des Linoleums trat.

»Komm schon, meine Liebe«, sagte Bill und schob sie in die Küche. »Nun setz dich hin. Lasst uns jetzt essen, wo ich es geschafft habe, Tom für fünf Minuten von seinem verdammten Schafbock loszueisen.«

»Endlich«, sagte Angela und schenkte Dadda ein Glas Bier ein. »Dieser Bock muss doch langsam die Nase voll von deinem Anblick haben.«

»Leith hat gesagt, ich solle ihn im Auge behalten«, verteidigte sich Dadda. »Ich folge nur den Anweisungen des Tierarztes.«

»Aye, aber bald schläfst du noch bei ihm im gottverdammten Stroh«, erwiderte Angela.

»Tom kann nichts dafür«, wandte Laurel ein. »Wenn der Gaffer noch hier wäre, könnten sie sich abwechseln, nicht wahr? Oh, so ganz allein wird es schwer für dich werden, nicht wahr, Tom, mein Lieber?«

»Schon gut«, mischte Bill sich ein. »Ich glaube nicht, dass man ihn extra daran erinnern muss, oder?«

»Außerdem ist er doch gar nicht allein«, meinte Angela. »Wann war hier jemals jemand ganz allein?«

»Du weißt, was ich meine«, beharrte Laurel. »Es wird nicht dasselbe sein, nicht wahr?«

»Ich komme schon zurecht«, sagte Dadda.

»Na, zumindest hast du dieses Jahr wohl einen zusätzlichen Helfer für den Abtrieb«, stellte Laurel fest und lächelte Kat zu, während sie das Besteck aus der Tischschublade holte.

»Aye, aber ist Mrs Pentecost auch gewillt, sich die Hände schmutzig zu machen?«, gab Liz zu bedenken. »Das ist die Frage.«

»Damit habe ich kein Problem«, versicherte Kat. »Wir hatten zu Hause einen Garten.«

»Einen Garten?«, fragte Liz und grinste alle am Tisch an, während sie Laurel ein Messer und eine Gabel abnahm. »Na, dann ist ja alles geklärt.«

»Du schaffst das schon, nicht wahr, meine Liebe?«, fragte Bill.

»Solange wir dich ein bisschen aufpäppeln«, meinte Angela und nahm die Deckel von den Töpfen mit dem Gemüse.

Dadda drückte seine Selbstgedrehte im Aschenbecher auf der Anrichte aus und fing mit pfeifendem Atem an zu husten.

»Oh, Tom, hör dich bloß mal an«, rief Laurel. »Du klingst furchtbar.«

»Mir geht's gut«, wehrte Dadda ab.

»Dir geht es nicht gut«, stellte Laurel fest. »Du musst zum Arzt. Bill wird dich morgen früh hinbringen, nicht wahr, Bill?«

»Um Himmels willen, hör auf, ihn zu nerven«, sagte Bill.

»Wir begraben morgen seinen Vater, da können wir doch wohl keine Zeit beim Arzt vertrödeln, oder?«

»Aber wie willst du den Gaffer in die Kirche tragen, Tom?«, fragte Laurel und legte ihm die Hand auf den Arm, als er sich setzte. »So ein Virus kann dich völlig entkräften.«

»Essen wir nun, oder was?«, wollte Dadda wissen. »Ich dachte, ihr seid am Verhungern.«

Laurel hob den Deckel von der Gans, die darunter dampfte und schwitzte.

»Sieht gut aus, Bill«, lobte Angela.

»Wurde den ganzen Sommer über gemästet, der Bursche«, sagte Bill und stand auf, um bedächtig das Messer am Stahl zu wetzen.

Unter dem Tisch drückte Kat meine Hand.

»Oh, gib Kat bitte nichts«, sagte ich.

»Magst du keine Gans, meine Liebe?«, fragte Laurel.

»Ich esse überhaupt kein Fleisch«, sagte Kat.

»Habt ihr nicht bemerkt, was sie auf der Hochzeitsfeier gegessen hat?«, fragte ich.

»Nein, mein Lieber«, erwiderte Laurel. »Da muss ich passen.«

»Das war dieses Zeug, das aussah wie Schweinefutter, Laurel«, sagte Liz, worauf Angela lachte.

»Grace hat es probiert, nicht wahr?«, wandte Kat ein. »Du mochtest es.«

Grace blickte von ihrem Teller auf und nickte, während sie eine Scheibe Brot mit Butter bestrich.

»Dann isst du also noch nicht einmal Fisch, meine Liebe?«, fragte Bill.

»Nichts, das einmal gelebt hat«, erklärte Kat.

»Himmel, John, erzähl ihr bloß nicht, wo dein Dad nächsten Monat die Lämmer hinbringt, ja?«, meinte Liz.

»Wie lange machst du das schon so, meine Liebe?«, fragte Laurel mit sorgenvoller Miene.

»Seit ein paar Jahren«, antwortete Kat. »Ich habe einen Dokumentarfilm darüber gesehen. Ich werde einfach vom Gemüse essen, das ist schon in Ordnung.«

»Kein Wunder, dass an dir nichts dran ist, junge Dame«, stellte Angela fest.

»Ich kann dir auch was anderes machen, wenn du magst«, bot Laurel an und erhob sich von ihrem Stuhl. »Tom hat doch bestimmt irgendetwas in der Speisekammer, das du essen kannst, nicht wahr, Tom?«

»Wirklich, macht euch bitte keine Sorgen um mich«, wehrte Kat ab.

»Ich mache mir aber Sorgen«, beharrte Laurel. »Ich möchte nicht, dass du hungrig bleibst.«

»Ich werde nicht hungrig bleiben«, erklärte Kat. »Ich habe im Zug etwas gegessen.«

»Lass sie in Ruhe«, verlangte Bill. »Sie weiß selbst, was sie will, nicht wahr, meine Liebe?«

Mit einem Lächeln schenkte er ihr ein Glas Brombeerwein ein. Ein größeres als jedem anderen.

»Nein, nein. Nicht für mich«, protestierte Kat, und ich sah, dass sie dachte, dies sei der richtige Zeitpunkt, allen die Neuigkeit mitzuteilen. Aber Bill zwinkerte ihr nur zu und goss weiter, und dann wechselte Laurel das Thema.

»Was wirst du wegen des Waldes unternehmen, Tom?«, fragte sie. »Wirst du viele Bäume fällen müssen?«

»Lasst uns darüber nicht heute Abend sprechen«, wandte Angela ein. »Wir sollten an den Gaffer denken.«

»Ich habe ja nur gefragt«, meinte Laurel. »Wir können es schließlich nicht so lassen, wie es ist.«

»Wir machen gar nichts, bis wir gehört haben, was Vinny Sturzaker zu sagen hat«, erklärte Bill.

»Ich hab Wichtigeres zu tun, als kleine Jungs im Dorf auszufragen«, entgegnete Dadda. »Und ich werde nicht rumlaufen und irgendwelche Leute beschuldigen, ehe ich keinen Beweis habe.«

»Ganz recht«, stimmte Angela zu. »Du weißt nicht, ob es Vinny war, Bill.«

»Aber Betty schwört, sie habe ihn gestern in Richtung Sullom Wood verschwinden sehen«, gab Laurel zu bedenken.

»Betty Ward redet eine Menge Mist«, gab Angela zurück.

»Hört mal, jeder weiß, dass die Sturzakers ihren Kindern nicht beibringen, was richtig und was falsch ist«, sagte Bill. »Das haben sie noch nie getan.«

»Jackie gibt ihr Bestes«, meinte Laurel.

»Jackie?«, fragte Bill. »Die Frau, die ist genauso schwachsinnig wie ihr verdammter Ehemann.«

»Aber es kann auch nicht leicht für sie sein«, sagte Laurel. »Das musst du zugeben.«

»Für mich ist die Schule verantwortlich«, verkündete Liz. »Nie unternehmen sie was wegen Vinny. Wisst ihr, dass sie es so hinstellen wollten, als wäre unsere Grace schuld daran gewesen, dass er ihr fast den verdammten Arm gebrochen hätte?«

Grace sah sie streng an. Sie wollte offensichtlich nicht daran erinnert werden.

»Wann war das?«, fragte Kat und berührte Graces Hand. »Was ist geschehen?«

»Im Grunde war es nicht der Rede wert«, meinte Angela.

»Mam, sie konnte sich eine Woche lang kaum bewegen«, protestierte Liz.

»An jenem Tag haben sie und Vinny sich einer so schlimm wie der andere verhalten«, sagte Angela und brachte Grace mit einem Blick zum Schweigen, ehe diese etwas einwenden konnte.

»Das haben sie in der Schule behauptet«, meinte Liz.

»Ich bin mir sicher, dass sie dort tun, was sie können«,

meinte Laurel und wandte sich an mich. »Lehrer dürfen die Kinder nicht mehr so züchtigen wie einst, nicht wahr, John?«

»Hast du mal gesehen, wo er arbeitet?«, fragte Liz. »Das hat er da gar nicht nötig.«

»Wir haben auch unsere Bösewichte«, entgegnete ich. »Glaub mir.«

»Ich hätte Vinny Sturzaker gern mal Mr Rose vorgeführt«, sagte Bill und schnitt die erste Scheibe von der Brust ab. »Erinnert ihr euch noch an den?«

»Woraus war noch mal sein Stock?«, wollte Dadda wissen.

»Jedenfalls nicht aus Bambus, das kann ich euch versichern«, sagte Angela, die Grace die Narbe auf ihrer Handfläche zeigte.

»Ich weiß, dass es grausam klingt«, fügte Laurel hinzu, während sie den Deckel von den Kartoffeln nahm, »aber ich glaube, dass es einem Kind guttut, wenn man ihm hin und wieder ein wenig Angst einjagt.«

Kat verfolgte ihre Unterhaltung und wollte etwas einwenden. Sie hatte mir oft genug erzählt, dass es auch im Kindergarten Probleme gab. Da wurde nicht nur gesungen und Regenbogen gemalt. Aber sie war davon überzeugt, dass Kinder bloß unschuldig die Vorurteile ihrer Mütter und Väter nachplapperten. Boshaftigkeit war nicht angeboren.

Nun, sie hatte nicht gesehen, was Lennie Sturzaker damals mit mir angestellt hatte.

Nein, manche Kinder sind wie Schweine im Wald. Schwächen haben für sie einen so beißenden Geruch wie Trüffel.

Er musste mich schon im jungen Alter erschnüffelt haben, denn ich kann mich an keine Zeit erinnern, in der Lennie mich nicht in der Pause oder nach der Schule bedrängt hätte. Natürlich bestand eine Rivalität zwischen den Dorfkindern und den Endlandern, die weiter zurückreichte, als selbst der Gaffer denken konnte, aber Lennie schikanierte niemals Jeff oder Liz. Hauptsächlich, weil Jeff sich in einen Status der Immunität geblödelt hatte und Liz ein Mädchen war – würde sie ihn ihre Fäuste spüren lassen, könnte er sie nicht zurückschlagen.

Ich dagegen war Freiwild. Eine Null, eine Schwuchtel, ein Schlappschwanz. In der Pause blockierte er mir den Weg, indem er eine Hand gegen die Wand drückte und das Kinn reckte.

»Alles klar, Weichei? Wetten, dass ich dich zum Weinen bringe?«

Manchmal versuchte er es – mit einem schnellen Kniestoß oder Faustschlag –, und manchmal kam Liz und schubste ihn beiseite, dann hieß es: Was? Du musst dich von einer Frau verteidigen lassen, Pantycost? Manchmal rief ihn sein Bruder Sam davon, um lieber mit Mike Moorcroft und Jason Earby zu spielen. Sie konnten seine Faszination für mich nicht nachvollziehen, wo man doch viel mehr Spaß mit Davy Wigton haben konnte, der allzu leicht reizbar war und schon loszuheulen schien, wenn man ihn nur anschaute. Wohingegen ich gar nicht reagierte.

Vielleicht wollte Lennie mich genau deshalb nicht in Ruhe lassen. Oder vielleicht benutzte er mich, um sich vor Sam zu beweisen, der ihn Specki oder Schmerbauch nannte und ihm das Hemd aus der Hose zog, um allen die Fettrollen darunter zu zeigen. Manchmal sprang Sam hinter den Mülltonnen hervor und brachte alle damit zum Lachen, dass er Lennie mit der Faust durchs Haar schrubbte, das aufgrund dessen Anfälligkeit für Kopfläuse raspelkurz geschoren war. Manchmal machten sie vor den Mädchen Armdrücken. Manchmal kämpften sie auf dem Pausenhof, und Sam gewann jedes Mal und ließ Lennie zusammengekrümmt nach Luft schnappend zurück. Das waren gute Tage, wenn Sam seinen Bruder erniedrigte. Aber es wirkte sich nicht immer zu meinen Gunsten aus.

Eines Mittags, etwa eine Woche vor den Sommerferien, wurde ich gemeinsam mit Lennie von Sam an den Rand des Feldes gedrängt, während die ganze Schule hinter uns herlief und brüllte: *Wett-renn-en, Wett-renn-en.* Bis zur Kirchhofsmauer und zurück.

Ich wählte eine Geschwindigkeit, die den Anschein erweckte, ich würde mir Mühe geben, aber langsam genug war, um Lennie eine Chance auf den Sieg zu geben. Doch selbst damit konnte er nicht mithalten, und ich berührte die Mauer und war bereits auf dem Rückweg, bevor er auch nur die Hälfte geschafft hatte. Als er endlich auf der anderen Seite ankam, musste er sich ins gemähte Gras übergeben, und alle lachten.

Es fiel mir schwer, mich nicht an den Beifallrufen und an den anerkennend durch mein Haar zausenden Händen zu erfreuen, die mich nach meinem Sieg erwarteten. Es fiel mir schwer, keine Genugtuung zu empfinden, als ich Lennie mit überkreuzten Beinen im Gras sitzen sah, wie er allen den Rücken zugewandt hatte und den Gänseblümchen die Köpfe abzupfte.

Nach der Schule hatte er dann im Schatten des Eingangstors zum Kirchhof auf mich gewartet und mich von hinten angegriffen, mir seinen dicken weißen Arm um den Hals geschlungen und mit der Faust einen Weg vorbei an meinen umhertastenden Händen gefunden. Er war vielleicht fett, aber auch stark, und seine Knöchel ließen meinen Schädel brummen. Als er mich am Rand meiner Augenbraue traf, platzte die Haut sofort auf, und da er nicht so schnell mit so viel Blut gerechnet hatte, lockerte er seinen Griff ein wenig, und ich wand mich aus seinen Armen und rannte durch die Gräber davon. Bei der Mauer kletterte ich über das Gitter, wobei ich mir an den Spitzen beinahe die Eier aufspießte, und sprang die letzten paar Fuß auf den Asphalt von Archangel Back. Als ich aufblickte, erschien Lennie vor mir, und ich kletterte über den Zaun nach Sullom Wood hinein und ließ ihn keuchend und hustend zurück.

Es ist eine seltsame Vorstellung, dass er damals nur noch ein paar Wochen zu leben hatte. Ich habe mich immer gefragt, was er wohl getan hätte, hätte er es gewusst.

Während des Essens beschlug das Küchenfenster von den hitzigen Diskussionen, die Dadda und die anderen über den Wald und die Dorfbewohner, das bevorstehende Wetter und die sommerliche Heuernte führten. Es waren Gespräche, die, genau wie sie selbst, kaum je das Tal verließen, und Kat hatte Mühe, ihnen zu folgen, während sich von einer Seite des Tisches zur anderen die Bälle zugespielt wurden.

Grace hatte auch nicht viel gesagt, abgesehen von ein paar Mal Danke schön, wozu Liz sie in einem Tonfall veranlasst hatte, der dafür sorgte, dass Kat Mitleid mit dem Mädchen bekam.

»Schau mal«, sagte sie und griff über den Tisch, um ihr die Hand zu tätscheln. »Ich habe etwas für dich.«

Aus der Tasche ihrer Strickjacke zog sie das Medaillon und hielt es an der Kette empor, damit Grace es betrachten konnte.

Die soeben begonnenen Beratungen über Daddas kränklichen Schafbock verstummten, und Laurel setzte ihre Brille auf.

»Das ist aber wirklich schön«, rief sie, während sie das Medaillon in ihrer Handfläche hielt. »Hast du ein Glück, Grace!«

»Na ja, du sagtest bei der Hochzeit, wie gut es dir gefällt«, erklärte Kat, die sich hinter Grace stellte, um den Verschluss zu schließen. »Da wollte ich, dass du es bekommst.«

»Du hättest ihr nichts mitbringen müssen«, wandte Liz ein.

»Ach, das ist ja nicht viel«, wehrte Kat ab. »Ich werde es nie wieder tragen. Da kann es auch jemand anderem zugutekommen.«

»Und was sagst du?«, fragte Liz.

»Danke schön«, sagte Grace.

»Nicht dass du im Augenblick irgendetwas verdient hättest«, fügte Liz hinzu, und Angela hieß sie still sein.

»Ich habe es leer gelassen«, erklärte Kat, als Grace die beiden Hälften des Medaillons auseinanderzog. »Damit du etwas ganz Besonders hineintun kannst.«

»Ist Tante Katherine nicht wunderbar?«, fragte Laurel.

Grace starrte auf ihr Geschenk und nickte.

»Du könntest ein bisschen dankbarer aussehen«, bemerkte Liz.

»Sie hat sich doch bedankt, oder etwa nicht?«, fuhr Angela sie an.

»Aber sie zieht so ein Gesicht«, beharrte Liz. »Da sehen ja manche von unseren Schweinen glücklicher aus.«

»Dir habe ich auch etwas mitgebracht, Tom«, sagte Kat, ehe ein Streit ausbrechen konnte. »Es ist von Mum und Dad.«

Dadda ließ seine Selbstgedrehte im Aschenbecher liegen und nahm die Karte von ihr entgegen.

»Ich fürchte, es mussten entweder Tauben oder Sonnenuntergänge oder in diesem Fall gleich beides sein«, entschuldigte sich Kat.

»Nein, es ist sehr nett von ihnen, sie zu schicken, meine Liebe«, sagte Dadda.

»Lass mal sehen«, forderte Laurel.

Er reichte die Karte an sie weiter, und sie las, was der Reverend geschrieben hatte.

»Das ist wirklich eine schöne Stelle«, erklärte Laurel und gab sie an Liz weiter. »›Ich hebe meine Augen auf zu den Bergen.‹ Äußerst passend.«

»Hier steht, du seist jederzeit im Pfarrhaus willkommen, Tom«, stellte Liz fest. »Wenn du dich mal rasierst, könntest du zum High Tea hingehen. Den nimmt man bei euch doch nachmittags zu sich, nicht wahr, Mrs Pentecost, während wir anderen alle arbeiten?«

»Jetzt hör auf«, gebot Bill. »Sie ist doch keine Vornehme, nicht wahr, meine Liebe? Sonst hätte John sie wohl kaum geheiratet.«

»Ich kann mich noch sehr gut daran erinnern, dass du damals aufs Gymnasium gegangen bist, John«, fuhr Liz unbeirrt fort.

»Er ist aufs Gymnasium gegangen, weil er was im Kopf hat«, sagte Angela. »Nicht, weil er vornehm ist.«

»Aye, aber seht euch an, wo er jetzt arbeitet«, meinte Liz. »Ihr müsst nämlich wissen, dass Mr Pentecost sich heutzutage in viel höheren Kreisen bewegt.«

»Ist das Haus deines Vaters sehr groß?«, erkundigte sich Angela.

»Nein, eigentlich nicht«, antwortete Kat, obwohl es das war. Ein hohes viktorianisches Gebäude, von der Kirche getrennt durch einen langen, gestreiften Rasen, auf dem an Sommerabenden die Amseln in den Weiden so klar klirrend wie Besteck sangen.

»Verstehst du dich immer noch gut mit ihm?«, fragte Laurel. »Obwohl ihr nicht in einer Kirche geheiratet habt?«

»Ja, was hält Daddy von der ganzen Sache?«, setzte Liz hinzu.

Oh, Daddy war ein moderner Mann. Es war die Leidende Heilige Barbara, der zufolge das Christentum dem Untergang geweiht war, nachdem Kat ihr Eheversprechen vor einem Standesbeamten gegeben hatte. Nein, der Reverend wusste, dass die Welt für junge Leute wie uns viele Ablenkungen bereithielt. Er wusste, dass es nicht gerade dem Zeitgeist entsprach, in die Kirche zu gehen, er wusste, dass jede neue Generation sich Jesus eher durch einen Irrgarten als über eine Treppe näherte. Ich solle mir keine Gedanken darüber machen, was Barbara meinte. Sie verstünde die Komplexitäten zeitgenössischer spiritueller Pfade nicht so gut wie er. Sie leite nun seit fünf Jahren die Jugendgruppe am Freitagabend, müsse ich wissen.

All dies wurde mir eines Nachmittags kurz nach unserer Hochzeit im Gartenhaus anvertraut, seine Hand auf meinem Arm, während wir Barbara mit einem Tablett voller Getränke über den Rasen auf uns zukommen sahen, gefolgt von Kat und ihrem jüngeren Bruder Rick, die ihre vorsichtigen Schritte nachäfften.

Wenn sie zu Hause war, verwandelte Kat sich stets zurück in ein kleines Mädchen. Sie ließ sich von ihrer Mutter ausschimpfen und kritisieren und machte gern kryptische Silbenrätsel und zankte sich mit Rick, der sie Kit-Kat nannte und wie ein Mann mittleren Alters wirkte, obwohl er noch zur Schule ging. Ihm stand ein glänzendes Abitur bevor, woraufhin er sich eine der altehrwürdigen Universitäten würde aussuchen können. Er war einer jener Menschen, die Informationen anscheinend genauso leicht aufsogen wie Sauerstoff, und wenn der Reverend mir zuliebe das Tischgespräch fort von den häuslichen Dramen des erweiterten Familienkreises hin zur Literatur lenkte, hatte Rick stets schon gelesen, was auch immer wir besprachen. Joyce machte ihn nicht nervös. Tschechow kannte er. Donne war ein Kinderspiel.

»Früher habe ich an Gott geglaubt«, erklärte er mir eines Abends, während er eine Skizze von King John in Runnymede anfertigte. »Aber dann habe ich *Das wüste Land* gelesen und ihn sterben sehen.«

»Sterben?«, fragte Kat. »Das sind drei Punkte für mich.«

»Nein, sind es nicht«, widersprach Rick ohne aufzublicken. »Wenn ich das Wort *zerfallen* benutzt hätte, dann vielleicht.«

»Schummler.«

»Schummler? Nun, *das* sind drei Punkte.«

»Das kann nicht sein.«

»Ich fürchte doch, Kit-Kat.«

Und so machten sie weiter, spielten wie kleine Kinder.

Wann immer wir Kats Familie besuchten, wurde deutlich, dass sie niemals weit von ihnen entfernt sein wollte, auch wenn ihre Mutter nahezu jedes ihrer Worte korrigierte. Doch jene freundliche Hand, die der Reverend mir so oft auf den Arm legte, bedeutete das Übergeben einer Verantwortung. Es lag an mir, sie von den leise tickenden Räumen des Pfarrhauses und auch von Barbara fortzuziehen. Die Diakonin, wie er seine Frau nannte, meinte es gut, müsse jedoch nicht (und wenn auch nur in Gedanken) bei jeder von Katherines Entscheidungen zurate gezogen werden. Ein wenig Distanz würde ihnen beiden guttun.

Dann fanden wir jedoch heraus, dass Kat schwanger war, und damit hatte sich die Sache erledigt. Ihre Mutter schmiedete bereits Pläne für unsere Besuche mit dem Baby und hatte auch schon ein paar Namen ausgesucht. Rory gefiel ihr, oder Lachlan, oder vielleicht Iain, nach ihrem Vater – das zusätzliche »i« könnte den Jungen als Erinnerung daran, dass er zu einem Achtel gälisch war, durchs Leben begleiten. Vielleicht auch Boyd oder Fingal, sagte sie, als sie nach dem Abendessen mit der Kaffeekanne um den Tisch kam. Sie tat ihr Bestes, diese Namen als Vorschläge zu präsentieren.

Nach dem Essen dauerte es nicht lang, ehe wir die Fotoalben aus der Kommodenschublade zogen. Angela lachte beim Anblick der alten Bilder von Liz, Liz lachte beim Anblick der alten Bilder von mir, auf denen ich nur aus Zähnen, Ohren und zerzaustem Haar zu bestehen schien. Nach ein paar Jahren auf dem Gymnasium waren die dunkelbraunen Locken unglücklicherweise verschwunden. Je älter ich wurde, desto stärker kamen Joe Pentecosts Gene zum Vorschein, der mir seinen prominenten Adamsapfel, seinen mausgrauen doppelten Haarwirbel und sein Paar drahtiger Beine vererbt hatte.

Bevor sie die Seite umblätterte, küsste Laurel ihre Finger und berührte das Bild von Jeff neben meinem, von dem Jeff, den sie einst als engelsgleiches Wesen von fünf Jahren gekannt hatte.

»Er war so ein hübscher Junge«, sagte sie.

»Aye, und schau ihn dir heute an«, erwiderte Liz.

»Oh, er sieht noch immer gut aus«, widersprach Laurel. »Wir alle haben attraktive Männer geheiratet, nicht wahr, Angela? Dein Jim war ein gut aussehender Kerl. Deine Augen hast du nämlich von ihm, Grace.«

Laurel drehte die Seite um, damit Grace ihren Großvater mütterlicherseits sehen konnte, wie er an einem zweiten Weihnachtsfeiertag vom Blitz der Kamera erschreckt wurde, die Nase vom vielen Brandy so rot wie die des Kasperle. Er war ein kräftig gebauter Mann mit dichtem rotblonden Haar und der Art von Wangenknochen, um die ihn jeder Leinwandheld beneidet hätte. Seine sanften grauen Augen hatte er an Grace weitergegeben, ganz wie Laurel behauptet hatte.

»Das hier ist auch ein schönes von ihm«, sagte Laurel, die eine andere Aufnahme entdeckt hatte, auf der Jim einen gelben Papierhut trug. »Er sieht ziemlich glücklich aus, nicht wahr?«

Hatte er es an jenem Tag schon geplant?, fragte ich mich dennoch. Als er dort saß und stumm das Fleisch der Schweine verspeiste, die er und Angela den ganzen Sommer über großgezogen hatten, hatte er da bereits gewusst, was er tun würde?

»Hier, diese Bilder von Johns Mam hast du wahrscheinlich noch nicht gesehen, oder, Katherine?«, fragte Laurel, die eins der anderen Alben aufschlug.

Mam war in einem Moment des Arbeitens eingefangen worden, als sie während des Abtriebs hüfthoch auf einer Weide voller Auen stand und die Hörner einer Vierjährigen gepackt hielt, die für die Auktion bestimmt war. Damals waren sie wohl um die sechs Monate verheiratet gewesen, Mam und Dadda, etwa so lange wie wir. Auch Mams Schwangerschaft müsste ungefähr genauso fortgeschritten gewesen sein wie Kats.

Eher als schön war sie wohl das, was die Leute damals als attraktiv bezeichnet hätten: ein fröhliches breites Gesicht und üppiges gelocktes Haar unter einem Anglerhut, der fest mit ihrem Kopf verwachsen zu sein schien. Sie hatte starke, sehnige Unterarme, der Rest von ihr unter dem Shetlandpullover und der Latzhose war auf eine ruhige Art robust. Auf jedem Bild lächelte sie auf dieselbe Weise, und noch breiter auf dem einen, in dem sie mich in Decken gewickelt hielt.

Kat beugte sich darüber und versuchte, sich die Bilder vorzustellen, die es bald von ihr selbst in dieser Situation geben würde. Die Freude, die sie empfinden würde. Die Vollständigkeit.

Ich musste mich manchmal daran erinnern, wie jung Mam gewesen war, als sie mich bekam. Sie dürfte gerade erst neunzehn gewesen sein, eine Tatsache, die Kat stets schockiert hatte. Und es war geplant?, hatte sie mich mehr als einmal gefragt. Das war es natürlich. Auf diese Weise hatten die Endlands so lange überlebt, erklärte ich ihr. Planung. In der Landwirtschaft gab es genügend Überraschungen, wir brauchten uns nicht noch selbst welche zu schaffen.

Mam mochte gerade erst die Schule verlassen haben, aber auf keiner der Fotografien erweckte sie den Anschein, als wäre ihr das Erwachsenenleben neu. Insbesondere auf denen kurz nach meiner Geburt lag eine Gewissheit in ihrem Glück. Dies war ihr Leben, und sie würde es nirgendwo anders verbringen wollen und nichts anderes tun wollen, auch wenn ihr die Landwirtschaft nicht im Blut lag. Dadda hatte sie kennengelernt, als sie im Pub neben dem Auktionsmarkt in Garstang hinter der Bar arbeitete. Wenn es ihr gelungen war, sich hier einzurichten, weshalb dann nicht auch Kat? Worin lag der Unterschied? Oma Alice war auch nicht eben das gewesen, was man als geborene Bäuerin bezeichnet hätte. Sie war im Dorf aufgewachsen und hatte jahrelang in den Weberhütten der Mühle gearbeitet, ehe sie den Gaffer heiratete. Allerdings gewöhnte sie sich an die Endlands wie jeder andere und hatte ihr früheres Leben bald vergessen.

Zweifellos würde es zu Anfang schwierig für Kat sein, aber irgendwann würde ihr der Hof wie ihr Zuhause erscheinen. Und wenn das Baby erst einmal da wäre, würde sie die vielen helfenden Hände zu schätzen wissen.

Laurel klappte unter Rascheln des Zellophans die letzten beiden Seiten auseinander, und es erschien ein Bild von Mam und mir, als ich etwa drei Jahre alt war. In Dufflecoat und Gummistiefeln saß ich auf ihrem Knie und half ihr, ein unterentwickeltes neugeborenes Lämmchen mit der Flasche zu füttern, während sie in die Kamera grinste. Große Augen, glatte Haut, saubere Zähne. Sie war so jung geblieben, während Dadda und alle anderen alt geworden waren.

Ich spürte, wie Kat unter dem Tisch erneut nach meiner Hand griff. Sooft sie auch mit ihrer Mutter stritt, stand sie ihr doch nah, legte sie ihr noch immer gern den Kopf auf die von einer Bluse bedeckte Brust, und der Gedanke, dass ich Mam niemals richtig kennengelernt hatte, stimmte sie traurig. Sie konnte nicht verstehen, weshalb mich ihre Abwesenheit nicht stärker belastete. Aber es war schwer, besonders viel für jemanden zu empfinden, an den ich mich nicht mehr erinnerte. Ich hatte gerade erst meinen vierten Geburtstag hinter mir, als sie starb, und alles, was jener kleine Junge einst verspürt hatte, war wie Dampf verzogen.

»Ah, hier ist er ja«, rief Angela und hielt das geöffnete Album in ihrer Hand aufgestützt, sodass jeder das Foto des Gaffers sehen konnte.

Es war ein paar Jahre zuvor beim Ablammen aufgenommen worden und hatte eingefangen, wie er die Neugeborenen genau begutachtete. Die Anzugjacke, die er immer auf dem Hof trug – und in der er ebenfalls geheiratet hatte – war an den Ellbogen aufgescheuert und an Rücken und Schultern so fettverschmiert, dass sie irisierend glänzte, wie die Federn eines Stars.

Er war ein schmächtiger Mann mit einem knochigen Gesicht gewesen, recht klein obendrein, mit grauen Stoppeln wie Eisenspäne. Sein rechtes Ohr war von einem dünnen Ring durchstochen, der beinahe von der Haut seines Ohrläppchens bedeckt wurde. Näher würde er einem Heiligenschein niemals kommen, erklärte er mir stets. Doch alle Aufmerksamkeit wurde auf seine Augen gelenkt, die, selbst als er älter wurde, ihre beinahe unnatürliche blaue Leuchtkraft behielten, die an Lapislazuli erinnerte.

»Hübscher alter Kerl, nicht wahr?«, fragte Angela.

»Aye, und das wusste er auch«, bestätigte Bill.

»Wie meinst du das?«, wollte Laurel wissen.

Kat zuliebe gab sie sich unschuldig, denn sie wollte nicht, dass diese nach dessen Tod schlecht über den Mann dachte, aber wie wir alle, wie das gesamte Tal hatte auch sie die Geschichten von den Frauen gehört, die diesen Augen verfallen waren, als er noch ein junger Mann gewesen war.

Noch als zerfurchten alten Säufer mochten sie ihn. Wenn er samstagabends im »Croppers' Arms« seine Partie Karten beendet hatte, brachten ihn die Frauen vom Schlachthof dazu, all die Lieder aus den Endlands zu singen, und steckten Münzen in die Jukebox, um mit ihm tanzen zu können. Er war ihr Barde, ihr Clown.

»Er war Alice treu ergeben«, behauptete Laurel. »Sie waren dreißig Jahre lang verheiratet.«

»Er hatte Angst vor ihr«, widersprach Bill. »Das ist nicht dasselbe.«

»Aber sie haben so viel gemeinsam durchgestanden«, beharrte Laurel. »Weißt du, sie haben beide während des Schneesturms Familienmitglieder verloren, Katherine.«

»Ja, das hat John mir erzählt«, sagte Kat und warf mir einen flüchtigen Blick zu. Ich hatte ihr erklärt, dass die Erinnerungen der Leute hier weit zurückreichten und dass Gestern niemals recht von Heute zu trennen war. Es mochten seitdem Jahrzehnte vergangen sein, doch der Schneesturm verfolgte das Tal noch immer, besonders unten in den Endlands, besonders auf dem Hof der Pentecosts.

Weil der Teufel sich nämlich unter den Schafen versteckt hatte, erzählte mir der Gaffer, bekamen wir als Erste mit, dass irgendetwas nicht stimmte. Die Lämmer, die sich über den Sommer an den Gräsern des Torfmoors stark und kräftig gefressen hatten, starben auf einmal ohne Grund eins nach dem anderen. Die Hunde erblindeten, und in ihren Augen wimmelte es von Fadenwürmern. Die Pilze, die die Bauernfamilien jeden Herbst im Wald gesammelt hatten, lösten nun Krampfanfälle aus, und Emily, die frisch verheiratete Schwester des Gaffers, die am lautesten gelacht hatte, als ihr Vater den Portwein verschüttete, fiel mit Zuckungen zu Boden und erstickte an ihrer eigenen Zunge.

Ihr Leichnam war der erste gewesen, den man dem jungen Geistlichen gezeigt hatte, als dieser auf seinem klapprigen Fahrrad in die Endlands hinaufgefahren kam, seine Ausrüstung in dem Korb am Lenkrad verstaut.

Er legte sich seine Stola um, spendete die Sterbesakramente und ertrug geduldig das Gerede der Familie über den Teufel, obgleich es ihn nicht überraschte, dass in solch einer Gegend die Erklärung für solche Vorkommnisse eher auf Aberglauben denn auf Vernunft beruhten. Dabei war nur allzu leicht zu erkennen, was geschehen war: Die Lämmer hatten sich einfach im Moor irgendeine Krankheit eingefangen und die Hunde damit angesteckt. Und die Pilze, nun, diese Leute hatten offensichtlich eine Sorte mit einer anderen verwechselt – das passierte schnell einmal, wie er gehört hatte – und versehentlich eine Pfanne voller giftiger Lamellen und Stiele gebraten.

Dann fing jedoch die Heuscheune der Familie Feuer und brannte noch, als strömender Regen darauf niederging. Und er sah, wie die Flaschen mit Brombeerwein sich über Nacht leerten. Und er sah, wie das Fleisch in der Speisekammer vor seinen Augen bis zu den Knochen abgenagt wurde, und die Knochen selbst Bissspuren aufwiesen wie die eines Hundes. Tagelang war der Priester stets einen Schritt langsamer als der Teufel, der von einer Sache zur nächsten sprang. Als er den sabbernden Bullochsen der Dyers mit heiligem Wasser besprenkelte, übersäte der Owd Feller bereits den Schafbock der Pentecosts mit Tumoren, als er dem Schafbock sein Kruzifix auf die Stirn drückte, war der Teufel dabei, die Milch, mit der der Säugling der Curwens gestillt wurde, in Blut zu verwandeln.

Als das Kind starb, verlor der Priester den Mut, und er fuhr auf seinem quietschenden Triumph-Rad davon, während der Schneesturm in das Tal geweht kam. Die Webstühle in der Mühle standen still, die Türen wurden verschlossen und die Arbeiter früh nach Hause geschickt. Die oberen Stockwerke der Reihenhäuser wurden bald zu kalt, um sich dort aufzuhalten, also drängten die Familien sich stattdessen in ihren Wohnzimmern zusammen. Doch die Feuer, die sie entzündeten, verschlangen das Holz zu schnell, als würde irgendetwas auf dem Dach die Hitze den Schornstein hinaufsaugen, und es dauerte nicht lang, ehe die Leute alles verbrannten, was sie in die Hände bekamen. Oma Alice, erzählte mir der Gaffer, habe zugesehen, wie ihr Vater und ihre Brüder jedes Möbelstück, das sie besaßen, entzweigeschlagen hätten, selbst das Bett, in dem ihre Mutter gestorben sei, nachdem sie Blutklumpen auf ihr Kissen gehustet habe.

Als die Fotoalben wieder in der Schublade verschwunden waren, schien Kat endlich die bevorstehende Ankunft des Pentecost-Babys verkünden zu wollen. Die Gelegenheit war jedoch verpasst, als Laurel die Papiertüte, die sie mitgebracht hatte, auf den Tisch stellte und sie raschelnd öffnete.

»Fang du an, Tom«, forderte sie ihn auf. »Das ist doch richtig so, oder? Es ist schon eine Weile her, seit wir zum letzten Mal Seelengebäck hatten. Das war für den armen Jim.«

Sie schenkte Angela ein mitfühlendes Lächeln, und Dadda zog den viereckigen Rührkuchen hervor und stellte ihn auf einen Teller. Er war ganz schlicht, leicht angebrannt und roch stark nach Eiern. Er brach sich ein Stückchen ab und reichte den Teller an Angela weiter, die dasselbe tat und ihn an Grace übergab.

Diese legte das Medaillon beiseite und brach sich eine Ecke ab, wobei sie die andere Hand darunter hielt, um die Krümel aufzufangen. Es war genug für jeden von uns, Kat eingeschlossen, die nachmachte, was die anderen getan hatten, und sich dabei unsicher am Tisch umblickte.

»Möchtest du was sagen, Tom?«, fragte Bill, der sich das letzte Stück nahm und die Reste in seine Handfläche schüttete.

»Ich glaube nicht, dass es viel zu sagen gibt, oder?«, erwiderte Dadda, und Laurel ergriff seine Hand, ehe alle schweigend ihren Kuchen aßen.

Ich nickte Kat zu, und sie steckte sich das Stück, das sie genommen hatte, in den Mund, woraufhin sich ihre Augen verengten, während sie es so höflich wie möglich zu kauen versuchte. Ich hatte sie gewarnt, dass der Kuchen trocken sein würde. Das war er immer. Wir sollten ihn nicht unbedingt genießen. Er war ein feierliches Naschwerk.

Der Gaffer hatte mir einmal erzählt, wie es gewesen war, wenn in seiner Kindheit jemand in den Endlands starb. Dann schwärzten die Verwandten des Verstorbenen eins ihrer Maultiere vom Schwanz bis zu den Lippen mit nassem Torf und schickten es hinunter ins Tal, um den anderen Familien mitzuteilen, dass der Tod ihnen einen Besuch abgestattet hatte. Wenn das Maultier gefunden wurde, wurde es im Fluss gewaschen und dorthin zurückgebracht, wo es hingehörte. Und mit ihm brachten die Nachbarn Brot und Fleisch und Seelengebäck. Damals, erzählte der Gaffer, sah man den Leichnam noch nicht als unrein oder angsteinflößend an, und bevor er zum Bestatter gebracht wurde, wurde der geliebte Verstorbene im Wohnzimmer zum Berühren und Küssen aufgebahrt. Igitt, ruft Adam. Aber du musst es so sehen, sage ich: Der Tod würde noch genügend Zeit mit ihm bekommen. Da konnten wir ihn zumindest noch ein klein wenig länger zu Hause bei seiner Familie bleiben lassen.

An Kopf und Füße wurden spezielle Kerzen gestellt, die so

dick waren wie Lauchstangen, und der Boden wurde mit Salz und Rosmarin bestreut. Dann legte man den Seelenkuchen über dem Herzen auf die Brust und jeder von den Lebenden musste sich seinen Teil davon nehmen. Kein Krümelchen durfte übrig bleiben, weder versteckt unter den Hemdknöpfen noch zwischen den Fingern der gefalteten Hände. Es war das Privileg der Toten, dass bei ihrem Verscheiden all ihre Sünden aufgegessen wurden. Die Last trugen nun die Lebenden.

Als Nächstes gaben alle Dadda über den Tisch hinweg die Hand, und er lächelte und bedankte sich, und dann wurde das Gespräch fortgesetzt.

»Nun, es wird schön sein, wenn wir morgen eine weitere Singstimme haben«, bemerkte Laurel Kat gegenüber. »Die Lieder wirst du als Pfarrerstochter ja gewiss kennen, nicht wahr?«

Kat wollte ihr antworten, während sie gleichzeitig herunterschluckte, was dazu führte, dass sie keine Luft mehr bekam.

Laurel rieb ihr den Rücken, klopfte dann heftiger darauf, und nachdem Kat mit dem Stuhl vom Tisch weggerückt war, hustete sie sich den Kuchenklumpen in die Hände.

»Es tut mir leid«, sagte sie. »Es tut mir so leid.«

»Hier«, sagte Angela und reichte ihr ein Taschentuch.

Liz schenkte ihr aus dem Krug auf dem Tisch ein Glas Wasser ein und hielt es ihr hin.

»Danke«, sagte Kat. »Ich weiß nicht, was passiert ist.«

Laurel lächelte und rieb ihr erneut über den Rücken. »Schon in Ordnung, meine Liebe«, beruhigte sie sie. »Mach dir keine Gedanken. Kann es sein, dass dir schlecht geworden ist?«

»Vielleicht«, erwiderte Kat.

»Womöglich war es das, was du im Zug gegessen hast?«, fragte Bill.

»Womöglich musst du einfach ein paar ordentliche Mahlzeiten in den Magen bekommen«, fügte Angela hinzu.

»Das ist es nicht«, erklärte Grace und ließ das Medaillon auf- und zuschnappen.

Alle wandten sich zu ihr um. Es war seit einer Stunde das erste Mal, dass sie den Mund aufgemacht hatte.

»Was dann?«, wollte Liz wissen.

»Sie bekommt ein Baby«, erklärte Grace.

»Woher wusste sie das?«, fragte Kat, als alle gegangen waren und Dadda wieder draußen nach seinem Schafbock sah. »Ich dachte, du sagtest, du hättest es niemandem erzählt?«

»Das habe ich auch nicht«, versicherte ich.

»Nun, es sieht aber so aus als ob«, erwiderte Kat.

»Vielleicht hat Grace bloß geraten«, meinte ich. »Weil dir schlecht geworden ist.«

»Mir ist nicht schlecht geworden«, widersprach Kat. »Ich war nur höflich. Der Kuchen war einfach so trocken, dass ich ihn nicht herunterbekommen habe. Und für mich hat es nicht so ausgesehen, als hätte sie geraten.«

»Ich habe es ihr nicht erzählt«, beharrte ich, als Kat mich erneut in Augenschein nahm. »Außerdem ist es doch auch ganz egal, oder? Sie haben sich alle für uns gefreut.«

»Es wäre aber einfach schön gewesen, wenn wir es ihnen hätten sagen können«, bemerkte Kat.

»Ich bin mir sicher, dass Grace dich nicht ärgern wollte«, sagte ich.

»Das ist mir klar«, wiegelte Kat ab. »Ich verstehe bloß nicht, woher sie es wusste.«

»Du sagtest, sie habe sich gewünscht, dass du ein Baby bekommst«, gab ich zu bedenken. »Vielleicht war es nur Wunschdenken, und sie hat zufällig richtiggelegen?«

»Nein«, entgegnete Kat. »Sie wusste es.«

»Angeblich seid ihr Frauen doch so intuitiv?«, fragte ich.

Kat warf mir einen sarkastischen Blick zu und trank ihren Tee aus.

»Außerdem wirkte sie auch nicht besonders aufgeregt, oder?«, bemerkte sie. »Ich kann gar nicht glauben, wie anders sie sich verhält als auf der Hochzeit.«

»Ich schätze, an dem Tag hat sie sich von ihrer besten Seite gezeigt«, sagte ich.

»Wie meinst du das?«

»Sie kann ganz schön anstrengend sein«, erklärte ich.

»Aber es ist doch bestimmt nicht normal für sie, dass sie mit einem Hammer herumläuft und Dinge kaputtschlägt, John.«

»Natürlich nicht«, gab ich zu. »Ich sage ja nur, dass Liz es mit ihr nicht ganz leicht hat.«

»Das überrascht mich nicht«, erwiderte Kat. »Ich meine, sieh dir ihr Elternhaus an. Das bietet nicht gerade Stabilität, oder? Und sie muss sich so einsam fühlen. Wollten Liz und Jeff nie noch mehr Kinder bekommen?«

Der Plan war stets gewesen, Grace in einem Haus voller Brüder und Schwestern aufwachsen zu lassen, doch nach ihrer Geburt war in Liz nichts über das erste Trimester hinaus gewachsen, abgesehen von einem kleinen Jungen, der mit einem halben Herzen geboren wurde und nicht länger als einen Tag überlebte.

Grace war damals erst achtzehn Monate alt gewesen, und so hatten sie ihr natürlich nie etwas davon erzählt. Sie brauchte nichts von alldem zu erfahren. Dies bedeutete allerdings auch, dass sie in dem Glauben aufgewachsen war, ihre Eltern hätten ihr willentlich keinen Verbündeten an die Seite gestellt, keine Geschwister, mit denen sie sich, und wenn auch nur im Spaß, gegen sie verschwören könnte.

»Ich denke, sie haben es versucht«, antwortete ich, und Kat nickte und blickte auf ihren Bauch hinab.

»Ich möchte nicht, dass er ein Einzelkind bleibt«, sagte sie und strich mit der Hand über ihr Kleid.

»Kat«, sagte ich. »Ich dachte, wir hätten darüber gesprochen.«

»Worüber?«

»Darüber, es als er zu bezeichnen«, erklärte ich. »Das wissen wir noch nicht.«

»Er ist ein lebendiges Wesen, John«, erwiderte sie. »Ich wusste nicht, dass du so abergläubisch bist.«

»Ich möchte nur nicht, dass du enttäuscht bist, wenn die Dinge anders laufen, als du es dir vorgestellt hast«, gab ich zurück.

»Falls wir ein Mädchen bekommen, meinst du?«, fragte sie.

»Nein, du weißt, was ich meine, Kat«, antwortete ich.

»So etwas solltest du nicht sagen«, ermahnte sie mich.

»Wer ist jetzt abergläubisch?«, wollte ich wissen.

»Er ist dazu bestimmt, geboren zu werden«, erklärte Kat und presste meine Hand an ihren Bauch. »Wir haben ihn verdient, John.«

»Ich weiß«, erwiderte ich, und sie küsste mich und bat mich, sie ins Bett zu bringen.

Die Treppe führte von einer Ecke der Küche aus hinauf, steil und eng und hell erleuchtet von einer Glühbirne, die vom Treppenabsatz baumelte.

Daddas Schlafzimmer blickte über den Hof, und der Gaffer hatte einen Blick über die ans Haus anschließende Weide bis zur Straße gehabt.

Seine Tür wurde offen gehalten, um Luft ins Zimmer zu lassen, und ich sah, dass Dadda bereits das Bett abgezogen und die Matratze entfernt hatte. Wahrscheinlich hatte er sie zu den alten Reifen hinter die Heuscheune geworfen, aus dem Auge und aus dem Sinn. Die Verschwendung dürfte ihm nicht angenehm gewesen sein, aber ich schätze, es wäre noch verwerflicher gewesen, das Bett eines Toten im Haus zu behalten.

Irgendwann würde alles, was der Gaffer einmal besessen hatte, sortiert werden müssen, Stück für Stück. Würden unsentimentale Entscheidungen darüber getroffen werden müssen, was Gerümpel war und was man noch brauchen konnte. Ein Leben fortzupacken ist eine langsame, stückweise Angelegenheit. Jeder Mensch wird von seinen Gegenständen überlebt, jeder vermacht den Lebenden ein unkuratiertes Museum. Nach Mams Tod musste es dasselbe gewesen sein (Was ist aus jenem Shetlandpullover geworden? Jenem Hut?), aber ich erinnere mich nicht mehr daran.

»Wirst du ihn vermissen?«, fragte Kat und legte mir den Kopf auf die Schulter.

Sie wusste, wie die Dinge zwischen uns gestanden hatten, auch wenn sie im Grunde nicht verstand, weshalb er mir gegenüber so kalt gewesen war. Ich hatte es ihr jedoch erklärt: Der Gaffer war der Ansicht gewesen, wenn man den Entschluss getroffen hatte, den Endlands den Rücken zu kehren, dann drehte man sich danach besser nicht noch einmal um. Er hatte mich nicht regelrecht verstoßen – vielleicht wäre das einfacher gewesen –, er hatte bloß aufgehört, sich für mein Leben zu interessieren. Er hatte mich nicht mehr Johnny, mein Junge genannt, seit ich vor beinahe zehn Jahren fortgezogen war, um auf die Universität zu gehen. Wenn ich anrief und ihn an die Leitung bekam, gab er den Hörer sofort an Dadda weiter, und wann immer ich zum Helfen zurück auf den Hof kam, behandelte er mich wie einen Neuling. Ich war ihm im Weg. Ich ging ihm auf die Nerven.

Wir hatten ihn auf die Hochzeit eingeladen, aber ich hatte Kat gewarnt, sie solle nicht mit seinem Erscheinen rechnen. Natürlich hatte ich, wie sich herausstellte, falschgelegen, und als er mit allen anderen auftauchte, wurde ihr Optimismus bestätigt. Dennoch saß er während der gesamten Zeremonie mit verschränkten Armen da und lungerte hinterher rauchend am Rand herum, während der Fotograf (Kats cholerischer Onkel Neil) die Leute ins Bild und wieder hinaus scheuchte. Als der Tag jedoch voranschritt und von seinem vierten Pint nur noch ein letzter Rest übrig war, schien er ein wenig aufzutauen, insbesondere, als Kat ihn zur anderen Seite der Bar herüberwinkte, wo sie neben mir stand. Wie alle Frauen musste auch sie über seine Witze lachen und konnte den Blick nicht von seinen Augen abwenden. Und der Gaffer hatte ihre Aufmerksamkeit genossen, wie sie seinen Arm berührte, während sie sprach, wie sie seinen Anzug bewunderte und mit dem Handrücken über seine Krawatte fuhr. Als sie sich entfernte, um sich mit ihren Cousinen aus Colchester zu unterhalten, folgte er ihr mit den Blicken durch den gesamten Raum.

Er blies Rauch aus, stieß mich mit dem Ellbogen an und sagte etwas, aber die Band hatte gerade zu spielen begonnen, sodass ich ihn nicht verstand, ehe er mit seinem Bieratem näher an mein Ohr herankam.

»Ich sagte, du bist ein Glückspilz, John«, wiederholte er. »Sieh zu, dass du es nicht verbockst.«

Dann leerte er sein Pint und ging, um ein paar von Kats Tantchen zu einem Elvis-Song übers Parkett zu schieben. Sie hatten ihn natürlich alle vergöttert.

Nachdem ich das Tal verlassen hatte, war das Zimmer unter dem Dach als Lagerraum genutzt worden, und die beiden Klappbetten waren umgeben von Kisten mit meinen Kinderbüchern, die nicht mehr aufs Regal passten. Ein Stapel abgegriffener *Beano*-Jahrbücher von neunzehnhundertsechsundsechzig bis neunzehnhundertdreiundsiebzig. Ladybird-Bücher über Flaggen und Wikinger und *What to Look for in the Country*.

Bücher waren stets mein Zuständigkeitsbereich gewesen. Für sie hatte ich bei Wigton's mein Taschengeld ausgegeben. Sie hatte ich mir zum Geburtstag und an Weihnachten gewünscht. Und hin und wieder kam der Gaffer mit einer Kiste voll Taschenbücher aus zweiter Hand nach Hause, die er irgendjemandem im »Cropper's Arms« abgekauft hatte. Nicht alle davon waren geeignet für einen leicht beeinflussbaren Zwölfjährigen, wie ich zugeben muss.

Während sie sich auszog, legte Kat den Kopf auf die Seite und betrachtete die Bücher auf dem Regal unter dem Dachfenster. Geschichten über Riesen und Bären und abenteuerlustige Hunde.

»Wir sollten ein paar von diesen Büchern mit nach Hause nehmen«, stellte sie fest. »Für den Kleinen, wenn er da ist.«

»Wir könnten sie aber auch hierlassen«, schlug ich vor.

»Für unsere Besuche, meinst du?«, fragte Kat.

»Zum Beispiel«, antwortete ich.

»Weißt du, wir können so oft herfahren, wie du möchtest«, versprach sie. »Ich werde dich nicht in Suffolk festhalten. Außerdem gefällt es mir hier.«

Sie schenkte sich selbst ein Lächeln, als sie sich in dem Spiegel erblickte, den Dadda an den Deckenbalken gehängt hatte wie in einem Kanarienvogelkäfig. Eine Frau kommt zu Besuch, hatte er sich wohl gedacht, und Frauen wollen wissen, wie sie aussehen. Sie erwarten auch, ein Schlafzimmer hübsch vorzufinden, also hatte er ihr den Nachttopf mit dem Blumenmuster hingestellt.

Zitternd schlüpfte Kat unter die Decken und rutschte näher an mich heran, über die Ritze, die unsere beiden Betten voneinander trennte, herüber auf meines. Es kam mir seltsam vor, in meinem Kinderzimmer mit einer Ehefrau zu liegen, einer schwangeren Ehefrau, dabei dieselben Bücher zu betrachten, die schon immer auf den Regalbrettern gestanden hatten, und auf die Geräusche aus dem Tal draußen zu lauschen, die sich niemals veränderten.

Mittlerweile hatte es aufgehört zu regnen, und was den ganzen Abend über das Hochmoor niedergegangen war, stürzte nun die Schlucht hinab. Die dahinter ertönende Stimme des Flusses ließ diesen größer erscheinen, als er eigentlich war, als würde er ganz nah am Fenster vorbeifließen, und zugleich weit entfernt. Töne nehmen in den Endlands seltsame Wege. Das sagt Adam immer. Sie kommen nicht über die Wände der Bergrücken hinweg, also flattern sie von einer Seite des Tals zur anderen wie ein Vogel, der in einem Zimmer gefangen ist.

»Was hätte der Gaffer davon gehalten, dass wir ein Baby bekommen?«, fragte Kat. »Hätte er sich für dich gefreut?«

»Bestimmt hätte er das«, antwortete ich.

Doch mehr noch hätte er gedacht, was auch ich dachte, seit der Arzt bestätigt hatte, dass die beiden blassen Striche auf dem Schwangerschaftstest die Wahrheit sagten: dass das Kind in die Endlands gehörte. Dass Kat und ich eine Verpflichtung hatten, zurückzukehren und hier zu leben.

Sie schlang Arme und Beine um mich, ihre Hand auf meinen Schulterblättern, ein kalter Fuß an meinem Schienbein reibend.

»Arme Grace«, sagte sie. »Ich hoffe, unser Junge wird ein glücklicheres Leben haben als sie.«

In den Bäumen bei der Brücke der Beasleys jaulte eine ausgehungerte Füchsin. Und noch weiter entfernt glaubte ich, das Röhren der Hirsche im Moor zu vernehmen.

Beerdigung

In den letzten Tagen habe ich Adam von den Landkarten berichtet, die der Gaffer immer zeichnete. Jeden Oktober vor dem Abtrieb holte er das Buch aus der Küchenschublade und zog die Grenzen unseres Landes neu.

Die Landkarten wurden auf großen Backpapierblättern erstellt, sodass jedes Jahr die alte, mit allen nötigen Veränderungen versehen, kopiert werden konnte, um daraus die neue zu erlangen. Dabei wurde das gesamte Tal aufgezeichnet, von den beiden Birken bis zu der alten Mauer auf dem Moor, wo unser Weideland endete.

Zuerst widmete er sich dem Dorf, zeichnete die Lage der Häuser sorgfältig mit einem Bleistift ein, den er zwischen dem Markieren der New Row auf der einen Seite des Flusses und der Nine Cottages auf der anderen anspitzte. Jedes kleine Rechteck wurde mit den Namen seiner Bewohner versehen, Geburten und Todesfälle wurden durch Hinzufügen und Weglassen gekennzeichnet. Wenn man weit genug zurückblickte, tauchten Namen auf, die im Dorf heutzutage niemand mehr trug: Clifton, Bullsnape, Calder, Mitton. Familien, die fortgezogen waren oder mit einer Heirat ein Ende fanden, wie die Curwens, die von der Landkarte verschwanden, als Angelas Vater Henry starb und der Hof an sie und Jim überging, den sie zwei Jahre zuvor geheiratet hatte.

Es muss wohl ein ziemlich bedeutsames Ereignis gewesen

sein. Die Curwens hatten seit Ewigkeiten im Tal gelebt, und neunzehnhundertzwanzig war Henry gemeinsam mit Joe Pentecost und Vernon Dyer wesentlich daran beteiligt gewesen, den Landbesitzern die Endlands abzukaufen. Von da an wurde jedes Jahr um den Jahrestag des Kaufs herum die Landkarte neu gezeichnet.

In jenen Jahren nach dem Ersten Weltkrieg, erzählte mir der Gaffer, als die feinen Pinkel nicht mehr viel Geld übrig hatten, als sie die herrschaftlichen Häuser schließen mussten und entschieden, die Verluste aus ihrem Besitz zu begrenzen, anstatt noch mehr Geld in ein Fass ohne Boden zu stecken, waren die Endlands für einen Apfel und ein Ei verkauft worden. Dennoch hatte der Preis wohl die Mittel der drei Bauernfamilien überschritten, und unten in Underclough wurde damals viel darüber spekuliert, wo sie das Kapital herbekommen hatten.

Dem Gaffer zufolge machten Bezichtigungen der Wilderei die Runde – immerhin war seit Jahren niemand mehr im Wald oder auf dem Moor jagen gewesen, und dort lief reichlich Wild frei umher, falls irgendjemand welches stehlen wollte. Ein paar Kaninchen oder Moorhühner mitgehen zu lassen hätte allerdings höchstens dazu beigetragen, einen kleinen Teil der Pacht zu bezahlen, wäre jedoch kaum genug gewesen, um die Grundstücke direkt zu kaufen. Außerdem waren wir nicht gerade gewohnheitsmäßige Diebe. Wir halfen lediglich jenen, die es waren.

Der Gaffer erinnerte sich daran, wie die Metzger aus Clitheroe und Burnley mit ein paar tüchtig aussehenden Burschen mit Schrotflinten in der Dämmerung heraufkamen und Joe Pentecost und den anderen für etwa eine Stunde im Wald eine halbe Guinee zusteckten. Am nächsten Tag: Fasane und Rebhühner und Hasen in den Schaufenstern. Oder junge Männer, die sich ohne den Krieg langweilten, kamen mit Jagdgewehren auf der

Suche nach Hirschen und zahlten nur zu gern für das Privileg, vom Gaffer durch das Moor zu den besten Verstecken geführt zu werden.

Die Rechnung schien jedoch noch immer nicht aufzugehen, aber sooft ich den Gaffer auch danach ausfragte, er sagte jedes Mal dasselbe: »Die Endlands gehören nun uns, Johnny, mein Junge. Das ist alles, was zählt.«

Dann rückte er seinen Stuhl näher an den Tisch heran und spitzte erneut seinen Bleistift.

Am meisten Mühe gab er sich dabei, die Grenzen unseres Landes einzuzeichnen. Die Grundstücke der Endlands bestanden nicht etwa aus sauberen Rechtecken mit geraden Rändern, sondern wurden von den gezackten Linien der Schluchten zusammengenäht. Sie waren noch zurückzuführen auf die Wikinger, die vor Jahrhunderten in das Tal gekommen und die Ersten gewesen waren, die sich dort niedergelassen hatten. Sie waren sowohl Menschen aus den Bergen als auch vom Meer, und wenn ein Wikinger sein Land zum ersten Mal absteckte, erzählte mir der Gaffer, dann begann er am Gebirgskamm und arbeitete sich von dort aus hinunter bis zum Wasser.

»Wenn du genau hinschaust, Johnny, mein Junge, dann sind alle drei Höfe auf diese Weise angelegt«, erklärte er. »Wir leben so, wie schon die Wikinger einst gelebt haben.«

Dementsprechend waren die Endlands von einer gewundenen Linie umgeben, die den Kamm des Kite Fell oberhalb des Hofes der Dyers nachfuhr und dann zum Wolf Hill über unserem Hof weiter verlief. Von dort aus schlängelte sie sich über das Moor und lief die Mauer entlang, ehe sie über die Spitze von Long Edge zurückführte, die hinter dem Hof der Beasleys aufragte, und bis zu ihrem Anfangspunkt auf der Dorfseite von Sullom Wood abfiel.

»Diese Linie darf niemand jemals verschieben, Johnny, mein Junge«, erklärte mir der Gaffer, während er mir erneut die Ränder der Endlands zeigte. »Lass niemals zu, dass jemand es auch nur versucht. Das Land wurde rechtmäßig erworben. Lass dir von niemandem etwas anderes einreden.«

Nachdem die Umrisse korrekt kopiert waren, spitzte der Gaffer erneut seinen Bleistift an und begann die Details auszufüllen. Ganz am Ende des Tals standen die Drei Schwestern – Fiendsdale, Whitmoor und Bleaweather –, die eine Sackgasse aus hohen Hügeln bildeten, hier und da gespalten von Brüchen im Fels. Und auch die kleineren Einzelheiten mussten dokumentiert werden: all die eigenartigen Ecken der Felder und Sümpfe, wie etwa Sour Bend, jener kegelförmige Polyp aus Gras, um den der Fluss auf seinem Weg nach Sullom Wood eine Schlaufe machte. Oder Reaper's Walk, der nicht direkt ein Weg war, sondern lediglich ein mit einer Hecke bewachsener Damm zwischen den beiden Heufeldern.

Diese Dinge veränderten sich von einem Jahr zum nächsten kaum, doch andere Stellen erforderten eine Begutachtung, weshalb der Gaffer sich mit einem Notizblock und einem Maßband auf den Weg machen musste. Nicht nur für die Nachwelt, sondern auch aus praktischeren Gründen.

Die Ufer, an denen die Brücke der Beasleys errichtet worden war, erodierten langsam und würden früher oder später gestützt werden müssen. Ebenso konnte der Weg durch das Moss bei Überflutungen beschädigt werden, und dann mussten wir wissen, wo wir einen Schutzwall errichten oder die Gräben vergrößern sollten. Das Eschenwäldchen in Sullom Wood musste ordentlich gepflegt werden, die Bäume gezählt und bei Bedarf ersetzt, wenn wir alle in den kommenden Jahren genug Feuerholz für den Winter haben sollten. Esche war Eiche und Birke stets vorgezogen worden. Sie brennt gut, selbst wenn sie feucht und grün ist. Eine nützliche Eigenschaft, da wir so viel Regen ausgesetzt sind. Er bringt die Flüsse zum Überlaufen und füllt die Schluchten, bis das Wasser seine übliche Bahn verlässt und die Fluten die Berghänge hinunter auf die Höfe zugerauscht kommen. Zur Zeit des Gaffers waren hölzerne Barrikaden errichtet und die Überlaufkanäle zum Fluss geleitet worden, aber sie halten nicht immer und müssen natürlich regelmäßig instand gesetzt werden, wie alles andere hier auch. Ab und zu stelle ich neue Zaunpaneele auf und befreie die Abflüsse von Schlammablagerungen.

Wir sind ebenso die Hüter des Wassers wie der Schafe, sage ich zu Adam.

Wir sind es schon immer gewesen.

Glaubt man dem, was mir immer erzählt wurde, waren die Pentecosts schon lange vor den anderen Familien hier im Tal gewesen. Wir waren die direkten Nachkommen einiger dieser zähen norwegischen Einwanderer. Weshalb sonst war Joe Pentecost so groß gewesen? Woher hatte der Gaffer seine blauen Augen? Unser Stammbaum reichte weit zurück. Als Wilhelm der Eroberer diesen Teil von England den Bonyeux-Lacys übergab, hatten wir die Endlands wohl bereits seit über einem Jahrhundert bewirtschaftet.

Die Bonjour-Lazys, wie Adam sie nennt. Waren das Freunde des Königs?, will er wissen.

Um einen Doppelnamen zu bekommen, musste man das sein, erkläre ich.

Waren sie reich?, fragt er.

Reich genug, um ihr Land an die Kirche zu verschenken, antworte ich.

Große Teile davon. Weite, weite Flächen. Damit erwarben sie sich einen sicheren Aufstieg in den Himmel, wenn ihre Zeit gekommen wäre, aber wahrscheinlich waren sie auch einfach froh, dass jemand anderes sich für sie um dieses nördliche Provinznest kümmerte.

Unten am Ribble gab es anständige Flutweiden, die die Abtei

mit Schafen füllte, deren Wolle auf den Marktplätzen von Brügge und Venedig landete, aber das Moortal war nahezu nutzlos. Die Eichenwäldchen und Birkengruppen waren zu dicht, um für Felder gerodet zu werden, und die Hochweiden waren nur für robuste Auen geeignet, um die sich am besten jene Schäfer kümmerten, die bereits dort lebten. Die Mönche gingen nicht gern hinauf ins Hochmoor. Dort lag etwas Ungesundes in der Luft, sagten sie. Weit entfernt auf den Bergrücken tauchten seltsame Umrisse auf, und manchmal drangen Geräusche unter dem Torf hervor. Auch wenn sie in den Wald gingen, um Holz für die Kamine der Abtei zu sammeln, wagten sie sich niemals zu weit hinein. Dort drinnen lauerte etwas, das noch schlimmer war als die Wölfe, etwas, das stets fest entschlossen schien, ihnen hinaus ins Freie zu folgen.

Deshalb errichteten sie die Kapelle. Nicht bloß als Schutz gegen Wind und Regen, sondern gleichermaßen als Pförtnerhaus. Was auch immer ihnen aus den Bäumen heraus folgen mochte, würde sicher zurückschrecken, wenn es sah, dass Gott im Tal anwesend war.

Man kann es sich nur schwer vorstellen, sage ich zu Adam, aber in jenen Tagen gingen Veränderungen geologisch langsam vonstatten, und eine Generation von Pentecosts unterschied sich nicht von der, die ihr vorausging oder nachfolgte. Sie züchteten Schafe, die ihnen Hammelfleisch und Mäntel lieferten, leisteten ihren kleinen Beitrag zur Kirchenkasse und lebten ein bescheidenes, kurzes Leben. Jahrhundert um Jahrhundert.

Natürlich wurde das Geschäft mit der Wolle hin und wieder von Kriegen und Steuern ins Wanken gebracht, wie jedes andere auch, allerdings nicht so stark, dass es vollkommen eingebrochen wäre oder dass dadurch niemand mehr reich geworden wäre. Selbst als der gute alte Heinrich auftauchte und die Abtei am Ribble mit solcher Sorgfalt auseinandernahm, dass sogar die Grundsteine entfernt wurden, gab es neue Taschen, in die gearbeitet werden konnte. Die Bonyeux-Lacys wurden zwar vertrieben (oder für ihren Verrat in der Pilgerfahrt der Gnade hingerichtet) und die Mönche von den Feldern gejagt, aber die protestantischen Ashetons standen schon bereit, um an ihre Stelle zu treten und ihre Schafe zu übernehmen.

Sie waren sogar noch wohlhabender geworden als die Abtei, die Ashetons, nicht zuletzt, weil sie schlaue Geschäftsleute waren. Rasch hatten sie die calvinistischen Weber abgeworben, die den Nägeln und Schrauben der Inquisition entkommen waren. Rasch hatten sie Land in Lincolnshire und Norfolk aufgekauft, wo sie Schafe für Kammgarn statt für Wollwaren weiden lassen konnten, was ihnen eine größere Rendite einbrachte. Gute Erträge gewannen sie allerdings sogar mit den zotteligen Rough-Fell-Schafen aus den nördlichen Mooren, deren Felle sie zu den groben Stoffen verarbeiteten, die die Armen per Gesetz zu tragen gezwungen waren.

Mit diesen Profiten erbauten sie Brownlee Hall drüben im Wyresdale Valley, wo die Cutting hinunter in ein hübscheres Tiefland führte. Eines Tages hatte uns die mit dem so passenden Namen versehene Mrs Broad bei einem Schulausflug zum Thema lokale Geschichte dorthin gebracht und uns von einem moderigen Raum in den nächsten gescheucht, während die riesigen Gemälde jener spitzbärtigen Kaufmänner in Strümpfen und Feh uns im Auge behielten.

Die Ashetons hatten wohl mehr als ein Jahrhundert lang rege Geschäfte gemacht, bis zunächst der Bürgerkrieg ihnen und allen anderen Wollhändlern die Arbeitskräfte raubte und daraufhin eine Reihe harter Winter und nasser Sommer ihr nördliches Weideland zerstörte. Die Bauern in den Endlands machten weiter, doch die Familie zog hinunter in den Süden, um den Rest ihres Lebens in wärmeren Gefilden zu verbringen.

Als achtzehnhundertfünf mit Matthew der letzte Asheton

verstarb, war der Reichtum der Familie zusammengeschrumpft, und nachdem jede Generation ein wenig mehr von ihrem einstigen Besitz verkauft hatte, waren nun lediglich Brownlee Hall und der Grundbesitz im Briardale Valley übrig.

Ohne eigene Nachkommen vererbte Matthew alles an seinen Neffen Edgar Denning, einen Weinhändler in London. Dieser hatte jedoch kein Interesse an einem verschimmelnden Haus oder zweihundert Acre schlammigen Heidelands, und genau wie die Ashetons es getan hatten, als sie in die Cotswolds flohen, sammelte er ein, was ihm zustand, ohne jemals die Reise in den Norden anzutreten.

Das soll nicht heißen, er hätte sein Familienerbe weggeworfen wie eine kaputte Armbanduhr. Er war schlau genug, leicht verdientes Geld zu wittern, und ergriff die Gelegenheit, sich als unser neuer Verpächter vorzustellen, indem er die Pacht erhöhte und es in der darauffolgenden Saison gleich noch einmal tat. Jahrelang bearbeiteten ihn die Bauern, die Endlands doch als ein einzelnes Grundstück anzusehen, statt als drei verschiedene, damit die Pacht gesenkt und die Verantwortung, sie zu bezahlen, geteilt werden konnte. Aber aus dem ein oder anderen Grund, der jedoch stets finanzieller Natur war, wurde ihre Bitte beständig abgelehnt.

Also fanden die drei Familien Wege, um ihnen allen den Lebensunterhalt zu sichern. Jeden Herbst wurden ein paar Schafe, Schweine, Kühe und Gänse aussortiert, und wenn sie geschlachtet wurden, wurde das Fleisch gleichmäßig aufgeteilt. Was auch immer auf dem Moor oder in Sullom Wood gewildert wurde, wurde beim nächsten Markttag in Clitheroe in raschen, heimlichen Tauschgeschäften verkauft, woraufhin das Geld durch drei geteilt wurde, damit alle die Pacht bezahlen konnten, wenn Dennings Mann das nächste Mal anklopfte.

Als Joe Pentecost und die anderen die Endlands neunzehnhundertzwanzig erwarben, änderte sich nichts. Noch immer kümmerten sich alle umeinander. Wir teilten, was wir hatten. Niemand kaufte, was ihm bereitwillig geliehen würde. Zäune waren da, um die Tiere beisammenzuhalten, aber nicht, damit die Nachbarn draußen blieben. Wenn überhaupt, rückten die drei Familien noch näher zusammen und ließen die Endlands nahezu autark werden, was sie auch heute noch sind. Die Welt außerhalb des Tales mochte auseinanderfallen, wir jedoch würden die Auswirkungen hier nicht notwendigerweise zu spüren bekommen. Und das war es, was seit Joe Pentecosts Lebzeiten an jede Generation weitergereicht worden war, diese Gelegenheit, von unserer eigener Hände Arbeit zu leben, die Freiheit, nicht nach der Pfeife irgendeines anderen tanzen zu müssen.

Ein Bauer der Endlands war jedoch immer bloß ein Verwalter. Nichts gehörte jemals irgendjemandem, alles war stets im Begriff, weitergereicht zu werden. Genauso ist es auch heute, erkläre ich Adam. Die Endlands sind fortwährend am Taumeln, und es liegt an jenen, die nach uns kommen, sie im Gleichgewicht zu halten. Niemand hier gibt Geld für Versicherungspolicen aus, stattdessen bekommen wir Kinder.

Kat verbrachte eine unruhige Nacht und schlief erst in den frühen Morgenstunden richtig ein. Ich ließ sie schlafen und ging nach unten, wo ich das Buch mit den Landkarten aufgeklappt auf dem Küchentisch liegen sah. Dadda hatte begonnen, die neue Seite zu zeichnen, war jedoch wie üblich von einer anderen Aufgabe davon abgerufen worden. Ich fand ihn in der Waschküche, die genauso roch wie früher (und auch heute noch), nach Terpentin und faulenden Äpfeln und dem Katzenpissegestank ewig feuchter Schuhe. Ein Ort, an dem Ölzeug trocknen und Wild aufgehängt werden konnte, bis es bereit war, gehäutet und ausgenommen zu werden.

Das Fenster am Ende des Raumes war moosbedeckt und wurde von dem wuchernden Zwetschgenbaum davor verdunkelt. Dadda wollte diesen schon seit Jahren beschneiden, um mehr Licht hereinzulassen, war allerdings nie dazu gekommen, und ich kannte auch den Grund dafür. Der Baum erinnerte ihn an Mam, genau wie mich.

Eine der wenigen verlässlichen Erinnerungen an jene längst vergangene Zeit ist die, wie ich sie auf einer farbbespritzten Leiter stehen und den Arm in die Zweige nach den Zwetschgen ausstrecken sehe, während sich ihre Fersen aus ihren Pantoletten lösen.

Hinter den beiden Kaninchen mit den glasigen Augen, die schlaff von der Decke baumelten, saß Dadda auf einem niedrigen Hocker, die Peek-Freans-Keksdose mit den Bürsten und der Schuhcreme neben sich auf dem Fußboden. Eine Hand steckte in einem der Stiefel des Gaffers, und begleitet von einem lauten Husten kratzte er mit einem Taschenmesser den getrockneten Schlamm aus den Sohlen.

»Lass mich das doch übernehmen, Dadda«, schlug ich vor. »Mach du dich schon mal fertig.«

Er hielt kurz inne, sah mich an und richtete seine Aufmerksamkeit dann wieder auf das, was er gerade tat. Mein Angebot war nutzlos. Der Sohn putzt immer die Stiefel seines Vaters.

Auf dem Regalbrett über den Farbeimern waren sie allesamt aufgereiht – Väter neben Vätern neben Vätern, bis zurück zum alten Arthur Pentecost, der bereits in den Endlands Schafe gehütet hatte, als die Ashetons noch unseren Zehnten einsammelten. Seine Stiefel waren kolossale Teile, von Schuhnägeln zusammengehalten und an den Zehen nach wie vor knallhart. Die Schnürsenkel waren zerfallen, bis auf einen Fetzen, der noch durch die unterste Öse lugte, so spröde wie ein vertrockneter Wurm.

Auf den beiden anderen Höfen sah es genauso aus. Jeder hatte sein Regalbrett voller alter Stiefel, damit niemand vergaß, was bewahrt und an ihn weitergegeben worden war. Wie hart in unserem Namen gearbeitet worden war, damit die Höfe in unseren Händen blieben.

»Wer hat Mams Stiefel gemacht?«, fragte ich, als ich ihre, an den Zehen abgewetzt, gegen die anderen gelehnt sah.

»Das warst du«, antwortete Dadda. »Du hast stundenlang mit ihnen hier gesessen. Ich konnte dich nicht dazu bringen, ins Bett zu gehen. Der Gaffer hat dich auf dem Fußboden schlafend gefunden.«

»Daran erinnere ich mich nicht mehr«, erwiderte ich.

Mir ist nur so wenig aus jener Zeit im Gedächtnis geblieben. Die Korkabsätze von Mams Schuhen auf der obersten Sprosse der Leiter. Eine Schneewehe aus Gelierzucker, der auf das Wachstuch auf dem Küchentisch gerieselt war. Wie sie und ich auf den Heuwiesen die Kiebitze beobachteten. Wie Salz, dessen Wasser verkocht ist, bleiben diese Dinge zurück. Alles andere hat sich verflüchtigt.

»Er hätte sich gefreut, weißt du, der Gaffer«, bemerkte Dadda, während er die Schuhwichse in das Leder rieb. »Für dich und dein Mädchen.«

»Und was ist mit dir?«, fragte ich.

»Natürlich freue ich mich, John«, erwiderte er.

»Was hast du dann?«, wollte ich wissen.

»Nichts.«

»Komm schon«, entgegnete ich. »Ich merke doch, dass dich etwas bedrückt. Falls es Grace ist, nun, weißt du, wir haben es ihr nicht gesagt.«

»Das ist mir egal«, behauptete er.

»Stört es dich, dass wir es Kats Eltern zuerst erzählt haben?«, hakte ich nach.

»Weshalb hättet ihr es ihnen nicht zuerst erzählen sollen?«, gab er zurück. »Ihr wohnt doch nur einen Katzensprung von ihnen entfernt, oder?«

»Ich wollte dich nicht verärgern«, versicherte ich.

»Wenn ich anfange, mich über so was zu ärgern, dann weiß ich, dass ich zu viel Zeit habe, John«, wehrte er ab.

»Sie waren eben zu Besuch, und es fühlte sich komisch an, nichts zu sagen.«

»John, das stört mich nicht«, beharrte er.

»*Sie* hätte es gestört«, bemerkte ich. »Vor allem Barbara.«

»Ich nehme an, sie war glücklich?«, erkundigte er sich.

»Was glaubst du denn?«

Er lachte trocken. »Zumindest werdet ihr reichlich Unterstützung bekommen«, stellte er fest.

»Wir werden reichlich Einmischung bekommen«, widersprach ich. »Hilfe würden wir hier bekommen.«

»Um ehrlich zu sein, wird es dir wohl schwerfallen, den Unterschied zu erkennen«, erwiderte er. »Laurel und Angela werden jede Sekunde hier sein, wann immer ihr zu Besuch kommt.«

»Ich meinte, wenn wir hier leben würden, Dadda«, erklärte ich.

Er griff nach dem anderen Stiefel und blickte mich an.

»Kochst du Tee?«, fragte er und begann, die Sohle zu schrubben.

Während ich darauf wartete, dass das Wasser im Kessel kochte, setzte ich mich an den Tisch und begutachtete, was Dadda ins Landkartenbuch gezeichnet hatte. Bislang hatte er die Endlands umrissen und jedes der Bauernhäuser aufgeführt. Unter »Pentecost« war nun lediglich sein Name aufgelistet. Allein wirkte er schutzlos. Leicht auszuradieren.

Er hatte das Gespräch zwar im Keim erstickt, aber wenn Kat und ich hierherziehen würden, dann geschähe dies nicht nur für uns und das Baby, sondern auch für ihn. Nicht aus Mitleid. Mitleid war in den Endlands etwa so nützlich wie Eifersucht. Ich wollte einfach nur nicht mit ansehen, wie er kämpfen musste. Es gab zu viel zu tun für nur eine Person. Allein das Zeichnen der Landkarte hatte bereits mehrere neue Aufgaben aufgeworfen.

Es war offensichtlich, weshalb er den Bleistift beiseitegelegt hatte. Er konnte nicht fortfahren, ohne zuvor das Ausmaß des Feuerschadens in Sullom Wood festzustellen. Dieser war zu einem jener Dinge im Tal geworden, die ausgemessen werden mussten, genau wie der Eschenwald und die Entwässerungsgräben auf dem Moss und der Pfad hoch oben über dem Hof der Beasleys – eine Schlechtwetterroute, die es den Leuten erlaubt hatte, sich durch das Tal zu bewegen, ehe es eine geteerte Fahrbahn gab. Jahrelange Erosion hatte den Weg aufgebrochen, sodass er mittlerweile immer wieder auftauchte und verschwand wie eine aufgetrennte Naht, und die gesamte Strecke war nun schon so lange fragmentiert, dass jeder Abschnitt einen eigenen Namen bekommen hatte. Über Sullom Wood war sie als der High Walk bekannt, und dort, wo sie über den Hof der Beasleys hinwegführte, als Sow's Head. Dahinter war sie lediglich die Corpse Road und führte meilenweit hinein ins Moor.

Sie überhaupt als Straße zu bezeichnen ist irreführend. Bestenfalls ist sie nicht mehr als eine Schneise durch die Heide – *eine Sargbreite* war das Zugeständnis der Ashetons in dem Dokument, das in Brownlee Hall ausgestellt ist –, die leicht überwuchert oder unter Schnee begraben wird. Einst sei sie jedoch oft genutzt worden, sagte der Gaffer, da St Michael's anfällig für Überflutungen war, welche Schutzwälle auch errichtet wurden, um den Fluss zurückzuhalten. Wenn der Damm brach und das Wasser den Friedhof überschwemmte, mussten die frisch Gestorbenen auf die andere Seite des Moors in das Dorf Abbeystead in Wyresdale gebracht werden, wo die Kirche auf einem Hügel errichtet worden und die wartende Erde trocken war. Es war eine Strecke von beinahe sechs Meilen, die auf flachem Land anstrengend genug gewesen wäre, doch das Navigieren über steile Abhänge und Abschnitte aus tiefschwarzem Torf führte manchmal dazu, dass der Sarg eine Schlucht hinunterstürzte und zerbarst, und der Leichnam schlaff wie eine Marionette herausrollte. Gelegentlich fiel er auch in einen Sumpf und war unwiederbringlich verloren, dann dienten ihm ein paar zusammengesuchte Steine auf dem nächsten Flecken trockenen Untergrunds als Grabstein.

Hatten sie einmal das Pech, die Corpse Road benutzen zu müssen, brachen die Leute meist früh am Morgen auf, damit sie innerhalb eines Tages nach Wyresdale und zurück kommen konnten. Manchmal gelang es ihnen, an anderen Tagen brach so plötzlich und mit solcher Macht ein Unwetter herein, dass sie den Sarg stehen lassen und ihn später wieder einsammeln mussten.

»Ist das wahr?«, fragte ich. Mir gefiel die Vorstellung nicht, dass man jemanden ganz allein auf dem Moor zurückließ, selbst wenn derjenige bereits tot war.

Der Gaffer bekreuzigte sich, wie er es stets tat, wenn ich ihm diese Frage stellte.

»Aye, es ist wahr«, sagte er. »Man suchte dann etwas Schutz für die Kiste in einem Graben im Torf, bedeckte sie mit Heidekraut und errichtete einen kleinen Steinhaufen, damit man die Stelle auch wiederfand, wenn man danach suchte. Ich hab dir doch bestimmt schon von Stanley Clifton erzählt, Johnny, mein Junge.«

»Nein.«

»Er war noch klein, etwa so alt wie du. Ein Webstuhl hat ihm den Kopf zerquetscht«, sagte der Gaffer und demonstrierte, was geschehen war, indem er seine Wangen auseinanderzog und im Rachen ein krachendes Geräusch erzeugte.

»Das war, als es im Jahr nach dem Schneesturm die Überschwemmungen gab«, berichtete er weiter. »Die Fotografien hast du doch gesehen, oder?«

»Ja«, antwortete ich.

Sie hingen im »Croppers' Arms« an der Wand neben den

schmutzigen Stillleben von Früchten und Spaniels. Sonnengebleichte Schwarz-Weiß-Bilder der Straße, auf der das Wasser so hoch stand, dass man mit dem Boot darüber hätte hinwegrudern können, während die Grabsteine auf dem Friedhof aussahen, als trieben sie wie Bojen im Wasser.

Die Cliftons waren seit einer Stunde unterwegs gewesen, als die Wolken herunterkamen und es in Strömen zu regnen begann. Ihnen blieb nichts anderes übrig, als ihren Stanley allein zu lassen und nach Underclough zurückzukehren.

»Als sie am nächsten Tag wieder hinaufgingen, um ihn zu holen«, sagte der Gaffer und zündete sich seine Kippe an, »war der Sarg leer.«

»Leer?«

»Aye.«

»Und wo war Stanley?«

»Der Owd Feller hatte ihn mitgenommen, oder etwa nicht?«

»Ihn wohin mitgenommen?«, fragte ich.

»Das weiß niemand«, antwortete der Gaffer. »Er wurde nie gefunden.«

»Bist du dir sicher, dass das wahr ist?«, wollte ich wissen.

»Glaubst du etwa nicht, dass er dort oben ist, der Teufel?«, fragte er und trat zu dem Haken an der Tür, an dem sein Mantel hing, der gute mit dem Fischgrätenmuster, den er immer trug, wenn er in den Pub ging. Er wühlte in einer Innentasche herum und brachte eine Tabakdose zum Vorschein, die er mir reichte. Die Beschriftung war verschrammt und eingebeult, der Deckel wurde von einem Gummiband gehalten.

»Nur zu, Johnny, mein Junge«, forderte er mich auf, während er den Stängel aus Asche in seine Teetasse klopfte. »Mach sie auf.«

»Ich soll nicht rauchen«, entgegnete ich.

»Da ist kein Tabak drin, du Dummkopf«, erwiderte der Gaffer. »Mach sie schon auf.«

In der Dose lag ein Papiertaschentuch voller Fett- und Schimmelflecken.

»Das habe ich gefunden, als ich so alt war wie du, Johnny, mein Junge«, sagte er.

»Was ist das?«, fragte ich.

»Sieh es dir an.«

Unter dem Papier lag eine kleine schwarze Hand, so groß wie die eines Babys, in sich zusammengerollt wie eine verbrannte Spinne.

»Die ist winzig«, stellte ich fest.

Aber da war noch etwas anderes, das ich zunächst nicht erkennen konnte.

»Zähl die Finger, Johnny, mein Junge«, drängte mich der Gaffer.

Das tat ich.

Es waren sechs.

Während wir darauf warteten, dass Kat aus dem Haus kam, ging Dadda mit einer eingerollten Kordel und seinem Taschenmesser den Hang hinauf.

»Hat das nicht Zeit?«, rief ich ihm aus dem Land Rover zu. Er winkte ab, und Fly folgte ihm, da sie spürte, dass er heute keine Lust haben würde, sie zu züchtigen.

Er hatte nicht viel geschlafen, und während Kat mich wach hielt, als sie mit den Bettlaken kämpfte, hörte ich ihn über den Hof kommen und gehen, nach dem Schafbock sehen, etwas im Schuppen zersägen, ein stures Teil irgendeiner Maschine mit einem Hammer lösen und das Objekt des Anstoßes klirrend auf den Boden fallen lassen. Und nun, bei Tageslicht, war ihm aufgefallen, dass der Zaun an einer Stelle kaputt war und wieder angebunden werden musste.

Ich sah zu, wie er durch den Hühnerauslauf kletterte, während Fly die Vögel auseinanderstieben und schlingernd halb abheben ließ, und fand, er habe ein wenig Mühe mit der Steigung. Früher oder später würde das Alter Dadda ereilen. Wie konnte es anders sein? Noch immer war er imstande, Dinge zu tragen, die ich nicht einmal hochzuheben vermochte, und er konnte beachtliche Strecken zu Fuß zurücklegen, aber die Zeit würde kommen, wenn es nicht viel bräuchte, um ihm den Wind aus den Segeln zu nehmen: Ein verdrehter Knöchel oder eine hartnäckige Pleuritis, und es würde anderen zufallen, sich um den Hof zu kümmern. Die Dyers und die Beasleys würden selbstverständlich tun, was sie konnten, aber sie hatten ihre eigenen Höfe zu führen, und auch Angela, Laurel und Bill wurden älter.

Hinter dem Gestrüpp der Hühner griff Dadda nach einem der Zäune, um sich hochzuziehen. Nicht dass es ihm viel geholfen hätte: Nichts auf dem steilen Hang hinter dem Hof war verlässlich. Tore und Gitter waren von Hand an die Erhebungen und Gräben angepasst und bogen sich stets mit dem Wind in die eine oder andere Richtung.

Die Stürme trafen hier mit voller Wucht auf die Bergrücken, und die verkümmerten Eichen waren von ihrem Tosen und Wirbeln geformt worden. Dem letzten Stück Lattenzaun, wo Dadda nun stehen geblieben war, um die Kordel abzuschneiden, folgten nasse, felsige Terrassen, auf denen ein paar geishaweiße Ebereschen wuchsen. Dahinter kamen nur noch Heide, Bergrücken und Wolken, in denen nun ein Bussardpaar in die Empore des Himmels hinaufkreiste.

Kat starrte ihnen hinterher, während sie in ihrem schwarzen Mantel den Hof überquerte, und verschränkte dann die Arme gegen die Kälte. Sie kletterte in den Land Rover, pickte Hundehaare von ihrer Strumpfhose und klappte die Sonnenblende herunter, um ihr Make-up fertig aufzulegen.

»Ich hätte mich nicht zu beeilen brauchen, oder?«, fragte sie mit einem Blick auf Dadda. »Was hat er denn vor? Er wird sich noch ganz schmutzig machen.«

»Möchtest du versuchen, ihn herunterzulocken?«, wollte ich wissen.

»Was hat er in der Nacht gemacht?«, erkundigte sie sich.

»Du hast ihn also auch gehört?«

»Sag nichts zu ihm«, bat sie und wühlte in ihrer Tasche herum. »Aber er hat mich stundenlang wach gehalten.«

»Er will eben beschäftigt bleiben«, erklärte ich.

»Aber wenn er sich nicht die Zeit nimmt, um richtig zu trauern, wird er irgendwann völlig ausgelaugt sein, John«, gab Kat zu bedenken und fuhr sich mit der Spitze ihres Kajalstiftes über das Augenlid.

»Er trauert richtig«, versicherte ich ihr.

Er trauerte so, wie die Leute in den Endlands schon immer getrauert hatten, indem er sich auf den Hof und das Tal und das Wohlergehen der Tiere konzentrierte. Dem Land war es egal, ob sein Vater gestorben war. Es würde nicht warten, bis er aufgehört hatte zu weinen. Was getan werden musste, war viel wichtiger als das, was gefühlt werden musste.

»Er sollte einfach ein bisschen langsamer machen«, meinte Kat.

»Na ja, das wird er ja vielleicht auch, jetzt, wo wir hier sind«, sagte ich, obwohl mir vollkommen klar war, dass er nichts an uns übergeben würde. Denn nach allem, was er wusste, würden wir nach dem Abtrieb ohnehin wieder nach Suffolk zurückkehren. Was auch immer er nun delegierte, würde er nach unserer Abreise wieder aufnehmen müssen. Eine Aufgabe abzuschließen, die jemand anderes begonnen hat, ist immer schwierig, und zwar so sehr, dass sie eigentlich grundsätzlich wieder von Neuem begonnen werden muss. Und dafür würde er keine Zeit haben, wenn das Wetter anfing, schlechter zu werden.

Waren der Devil's Day und der Abtrieb erst einmal vorüber, würde die Gegend in jene kurze Jahreszeit aus Schlamm und Schimmel hinabsinken, die sich noch zwischen Herbst und Winter quetschte. Tagelang würde sie im Nebel verschwinden, tagelang würden Stürme über sie hinwegfegen, tagelang würde der Himmel schmutzig grau bleiben und sich nicht einmal vorübergehend aufhellen. Die zahlreichen Pilze im Wald würden sich in eine breiige Masse verwandeln, und die Vögel würden aufhören zu singen. Und dann würden alle Erinnerungen an Sommertage suspekt wirken.

Tatsächlich war es bereits so weit, und als Dadda auf die Landstraße einbog und wir in Richtung Dorf fuhren, stand der Briar so hoch, wie ich ihn lange nicht mehr gesehen hatte. Er hängte uns mit Leichtigkeit ab, rauschte durch die Felsen und Disteln in einem teebraunen Schwall, in dem der Regen des vorherigen Tages vom Moor herunterströmte. Die Betonpfeiler der Brücke der Beasleys standen mehrere Zoll unter Wasser, und bei Sour Bend hatte die Überschwemmung große Stücke des Ufers abgetragen und die Baumwurzeln als dicke, deformierte Knochen entblößt. Als wir uns Sullom Wood näherten, verflüchtigte sich der Lärm, da der Fluss nun von der Straße abbog und sich in den Eichen und Buchen verlor, wo er Greenhollow ansteuerte.

Es schien der richtige Name für den Ort zu sein, den ich an jenem Nachmittag entdeckte, als Lennie Sturzaker mir die Augenbraue aufriss und ich mich in den Bäumen verlief. Bis dahin hatte ich stets versucht, einen großen Bogen um Sullom Wood zu machen, vor allem, weil ich, um von unserem Hof aus dort hinzukommen, die Weide überqueren musste, auf der Jim Beasley seine Pferde hielt. Das waren nervöse, temperamentvolle Viecher, vor allen Dingen Jims Liebling – der alte schielende Zuchthengst, der allein ganz hinten auf der Wiese stand, verbannt aufgrund seiner Seltsamkeit. Ich hatte Pferde ohnehin nie besonders gemocht. Bei der Lancashire Show hatte ich einmal gesehen, wie ein Mann von der Stute, die er gerade vorführte, getreten wurde, und die Erinnerung daran, wie er versuchte, sein Auge in dessen zertrümmerter Höhle zu behalten, hatte mich seitdem verfolgt.

Auch vor Wasser fürchtete ich mich. Ich konnte recht gut schwimmen und spielte gern weiter stromaufwärts im Fluss, wo ich Dämme baute oder Steine hüpfen ließ oder zu der kleinen Insel aus Schlamm und Sumpfdotterblumen hinauswatete, um sie für Königin und Vaterland in Anspruch zu nehmen. Doch auch wenn das Wasser nur selten über meine Knie schwappte, sobald ich einmal hinfiel, brauchte der Fluss nicht lange, um mich aufzuspüren, mein Treten und Schlagen zu bemerken und mit seinen vielen Händen nach mir zu greifen. In Sullom Wood, erklärte mir der Gaffer, sei das Flussbett tief und schmal und die Strömung viel schneller als auf den Überschwemmungsebenen.

Doch wie in allen Geschichten des Gaffers, stellten die Gefahren Warnung und Einladung zugleich dar. Geh es dir selbst anschauen. Finde es heraus.

Es war ebenso sehr mein Tal wie seines. Eines Tages wäre es meine Aufgabe, alles darüber zu wissen. Unwissen hatte keinen Nutzen, und als Kind hatte man nichts vor mir geheim gehalten. Ich hatte Auen gesehen, die von Verwesungsgasen so aufgeblasen waren wie Luftballons, mit ihren ungeborenen Lämmern im Bauch. Ich hatte zugeschaut, wie der Tierarzt die Lippen eines räudigen Schafbocks zurückschob, um den blutigen, pustulösen Schorf zu begutachten. Ich hatte Vaginalprolapsen, Kokzidiosen, gangränöse Mastitis gesehen. Und mehr als einmal hatten wir eine von einem Sturz gelähmte Aue in der Heide gefunden, die von Fliegenmaden bei lebendigem Leib aufgefressen wurde. Diese Dinge geschahen einfach. Sie würden auch wieder geschehen. Es hatte keinen Zweck, sich vor den Endlands oder vor irgendetwas darin zu fürchten: weder vor alten, streitlustigen Pferden noch vor dem Fluss.

An diesem Gedanken hielt ich mich fest, während ich mich

durch Sullom Wood schlug und schließlich feststellte, dass ich den Ort gefunden hatte, von dem der Gaffer mir erzählt hatte. Ich hörte das Wasser schon lange, bevor ich es erreicht hatte. Der kühle Sprühnebel befeuchtete die Baumstämme und malte Regenbogen in die Luft. Und dann wurde ich beinahe überrumpelt, als das Waldgelände in einen natürlichen Graben voller Weiden und Weißbirken abfiel, wo das Licht unter dem Längsschiff der Bäume so grün und staubig war wie die Haut einer Birne.

Kleine Lebewesen flohen, als ich über den trockenen Schlamm hinunterrutschte. Vögel verschwanden im Unterholz, und der Aal, der aufgerollt zu einem Fragezeichen direkt unter der Wasseroberfläche gelegen hatte, zitterte in einem Ring aus leichten Wellen davon. Nichts wollte bleiben, weder die Seejungfern noch die Wasseramseln oder der Eisvogel, der vom dunklen, wurzeligen Ufer auf der anderen Seite aufflog und mit der Strömung davonschwebte, einen blauen Streifen in den Himmel brennend.

Eisvögel seien Diebe, erzählte mir der Gaffer. Sie hätten diese hübschen kleinen Mäntel gestohlen und befänden sich nun stets auf der Flucht. Wer einen Eisvogel fing, bekäme als Belohnung Gold oder Unsterblichkeit oder etwas noch Besseres. Was der Preis auch sein mochte, ich wollte sie fangen und folgte ihnen immer weiter flussabwärts, stolperte dabei über den losen Schutt aus Steinen am Ufer und erzeugte jene seltsamen schlagenden Echos, die an Orten mit Felsen und fließendem Wasser ertönen.

Kurz versammelten sie sich wippend auf einem niedrigen Ast, bevor sie erneut flohen, über einen Wasserfall hinweg, wo die gesamte Breite des Flusses von einem Regalbrett aus geschwärztem Felsen rutschte und in einem endlosen Aufprall wohl mehr als zehn Fuß tief fiel. Ich hegte keinen Zweifel daran, dass es stimmte, was der Gaffer mir erzählt hatte. Würde ich hier hineinfallen oder springen, würde niemals wieder auch nur eine Spur von John Pentecost an die Oberfläche emporsteigen.

Ich erstellte eine Liste von Dingen, die im Wasser trieben:

Die Propeller des Ahornbaums.

Blätter und Zweige.

Vertrocknete Wespen.

Die Wasserzikaden, die die Membran des kleinen, abgeschnittenen Tümpels am Ufer zart kräuselten.

Aber ein Junge, selbst einer, der nur aus Haut und Knochen bestand, nein. Die Knochen würden rasch zerschmettert, wenn sich Steine direkt unter der Oberfläche befänden. Hätte ich wirklich erfahren wollen, was sich im Wasser befand, hätte ich natürlich ganz leicht die Tiefe mit einem der langen Äste ausloten können, die von den Bäumen gefallen waren, aber ich fürchtete, das Wasser könnte tief *genug* sein, und dann hätte ich keine Ausrede mehr außer Feigheit.

Als wir die Kirche erreichten, erwartete uns dort schon Bill gemeinsam mit Wesley Burkitt und dessen Sohn.

Die Burkitts begruben in dieser wilden Ecke von Lancashire bereits seit fast einem Jahrhundert die Toten, und Mythamwood, das Dorf, in dem sich ihr Institut befand (eine beunruhigende Bezeichnung, die mich stets an eine Anstalt oder an wissenschaftliche Versuche denken ließ), war zum Synonym für alles Trostlose und Endgültige geworden. Von älteren Leuten, die aus dem letzten Loch pfiffen, hieß es, sie seien auf halbem Wege nach Mythamwood, und die Sturzakers drohten, uns dort hinzuschicken, wenn wir sie verpetzten.

»Mr Pentecost«, sagte Burkitt und schüttelte Dadda die Hand. »Ich spreche Ihnen erneut mein Beileid aus.«

Er war ein großer dünner Mann, für seinen Beruf auf beinahe perfekte Art käsig, mit einer kratzenden Stimme, als ob ihm permanent ein Körnchen Grabesstaub in der Kehle hinge. In einem Roman von Dickens, hatte ich immer gedacht, hätte er wohl Tallow oder Gritby geheißen. Klug, scharfsinnig und gründlich.

Sein Sohn, der als vierter Sargträger bereitstand, da Jeff nicht da war, nickte uns aus dem offen stehenden Leichenwagen zu, während sein Gesichtsausdruck eine feingeschliffene Mischung aus Verständnis und Diskretion zeigte. Ich weiß, welche Aufgabe Ihnen heute obliegt. Sie ist von der düstersten Sorte. Ich werde Sie nicht nötigen, darüber zu sprechen.

»Und Sie sind der junge Mr Pentecost, nicht wahr?«, fragte Burkitt, der nun mir die Hand schüttelte und sich vor Kat verbeugte. »Mein Beileid.«

Er behielt meine Hand zwischen seinen, und da er mich für noch so grün hinter den Ohren hielt, dass ich seinen Rat benötigte, trat er einen Schritt näher, um mir eins der Geheimnisse mitzuteilen, die er durch seine lebenslange Beschäftigung mit den Toten erfahren hatte.

»Ich kann Ihnen sagen, sobald die Beerdigung vorüber ist, wird es tatsächlich leichter, Ihren Verlust zu verarbeiten«, erklärte er.

Er schien auf meine Zustimmung zu warten, ehe er mich losließ.

»Da haben Sie sicher recht«, bestätigte ich, und er schloss die Augen und klopfte mir auf die Schulter.

Es ist ein seltsamer Ausdruck – den Tod zu verarbeiten. Als könnte man ihn mit viel Fleiß in einem Herstellungsprozess in etwas anderes verwandeln. Dabei bleibt der Tod stets unabänderlich.

Aus der Kirche trat nun Laurel gemeinsam mit dem Priester, den die Diözese gesandt hatte, um die Trauerfeier abzuhalten. Der letzte Amtsinhaber von St Michael's war bereits Jahre bevor ich in die Grundschule kam in den Ruhestand getreten, und niemand hatte ihn ersetzt. Man war nicht bereit, das Geld zu verschwenden, nicht für ein paar alte Muttchen wie Laurel. Wenn sie den Leib und das Blut entgegennehmen wollte, musste sie in die Stadt fahren.

Der Priester lächelte und streckte zuerst Dadda und dann mir die Hand entgegen, wie es schien dankbar dafür, sich von Mrs Dyer und dem Gespräch über ihren Jeff und den geretteten Sünder, den sie im Gemeindehaus hatte sprechen hören, loseisen zu können.

»Es sind bereits ziemlich viele Leute da«, sagte er. »Ich würde sagen, der größte Teil des Dorfes ist erschienen.«

»Aye, na, das wundert mich nicht«, erklärte Bill mit den Händen in den Hosentaschen. Beerdigungen waren in Underclough immer gut besucht. Alles, um der gähnenden Langeweile zu entgehen.

Betty Ward und ihr Ehemann Clive kamen den Weg herauf und lächelten uns zu, während sich Angela mit Liz und Grace in Jims altem Hilux näherte. Er war genauso verbeult wie Daddas Land Rover, und der Motor ging mit einer Art Todesröcheln aus.

Nachdem sie ausgestiegen waren, begrüßte der Priester Angela und Liz und legte die Hand segnend auf den Kopf von Grace, die mit den Knöpfen an den Ärmelaufschlägen ihres Kleides spielte – ein wollenes Teil mit einem gefalteten Kragen und einem rissigen Gürtel. Es war ihr eine Größe zu klein, war jedoch das Einzige in ihrem Kleiderschrank, das schwarz und schick genug für eine Beerdigung war. Sie sah nicht glücklicher aus als am Abend zuvor und wischte das Gefühl fort, das die Hand des Priesters hinterlassen hatte, sobald dieser nicht hinsah, doch zumindest trug sie das Medaillon, das Kat ihr gegeben hatte.

»Es steht dir gut«, sagte Kat, und Grace bemühte sich um ein Lächeln.

Sie war eindeutig beklommen wegen der Beerdigung und stellte sich mit dem Rücken zum Leichenwagen.

»Setz dich neben mich, wenn du magst«, bot Kat an.

Grace zuckte mit den Schultern, und Kat trat an ihre Seite, um ihr eine Hand auf den Arm zu legen.

»Du musst dir keine Sorgen machen«, sagte sie. »Versuch einfach, den Gaffer so in Erinnerung zu behalten, wie er war.«

»Das kann ich nicht«, entgegnete Grace.

Kat beugte sich hinunter und zupfte ihr den verdrehten Kragen zurecht. »Du könntest zum Beispiel versuchen, ihn dir lachend vorzustellen. Das funktioniert meistens.«

»Na gut«, antwortete Grace.

»Hast du ein Bild im Kopf?«, wollte Kat wissen.

Grace nickte und pulte eine Ecke des neuen Verbands über ihrer Wunde ab. Blut war bereits in den Stoff gesickert.

»Ich habe dir doch gesagt, du sollst aufhören, daran herumzupicken«, schalt sie Liz, die nun herüberkam und Grace die Hände auseinanderzog. »Kein Wunder, dass es immer noch blutet. Es wird nicht heilen, wenn du ständig daran herumspielst.«

Sie hielt Grace am Handgelenk fest und drückte das Pflaster zurück an seinen Platz.

»Wir gehen bald rein«, sagte sie. »Also benimm dich.«

Mit einem raschen Blick auf Kat führte sie Grace fort zu den anderen.

Der Priester schob gerade den Ärmel seiner Soutane zurück, um auf seine Armbanduhr zu blicken, als ein paar der Frauen aus dem Schlachthaus, die im Pub stets die Gesellschaft des Gaffers genossen hatten, mit auf dem Weg klackernden Absätzen unter dem Friedhofstor hindurchhuschten.

»Wir fangen besser an«, meinte er. »Leider muss ich heute Nachmittag noch einem weiteren feierlichen Anlass beiwohnen, und wenn ich mich mit dem Verkehr verschätze ...«

»Sind Sie bereit, Mr Pentecost?«, fragte Burkitt, worauf Dadda seine Selbstgedrehte ausdrückte und nickte.

»Komm du mit mir, Katherine«, sagte Laurel, die nun Kats Hand ergriff und küsste. »Herrje, meine Liebe, die sind ja eiskalt. Hast du keine Handschuhe dabei? Du möchtest doch sicher nicht, dass das Baby die Kälte spürt.«

»Mir geht es gut«, wehrte Kat ab. »Mach dir um mich keine Sorgen.«

»Gewöhn dich besser an sie«, meinte Bill. »Sie wird dich von jetzt an bemuttern, bis es herausflutscht.«

»Glaubst du etwa, dass es sich so anfühlt, als ob es herausflutscht?«, fragte Angela.

»Ich lag mit unserem Jeff acht Stunden in den Wehen«, bemerkte Laurel.

»Ich mit Grace zwölf«, fügte Liz hinzu. »Die ist ganz sicher nicht herausgeflutscht.«

»Schon gut«, beschwichtigte Bill. »Ist doch verdammt noch mal kein Wettstreit.«

»Männer haben wirklich keine Ahnung, Katherine, meine Liebe«, sagte Laurel und legte Kat beschützend einen Arm um die Taille. »Die wissen nicht, was echte Schmerzen sind. Wir Mädels müssen zusammenhalten.«

Am Abend zuvor war Laurel die Erste gewesen, die Kat um den Hals fiel und ihr den Bauch tätschelte. Die Erste, die gute Ratschläge gab. Die Erste, die besorgt war, als Bill Kat auf die Stirn küsste und sie in einer bärenhaften Umarmung in die Luft hob, die das Baby zu zerquetschen drohte. Dadda reagierte genauso, wie ich es erwartet hatte, und klopfte mir mit derselben Art von Glückwünschen auf die Schulter, die ich im Alter von neun Jahren empfangen hatte, als einer unserer Schafböcke bei jener Schau, bei der der Mann von seinem Pferd blindgetreten wurde, den zweiten Preis gewann. Angela hatte sich natürlich für uns gefreut – der Kamm, den Grace uns zu unserer Hochzeit geschenkt hatte, musste wohl gewirkt haben –, versprach Kat jedoch, dass sie ihre schmalen Hüften am Tag der Entbindung noch verfluchen würde. Und Liz hatte sie vor der ihr nun bevorstehenden Hölle aus Gebärmutterhalsschwäche, Dammnähten, Schlafentzug, Anämie und blutenden Brustwarzen gewarnt.

Während all des Geredes und Gelächters hatte Grace nur stumm dagesessen. Sie schien das Aufhebens, das alle um Kat machten, albern zu finden und wehrte die Küsse ab, die ihr im allgemeinen Überschwang der Zuneigung um den Tisch zuflogen. Aber ich konnte sehen, dass sie eher über sich selbst verärgert war als über die anderen. Sie hatte vermutet, dass Kat schwanger war, hatte ihre Annahme zu schnell ausgeplaudert und war nun enttäuscht, dass sie ihre Schlussfolgerung nicht für sich behalten hatte. Eigentlich hätte sie Kat allein fragen und den Augenblick mit ihr gemeinsam genießen wollen.

Vielleicht hatte Laurel recht, was ihr Alter anbelangte. Ich erlebte ihn jedes Jahr bei den Siebtklässlern in Churchmeads, jenen Übergang von glücklichen Unschuldigen in neuen Schuhen zu trübsinnigen, schlaksigen Schweigsamen oder aufkeimenden Sadisten. Das Kind in Grace verabschiedete sich langsam, und dafür bekam etwas anderes die Oberhand, ein tyrannisches Wesen, das Sachen kaputtschlug und sie in Schwierigkeiten brachte oder Geheimnisse verriet, nur weil sie andere damit verletzen konnte. Sie war gelangweilt und frustriert, und Freunde waren ihr nun schon seit so langer Zeit aus den Fingern geglitten wie Fische, dass es leichter schien, einfach alle auf der Schule zu hassen. Es war nur natürlich, dass sie um sich schlug. Alle Kinder tragen diese Wut in sich. Sogar Adam hatte solche Anfälle gehabt, als er noch jünger war. Dann biss und kratzte er ohne offensichtlichen Grund. Manchmal sogar sich selbst. Er wollte damit natürlich nur unsere Aufmerksamkeit auf sich ziehen, etwas Ernsthafteres war es nicht. Seht mal, was ich getan habe. Und jetzt fragt mich, warum.

Bei Grace war es dasselbe. Liz und Angela waren pausenlos auf dem Hof beschäftigt, und auch wenn Jeff nun nicht mehr im Gefängnis saß, verbrachte er doch noch immer die meiste Zeit außerhalb des Tals. Deshalb hatte sie mit dem Hammer auf ihren Schlafzimmerspiegel eingeschlagen. Sie wollte nicht daran erinnert werden, dass das Einzige, das noch von ihr Notiz nahm, ihr eigenes Spiegelbild war.

»Komm schon, Miesepeter«, rief Liz und wedelte mit der Hand, damit sie sich beeilte.

Grace folgte ihr unbeholfen, zupfte erneut an ihrem Kleid und rieb sich die Haut, wo die Riemchen ihrer Schuhe drückten. Am Friedhofstor schnappte Liz sie schroff am Ellbogen und schüttelte diesen, was Grace aufschreien und an Angela vorbeirennen ließ, die vor der Tür zur Kirche auf sie wartete. Als Liz das Vordach erreichte, warf sie die Hände in die Luft, und Angela kniff ihr in die Wangen und gab ihr einen Kuss. Die beiden zogen Taschentücher hervor und gingen Arm in Arm hinein. Sie dachten natürlich an Jims Beerdigung. Oder versuchten, es nicht zu tun. Es war wirklich kein schöner Abschied gewesen. Wahrscheinlich war es besser, ihn gleich ganz zu vergessen. Auch wenn sie am Vorabend Seelenkuchen für den Gaffer gegessen hatten, bezweifelte ich doch, dass sie ihm jemals wirklich vergeben konnten, wie er ihnen damals den Leichenschmaus vergällt hatte.

Er hatte den ganzen Nachmittag über Bier und Scotch getrunken und zu laut über seine eigenen Witze gelacht. Als die Frauen aus dem Schlachthaus nach der Arbeit vorbeikamen, hatte er sie angequatscht, ihnen noch ein paar Gläser mehr abgeschwatzt und ihnen im Gegenzug die versautesten Lieder aus seinem Repertoire vorgesungen. Dadda und Bill hatten versucht, ihn in den Schankraum zu verfrachten, aber er hatte sich geweigert, und als Jeff ihm einen Arm um die Schultern legte und vorschlug, er solle für ein Weilchen nach draußen gehen, hatte er nach ihm geschlagen und dabei die Gläser vom Tisch gefegt. Da sie dachte, der Gaffer würde vielleicht bloß Oma Alice vermissen, bot Laurel an, mit ihm zu deren Grab hinüberzulaufen, aber er sagte ihr, wohin sie sich verziehen konnte, und brachte sie zum Weinen. Niemand konnte ihn vom Trinken abhalten, und als er die Jukebox loslegen ließ, gingen Angela und Liz nach Hause.

Damals war ich in meinem letzten Studienjahr gewesen und war mit dem frühesten Zug, den ich bekommen konnte, aus Norwich heraufgefahren, um vor der Beerdigung ein wenig Zeit auf dem Hof zu verbringen.

Dadda und ich hatten in der Küche ein Schlückchen Brandy getrunken, aber der Gaffer wollte sich nicht zu uns gesellen und fand eine Aufgabe nach der anderen, für die er allein in den Schuppen gehen musste. Während der Fahrt zur Kirche und auch nach dem Begräbnis richtete er kein einziges Wort an mich, und beim Leichenschmaus liefen wir uns kaum über den Weg, bis er in die Herrentoilette platzte, als ich mir dort gerade die Hände wusch.

Er blickte mich mehr oder weniger an und trat ans Urinal, wo er seine Kippe in den Mundwinkel schob, während er seinen Hosenstall öffnete.

»Soll ich dich vielleicht lieber zurück zum Hof fahren?«, fragte ich.

Er ignorierte mich und stützte sich beim Pissen mit einer Hand an den Kacheln ab. Dennoch landete das meiste auf seinen Schuhen.

»Angela ist gegangen«, erklärte ich. »Der Leichenschmaus ist damit wohl vorbei, meinst du nicht?«

»Soviel ich weiß, wird man am Tresen noch bedient«, erwiderte er.

»Du wirst alleine trinken«, gab ich zu bedenken. »Alle gehen nach Hause.«

»Die anderen können machen, was sie wollen«, meinte er. »Ich hab zwei nette Mädels zum Unterhalten.«

»Wie wär's, wenn du jetzt nur noch ein letztes Gläschen trinkst?«, fragte ich. »Auf Jim.«

»Für wen? Den verdammten heiligen Franziskus von Assisi?«, entgegnete er. »Auf den trinke ich nicht.«

»Wieso nicht?«, wollte ich wissen.

»Den habe ich vergessen«, antwortete der Gaffer. »Habe ihn aus meinen Erinnerungen entfernt.«

»Wovon redest du?«, fragte ich.

»Er war schwach«, stellte der Gaffer fest und warf seinen Zigarettenstummel in die Schüssel mit den blauen Desinfektionswürfeln.

»Er war krank«, entgegnete ich. »Das weißt du doch.«

»Trotzdem gibt man nicht einfach auf«, beharrte der Gaffer.

»Das Leben hier ist hart«, wandte ich ein.

»Was weißt du denn schon davon?«, fuhr er mich an, trat von der Stufe vor dem Urinal und griff nach dem Handtuchspender, um das Gleichgewicht zu halten.

»Ich habe achtzehn Jahre hier verbracht«, sagte ich.

»Aye, na schön, aber jetzt bist du nicht mehr hier, oder?«

»Ich habe es nicht vergessen«, beteuerte ich. »Ich weiß, wie es ist.«

»Ist das so?«

»Ich habe den Hof nicht im Stich gelassen«, sagte ich.

»Ich kann jemanden reden hören«, erwiderte der Gaffer. »Aber ich erkenne die Stimme nicht wieder.«

»Sei nicht so«, bat ich. »Ich habe mich nicht verändert.«

Und dann hatte er mich plötzlich gegen die Wand gedrückt, wobei sich meine Krawatte um meinen Hals wickelte, seinen

Unterarm wie eine Eisenstange auf meine Brust gelegt, und seine blauen Augen direkt auf meine gerichtet.

Ich wollte etwas sagen, aber er presste meine Wange grob gegen den kalten Spiegel über dem Waschbecken.

»Wer ist das?«, fragte er. »Du wirst meine Erinnerung auffrischen müssen, denn ich kenn ihn verdammt noch mal nicht mehr.«

Mein Atem ließ das Glas beschlagen, dann löste er seinen Griff und öffnete die Tür, ließ den zum Geruch von Zigarettenrauch und Bier und die Musik aus der Jukebox hereinströmen.

Nachdem ich mir das Gesicht gewaschen und meine Krawatte zurechtgerückt hatte, sah ich, wie Dadda und Bill ihre Mäntel überzogen. Sie hatten den Gaffer aufgegeben, und wir ließen ihn zurück, während er den Frauen vom Schlachthof einen Münztrick zeigte.

Damals fuhr ich Dadda und Bill durch Matsch und schmutzigen Schnee zurück in die Endlands. Keiner von beiden sagte ein Wort. Wahrscheinlich gab es auch nichts zu sagen.

Ich glaube, niemand, vielleicht noch nicht einmal Angela, konnte behaupten, er habe Jim je wirklich gekannt. Er war beim Lammen und beim Abtrieb und bei der Ernte natürlich immer zur Stelle gewesen, wie alle anderen auch, aber er war eher ein Beobachter als ein Redner, glücklicher, wenn er bei seinem Lieblingspferd war oder in Gesellschaft eines seiner stummelbeinigen Hunde an der Bruchsteinmauer arbeitete, versunken in seine eigenen Gedanken. Gedanken, die nicht immer freundlich zu ihm selbst waren, wie sich herausstellte.

Eines Nachmittags, ein paar Tage nach Neujahr, war er hinauf ins Moor gegangen und hatte sich eine Schrotflinte unters Kinn gehalten.

Die Burkitts ließen den Gaffer aus dem Leichenwagen gleiten, und wir platzierten den Sarg auf unseren Schultern.

Da er der Kleinste von uns vieren war, hatte Dadda ein kleines gefaltetes Handtuch bekommen, das er wie eine Epaulette tragen konnte, damit die Kiste gerade lag. Es schien jedoch nicht viel zu nutzen, und Bill und ich mussten gebeugt gehen. Der Sarg selbst fühlte sich unausgeglichen an, sein Gewicht verlagerte sich, wenn Schultern einsanken oder Füße sich den schiefen Pflastersteinen auf dem Pfad anpassten. Sogar noch auf den glatten Fliesen in der Kirche spürte ich, wie der Sarg sich fest in meine Wange presste, als hätte der Gaffer sich herumgewälzt und drückte nun gegen die Seite. Doch als wir die Bahre vor den Stufen zum Altar erreicht hatten, nahm Burkitt mir die Last mit Leichtigkeit ab und legte den Kranz, den Laurel angefertigt hatte, auf den Deckel, ehe er sich mit seinem Sohn zurückzog.

Zu den letzten Klängen von »Bleib bei mir, Herr« traten alle ein und ließen sich unter widerhallendem Husten und dem Knarren von Holz auf die Bänke nieder. Aus der Reihe hinter uns streckte Clive Ward die Hand nach vorn und legte sie Dadda auf die Schulter. Auf den anderen Gesichtern in der Kirche zeigte sich stets derselbe Ausdruck grimmiger Resignation. Der Tod ist der Tod, aber das Leben geht weiter.

Die Leute saßen in Familiengruppen beisammen, und manchmal überschnitten sich diese wie Venn-Diagramme, wenn Söhne und Töchter einander geheiratet hatten, so wie die Dyers und die Beasleys durch Jeff und Liz miteinander verbunden worden waren. Anderton, Abbot, Dewhurst, Parker, Beckfoot, Ward, Wigton, Earby, Thorpe. Vor hundert Jahren hätte die Namensliste mehr oder weniger gleich gelautet.

»Nichts lockt die Leute so verlässlich hinterm Ofen hervor wie eine Beerdigung, nicht wahr?«, fragte Liz, während Betty Ward auf dem auf Orgellaute eingestellten Keyboard eine Instrumentalstrophe schepperte und der Priester ans Pult schritt.

»Nicht so laut«, zischte Angela.

»Komm schon, Mam«, sagte Liz. »Die meisten von denen konnten den Gaffer doch auf den Tod nicht ausstehen.«

»Immerhin sind die verdammten Sturzakers nicht hier«, stellte Bill fest, der sich umdrehte und die Reihen absuchte.

»Sie haben den Anstand, ehrlich zu ihrer Abneigung zu stehen«, bemerkte Liz.

»Die Leute sind alle bloß gekommen, um dem Gaffer ihren Respekt zu zollen, mehr nicht«, behauptete Laurel.

»Die sind zum Glotzen gekommen, und wegen der kostenlosen Sandwiches«, widersprach Liz.

»Die sollen tun, was sie wollen«, meinte Dadda. »Mir ist das egal.«

Er zog an seinem Kragen, erpicht darauf, seine Krawatte zu lockern. In etwas anderem als seiner Arbeitskleidung hatte er sich nie recht wohlgefühlt, und wenn es auch nur ansatzweise akzeptabel gewesen wäre, in ihr zur Beerdigung zu erscheinen, dann hätte er es getan.

In dem Hochzeitsalbum, das am Abend zuvor gemeinsam mit den anderen ausgegraben worden war, hatte Dadda an jenem Augusttag, an dem er und Mam heirateten, steif und ungelenk vor der Kirche gestanden und die Augen vor dem Sonnenlicht zusammengekniffen. Bei der anschließenden Hochzeitsfeier waren dann jedoch die Krawatte verschwunden, die Weste aufgeknöpft und die Ärmel seines Hemdes aufgerollt. Mam dagegen sah glücklich aus, anstelle in ihrer Latzhose ausnahmsweise einmal in einem Kleid zu stecken. Und wie sie tanzten, mein lieber Herr Gesangsverein! Seine Hände an ihren Hüften, ihre auf seinen Schultern. Das waren Menschen, die ich nicht kannte, Menschen, die es gegeben haben könnte, die es aber im Grunde nie gegeben hatte.

Ihre erste Unternehmung als Mann und Frau war es gewesen, die Ernte des Jahres einzubringen, und es gab Bilder, auf denen sie mit derselben Befriedigung und Erleichterung lächelten wie jene längst verstorbenen Pentecosts, die von der Wand im »Croppers' Arms« herabschauten. Meine sehnigen Vorfahren, die in Schiebermützen und Hauben vor einem Karren standen, der unter dem Winterfutter ächzte.

Ich wusste, was Dadda gedacht hatte, als Mam und er die Ballen in der Heuscheune stapelten, da ich dasselbe dachte, als ich Kat heiratete. Er hatte gedacht, die Zukunft würde sie einfach in Ruhe lassen. Dass sie unbemerkt durchkommen und ruhig in Gesellschaft des anderen alt werden könnten. Sie, Tom und Jane, sollten eine Konstante sein, die kalte Frühlinge und überflutete Sommer, grimmige Herbste und lange Winter überstände. Sie würden bestehen bleiben, selbst wenn die Tiere verendeten. Und sollte das Tal aufblühen, wie es in jenem Sommer aufgeblüht war, als sie versprachen, einander zu lieben, ehren und gehorchen, dann würden sie es ebenfalls.

»Aye, aber eine volle Scheune bringt einen frühen Winter, Johnny, mein Junge«, hatte der Gaffer immer gesagt.

Das tat sie natürlich nicht, aber keins der Sprichwörter der Endlands war wörtlich zu nehmen. Sie waren nicht so sehr Vorhersagen als vielmehr Ausdruck einer Akzeptanz der Launenhaftigkeit des Lebens. Ein guter Sommer ist keine Garantie für irgendetwas. Ein Schneesturm kann aus dem Nichts kommen.

Erst nach Jahren erzählte mir Dadda, was wirklich mit Mam geschehen war, aber bis dahin fühlte sie sich bereits wie jemand an, der gar nichts mit mir zu tun hatte. Sie habe die Hauptstraße der kleinen Stadt überquert, sagte er, als ein Motorradfahrer, der die Kurve vor dem Schloss zu schnell nahm, sie übersehen habe. Angeblich geschähen solche Dinge im Bruchteil von Sekunden.

Kat hatte darauf geachtet, dass sie neben Grace saß, und schenkte ihr während des gesamten Gottesdienstes so viel Aufmerksamkeit, wie sie konnte, zeigte ihr den jeweils richtigen

Vers im Gesangbuch und lächelte, wenn sie sah, wie Grace während der Predigt mit ihrem Medaillon spielte.

Es war ein Sermon von der Stange über Jesus als Hirten, nichtsdestoweniger mit großem Enthusiasmus vorgetragen. Der Priester dachte wahrscheinlich, wenn er einen guten Auftritt hinlegte, könnte er zumindest ein, zwei Seelen auf den Weg des Heils bringen. Auch wenn ich glaubte, dass seine Chancen hier nur gering waren.

Sie waren alle hier vorbeigekommen: Methodisten und Baptisten, Kongregationalisten und Spiritualisten. Und es war der Ausblick vom Pendle Hill über das Ribble Valley gewesen, der in George Fox und seinen Quäkern die Vision, die *großartigen Menschen zu versammeln*, heraufbeschwor. Doch keiner von diesen ernsten Männern in ihren Dreispitzen und ihren Gehröcken hatte je wirklich Fuß fassen können, am wenigsten in den Endlands. Dennoch kamen sie, und zumindest Außenstehende fanden hier weiterhin zu Gott, so wie es auch Nathaniel Arncliffe gelungen war.

Als gelernter Architekt hatte er dabei geholfen, viele der Mühlen zu entwerfen, die den Wollbürgern von Yorkshire ihr Vermögen einbrachten. Er war selbst ein wohlhabender Mann, fühlte sich jedoch im Geiste niemals so reich, wie wenn er auf einem der Hügel stand, die über seinem Haus in Keighley aufragten. Er war in eine fromme katholische Familie hineingeboren – zwei seiner Brüder waren Jesuitenpriester im Kolleg am Ribble – und ging jeden Sonntagmorgen mit seiner Frau und seinen Kindern zur Messe. Eigentlich hätte er dann den Rest des Tages nichts anderes tun dürfen, als über das Mysterium von Gott, dem Vater, Sohn und Heiligen Geist nachzusinnen, doch er rechtfertigte seine einsamen Sonntagnachmittagsspaziergänge stets damit, dass er sie als Psalmen betrachtete, sodass jeder Ausflug eine Gelegenheit war, zu lobpreisen oder über ein spirituelles Rätsel zu meditieren. O Herr, weshalb? Was lässt einen Menschen zum Menschen werden?

Die Tagebücher, die er geführt hatte, lagen allesamt in Brownlee Hall aus – ein Dutzend grüne Lederbüchlein, das einzelne nicht größer als ein Stapel Karten, die sich unter der Kleidung leicht vor Regen schützen ließen. In forensischer Ausführlichkeit hatte Arncliffe die Gebäude und Sehenswürdigkeiten der verschiedenen Weiler und Dörfer, die er passierte, katalogisiert und seine Beschreibungen der Heidelandschaft und Felder dazwischen mit Zeichnungen von natürlichen Quellen und uralten Bäumen, von Bächen und Wildblumen, Vögeln und Wolken illustriert. Dabei zog es ihn stets weiter westwärts. Es war der Wunsch, irgendwann bis ans Ende des Landes zu wandern.

In jenen Tagen lag das Briardale Valley ganz am Rande des West Riding – und das tat es auch noch, als ich dort aufwuchs. Erst als in den Siebzigern jene Männer in ihren verrauchten Versammlungsräumen die Landkarte mit der Schere bearbeiteten, wurden wir zu Bewohnern Lancashires.

»Im Herzen sind wir Yorkshire-Männer, Johnny, mein Junge«, sagte der Gaffer. »Auf die Straße gesetzte Yorkshire-Männer.«

Yorkshire-Männer, gerade eben noch. Die alte Grenze verlief irgendwo entlang des Tals, aber niemand wusste so richtig, wo. Sullom Wood? Underclough? Die Cutting? Vielleicht hatte Nathaniel Arncliffe ja danach gesucht, an jenem Tag, als er sich im Moor über den Endlands verirrte.

Ein wolkenloser Sommernachmittag hatte sich, wie es hier so oft geschieht, schnell verwandelt, und der Regen fiel mit solcher Wucht, dass er ihn zwang, Schutz zu suchen. Eine unglückliche Stunde lang war er nach eigenen Aussagen gelaufen und hatte gebetet, bis er den Schrei eines Schafes hörte und wusste, dass er zu guter Letzt zumindest auf Weideland gestoßen war.

Ein paar der Auen und Lämmer hatten sich neben den Überresten einer Mauer zusammengedrängt, während die anderen ihn vom Rand eines von Stechpalmenbüschen umringten Teiches verdutzt anstarrten. Er folgte dem Bach, der in eine Klamm hinabstürzte, besorgt über jeden losen Stein, befallen von der Angst, berichtete er, er könne bald wie jenes arme Tier enden, das er unten in der Schlucht gesehen hatte, wohin es von den steilen Grasterrassen gestürzt war.

Irgendwann erreichte er mit vorsichtigen Schritten den Grund des Tals und suchte sich seinen Weg über das Sumpfland, auf das Bauernhaus zu, das in den vorüberziehenden Wolken vor ihm auftauchte und wieder verschwand. Die Schafhirtenfamilie hatte ihm nicht mehr gegeben, als ein aus dem Hochmoor herabsteigender Fremder hätte erwarten können, aber er war dankbar für das Brot und den Apfel und den Unterschlupf in der Heuscheune, bis der Sturm vorbei war. Und als es so weit war, die Sonne wiederkehrte und die Vögel im Wald zu singen begannen, da wusste er, dass Gott gewollt hatte, dass er diesen wilden Garten sah. Dass er einen Mann segnen würde, der andere zum Arbeiten hierherbrächte.

Als Arncliffe an Edgar Denning schrieb, um ihn zu bitten, ihm einen Teil des Landes im Tal zu verpachten, damit er darauf eine Walkmühle bauen konnte, war der Weinhändler so belustigt wie verstört darüber, dass jemand versuchen wollte, an einem solchen Ort Geschäfte zu machen, und er nahm diesem Narren nur zu gern sein Geld ab. Doch an jenem Augustnachmittag, als er aus dem Moor getrieben worden war, hatte Arncliffe beobachtet, mit welch entschlossener Wucht sich der Fluss durch die Felsen und Bäume wälzte und noch schneller wurde, als er eine dicht mit Farn bewachsene Stelle erreichte, die die Bauern Underclough nannten. Selbst ein Laie konnte erkennen, wie sich seine Kraft durch das Mühlrad und den Graben und das Kammrad leiten ließe und eine Mühle hier zu einem gut gehenden Geschäft machen würde. Außerdem ließe sich auf dieser Seite der Pennines auch bestens Handel treiben. Der fertige Stoff könnte leicht nach Preston und Liverpool und Manchester transportiert werden, und nur einen halben Tagesritt entfernt lagen noch ein Dutzend andere Marktstädte, an die er verkaufen könnte.

Achtzehnhundertdreizehn, als die Mühle beinahe vollendet war, errichtete Arncliffe Syke House für sich selbst, seine Frau und seine Kinder und die Nine Cottages für seine Arbeiter, die er aus den Dörfern des West Riding holte, die durch den Krieg mit Frankreich verarmt waren. Fähige Männer und Frauen, die aus Mangel an Brot und Mangel an Arbeit hungerten. In Sheffield und Leeds hatte es Unruhen um Nahrungsmittel gegeben, und er konnte die Ludditen verstehen, wenn auch nicht gutheißen, die bewaffnet in die Fabriken zogen, um die Maschinen zu zerstören, die starken Händen und flinken Fingern die Arbeit geraubt hatten. Guter Stoff, sagte Arncliffe, sollte von Anfang bis Ende durch Hände gegangen sein: vom Schafhirten, der den Schafpelz abschor, bis zum Händler, der das fertige Material mit dem Daumen glatt strich. Er schwor, in seiner Mühle werde es nichts Mechanischeres geben als einen Satz wassergetriebener Walkhämmer. Die restlichen Arbeitsschritte würden allein mithilfe menschlicher Muskelkraft erfolgen.

Die Frauen stachen sich mit den Spannhaken in die Finger und bekamen vom kalten Wasser rissige Handflächen, doch keine von ihnen beschwerte sich. Und die Appreteure, die er einstellte, um den Stoff zu veredeln, mochten sich mit schmerzverzerrtem Gesicht ihren Franzbranntwein einreiben, waren jedoch allesamt insgeheim stolz, vom jahrelangen Hantieren mit den schweren Scheren ein krummes Handgelenk zu haben, ihre *Schererklaue*. Für sie, erklärte Arncliffe, sei es eine Deformation von äußerster Schönheit, wie die verbundenen Füße chinesischer Kurtisanen.

Die Mühle florierte, wie Arncliffe es sich von Gott erbeten hatte. Jeden Morgen kamen stapelweise Webstoffe an, aus denen man das klumpige Öl mit Seife und Soda, Urin und Lehm herauswaschen musste. Die Walkhämmer schlugen die Stunden einer Schicht, und für jede Schicht wurden die verarbeiteten Meter protokolliert. Wöchentliche Gesamtbeträge wuchsen an zu Quartalszahlen und schließlich zu einer jährlichen Summe, die eine gesunde Gewinnspanne bestätigte. Genug für Arncliffe, um seinem Dorf seine Aufmerksamkeit zu widmen, insbesondere der kleinen Kirche. Er datierte sie auf die Zeit vor der Reformation, vielleicht als ein Ort, an dem die Mönche, die zum Feuerholzsammeln gekommen waren, beten und sich vergewissern konnten, dass Gott über sie wachte.

Die Feuchtigkeit hatte die Mauern schimmeln lassen, und die fehlenden Stücke in dem einfachen Bogenfenster aus Buntglas ließen Finken und Spatzen herein, die in den Dachsparren Nester gebaut und den Altarraum in eine Voliere verwandelt hatten. Die Renovierungsmaßnahmen würden ohne Zweifel teuer werden, aber es war wichtig, dass seine Arbeiter einen Ort bekämen, an dem sie dem wahren Vater, der sie von Hunger und Armut befreit hatte, Dank spenden konnten. Es war auch kein Zufall, dass die Kirche St Michael's genannt wurde, denn Kirchen an den Rändern solcher einsamen Gegenden wurden häufig dem Erzengel geweiht, wie er bemerkte. Und hier wirkte sie wie ein Lichtschimmer neben der gewaltigen Dunkelheit des Moores.

Nach dem Gottesdienst trugen wir den Gaffer aus der Kirche, und die Burkitts ließen ihn zu den üblichen Formeln von Asche und Staub in das Grab hinab. Eine kleine Holzkiste voll Erde machte die Runde, und jeder von uns besprenkelte damit den Deckel des Sarges, der nun, da er sich dort in der Tiefe befand, erstaunlich klein wirkte.

Laurel schluchzte in ein Taschentuch und wurde von Liz getröstet. Bill legte Dadda die Hand auf die Schulter. Kat drückte meinen Arm. Grace sah zu, wie die Burkitts die Gurte aufrollten, mit denen sie für ein gleichmäßiges Absenken des Sarges gesorgt hatten, und spielte an dem Medaillon um ihren Hals herum.

Vielleicht war es der Anblick all der bedrückten Gesichter oder die Feierlichkeit der gesamten Angelegenheit, jedenfalls begann sie zu lachen.

»Sei still, Grace. Zeig ein wenig Respekt«, zischte Liz, stieß sie mit dem Ellbogen an und blickte auf die Dorfbewohner, die sich allesamt nach einem Geräusch umdrehten, mit dem sie hier nicht gerechnet hatten. Gelächter während eines Begräbnisses klang so seltsam in den Ohren wie ein Klagelied während einer Taufe.

»Was ist denn los, Grace?«, wollte Angela wissen. »Was ist so lustig?«

Grace versuchte, sich die Unterlippe zwischen die Zähne zu klemmen, doch diese rutschte rasch wieder hervor, und sie fing erneut an, mit einem grunzenden Geräusch zu lachen.

»Himmel, Grace«, fuhr Liz sie an. »Es reicht.«

»Ich gehe mit ihr rüber in den Pub«, sagte Angela und lenkte Grace den Pfad hinunter, jenen Dorfbewohnern folgend, die sich bereits langsam in Richtung Leichenschmaus treiben ließen.

Kat sah ihnen nach und fragte sich, ob sie sich ihnen anschließen sollte.

»Tut mir leid, Tom«, sagte Liz. »Ich weiß nicht, was in letzter Zeit in sie gefahren ist.«

»Es ist die Veränderung«, behauptete Laurel. »Wie ich schon gesagt habe.«

»Vielleicht beruhigt sie sich ja wieder, wenn unser Jeff zurückkommt«, meinte Bill.

»Das will ich aber schwer hoffen«, erwiderte Liz. »Ich meine, allein schon die Vorstellung, hier zu lachen. Was zum Teufel stimmt bloß nicht mit ihr?«

»Mach dir darüber keine Sorgen«, beschwichtigte Dadda sie. »Der Gaffer kann sie ja nun schließlich nicht mehr hören, nicht wahr?«

Er entfernte sich als Erster vom Grab, dann folgten wir anderen ihm über die Straße zum »Croppers' Arms«.

In dessen Inneren wurde man begrüßt von einer schmutzigen Prägetapete und von Teppichen, die in Farbton und Geruch an Spülwasser erinnerten.

Die Pendeluhr neben dem Zigarettenautomaten war genauso schlecht in der Zeitmessung wie die Männer, die jeden Nachmittag hereinspaziert kamen und bis Mitternacht blieben, während ihr Abendessen und die Stimmung zu Hause gleichermaßen kalt wurden. Rostige Handsägen und Hippen, Zaumzeugbeschläge und schiefe Ölgemälde von Männern in roten Jagdröcken schmückten die Wände. Über dem Tresen gähnte sich ein Paar antiker Donnerbüchsen an, die Rohre vom Staub vieler Jahre getrübt.

Der vornehmere Raum des Pubs war von Zigarettenrauch vernebelt, und bis Kat und ich uns durch die Menge aus schwarzen Anzügen an der Tür schieben konnten, hatten Dadda und Bill bereits das Glas Scotch zur Hälfte ausgetrunken, das ihnen der Besitzer Brian Anderton aufs Haus gegeben hatte. Er hatte den Pub schon vor meiner Geburt gemeinsam mit seiner Frau Eileen geführt, einer üppig proportionierten grünäugigen Irin, die oftmals in meine schmutzigen jugendlichen Träume eingedrungen war.

»Hierher, meine Liebe«, rief Laurel und winkte Kat zu sich, Angela und den anderen herüber. Grace hatte nun aufgehört zu lachen und drehte schweigend ihr Medaillon an seiner Kette, während Liz sie wegen irgendeines Flecks ausschimpfte, den sie auf den Ärmel ihres Kleides bekommen hatte.

»Geh schon mal vor, Kat«, sagte ich. »Ich komme gleich nach.«

Ich bahnte mir meinen Weg zum Tresen, wobei mir zunächst die Frauen mit den Ananasfrisuren aus dem Schlachthaus Trost zusprachen, und dann die faltigen Dewhursts, Parkers und Wards.

»Na, zumindest hatte er ein recht langes, ausgefülltes Leben.«

»Bin froh, dass der alte Knacker friedlich entschlafen ist.«

»Er hätte sich über die vielen Besucher gefreut, nicht wahr, John?«

Es waren natürlich ausnahmslos Hoffnungen für ihr eigenes Ende. Wir alle wollen bis ins hohe Alter leben, dabei aber nicht klapprig werden, wir wollen keine Kolostomiebeutel und pürierten Mahlzeiten. Wir alle stellen uns gern vor, wie wir weißhaarig und geistig gesund, ohne Angst vor dem Tod und braun gebrannt die Hände unserer Nächsten und Liebsten halten, während wir in den ewigen Schlaf hinübergleiten. Wir wollen verscheiden, ehe wir genügend Zeit hatten, um unseren eigenen Fortgang zu bemerken, wie unter Narkose. Ich hoffe, dass es für den Gaffer so gewesen ist. Ich stelle mir gern vor, er habe, wenn überhaupt, höchstens eine Sekunde lang erkennen müssen, dass sein Herz aufgehört hatte zu schlagen.

Der Tresen des »Croppers' Arms« war hufeisenförmig angelegt, sodass Brian und Eileen sich hin und her bewegen konnten zwischen dem vornehmeren Raum und dem einfachen Schankraum, der, seit ich denken konnte, stets allein von den Schlachtern besetzt wurde. Sie tolerierten ein paar der sackgesichtigen Methusalems, die wegen der gemütlichen Sessel vor dem Kamin kamen, doch niemand anderes setzte je einen Fuß dort hinein.

Abgesehen vom Gaffer, der nach einer Runde Karten hineinspazierte und die Männer ärgerte, mit seinem Gewinn prahlte oder sich ein Bier erschnorrte, je nachdem, wie die Partie Whist oder Cribbage ausgegangen war.

Mit einem Blick hinüber erkannte ich, dass Jason Earby und Mike Moorcroft dort gemeinsam mit den anderen Männern tranken, die gerade ihre Schicht beendet hatten. Es schien unglaublich, dass Mike nun der Vorarbeiter des Kühlraums sein sollte, ein Mann mit Autorität und Exekutivgewalt. Monkey Moorcroft. Der tollpatschige Typ, dem wir immer auf dem Schulhof hinterherliefen und uns unter den Achseln kratzten, wenn er nicht hinsah. Wir hatten immer angenommen, dass er einmal Janet Abbot heiraten würde – oder Janet der Affen, wegen ihrer behaarten Unterarme –, aber sie war eine der wenigen aus meiner Klasse gewesen, die aus dem Tal geflohen waren, sobald sie konnten (und wenn auch nur bis Accrington), und Monkey hatte sich stattdessen an Tracey Parker gebunden.

Diese war mit Claire Eaves befreundet gewesen, die immer noch in der New Row wohnte und in der Verwaltung des Schlachthauses gemeinsam mit Irene Dewhurst arbeitete, die früher beim Mittsommerjahrmarkt Jungs gegen Süßigkeiten die Finger in ihr Unterhöschen hatte stecken lassen. Ihre Abteilungsleiterin war Kelly Smith, deren Anfangsbuchstaben gern vertauscht wurden und die – Grausamkeit der Götter – sowohl aus dem Mund roch als auch lispelte.

Als sie meine Anwesenheit endlich bemerkten, gaben Jason und Monkey minimal zu erkennen, dass sie sich noch an mich erinnerten – an diesen stillen Spargeltarzan ohne Freunde aus den Endlands, den Lennie Sturzaker einmal auf dem Friedhof zusammengeschlagen hatte –, und fuhren dann damit fort, Davy Wigton aufzuziehen wegen dessen Mangel an einer Freundin, dessen Mangel an Perspektiven, dessen Mangel an allem.

Sie waren ein Grund dafür, dass ich das Tal verlassen hatte,

Jason Earby, Monkey Moorcroft, die Sturzakers. Nicht etwa, weil sie mich vertrieben hätten, oder etwas in der Art, sondern weil mich erschreckte, wie schnell sie sich mit so wenig zufriedengegeben hatten. Sie hatten Mädchen aus der Schule geheiratet – Sam hatte dabei irgendwie die lernbegierige, vernünftige Cheryl Beckfoot an Land gezogen – und waren ihren Vätern so instinktiv ins Schlachthaus gefolgt, wie die Schweine einander aus dem Stall bis auf die Schlachtbank folgten. Und tatsächlich befanden sich auch Earby, Moorcroft und Sturzaker senior im Schankraum, wo sie in Zigarettenrauch gehüllt Darts spielten.

»Der hat vielleicht Nerven«, brummte Bill und stürzte den Rest seines Scotchs herunter.

Dadda hob den Blick von der Zigarette, die er sich gerade auf dem Tresen drehte.

»Wer?«, fragte er.

»Wer?«, wiederholte Bill. »Der beschissene Ken Sturzaker. Wer denn sonst?«

»Ist ein freies Land«, meinte Dadda.

»Er wusste, dass wir hier sein würden«, ließ Bill nicht locker.

»Er kann doch trinken, wo er will, oder etwa nicht?«, gab Dadda zurück. »Außerdem ist heute nicht der Tag, um sich mit jemandem zu verkrachen. Kümmer dich einfach nicht um ihn.«

Bill schüttelte den Kopf, als lautes Gelächter aus dem Schankraum drang und jemand die Jukebox losplärren ließ.

»Hey«, rief er. »Hier ist verdammt noch mal gerade eine Trauerfeier im Gange.«

Ein paar Gesichter drehten sich um, wandten sich dann aber rasch wieder ihren Gesprächen zu.

»Macht es zumindest ein bisschen leiser, Kumpels, ja?«, bat Dadda.

Jason und Monkey ignorierten ihn und hänselten Davy weiter, bis Ken Sturzaker an den Tresen trat.

»Habt ihr den Mann nicht gehört?«, fragte er. »Zeigt verdammt noch mal ein bisschen Respekt. Setzt euch da hinten hin.«

Ihr Lachen erstarb, und sie blickten zu uns herüber, ehe sie sich zu den anderen Männern an den Tisch vor dem Kamin quetschten.

»Mach das aus, ja, Brian?«, fuhr Sturzaker fort, und Brian tastete hinter dem Pappregal mit den Erdnüssen nach der Steckdose, die die Jukebox mit Strom versorgte.

Die Musik verstummte unter Protesten, die Sturzaker rasch unterdrückte. Er war schon so lange im Schlachthaus, dass sein Wort in den meisten Angelegenheiten galt, ob nun auf der Arbeit oder danach. Er war ein kleiner, leicht reizbarer Mann, den man besser nicht fälschlicherweise für einen Schwächling hielt, denn er hatte in jüngeren Jahren als Bantamgewicht geboxt und die Härte in seinen Fäusten nicht verloren.

»Ich habe von dem Feuer gehört«, erklärte er über den Tresen hinweg. »Klang so, als hättet ihr alle Hände voll zu tun gehabt.«

»Wir sind zurechtgekommen«, antwortete Dadda.

»Irgendeine Idee, was es entzündet hat?«, erkundigte sich Sturzaker.

»Du meinst wohl, wer«, berichtigte Bill.

Sturzaker lächelte und nippte an seinem Pint.

»Klingt ganz, als hättest du etwas auf dem Herzen, Bill«, bemerkte er, während er sich eine Zigarette anzündete.

»Tatsächlich?«, erwiderte Bill.

»Aye«, bestätigte Sturzaker. »Du wirkst nicht wie der fröhliche Kerl, der du normalerweise bist.«

»Na ja, ich bin schließlich auf einer Trauerfeier«, gab Bill zu bedenken.

»Mein Beileid«, verkündete Sturzaker und hob sein Glas. »Er war ein unerschrockener alter Kerl, das muss ich ihm lassen. Hast du deinen Jeff nicht mitgebracht?«

»Er arbeitet auswärts«, erklärte Bill.

»So nennt er das also?«, fragte Sturzaker. »Wie ich gehört habe, transportiert er nicht nur Bierfässer das Land hoch und runter.«

»Na ja, dann musst du dich wohl verhört haben, was?«, erwiderte Bill.

»Wenn du das sagst«, antwortete Sturzaker und nahm einen weiteren Schluck von seinem Stout.

Wie alle männlichen Sturzakers hatte er niemals voll und ganz gesund gewirkt. Sein Vater war jung an Tuberkulose verstorben, und das mittlere Alter hatte bei Ken periodische Schübe von Bronchitis hervorgerufen. Sein ältester Sohn Sam, Jeffs ungeschickter Komplize, hatte venöse, durchscheinende Haut und die hervortretenden Augen von jemandem, der zu früh geboren wurde. Und Lennie war natürlich niemals in der Lage gewesen, weiter als zehn Meter zu rennen, bevor er zu keuchen begann.

Die gesamte Familie Sturzaker lebte im letzten Haus der New Row, gemeinsam mit den Hunden, die Ken kaufte und wieder verkaufte, um ein bisschen Geld hinzuzuverdienen. Man konnte sich kaum ausmalen, wie sie alle so lange überlebt hatten, ohne sich gegenseitig umzubringen. Sie waren jedoch wie so viele andere in Underclough, und wurschtelten sich lieber durch, als irgendwo anders ihr Glück zu versuchen. Sie gingen nicht fort, konnten es nicht oder hatten nicht den Mut dazu, und erfreuten sich am seinen Weg ins Tal zurückfindenden Tratsch über jene, deren Flucht im Scheitern geendet war: Susan, die älteste Tochter der Abbots und Schwester der behaarten Janet, war in London eines Abends beim Rückweg von der Arbeit mit vorgehaltenem Messer ausgeraubt worden, und Terry Anderton, der Sohn von Brian und Eileen, war losgezogen, um in Blackpool ein Vermögen zu machen, und hatte sich am Ende zu Tode gesoffen. Zwei Wochen lang hatte er in seiner Wohnung in North Shore gelegen, ehe das Summen der Fliegen einen Polizisten seine Tür hatte einrammen lassen. Das Leben außerhalb des Tals hielt auch nicht mehr, was es versprach. Er hätte es gar nicht erst versuchen sollen. Wäre er lieber mal daheimgeblieben.

Ohne Zweifel hätten sie dasselbe über mich gedacht, wenn sie mein Verhalten während des bisherigen Schuljahres mitbekommen hätten. Zerstreut, vergesslich, verspätet.

So sehr, dass ich eines Tages kurz vor den Herbstferien nach dem letzten Läuten der Schulglocke ins Büro des Direktors zitiert worden war.

»Ich habe einen Brief bekommen, John«, sagte Sweeting. »Von einem Elternteil.«

Er mochte keine Briefe von Eltern. Briefe von Eltern schlugen meist Wellen. Und die Wellen breiteten sich aus.

»Von Mrs Weaver«, fügte er hinzu. »Nicholas' Mutter. Sie ist ziemlich unglücklich.«

»Worüber?«

»*Nicholas hat mir bei mehreren Gelegenheiten erzählt, dass Mr Pentecost nicht rechtzeitig zum Unterricht erschienen ist und dass der Unterricht selbst zu wünschen übrig ließ*«, las Sweeting aus dem Brief vor.

Er nahm seine Brille ab, lehnte sich im Stuhl zurück und wartete darauf, dass ich etwas erwiderte. Als ich jedoch nichts sagte, seufzte er und schüttelte den Kopf.

»Es sieht Ihnen einfach nicht ähnlich, John«, sagte er. »Sie waren immer so ...«, er wedelte mit der Hand wie mit einer Flosse, während er nach dem passenden Wort suchte, »... geradlinig. Ich konnte mich jederzeit auf Ihre Besonnenheit verlassen.«

Ein Teil von mir war stets überzeugt davon gewesen, dass ihn nicht nur meine Referenzen von einer für ihre widerspenstigen Schüler berüchtigten Gesamtschule in Ipswich davon überzeugt hatten, mir den Job zu geben, sondern dass ich auch aufgrund meines starken Akzents eingestellt worden war. Sweeting war in Sheffield aufgewachsen und erzählte den Leuten stolz, sein

Vater habe dreißig Jahre in den Stahlwerken verbracht, und seine Mutter fünfunddreißig mit dem Gravieren von Besteck. Seine Vokale mochten während seines Stipendiums in Cambridge geschliffen worden sein, doch im Herzen blieb er ein Junge aus der Arbeiterklasse des Nordens und fühlte sich mir auf eine gewisse Weise verbunden.

Für ihn beinhaltete mein Akzent das Versprechen auf jenen weltlichen, nüchternen Unterricht, den die Churchmeads-Schüler benötigten, die so sehr in die Watte ihrer Privilegien gepackt waren. Wie ein Vorarbeiter stand ich in meinem blauen Mantel mit Klemmbrett und Stoppuhr vor ihnen und überwachte die Bildung der Jungs vom Wareneingang bis zur letzten Politur auf dem Weg aus dem Ausstellungsraum.

»Sie wissen, dass es nichts Ungewöhnliches ist, wenn Menschen in diesem Beruf ausbrennen«, sagte Sweeting und übte dabei jenes Verhalten wie am Krankenbett, das er eine Woche zuvor in seinem Managementseminar erlernt hatte. »Selbst junge Menschen wie Sie können ein wenig vom Weg abkommen.

Sollte dies der Fall sein«, fuhr er fort, »gibt es gewisse ...«, wedel, wedel, »... Mechanismen, die Ihnen einen Profi zur Seite stellen können, der speziell für solche Angelegenheiten ausgebildet ist.«

Ich behauptete, es ginge mir gut. Allerdings stimmte das nicht. Aber wie hätte ich auch nur ansatzweise erklären sollen, weshalb ich in die Endlands zurückkehren wollte? Und was ich all den Menschen dort schuldete.

Nachdem er beim Darts an der Reihe gewesen war, kehrte Sturzaker an seinen Platz zurück und richtete seinen Blick auf mich.

»All das hier muss dir mittlerweile wie eine vollkommen andere Welt vorkommen«, stellte er fest. »Ich wette, du bist froh, dass du nicht mehr hier lebst.«

»Ich habe den Ort nicht vergessen«, antwortete ich.

»War das dein Mädchen, mit dem du reingekommen bist?«, wollte er wissen.

»Ja«, sagte ich.

»Hübsch, oder, Bill?«, fragte er und schürzte die Lippen. Was würde er nicht darum geben.

Bill wollte für mich das Wort ergreifen, doch Dadda schüttelte den Kopf, um ihn aufzuhalten.

»Geh schon«, sagte er. »Bring die Getränke rüber. Ich bin in einer Minute bei euch.«

Bill blickte hinüber zu Sturzaker. »Sag deinem Vinny Bescheid, dass ich vorbeikommen werde, um ein Wörtchen mit ihm zu reden«, rief er.

Sturzaker sah ihm nach und schüttelte den Kopf.

»Mein Beileid, Tom«, sagte er.

»Aye, na ja, er war sechsundachtzig«, erwiderte Dadda.

»Vom Gaffer hab ich nicht gesprochen«, entgegnete Sturzaker. »Sondern davon, dass du neben diesem verfluchten Bill Dyer wohnen musst.«

Er ließ seine Kippe im Aschenbecher glimmen und nahm die Pfeile von Eddie Moorcroft entgegen, der am Tresen lehnte und die aktuelle *Gazette* las. Ich sah die Schlagzeile auftauchen und wieder verschwinden, während er durch die Seiten blätterte, um zum Sportteil zu gelangen: Das jüngere der beiden Kinder, auf die in Burnley die Hunde losgegangen waren, war gestorben.

Wir saßen in Herod's Seat, einer der vier Sitzecken, von denen auf jeder Seite des Raumes je zwei eingerichtet waren. Die anderen hießen Jezebel, Judas und Job, wo der Gaffer einst an den Samstagabenden sein Geld verlor und Clive, Laurence oder Alun versicherte, ich würde in den nächsten ein, zwei Tagen mit dem geschuldeten Betrag vorbeikommen.

Sie alle hielten die Geldsummen, die sie gewonnen (oder verloren oder aufs Spiel gesetzt) hatten, gern vor ihren Frauen geheim, wenn der Gaffer ihnen also irgendwelche Gewinne schuldete, dann wurde ich auf meinem Fahrrad ins Dorf oder zum Schlachthaus geschickt, um ihnen das Geld auf der Arbeit statt zu Hause auszuhändigen. Der Gaffer war ein besserer Trinker als Kartenspieler, als Geschichtenerzähler übertraf er sie jedoch alle, und er konnte das Spiel so weit hinauszögern, bis niemand mehr recht wusste, wer an der Reihe war oder wer genau wem was schuldete. Er hatte jedem schon hundertmal erzählt, dass die Sitzecken aus den alten Bänken erbaut worden waren, die Nathaniel Arncliffe während der Renovierungsarbeiten aus der Kirche gerissen hatte. Auch die Fenster hatten davon profitiert, und wann immer im Laufe der Jahre eins der kleinen Glasquadrate eingeschlagen worden war, hatte man es mit beliebigen Fragmenten der heiligen Szene ersetzt, die einst hinter dem Altar zu sehen gewesen war. Hier die Augen der Jungfrau. Dort eine festgenagelte Hand.

Grace kniete sich auf die Bank und fuhr mit dem Finger über die Wunde Christi, folgte dem Fluss des Blutes, während die anderen um sie herum sich stritten.

»Sag es ihm, Tom, bitte«, forderte Angela, als Dadda und ich uns setzten. »Er treibt mich noch in den Wahnsinn.«

»Ich will einfach nur hören, wie Vinny Sturzaker es abstreitet«, beharrte Bill. »Das ist alles.«

»Das hier ist der Leichenschmaus des Gaffers«, sagte Angela. »Es reicht.«

»Lasst uns nicht mehr darüber streiten«, bat Laurel. »Katherine wird noch denken, wir seien andauernd am Zanken.«

»Aye, vergiss die Sturzakers«, stimmte Liz zu. »Wir sind hier, um des Gaffers zu gedenken.«

Wir stießen auf sein Leben an, und die anderen im Raum blickten zu uns herüber, während sie die Sandwiches und den Kuchen kauten, die Laurel und Betty Ward mitgebracht hatten. Ein paar von ihnen hoben die Gläser und lächelten. Mr und

Mrs Abbot, die die Autowerkstatt draußen an der Straße nach Mythamwood führten, die Parkers, die Wigtons und Alun Beckfoot, der seine Limonade anhob und nickte. Sie alle zeigten noch immer einiges Interesse an Grace und ließen ihre Blicke auf sie geheftet, während sie zu ihren Gesprächen zurückkehrten.

»Die müssen glauben, wir hätten dich schlecht erzogen«, sagte Liz, langte über den Tisch, zog Grace vom Fenster fort und zwang sie, sich zu setzen. »Was sollte dieses Theater auf dem Friedhof?«

»Ich weiß nicht«, antwortete Grace.

»Was meinst du, du weißt es nicht?«

»Tante Katherine hat gesagt, ich soll an etwas denken, worüber der Gaffer gelacht hat«, erklärte Grace.

Liz sah Kat an. »Vielen Dank auch«, meinte sie.

»Ich wollte es ihr nur leichter machen«, verteidigte sich Kat.

»Natürlich wolltest du das, meine Liebe«, beschwichtigte sie Laurel.

»Ich habe an einen Witz gedacht, den er mir erzählt hat«, fuhr Grace fort. »Da konnte ich nicht anders.«

»Natürlich konntest du«, entgegnete Liz. »Du bist kein Baby mehr. Was sagst du zu Opa Tom?«

»Tut mir leid«, erwiderte Grace.

»Na, das will ich aber auch hoffen«, meinte Liz. »Ich weiß wirklich nicht, was im Augenblick mit dir los ist.«

»Sei nicht so streng mit ihr«, bat Laurel. »Manchmal weiß man einfach nicht, wie man sich auf einer Beerdigung verhalten soll.«

»Alles außer Lachen wäre in Ordnung gewesen«, entgegnete Liz.

»Ich wünschte, Daddy wäre hier«, sagte Grace.

»Das möchte ich wetten«, erwiderte Liz.

»Er muss arbeiten, mein Liebes«, erklärte Laurel.

»Wenn du meinst«, brummte Grace.

»Jetzt dauert es nicht mehr lange«, sagte Angela und tätschelte ihr die Wange. »In zwei Tagen ist er da.«

»Hätte er nicht ein paar Tage freibekommen können?«, erkundigte sich Kat.

»Er wollte nicht darum bitten«, antwortete Laurel. »Es fehlen ohnehin schon Leute, und er wollte nicht den Eindruck erwecken, er wäre nicht willig, zu arbeiten.«

»Es wäre ja bloß für einen Tag gewesen«, wandte Angela ein. »Er hätte bestimmt die Erlaubnis bekommen.«

»Ich gebe nur weiter, was er mir erzählt hat«, sagte Laurel und nippte an ihrem Gin Tonic.

»Der Gaffer läuft ja schließlich nicht weg, oder?«, meinte Dadda und zündete seine Selbstgedrehte erneut an. »Jeff kann nach seiner Rückkehr in die Kirche gehen und dem Gaffer die letzte Ehre erweisen, wenn er das will.«

»Zwei Tage«, sagte Kat zu Grace. »Das ist nicht mehr allzu lang.«

Grace lehnte sich zwischen mir und Kat in die Bank zurück und saugte den Orangensaft, den Bill ihr gebracht hatte, geräuschvoll durch einen Strohhalm ein. Die anderen verwickelten mich in ein langes Gespräch über Daddas Schafbock, weshalb ich nur halb mitbekam, was Kat zu Grace sagte. Aber ich bemerkte, dass Grace begann, mehr zu reden, als sie es seit unserer Ankunft in den Endlands getan hatte, und nach einer Weile lächelte sie Kat wieder genauso an wie auf der Hochzeit. Sie teilte ihr Getränk mit ihr und fragte sie nach dem Baby, und als ich erneut hinsah, hatte sie das Medaillon abgenommen und hielt es an der Kette über Kats Bauch.

»Sieh mal, Oma«, rief sie. »Es schwingt.«

»Dann wird es ein Mädchen«, sagte Angela.

»Du Arme«, meinte Liz.

»Nein, ich bin mir sicher, dass es ein Junge wird«, entgegnete Kat.

»Wieso das, meine Liebe?«, wollte Bill wissen.

»Ich weiß es einfach«, antwortete Kat. »Ich kann es nicht erklären.«

»Als ich unseren Jeff erwartete, ging es mir genauso«, verkündete Laurel. »Ich wusste, dass ich einen kleinen Kerl bekommen würde.«

»Na ja, was es auch wird, wir werden es brauchen«, stellte Angela fest.

»Wie meinst du das?«, fragte Kat.

Angela sah sie mit gerunzelter Stirn an. »Damit der Hof weitergeführt wird, natürlich«, antwortete sie.

Kat lächelte Angela an, als hätte sie einen Scherz gemacht.

»Was ist daran witzig?«, fragte Angela. »Da steht doch euer Name am Tor, oder etwa nicht? Pentecost?«

»Zieht Tante Katherine jetzt also hierher?«, wollte Grace wissen, da sie dachte, wir hätten seit der Hochzeit vielleicht unsere Meinung geändert.

»Das können wir nicht«, antwortete Kat und strich Grace übers Haar, als diese enttäuscht den Kopf hängen ließ. »Aber wie ich gesagt habe, werden wir so oft wie möglich zu Besuch kommen, nicht wahr, John?«

»Ja«, bestätigte ich.

»Und du kannst uns auch jederzeit besuchen kommen, nicht wahr?«, fügte Kat hinzu.

»Darf ich?«, fragte Grace und wandte sich zu Liz um. »Darf ich hinfahren?« Dann prasselte ein Dutzend Fragen auf uns ein: wo wir lebten, ob es dort schön sei, ob es dort regnete, ob wir einen Hund hätten, und wie sehe unser Haus aus, und wie heiße unsere Straße?

Wir wohnten an einem Platz namens Alder Crescent, direkt in der Mitte des Häuserbogens. Wir hatten Freunde im Beech Drive und in der Lime Avenue, die Carters wohnten um die Ecke im Hawthorn Close. Alle Straßen in Meadowfields waren nach den Bäumen benannt, die gefällt worden waren, um die Siedlung anzulegen. Unsere Nachbarn waren Verkaufsleiter und mittlere Führungskräfte in Supermärkten. Liebenswürdige Leute mit zwei Autos und ganz gewöhnlichen Hobbys. Ihre Söhne spielten Fußball auf der Rasenfläche, die bislang noch keinen Spitznamen trug, und ihre Töchter fuhren auf ihren Rollerskates die Straße hoch und runter, deren Asphalt noch schwarz war.

Kat zumindest gefiel es dort.

»Aber ihr gehört hierher«, beharrte Angela. »Ihr beide.«

»Es ist nett, dass du das sagst«, erwiderte Kat, während sie zusah, wie das Pendel sich vor und zurück bewegte. »Ihr habt mich so herzlich aufgenommen.«

»Ich sage das nicht aus Nettigkeit«, wehrte Angela ab. »Ich meine es so. Eines Tages wird dein Dadda das Zeitliche segnen, John, und was dann?«

»Angela«, fuhr Laurel dazwischen. »Es ist die Beerdigung des Gaffers, nicht die von Tom.«

»Aber man muss an diese Dinge denken«, insistierte Angela.

»Im Augenblick gehe ich noch nirgendwo hin«, stellte Dadda fest. »Außerdem, was wüssten diese beiden schon darüber, wie man den Hof führt?«

»Ach, das vergisst man nicht«, behauptete Angela und griff über den Tisch nach meiner Hand. »Dieser Ort steckt einem im Blut, nicht wahr, John?«

»Jetzt hat es aufgehört«, sagte Grace mit Blick auf das Medaillon. »Darf ich aufstehen und mir noch etwas zu essen holen?«

»Aye, mach schon«, erwiderte Liz.

»Und nimm Katherine mit«, forderte Angela sie auf. »Sie hat nicht einmal genug für eine Person gegessen, von zweien ganz zu schweigen.«

Grace ergriff Kats Hand und führte sie hinüber an den Tisch, der von den Dorfbewohnern mit Papptellern in der Hand umkreist wurde.

»Seht sie euch an«, meinte Bill. »Wie die verfluchten Krähen.«

»Oder Elstern«, fügte Liz hinzu, als die Frauen aus dem Schlachthaus Graces Haar anfassten. Um diese roten Locken würden sie andere Frauen ihr Leben lang beneiden.

Grace stapelte Pommes auf ihren Teller und reichte dabei das Medaillon an Kat weiter, damit diese sehen konnte, was sich in seinem Inneren befand. Kat warf mir einen Blick zu, froh darüber, dass Grace nun fröhlicher wirkte, nachdem die Beerdigung vorüber war, aber das Lächeln erstarb rasch auf ihren Lippen, als sie die beiden Hälften mit den Daumen auseinanderschob.

Die Lautstärke stieg mit einem Mal an, als die Schlachthausmänner aus dem Schankraum kamen und sich für den Nachhauseweg die Reißverschlüsse ihrer Jacken zuzogen und Schals um die Hälse wickelten. Sie kamen am Tisch vorbei, wo Jason und Monkey zwischen die Dorfbewohner griffen und sich an den Sandwiches bedienten.

»Die sind für die Trauergäste«, rief Angela, und Monkey grinste, während er auf einem herumkaute und sich noch ein weiteres für den Weg mitnahm.

»Macht schon, Leute, haut ab nach Hause«, wies Sturzaker sie zurecht, während er seine Jacke zuknöpfte, und sie lachten gemeinsam mit ihm und traten dann hinaus auf die Straße.

»Zu blöd, dass dein Vinny nicht so gut auf dich hört«, bemerkte Bill.

»Was willst du damit sagen?«, fragte Sturzaker.

»Du weißt genau, was ich damit sagen will«, meinte Bill.

»Du wirst mich wohl aufklären müssen«, erwiderte Sturzaker.

»Er ist wild«, erklärte Bill.

»Wild?«

»Bill, nicht jetzt«, sagte Angela. »Trink dein Bier.«

»Sie hat dich fest im Griff, was, Kumpel?«, fragte Sturzaker. »Dabei ist sie noch nicht mal deine Frau. An deiner Stelle würde ich mal ein ernstes Wörtchen mit ihr reden.«

»Komm schon«, rief Bill. »Du weißt genau, dass Vinny das Feuer gelegt hat.«

»Glaubst du das etwa auch, Tom?«, fragte Sturzaker.

»Ich weiß es nicht«, erwiderte Dadda, nachdem er den Saum seiner Selbstgedrehten abgeleckt hatte. »Ich war ja schließlich nicht dabei, oder?«

»Hör lieber auf ihn, Bill«, sagte Sturzaker. »Der Mann ist vernünftig.«

»Macht dir das gar nichts aus?«, fragte Bill und versicherte sich rasch, dass Grace noch immer außer Hörweite war. »Der Gedanke, dass die Geschichte sich wiederholt?«

»Wie meinst du das?«

»Na ja, du hast schon einen Jungen im Knast«, stellte Bill fest.

»Aye, und wir alle wissen, wem das zu verdanken ist, nicht wahr?«, gab Sturzaker zurück.

»Unser Jeff war nicht schuld daran«, protestierte Laurel.

»'türlich nicht«, erwiderte Sturzaker. »Wenn man Jeff Dyer in der Mitte durchschneidet, kommt nichts als beschissenes Gold zum Vorschein.«

»Ich darf doch wohl bitten!«, ermahnte Liz und wies auf Grace, die sich nun gemeinsam mit Kat zurück auf ihren Platz zwängte, die Finger orange gefärbt von all den Käsebällchen, die sie in sich hineinstopfte.

»Die hat doch bestimmt schon Schlimmeres gehört, meine Liebe«, sagte Sturzaker. »Schließlich lebt sie in eurem Haus.«

»Sag deinem Vinny einfach, er soll sich vom Wald fernhalten«, beharrte Bill.

Sturzaker grinste. »Wieso? Hast wohl Schiss, er findet da was, das er nicht sehen soll?«, fragte er.

»Was willst du damit sagen?«, erwiderte Bill.

»Na ja, man hört so manches, nicht wahr?«, meinte Sturzaker und band sich den Schal um.

»Was denn zum Beispiel?«, wollte Bill wissen.

»Ich will keine Gerüchte verbreiten, ohne Beweise zu haben«, wehrte Sturzaker ab und klopfte Bill beim Hinausgehen auf die Schulter. »Pass einfach nur auf, was du sagst.«

Für den Rest des Nachmittags und bis in den Abend hinein waren Grace und Kat unzertrennlich und schlenderten Hand in Hand durch den Pub, um sich all die alten Fotografien anzusehen. Als Kat in die Hocke ging, um ein Detail in Augenschein zu nehmen, legte Grace einen Arm um sie, wie sie es schon auf der Hochzeit getan hatte. In ihrem schwarzen Kleid mit den schwarzen Schuhen, die Haare mit einer Schildpattspange gezähmt, sah sie aus, als könnte sie kein Wässerchen trüben, und ich wusste, dass Kat nicht daran glaubte, Grace wäre ohne guten Grund mit einem Hammer auf ihren Spiegel losgegangen. Sie war dazu getrieben worden. Als Grace sie davonführen wollte, um mit den Wigtons zu sprechen, rief Liz ihr nach, sie solle Mrs Pentecost in Ruhe lassen, aber Kat behauptete, es mache ihr nichts aus, und es schien mir, als hielte sie es für das Beste, Grace von ihrer Mutter fernzuhalten.

Ohne es eigentlich vorgehabt zu haben, wurde Dadda nach und nach betrunken, und als er auf dem Weg zur Herrentoilette den Tisch umwarf, an dem die Dewhursts saßen, schickte Angela mich ihn einsammeln.

»Um Himmels willen, bring ihn nach Hause, John«, sagte sie. »Sonst begraben wir heute noch zwei Pentecosts.«

Mit Bills Hilfe bekamen Kat und ich Dadda in den Land

Rover, keilten ihn zwischen uns auf den mittleren Sitz, und ich fuhr zurück zum Hof.

Als wir Sullom Wood durchquerten, rauschten die Bäume in einer Schwärze, die sich in alle Richtungen ausbreitete, hinauf auf die Bergrücken, hinaus aufs Moor. Meilen über Meilen dichte Nacht, wie Kat sie wahrscheinlich noch nie zuvor erlebt hatte. Selbst wenn wir nach Einbruch der Dunkelheit durch die Fens fuhren, wurde diese zumindest hier und dort von ein paar Lichtern unterbrochen. Doch hier war gar nichts, und man könnte mit Leichtigkeit bis zum Ende des Tals weiterfahren, ohne je zu bemerken, dass es in diesem Landstrich überhaupt Höfe gab.

Als ich von der Straße abbog, kamen Fly und Musket bellend heraus, und ihre Augen leuchteten glasig auf, als sie die Köpfe durch die Stäbe des Hoftors steckten.

Irgendwann während der Fahrt war Dadda an Kats Schulter gelehnt eingeschlafen, und sie richtete ihn nun sanft auf und rückte ihm die Kappe auf dem Kopf zurecht, als wäre er ein Schneemann. Beim Geräusch des Hundegebells kam er zu sich, öffnete die Augen und sah mich verwirrt an.

»Wir sind zu Hause, Dadda«, sagte ich.

»Du wirst die Schlüssel brauchen«, erwiderte er, knöpfte seine Anzugjacke auf und spähte in die Innentasche.

»Die habe ich schon«, erklärte ich. »Du hast sie mir im Pub gegeben.«

»Habe ich das?«, fragte er. »Nicht dass ich wüsste, wieso ich die verdammten Türen überhaupt abschließe.«

»Du tust Bill einen Gefallen«, meinte ich.

»Der Blödmann«, sagte er. »Was glaubt der denn, wer hierherkommen soll?«

»Wir gehen lieber auf Nummer sicher, bis wir wissen, wer das Feuer gelegt hat, Dadda«, gab ich zu bedenken, worauf er mir einen verächtlichen Blick zuwarf.

»Das ist nun vorbei«, sagte er. »Wir haben es gelöscht. Wer es auch war, wird wohl kaum zurückkehren und noch eins entzünden, oder? Ist ja nicht mehr viel zum Verbrennen übrig.«

Ich gab Kat die Schlüssel.

»Du musst das Tor aufschließen«, sagte ich, und sie stieg widerwillig aus und versuchte, den Tonfall nachzuahmen, mit dem Dadda am Tag zuvor die Hunde kommandiert hatte. Diese ignorierten sie natürlich, und sie war noch immer damit beschäftigt, sie zu verjagen, als ich auf den Hof fuhr.

Nachdem ich neben der Heuscheune geparkt hatte, half ich Dadda vom Beifahrersitz, und er fuhr mir mit der Hand durchs Haar.

»Du bist ein guter Kerl«, sagte er. »Mein John. Und du bist zu gut für diesen verfluchten Ort«, fuhr er fort und strich Kat sanft über die Wange.

»Bringen wir ihn in die Küche«, sagte ich, woraufhin Kat eine Seite übernahm, ich die andere, und wir ihn gemeinsam hinüber zum Hauseingang führten.

»Setz dich auf die Bank, während ich die Tür aufschließe, Dadda«, wies ich ihn an, aber er hatte sich bereits von Kats Arm befreit und trottete über den Hof.

»Wo willst du denn hin?«, fragte ich.

»Ich muss nach dem Schafbock sehen«, antwortete er.

»Dem geht es gut«, versicherte ich. »Leg dich einfach ins Bett, Dadda.«

»Er ist krank gewesen«, beharrte er. »Ich brauche ihn in Bestform.«

»Er ist in Bestform«, sagte ich. »Du hast erst heute Morgen nach ihm gesehen.«

»Jetzt, wo der Gaffer nicht mehr ist, muss ich mich um ihn kümmern«, erklärte er.

»Das weiß ich«, erwiderte ich. »Aber du kannst dich nicht um ihn kümmern, wenn du einen sitzen hast, Dadda.«

»Einen sitzen?«, wiederholte er. »Jetzt hör aber auf, mir geht es gut.«

»John, wenn er gehen will, dann lass ihn einfach«, sagte Kat, die sich fester in ihren Mantel wickelte, während der Wind irgendein loses Teil der Dachrinne klappern ließ.

»Dann bringe ich dir einen Tee raus, Dadda«, sagte ich, und er hob seine Hand und lief so schwankend zum Schafspferch, als trüge er fremde Schuhe an den Füßen.

Der Pferch war aus Schlackenbetonsteinen und Wellblech ans Ende des Lämmerstalls gebaut worden, ein Provisorium, das der Gaffer seit Jahren in etwas Dauerhafteres hatte verwandeln wollen. Nun war dies Daddas Aufgabe.

Ich stellte den Tee auf die Mauer des Pferchs und sah zu, wie Dadda das Maul des Schafbocks untersuchte.

»Hab ich mich im Pub zum Narren gemacht?«, wollte er wissen. »Ich hab nicht gemerkt, dass ich so viel getrunken habe. Bill hat mir einen Scotch nach dem anderen bestellt.«

»Das hat keinen gestört, Dadda«, versicherte ich ihm. »Nicht heute.«

Er trat an den Trog und füllte ihn mit Eiweißpellets. Der Schafbock ließ ein tiefes Brummen hören und schob sich an Daddas Schenkel vorbei, um an sein Abendessen zu gelangen.

»Du weißt, dass du ihn überfüttern wirst«, bemerkte ich.

»Nay, er muss schließlich wieder zu Kräften kommen, nicht wahr, Junge?«, meinte Dadda.

Er kraulte dem Schafbock den Pelz und strich ihm über den Kopf. Es war ein guter Widder. Ein breites Hinterteil und gute Eier, hatte der Gaffer gesagt, so fest wie Birnen. Ein Yardley-Widder. Yardley's in Reeth verkauften immer gute Schafböcke, die sich allesamt zurückverfolgen ließen bis zu den ursprünglichen Tan Hill Swaledales. Aber nun war er bereits seit etwa einer Woche lustlos und wählerisch gewesen, was sein Futter anging, und dies war niemals ein gutes Zeichen. Insbesondere nicht, wenn die Paarungszeit vor der Tür stand.

Dadda klopfte dem Schafbock ein weiteres Mal auf den Rücken und kam dann zu mir auf die andere Seite des Tors.

»Wovon hat Ken Sturzaker geredet?«, erkundigte ich mich.

»Sturzaker?«, fragte Dadda und nahm einen Schluck von seinem Tee. »Nichts. Der hat Bill bloß aufgezogen.«

»Er hat vom Wald gesprochen.«

»Seit wann interessierst du dich denn für irgendwas, das Ken Sturzaker gesagt hat?«

»Er nimmt also nur Vinny in Schutz, habe ich recht?«, hakte ich nach.

»Wahrscheinlich, was weiß denn ich«, meinte Dadda. »Wie gesagt, ich hab zu viel zu tun, um mir darüber Gedanken zu machen.«

Der Schafbock trat nach ein paar wenigen Bissen von seinem Trog zurück und schnupperte im Stroh. Dadda klopfte mit seinem Ehering gegen die Mauer, da er sich nach einer Zigarette sehnte.

»Hör mal, was hältst du davon, wenn Kat und ich ein bisschen länger bleiben?«, fragte ich.

»Wie meinst du das?«, wollte er wissen.

»Ich meine, nach dem Abtrieb.«

»Müsst ihr nicht zurück an eure Arbeit?«, fragte er.

»Nicht unbedingt«, antwortete ich.

»Du drückst dich kryptisch aus, John«, sagte er und nahm noch einen Schluck von seinem Tee.

»Ich meine, wir müssen nicht weiter das tun, was wir jetzt tun«, erklärte ich.

»Vielleicht sollte ich Leith morgen kommen lassen«, überlegte Dadda und beugte sich über die Mauer, um den Schafbock zu begutachten. »Er sagte, ich solle ein paar Tage abwarten. Was denkst du?«

»Ich denke, dass du versuchst, das Thema zu wechseln, Dadda.«

»Ich war mir nicht sicher, ob du es ernst meinst«, erwiderte er.

»Natürlich meine ich es ernst«, beteuerte ich. »Nichts hält uns davon ab, hierherzuziehen.«

»Außer, dass dein Mädchen dann versuchen muss, die Leiter zum Dachboden rauf- und runterzuklettern, wenn sie so dick ist wie ein Walfisch.«

»Wir könnten das alte Zimmer des Gaffers nehmen«, schlug ich vor.

»Oh, aye«, stimmte Dadda zu, ein noch immer betrunkenes Lächeln auf den Lippen. »Darüber wär sie bestimmt ganz begeistert.«

»Aber wenn niemand den Hof übernimmt«, sagte ich, »dann wird er gemeinsam mit dir verschwinden. Genau wie Angela gesagt hat.«

»Und ich hab dir gesagt, dass ich noch eine Weile hierzubleiben gedenke«, erwiderte Dadda.

»Aber wir müssen darüber reden, oder etwa nicht?«, fragte ich. »Jetzt, wo der Gaffer fort ist?«

»Verdammt noch mal, John«, sagte er. »Die Erde über ihm ist noch nicht mal fest. Wir haben noch genügend Zeit für das alles.«

»Dadda, du weißt, dass du solche Sachen nicht aufschieben kannst.«

»Hör mal, nur weil ich ein bisschen huste, heißt das nicht, dass du mich morgen früh steif und kalt im Bett finden wirst.«

»Es geht nicht um deinen Husten, Dadda«, sagte ich. »Du weißt, dass ich von etwas anderem rede.«

»Was denn?«

»Schau, ich und Kat werden bald ein Kind bekommen. Wäre es dir nicht lieber, wir würden es hier großziehen?«

»Was um Himmels willen gibt es denn hier schon für ein Kind?«, fragte er.

»Für mich war es gut genug«, antwortete ich.

»War es das?«, wollte er wissen.

Er sah mich und dann wieder den Schafbock an.

»Du warst zu lange fort, John«, stellte er fest. »Zweimal im Jahr herzukommen ist nicht genug. Ist mir egal, was Angela sagt, sie liegt falsch. Die Landwirtschaft steckt einem nicht im Blut, sie steckt einem in den Händen. Du hast vergessen, wie es ist, tagein, tagaus. Du kannst dich nicht einfach zurück ins Tal treiben lassen, als wärst du niemals fort gewesen.«

»Lass mich morgen mit dir nach den Hirschen suchen«, bat ich.

»Ich komm gut allein zurecht«, wehrte er ab. »Das ist nichts, was man einfach so machen kann.«

»Dann zeig es mir«, sagte ich. »Bring es mir bei.«

»Aye, nun ja, ich hab's schon mal versucht«, erwiderte er.

Er richtete seine Aufmerksamkeit erneut auf den Schafbock und wartete darauf, dass ich die Tür schloss.

Ich hatte den falschen Zeitpunkt gewählt, das war alles. Ich hätte warten sollen, bis er richtig nüchtern war. Er konnte nicht klar denken. Er dachte an nichts anderes als an den Abtrieb und an seinen kränklichen Schafbock, und das war auch verständlich. Aber die Zukunft würde nicht verblassen wie die Vergangenheit. Ganz im Gegenteil.

Wenn er nicht aufpasste, würde sie sich allmählich anschleichen und ihn eines Tages überrumpeln. Er wusste so gut wie jeder andere hier, dass eine heute errichtete Mauer morgen vor einer Flut schützt.

Fly und Musket kamen heraus und schnüffelten an meinen Fingern. Sie waren rastlos und ungeduldig und wollten mich nicht in Ruhe lassen, bis ich näher an das Haus herantrat. Bei dem Rechteck aus Licht, das aus dem Küchenfenster drang, hielten beide inne, setzten sich und lauschten mit gespitzten Ohren auf die Geräusche, die von innen herausdrangen.

»Das ist nur Kat«, sagte ich, aber als sie nach mir zu rufen begann, wandten die beiden Hunde sich ab und verschwanden in die Dunkelheit ihrer Hütten.

»Oh Gott«, sagte sie, als ich in die Küche trat. »Hier unten ist es genauso schlimm.«

»Was denn?«

»Dieser ekelhafte Geruch«, antwortete sie.

»Kat, wir befinden uns auf einem Bauernhof«, sagte ich. »Mit Gerüchen musst du hier rechnen.«

»Du bist vielleicht daran gewöhnt«, meinte sie.

»Was ist es, Mist?«, wollte ich wissen.

»Nein, das ist kein Mist«, entgegnete sie. »Mit dem Geruch von Mist komme ich klar. Es ist, als wäre etwas gestorben. Nein, als wäre etwas schon seit langer Zeit tot. Erinnerst du dich an diese Toilette in Spanien?«

Ein Verschlag mit einem Loch in den Hintergassen irgendeines ausgetrockneten Dorfes am Rande der Wüste von Tabernas. San Lucas? San Federico? Und unten in der Grube verweste ein ertrunkener Hund, an dessen Halsband ein halber Ziegelstein festgebunden war.

»Wenn es so schlimm wäre, dann würde ich es doch wohl auch riechen können«, erwiderte ich.

»Vielleicht kommt es von draußen«, sagte Kat. »Würdest du mal nachsehen, bitte?«

»Ich bin gerade erst über den Hof gekommen«, antwortete ich. »Das wäre mir aufgefallen.«

»Bitte, John«, beharrte sie.

Ich ging mit einer Taschenlampe hinaus und blickte in den Hühnerstall an der Hauswand, da ich dachte, dort drinnen könnte vielleicht etwas gestorben sein. Aber alle Hühner flatterten panisch auf, als das Licht sie streifte.

»Absolut nichts«, sagte ich, als ich wieder hineinging und die Tür schloss.

»Sag das nicht so«, bat sie. »Ich meine es ernst. Irgendwo ist hier etwas am Verwesen.«

Sie sah unter der Spüle nach, öffnete den Deckel des Mülleimers, roch an ihren Handflächen, riss den Kragen ihres Kleides auf.

»Das bin ich«, rief sie. »Der Geruch hängt an meinen Kleidern. Er hängt an meiner Haut.«

Nachdem ich ihr Kleid in die Waschmaschine gesteckt hatte, ließ ich ihr ein Bad ein, und sie legte sich hinein, als es noch heißer war, als sie es normalerweise mochte, um zu versuchen, den Gestank loszuwerden. Sie ließ ihren Körper ins Wasser gleiten und lag dann keusch unter einer schwebenden Decke aus Schaum.

»Besser?«, fragte ich, und sie nickte.

»Was glaubst du, was es war?«, wollte sie wissen.

»Ich weiß es nicht. Heißt es nicht, dass die Schwangerschaft etwas mit dem Geruchssinn anstellt?«, fragte ich.

»Kann sein«, sagte sie und rieb mit der Seife an ihren Schenkeln, wo die Hitze ihre Narben hatte hervortreten lassen.

»Ich denke, das könnte einfach eins der Dinge sein, an die du dich wirst gewöhnen müssen«, fuhr ich fort. »Wie die Morgenübelkeit.«

Sie legte sich die Hand auf den Bauch.

»Wie kann etwas so Kleines mich so seltsam fühlen lassen?«, fragte sie.

»Das geht vorbei«, versicherte ich.

»Irgendwann flutscht es raus, meinst du?«, fragte sie.

»Das wird es«, bestätigte ich. »Und du wirst es dir wünschen.«

»Musst du morgen wirklich mit rausgehen?«, fragte sie.

»Dadda schafft es nicht allein«, erklärte ich. »Er braucht jemanden an seiner Seite.«

»Wirklich?«, fragte sie. »Es kommt mir gar nicht so vor.«

»Du darfst nicht erwarten, dass er es zugibt, Kat«, sagte ich. »Er würde sich lieber zu Tode schuften, ehe er um Hilfe bittet.«

»Du lässt das wie eine Tugend klingen«, sagte sie, drehte sich jedoch rasch in der Wanne um und entschuldigte sich mit einer nassen, schaumigen Hand auf meinem Arm.

»Ich würde mich einfach besser fühlen, wenn du hier wärst«, erklärte sie. »Gibt es nichts, was du auf dem Hof erledigen könntest?«

»Sieh mal«, redete ich ihr gut zu. »Morgen werden alle herkommen, um die Widderkrone fertigzustellen. Hilf ihnen dabei. Lern sie ein bisschen besser kennen.«

»Die Widderkrone?«

»Sie werden dir zeigen, was du tun musst«, versicherte ich.

»Ich glaube nicht, dass Liz die Geduld haben wird, mir irgendetwas beizubringen«, gab Kat zu bedenken.

»Sie mag dich, weißt du.«

»John, sei nicht so gönnerhaft«, entgegnete sie. »Liz hätte beim Leichenschmaus nicht deutlicher zeigen können, dass sie mich für eine Idiotin hält.«

»Sie war sauer auf Grace, nicht auf dich«, erwiderte ich.

Kat legte ihr Kinn auf meinen Unterarm.

»Aber diese Hirsche«, ließ sie nicht locker. »Ihr könnt sie doch nicht einfach erschießen, oder?«

»Es ist eine Aufgabe, die erledigt werden muss, Kat«, sagte ich. »Wie jede andere auf dem Hof.«

»Eine Aufgabe?«, fragte sie.

»Was hattest du denn erwartet, wie es hier aussehen würde?«, fragte ich. »Mit Rosengirlanden um die Tür und Kühen in den Butterblumen?«

Sie richtete sich auf und beugte sich vor, um sich die Füße zu waschen.

»Natürlich nicht«, widersprach sie, auch wenn ich glaube, dass sie tief in ihrem Inneren gehofft hatte, auf den Hof zu kommen und Dadda wie einen fröhlichen Gutsherrn in senffarbenem Tweed anzutreffen.

»Was ist es dann?«, wollte ich wissen.

Das Seifenwasser rann ihr über die Wölbung ihrer Wirbelsäule hinunter, während sie sich mit dem Schwamm den Nacken wusch.

»Nichts«, behauptete sie.

»Ist es Ken Sturzaker?«, fragte ich. »Um den brauchst du dir nämlich keine Sorgen zu machen. Er wird uns hier oben nicht belästigen.«

»Nein, er ist es nicht«, erwiderte Kat. »Es ist Grace.«

»Aber sie war doch während der Trauerfeier schon so viel besser gelaunt«, sagte ich. »Dank dir.«

»Sie hat etwas in das Medaillon gesteckt, das ich ihr gegeben habe«, berichtete sie.

»Na, das ist doch gut«, meinte ich. »Wenigstens benutzt sie es.«

»John, sie hatte Haare darin«, sagte Kat. »Haare des Gaffers.«

»Das ist alles?«, fragte ich. »Ich hatte mir schon Sorgen gemacht.«

»Lach nicht«, bat sie. »Du musst zugeben, dass es ein bisschen makaber ist.«

»Sie hat sie ja nicht erst nach seinem Tod abgeschnitten, Kat«, beruhigte ich sie.

»Er hat sie ihr gegeben, als er noch am Leben war?«

»Es ist ein Zeichen der Zuneigung«, erklärte ich. »Das ist hier nicht so ungewöhnlich.«

In den Endlands hatten die Leute schon immer Haarsträhnen ausgetauscht. Brüder und Schwestern, alternde Freunde, heimliche Liebende, Schulkinder, die einen Waffenstillstand auf dem Spielplatz besiegelten.

Noch vor der Zeit des Gaffers, als Hochzeitsringe zu teuer waren, hatten die Leute aus den Endlands den Bund vor dem Priester stattdessen häufig damit besiegelt, dass sie dem anderen eine Strähne des eigenen Haars um den Finger wickelten. Oder wenn jemand langsam betagt wurde, wie es beim Gaffer der Fall gewesen war, dann mochte er eine seiner Locken weiterreichen, solange ihm noch welche zum Verschenken blieben. Ich erzählte Kat, wenn sie Brownlee Hall besuchte, würde sie dort diejenige besichtigen können, die Nathaniel Arncliffe in seinen letzten Tagen seinem Sohn übergeben hatte. Ein Büschel weißer Borsten, die unter das Glas eines vergoldeten Rahmens gepresst waren, darunter eine Kupferplakette mit seinen eingravierten Lebensdaten.

Er war achtzehnhundertfünfundvierzig im Alter von zweiundsiebzig Jahren mit Krebs übersät gestorben, nach einem Leben, das seiner Überzeugung nach durch die saubere Luft in Underclough und Gottes Billigung seiner Arbeit über alle Erwartungen hinaus verlängert worden war. Damals leitete sein Sohn Richard bereits seit einigen Jahren de facto die Fabrik, und nach Nathaniels Tod ergriff er die Gelegenheit, all die Veränderungen in Gang zu setzen, gegen die jener sich stets so liebenswert gestemmt hatte. Die Welt war nicht mehr dieselbe wie damals, als sein Vater in Underclough angekommen war, und persönliche Sentimentalitäten mussten durch ökonomische Wahrheiten ersetzt werden. Die Realität sah so aus, dass es nun überall im West Riding Fabriken gab, die Schafpelz in Stoffe verwandeln konnten, und wenn Arncliffe's nicht expandierte, nicht auf Maschinen setzte, dann müsste die Mühle schließen, und das Herz des Dorfes würde aufhören zu schlagen.

Dreimal so viele Arbeiter müssten zukünftig versorgt werden. Für ihre Kinder würde eine Schule benötigt. Die Straße müsste ausgebessert werden, um leichter durch das Tal zu gelangen. Zu diesem Zeitpunkt hatte Edgar Dennings Sohn Enoch das Land geerbt, und die Briefe, die Richard ihm mit der Bitte geschrieben hatte, es an ihn zu verkaufen, da er es für sein *großes Vorhaben* benötigte, waren ebenfalls in einer Vitrine in Brownlee Hall ausgestellt, gespickt mit Beobachtungen, die er während seiner Besuche der Elendsviertel in den Textilstädten im gesamten Norden von England gemacht hatte. Er beschrieb die überlaufenden Jauchegruben, führte Listen mit Krankheiten und die Anzahl verstorbener Kleinkinder auf. Jeder Brief war dicht gefüllt mit den wohlgesetzten Aphorismen, die Männer wie Richard Arncliffe, die neben der Wohltätigkeit auch die Nachwelt im Blick hatten, stets mit großem Stolz entwarfen.

Die Leidenden profitieren am wenigsten vom Profit.

Eine Industrie, die ihre Arbeitskräfte in Leichname verwandelt, schüttet Wasser auf ihre eigenen Kohlen.

Bildung ist das größte Erbe, das man weitergeben oder erhalten kann.

Und so weiter.

Nach mehreren Monaten der Diskussion stimmte Enoch endlich zu, selbstverständlich erst, nachdem er den Preis hochgehandelt hatte, und die Spannhaken auf dem Hof wurden abgebaut und dafür Weberhütten aufgestellt. Der Mühlgraben – in dem Lennie Sturzaker beinahe eineinhalb Jahrhunderte später angespült werden würde – wurde konstruiert, um dem Flusswasser Geschwindigkeit und Druck zu verleihen, damit es das größere Rad drehen konnte, das nun benötigt wurde, um die mechanischen Webstühle und die Kardier- und Spinnmaschinen anzutreiben. Und jene Männer mit den krummen Handgelenken im Veredelungsraum bedienten nun wassergetriebene Scheren, um die Büschel vom Flor zu schneiden.

Da das Dorf zu Nathaniels Lebzeiten gewachsen war, hatten auch andere unternehmungslustige Typen mit Geld im Tal investiert. Das Schlachthaus war im Jahr von Victorias Geburt eröffnet worden, und eine Firma aus Lancaster hatte ein paar Jahre lang bei Sullom Wood eine Sägemühle geführt, bis sich der Transport des Nutzholzes als zu teuer erwies. Achtzehnhundertdreißig – das Jahr ist noch immer in den Türsturz geritzt – wurde das »Cropper's Arms« erbaut, direkt gegenüber der Kirche, die Richard zu restaurieren fortfuhr. Eine Orgel wurde eingebaut. Das Haus des Priesters, das mittlere der Nine Cottages, bekam ein neues Dach. Und innerhalb eines Jahres nach der vollständigen Übernahme der Macht von seinem Vater hatte Richard eine Statue des heiligen Michael mit dem Drachen errichtet, die aus den Fenstern des vornehmeren Teils des Pubs zu sehen war, um an den Samstagabenden, wenn die letzte Schicht vor dem Feiertag endete, die Weber und Wollkämmer und Tuchbereiter daran zu erinnern, dass der Teufel in vielen Gestalten erschien, und sie lieber nach Hause gehen und in der Bibel lesen sollten.

Sechs Tage die Woche hallte im Tal das lukrative Geklapper der Webstühle, was den Frieden, der an den Sonntagmorgen schließlich einkehrte, umso süßer machte. An diesem Tag sollte ein Profit der anderen Sorte erwogen werden, der sich nicht unbedingt in Pounds, Schillings und Pence zählen ließ. Der frische Geruch des Waldes, die diskrete, effiziente Sanitärversorgung, die Ernährung mit selbst angebautem Obst und Gemüse führten dazu, dass die vorzeitige Sterblichkeit von Säuglingen und alten Menschen, die jedes Elendsviertel zwischen Liverpool und Newcastle heimgesucht hatte, in Underclough so gut wie gar nicht auftrat. Auch kam es kaum je zu einem Aufruhr. Anders als in den Städten. Orte aus Backsteinen und Rauch brachten das Schlechteste in den Menschen zum Vorschein. Wir seien keine Bienen oder Arbeitsameisen, sagte Richard, denen es nichts ausmachte, im Gedränge zu leben, wie es Mietswohnungen und Armenhäuser verlangten, und ebenso wenig seien wir Pilze, die blind die Dunkelheit aufsaugten und dann verwelkten. Wir bräuchten Raum, und wir bräuchten Licht. Und hier im

Tal konnten die Arbeiter der Mühle nach dem Gottesdienst und einem guten Mittagessen über die Bergrücken und Moore wandern, im Briar schwimmen und im Wald nach allem suchen, was die Jahreszeit gerade im Angebot hatte. Sie konnten so leben, wie Engländer leben sollten: den Boden unter ihren Füßen, einen Fluss im Ohr.

Kat stieg aus der Badewanne, trocknete sich ab und stäubte ihre Haut mit Körperpuder ein. Ich fragte mich, ob Angela in Bezug auf ihren Körper recht gehabt hatte.

Ihre jungenhaften Hüften und die weiche kleine Spanne ihres Bauches sahen nicht aus, als könnten sie ein Baby bis zum neunten Monat beherbergen.

Aber sie würde sich verändern, sie würde wachsen, während das Baby wuchs. Dieser Bauch würde anschwellen, und ihre kleinen Brüste, die nun wie Äpfel herunterhingen, als sie sich vorbeugte, um sich die Knie zu trocknen, würden zu Kürbissen anwachsen.

»Du wirst gut aussehen, wenn du fett wirst«, sagte ich.

»Kannst du nicht mütterlich sagen?«, gab sie zurück.

»Dann also, wenn du mütterlich wirst.«

»Ich kann mir gar nicht vorstellen, wie ich in sieben Monaten aussehen werde«, sagte sie. »Ich kann mir nicht vorstellen, dass er eine Last für mich sein wird.«

»Es wird so kommen«, meinte ich.

»Und wenn ich mich erst einmal daran gewöhnt habe, dass er da ist«, fuhr sie fort, »dann werde ich ihn hinauspressen müssen.«

»Hast du Angst davor?«, fragte ich. »Vor der Geburt?«

»Diese Frage kann nur von einem Mann kommen«, bemerkte sie.

»Und wie lautet die Antwort?«

»Ich weiß es nicht«, erwiderte sie. »Ich glaube, dass ich es schon hinbekommen werde, aber wenn ich dann höre, was andere Frauen durchgemacht haben, bin ich mir nicht mehr so sicher. Zwölf Stunden hat es laut Liz bei Grace gedauert.«

»Ich werde bei dir sein«, versprach ich.

Aber natürlich würde ich sie nicht von ihren Schmerzen erlösen können, indem ich ihre Hand hielt.

»Ich nehme an, du bist hier im Haus geboren worden?«, erkundigte sie sich.

»Das bin ich«, bestätigte ich.

»Deine Mum ist sehr tapfer gewesen«, stellte sie fest.

»Das haben damals alle so gemacht«, erklärte ich. »Es waren genügend Leute zum Helfen da.«

»Ich denke, ich würde einen Raum voller Krankenschwestern bevorzugen.«

»Ich bin doch ganz gut geraten«, meinte ich.

»Du bist hart im Nehmen, nicht wahr?«, fragte sie und stieg in ihre Pyjamahose. »Das muss die Landwirtschaft sein, die dir im Blut steckt.«

»Worüber lachst du?«, fragte ich.

»Über den Gedanken, wir könnten hierherziehen«, antwortete Kat. »Wie Angela gesagt hat.«

»Wäre das denn so schlimm?«, wollte ich wissen.

»Kannst du es dir vorstellen?«

»Du nicht?«

»Oh John, du hast mich doch wohl nicht deshalb hierhergebracht, oder?«, fragte sie und strich mir über die Wange. »Wolltest du, dass ich mich in den Ort verliebe?«

»Ich möchte, dass du siehst, wie wichtig es ist, dass der Hof weitergeführt wird«, erwiderte ich.

»Das ist die Aufgabe deines Vaters.«

»Ich meine, wenn er nicht mehr da ist«, erklärte ich. »Du lachst noch immer.«

»Ich versuche nur, mir Mums Gesicht vorzustellen«, sagte

Kat, »wenn wir ihr erzählen, dass wir ihren Enkel auf einem Bauernhof aufwachsen lassen.«

»Es würde ihm guttun«, meinte ich.

»Nein, das würde es nicht«, widersprach sie. »Sieh dir nur Grace an. Sie ist unglücklich. Ich möchte nicht, dass es unserem Jungen so geht.«

»Grace ist wegen Liz und Jeff so«, entgegnete ich. »Wir sind nicht wie sie, oder?«

»Wer weiß, in was wir uns verwandeln würden, wenn wir hierblieben«, gab Kat zu bedenken.

»Angela hatte jedenfalls recht«, beharrte ich. »Der Hof gehört uns genauso wie Dadda.«

»Ich bin mir nicht sicher, ob dein Dad dem zustimmen würde«, sagte Kat.

»Vielleicht nicht, aber es stimmt«, antwortete ich.

»Eines Tages wird er dir gehören«, schloss sie und kämmte sich das Wasser aus den Haaren. »Aber noch nicht jetzt. Können wir nicht darüber reden, wenn es so weit ist?«

Wenn Daddas Stunde schlüge, ginge der Hof selbstverständlich an mich über, aber wer konnte sagen, wann das geschehen würde? Es mochten noch zwanzig oder dreißig Jahre verstreichen, und dann wären Kat und ich im mittleren Alter, und unser Junge könnte bereits aufgebrochen sein, um seinen eigenen Weg zu finden. Der Hof würde ihm nichts bedeuten, und ich wusste, Kat würde kein neues Leben hier beginnen wollen, während wir aufs Rentenalter zustolperten. Nein, wir würden bald in die Endlands ziehen müssen, oder wir würden überhaupt niemals herkommen.

Das Moor

In der Nacht fiel erneut Regen, aber bis zum Morgen waren die grauen Wolken im Himmel hochgewandert, und ein kräftiger Wind fuhr durch die Endlands. Er brach an den Bergkämmen wie Wasser und spritzte in alle Richtungen, ließ die Pfützen auf dem Hof erzittern und rauschte hinauf in die Ebereschen und die Stechpalmen. Er brachte auch den Geruch von Salzwasser mit sich. Die Küste lag zwanzig Meilen entfernt, doch um diese Jahreszeit konnten Stürme die brackige Meeresoberfläche ablecken, weit ins Landesinnere tragen und die Hügel und Moore damit würzen. Nach der Süße des Sommers kam das Salz des Herbstes.

Der Pfad, über den wir durch das Moss fuhren, war an einzelnen Stellen überflutet, und Dadda schaltete die Scheibenwischer ein, um die dreckigen Spritzer von der Windschutzscheibe zu wischen. Nun würde es nicht mehr lange dauern, ehe sich die Tür vor dem Jahr verschlösse und es zu der gesamten Gegend keinen Zugang mehr gäbe. Aber bis dahin würden wir sie ohnehin nicht mehr aufsuchen müssen. Alle Schafe wären dann aus dem Hochmoor heruntergeholt, und der Teufel säße wieder dort oben in seinem Loch.

Dadda erreichte das Ende des Weges und parkte den Land Rover neben den gestapelten Holzpfählen und den Rollen aus Maschendraht, mit denen der untere Teil des Pfades abgesperrt wurde, wo Fiendsdale Clough endete und der Briar zeigte, was in ihm steckte. Der Fluss hatte immer wie eine wundersame Geburt gewirkt, weit oben aus den Bergrücken gezaubert, aus nichts als feuchter Luft und Regen, doch ganz plötzlich lautstark präsent. Er verstummt auch niemals und drängt sich selbst ständig – *fließe, schnell, fließe* –, das Tal zu verlassen und das Meer zu finden.

Wie bei so vielen Tätigkeiten in den Endlands musste das Einzäunen hier regelmäßig wiederholt werden. Der Boden, in den die Pfosten gehämmert wurden, wurde oft vom anschwellenden Wasser ausgehöhlt, und starke Winde rissen rasch den Draht locker. Vor seinem Tod hatte der Gaffer mit dem Draht, der übrig geblieben war, nachdem der Hühnerstall der Dyers fuchssicher gemacht wurde, und den stabilen Holzpfosten, die er eines Nachts von der Bahnstrecke kurz vor der Stadt hatte mitgehen lassen, Reparaturen durchgeführt. Er war noch nicht ganz fertig geworden, hatte jedoch genug getan, um die Schafe beim Abtrieb vom Herumirren abzuhalten. Aufgrund des weichen Grases am Flussufer und ihres Zögerns, den Sumpf zu überqueren, gerieten sie hier beim Herunterbringen oft in einen Engpass, und allzu leicht wurde eins von ihnen schließlich ins Wasser geschubst.

An dieser Stelle war der Fluss nicht besonders tief, aber er war schnell und konnte ein Schaf rasch außer Reichweite unserer Hirtenstäbe und fort in die steinigen Flussniederungen tragen. Manchmal gelang es ihnen selbst, an Land zu klettern, doch häufiger mussten wir warten, bis sie zur Brücke beim Hof der Beasleys getrieben wurden, ehe wir sie herausfischen konnten. Eine sommerpralle Aue mit einem durchtränkten Schafpelz erforderte die Kraft von zwei Männern. Währenddessen konnte sich der Rest der Herde über das Moss verstreut haben oder die Berghänge hinaufgeirrt sein.

Um ehrlich zu sein, musste der gesamte Pfad hoch ins Moor

abgezäunt werden, aber er war zu steil und eng, um mit irgendetwas anderem als einem Quad hinaufzufahren, weshalb all das Holz und der Draht nach und nach mit einem Anhänger dorthin gekarrt werden müssten. Vielleicht brächte es auch gar nichts. Bei einem Erdrutsch würde ein Zaun nicht lange standhalten. Und dazu kam es recht häufig. Daran hat sich auch heute nichts geändert. Es ist nichts Ungewöhnliches, dass eine Mischung aus Schlamm und Gras den Weg blockiert, und wenn der Regen tief in die oberen Hänge fährt, gleitet der Torf von dem darunterliegenden Sandsteinschädel, und große Stücke des Abhangs landen in der Schlucht. Wenn ich zu den Hochweiden hinauf muss, gehe ich meist zu Fuß, genau wie Dadda es zu tun pflegte, und vor ihm der Gaffer und all jene Großväter, deren Stiefel in der Spülküche aufgereiht waren.

Damals war es jedoch stets der Weg hinauf ins Moor, der mich all die Jahre spüren ließ, die ich fern des Tals verbracht hatte. Ich fiel rasch hinter Dadda zurück, da ich mit Übelkeit und steifen Beinen zu kämpfen hatte. Aber ich würde mich wieder daran gewöhnen. Das musste ich.

Er hatte nichts über unser Gespräch vom Vorabend gesagt, aber ich erwartete nicht, dass er seine Meinung geändert hatte. Er hatte an jenem Morgen überhaupt kaum gesprochen, kein Wort beim Tee in der Küche, und später im Land Rover nur wenig mehr. Er passte auf, nichts von sich zu geben, was uns erneut zum Thema meiner Rückkehr in die Endlands führen könnte. Er wollte sich nicht auf eine Diskussion darüber einlassen. Er war niemand, der über Dinge nachgrübelte. Wie bei allen anderen hier waren die Grenzen dessen, woran er glaubte oder was er wusste, durch Erfahrung gehärtet worden.

Er wartete weiter oben auf mich, hinter den Steinhaufen, die er und der Gaffer aufgeschichtet hatten, um bei schlechtem Wetter den Rand des Pfades zu markieren. Sie waren mehr als notwendig, denn es hätte nicht viel gebraucht, um in die Schlucht hinunterzurutschen und vom Wasser davongetragen zu werden. Der Abfluss des tagelangen Regens fiel schnell und weiß die zerbrochenen Felsenstufen hinab und ließ einen kalten Nebel aufsteigen, der Farne und Gras mit Perlen besetzte. Bis ich Dadda eingeholt hatte, war ich völlig durchnässt.

»Alles klar?«, fragte er mich und rückte den Riemen des Gewehrs auf seiner Schulter zurecht.

»Mir geht's gut«, sagte ich. »Es ist nur schon eine Weile her.«

»Geh zurück nach unten, wenn du willst.«

»Ich sagte doch, mir geht's gut.«

»Wir müssen noch weitergehen, wenn wir das Ende des Pfades erreicht haben«, erklärte er.

»Ich weiß, ich weiß«, erwiderte ich. »Gib mir eine Minute.«

Er blickte auf seine Armbanduhr und wartete darauf, dass ich wieder zu Atem kam.

Wir waren nun weit oben, zweihundert Fuß oder noch mehr, und das Tal öffnete sich hinter uns bis zum Dorf. Eine Spielzeugstadt voll kleiner Häuser und einer winzigen Kirche und winzigen Dohlen auf dem Schulfeld. Und der Fluss wand sich, wie ein Fluss sich winden sollte, als hätte ein Kind gemalt, wie er durch die Steine und das Schilf auf Sullom Wood zufloss.

Von hier oben konnte man das ganze Ausmaß des Waldbrands erkennen. Auf einer großen Fläche entlang des Flusses waren die Bäume so schwarz und drahtig wie zerfetzte Regenschirme. Was einst überwuchert gewesen war, war nun dem Himmel ausgesetzt. Greenhollow war verschwunden.

Seit ich diesen Ort entdeckt hatte, konnte ich nicht mehr aufhören, an ihn zu denken, und wenn Mrs Broad im Unterricht meinen Namen rief, holte sie mich vom Rauschen des Wasserfalls und den pfeilschnellen leuchtenden Eisvögeln dort zurück. Lennie und Sam lachten, wenn ich, im Mittelpunkt der Aufmerksamkeit, rot anlief, aber in der letzten Woche vor den Sommerferien waren sie mehr daran interessiert, Davy Wigton die letzten paar Tränen und Tobsuchtsanfälle zu entlocken, und ließen mich in Ruhe.

Am allerletzten Tag, nachdem der Schulleiter Mr Cuddy seine Versammlung beendet und alle Preise vergeben hatte (für Lesen und Schreiben, John Pentecost), schlich ich mich fort von dem Schulhof voller schluchzender Mädchen und streitlustiger Jungs, erleichtert rückwärtsgehend, um zu beobachten, wie das Dorf immer kleiner wurde. Als ich das Kriegerdenkmal und Private Philip Pentecost erreicht hatte, drehte ich mich um und rannte den Rest des Weges nach Hause.

Es gibt wohl keine bessere Zeit im Leben eines Kindes als die Wochen zwischen Grund- und Sekundarschule. Die eine ist endgültig vorbei, und die andere wartet jenseits des Augusts darauf, dass man sich zu gegebener Zeit mit ihr befasst. An jenen ersten paar Sommertagen war ich rastlos und sehnte mich danach, mich auf den andächtigen Pfad nach Greenhollow zu begeben, sobald ich meine Aufgaben auf dem Hof erledigt hatte. Bisher hatte ich mich damit zufriedengegeben, in den Bäumen zu spielen und Sachen in den Fluss zu werfen, aber ich wusste, dass dort unten noch mehr zu finden wäre, dass sich mir dort noch mehr zeigen würde.

Eines Nachmittags, als ein warmer Wind die Disteln und den Fingerhut am Fluss bog und den Staub aus dem Kies auf der Straße wehte, schlich ich mich vom Hof, ehe Dadda mir eine weitere Aufgabe zuweisen konnte, und lief am Hof der Dyers vorbei zur Pferdeweide. Ich setzte mich eine Weile auf die oberste Latte des Tores und hoffte darauf, die beiden, die gerade aus dem Steintrog tranken, mögen sich auf die andere Seite bewegen, damit ich über die Weide zum Wald laufen konnte. Doch als sie fertig waren, hatten sie keine Eile und schlenderten gemächlich mit dem Schweif schlagend durch das hohe Gras in Richtung Schatten.

Sobald sie nicht mehr in der Sonne standen, sprang ich hinunter auf die knochentrockenen Furchen und lief entlang der Hecke los. Ich wusste, dass das schielende Pferd mich in Ruhe lassen würde. Es war auf zwei Beinen lahm, und in all der Zeit, die Jim sich um das Tier gekümmert hatte, hatte ich es noch nie aus der entfernten Ecke des Unterholzes hervorkommen sehen. Es konnte bloß zuschauen, wie ich über den Zaun in den Wald kletterte.

Auf der anderen Seite, in der kirchenhaften Dunkelheit der Bäume, war die Luft stickig und voller Insekten. Kaninchen huschten von Farngestrüpp zu Farngestrüpp. Fasane stolzierten und krächzten wie herausgeputzte Wachtposten. Die Eichen und Buchen standen in vollem Grün, und das Licht fiel wie durch ein Dach mit zerbrochenen Ziegeln.

Unten beim Wasserfall war es im Schatten der Bäume kühler, Feuchtigkeit hing in der Luft und legte sich auf die Felsen. Mit kleinen Schritten trat ich an den Rand und blickte hinunter in einen Wirbel aus Formen und Schaumkronen, der der Fließrichtung des Wassers bis zur Stille der Flussbiegung folgte, wo Mücken in den paar Lichtstrahlen, die ihren Weg durch die Blätter gefunden hatten, wie Staub brannten.

Ich trat zurück, fand einen schweren Stein und wälzte ihn herum, bis ich ihn den Wasserfall hinunterwerfen und seinen Aufprall hören konnte, wenn er unter Wasser auf einen Stein traf, aber da war nichts. Ich versuchte es ein zweites Mal, wobei ich mich hinlegte und mein Ohr dem Wasser unter mir zuwandte. Wieder waren da nur der tiefe Fall und eine Schaumkrone, als wäre eine Wasserbombe abgefeuert worden.

Eine gute halbe Stunde saß ich bis auf die Unterhose ausgezogen am Rand des Wasserfalls, trat mit den Fersen gegen den Felsen und sah zu, wie sich unter mir der Wirbel des weißen

Wassers wieder und wieder und wieder formte. Mut ist etwas, das man so lange zu haben glaubt, bis es von einem verlangt wird.

Am Ende sprang ich und überlegte es mir noch im selben Moment anders, stürzte mit der Schulter voraus und griff zugleich nach der Kante, die ich gerade hinter mir gelassen hatte. Ich spürte nicht, wie ich die Oberfläche durchbrach, nur, wie ich vollständig verschluckt und in Schaum und Schlamm davongetragen wurde. Mehr strampelnd als schwimmend trat ich gegen die Baumwurzeln, die das Ufer umschlossen, und griff nach den Wassergräsern, doch als die Stoßkraft des Wasserfalls sich verringerte, beruhigte sich allmählich auch der Sedimentsturm, und ich erreichte eine glasgrüne Unterwelt, die vom Sonnenlicht gestreift war. Fische tauchten auf und verschwanden wieder: glitzernde Gründlinge, eine Schule beleibter Karpfen, ein Barsch, der schluckte und sich in den Wald aus Wasserhahnenfuß davonwand.

Das Rauschen des Flusses war hier leiser, und ich wäre noch länger geblieben, hätte es nicht in meiner Brust gebrannt und hätte mein Herz mir nicht in gedämpftem Wechselschritt im Ohr geklopft. Dieses Pochen wurde drängender, während ich mit Scherenschlag an die Oberfläche schwamm und eine Ladung fauligen Wassers ausspuckte. Zurück in der geräuschvollen Welt der Luft, ließ ich mich von der Strömung unter den mich streifenden Fingern der Weiden bis in die Biegung treiben, wo der Fluss breiter wurde und das Wasser tief und langsam floss.

Hier gehörte das Licht mehreren unterschiedlichen Spezies an, glitzerte auf den Steinen, wo das plätschernde Wasser ans Ufer stieß, tüpfelte das grüne Fell der bemoosten Felsen, überzog die Unterseite der Äste über mir mit einem Netz. An manchen Orten drang es kaum bis zum Boden durch, und das gegenüberliegende Ufer war bedeckt von Stängeln und Pflanzenköpfen, die sich dicht ineinander verflochten hatten, während sie den wandernden Sonnenstrahlen folgten. Dornengestrüpp wuchs in großen Spulen, und die Farne und Nesseln wurden von den trompetenförmigen Pestwurzen verfinstert, die zu monströs für einen englischen Wald wirkten.

Wenn der warme Wind durch das Tal wehte, wurden die Röcke der Weiden zur Seite geblasen, und das Sonnenlicht fiel bis auf die Kieselsteine, um die sich die Stichlinge scharten. Hunderte von ihnen, wie kleine, starrende Stachel.

Ich tauchte unter und beobachtete, wie sie vor meinen Fingerspitzen davonflitzten, um sich außerhalb meiner Reichweite erneut zu versammeln. Sie taten jedes Mal dasselbe, blitzschnell. Wenn ich aber still dalag und mich wie eine Leiche treiben ließ, kehrten sie zurück und erklärten mir ihre Welt. Wie man sich der Strömung vollkommen bewusst wurde, sich gemeinsam mit ihrem Schlängeln schlängelte, bis das Wasser nicht mehr erkennen konnte, wer das Sagen hatte. Und so, brachten mir die Fische bei, konnten sie ganze Flüsse ihrem Willen beugen.

Wie wäre es, wollte ich von ihnen wissen, wenn ich im Briar leben würde, wie sie? Wenn die Strömungen und Wogen unaufhörlich an mir zögen, und ich auf die Kräuselungen der Regentropfen hinaufblickte? Und nachts durch Tinte schwämme. Wäre ich ein Frosch oder ein Fisch? Nein, ein Otter. Ein Otter, mit einer Zacke aus Muskeln als Schwanz. Ich versuchte mir vorzustellen, wie es wäre, wenn ich mich verwandelte. Ob es eine allmähliche Veränderung wäre oder das plötzliche Geschenk von Schwimmhäuten und Schnurrhaaren. Ich hoffte auf Letzteres und stellte mir vor, wie ich meine alte Haut ablegte wie einen Morgenmantel und darunter ein glitzerndes, talgiges Fell zum Vorschein käme.

Und wenn ich dann eintauchte, so glitschig wie Öl, um im jade- und olivgrünen sonnenbeschienenen Wasser zu jagen, fände ich dort reichlich zu fressen. Die Mobiles aus Fischen. Die kleinen Nüsse der Wasserschnecken, die am Ufer an den Schilfrohren klebten. Zur Abwechslung würde ich mich den Fluss hinunterwinden bis zur Mündung und hinaus ins Meer. Die Hummer zusammentreiben. Den Makrelen nachstellen. Meine Zähne am Tintenfisch schärfen. Krebsschalen aufbrechen wie Baisers.

Aber Greenhollow würde stets mein Zuhause sein. Ich würde jeden Baum und jeden Vogelruf kennen. Ich würde mir meinen Bau in den ältesten Wurzeln einrichten und eine Grenzmarkierung aus öliger Otterlosung hinterlassen, um Rivalen abzuwehren. Unten in meinem Loch würde ich die stampfenden Schritte der Männer hören, lange bevor sie mit ihren Fischernetzen auftauchten, gerade so, wie ich mich hinter den herabhängenden Haaren der Weide verstecken konnte, lange bevor Lennie Sturzaker durchs Unterholz gewatet kam.

Ich sah zu, wie er ein paar Farne entwurzelte und mit einem Stock gegen einen Baum schlug, ehe er den Hosenschlitz seiner Jeans öffnete und eine gelbe Wasserrinne in den Fluss pinkelte. Als er fertig war, setzte er sich ans Ufer, ließ die Füße über dem Wasser baumeln und zündete sich eine Zigarette an, die er wie sein Dad rauchte, indem er den Filter zwischen Daumen und Zeigefinger klemmte.

Er hustete und schniefte und nahm noch ein paar hastige Züge, ehe er in die Handfläche spuckte und die Kippe ausdrückte, um sie für ein anderes Mal aufzubewahren. Ein paar Minuten lang beobachtete er mit den Unterarmen auf den Knien alles, was den Fluss hinuntertrieb, dann legte er sich ins Gras zurück. Er regte sich eine ganze Weile nicht, und als die Libellen und Wespen, die um ihn herumschwirrten, nicht davongeschlagen wurden, wusste ich, dass er eingeschlafen war.

Während ich ihn beobachtete, bemerkte ich eine Bewegung auf der anderen Seite des Flusses. Es knackte im Unterholz, und ein junger Hirsch erschien, als wäre ein Stück des Waldes abgebrochen, und kam zum Trinken hinunter ans Ufer.

Er hob den Kopf, das Flusswasser wie ein tropfender Bart, und als er mich entdeckte, erwartete ich, dass er davonstürmen und Lennie aufwecken würde. Doch bei näherem Hinsehen war ich mir nicht einmal mehr sicher, ob es überhaupt ein Hirsch war. Mit seiner Art, den Kopf zu bewegen oder im Schlamm zu scharren, war er nicht ganz das, was er zu sein vorgab. Auf diese Weise könne ich den Owd Feller erkennen, erzählte mir der Gaffer.

»Halt nach einem Tier Ausschau, das versucht, ein Tier zu sein, Johnny, mein Junge, und das ist er wahrscheinlich. Er kriegt es nicht immer richtig hin. Deshalb versteckt er sich gern in einer Herde, damit es niemandem auffällt.«

Der Teufel starrte mich an, und ich wandte den Blick mit demselben Gefühl ab, das ich hatte, wenn Lennie mich von der anderen Seite des Schulhofs aus erspähte und sich seinen Weg durch die anderen Kinder bahnte, sich dabei eine ausgeklügelte Beleidigung zurechtlegte oder irgendein Mittel ersann, mich zu verletzen, ohne dass die Lehrerin es mitbekäme. Aber der Teufel erweckte nicht den Anschein, als wollte er mir irgendetwas Böses antun. Er wirkte eher wie einer jener einsamen Jungs, die hin und wieder neu auf die Schule kamen, in der Pause von allen anderen gemieden und daher stets von mir als einem Seelenverwandten angezogen wurden und dann an mir haften blieben wie eine Klette.

Während der Teufel mich beobachtete, jagte mir immer wieder dieselbe Frage durch den Kopf, so unablässig wie der Fluss: Mochte ich Geschichten? Mochte ich Geschichten?

Ich antwortete, ja.

Und wollte ich eine hören? Wollte ich sehen, wie sich eine vor meinen Augen abspielte? Nicht in einem Buch, sondern hier im Wald.

Das wollte ich, sagte ich.

Ich könnte hier unten einen Jungen sterben sehen, wenn ich wollte, dieser Junge schlief gerade im Pestwurz. Es konnte nicht mehr verhindert werden. Von nichts und niemandem. Alle Zeit hatte bereits ihren Lauf genommen. Alles, was wir jemals sahen, waren Geschichten. Aber das sollte ich für mich behalten, gemeinsam mit dem Trick, den die Stichlinge mir gezeigt hatten.

Schließlich wandte der Hirsch sich ab und ging zwischen den Weiden das Ufer hinauf, suchte sich seinen Weg durch das Farnkraut und ließ den Teufel bei mir zurück, dessen Stimme nun näher an meinem Ohr war, von innen hineinsprach.

Komm, ich zeige dir den Jungen, der hier sterben wird, John. Komm und sieh ihn dir an.

Barfuß ging ich am Ufer entlang und stellte mich über Lennie, meine Zehen nur Zentimeter von seinen ausgestreckten Fingern entfernt. Ich sah zu, wie sein fetter Bauch sich unter seinem gestreiften T-Shirt hob und senkte, gegen dessen Brusttasche die geklaute Schachtel Players drückte. Ich sah zu, wie seine Augen sich im Traum unter den Lidern bewegten, während sein Mund schlaff offen stand.

Ich war sieben Jahre lang mit ihm in die Schule gegangen, doch bis zu diesem Zeitpunkt hatte ich ihn niemals so genau oder so lange betrachtet. Mir waren nie die über seine Nase verstreuten Sommersprossen aufgefallen, oder die leichte Vertiefung in seinem Kinn, wie ein Fingerabdruck in einem Teigklumpen. Seine Ohren waren ungewöhnlich klein, seine Wimpern so hell wie die der Beasley-Schweine.

Er hätte gut zu den Tamworths gepasst, dachte ich. Ich konnte mir vorstellen, wie er ihnen am Trog alles wegfraß. Wie er mit tropfender Schnauze aufblickte und nach mehr Futter verlangte.

Ich berührte meine noch immer geschwollene Augenbraue,

erinnerte mich an den Geruch seines Körpers so nah an meiner Nase, an seine stille Konzentration, mit der er mich schlug.

Ich hätte ganz leicht einen Stein auf ihn fallen lassen können. Am Fluss gab es reichlich davon. Selbst ein Stein von bescheidener Größe, dachte ich, hätte ihm den Kopf eingeschlagen, als wäre er so weich wie eine Melone. Aber wenn ich ihn jetzt umbrächte, sagte der Teufel, verdürbe das die Geschichte.

Bevor ich mich wieder erholt hatte, war Dadda bereits aufgebrochen, die Hände in den Jackentaschen und das Gewehr über der Schulter. Immerhin flachte der Pfad nun ab, und ich konnte mit ihm Schritt halten.

Eine weitere halbe Meile führte er am Berghang entlang, stieg stetig an neben dem Donnern von Fiendsdale Clough, die hoch oben in diesem steileren, zerklüfteten Land mit heruntergefallenen Felsen und eingestürzten Bäumen übersät war. Auf den letzten fünfzig Metern machte die Schlucht eine scharfe Kurve nach links, und der Pfad führte weiter bis hinauf zu den Vertiefungen im Torfmoor, die den Bergrücken wie Festungsmauern mit Zinnen versahen. Hier öffnete sich der Himmel, und der Wind, der über Gras und Heide fegte, erreichte uns.

Wann immer ich Kat von den Endlands erzählte, hatte ich versucht, ihr das Moor zu beschreiben, aber es war unmöglich, die richtigen Worte zu finden. Einsam traf es nicht. Öde ebenso wenig. Außerdem war keine dieser beiden Eigenschaften das, was mir wirklich auffiel. Es war eher, dass hier oben noch so viel unbekannt war. So viel von der alten, anonymen Erde so nah. So viel von dem, was weder uns gehörte noch irgendjemandem.

Die Moore hatten sich für mich niemals richtig vertraut angefühlt, und tun es auch heute noch nicht. Sie tauchen plötzlich auf, zu groß und breit, um sie mit einem Mal zu erfassen, lösen sich von jedem einzelnen Bergrücken, auf den der Blick fällt, und treiben davon. Das Land dort oben ist weniger von

Hügeln als vielmehr von Wogen überzogen, wie ein Ozean, der im wildesten Aufruhr eingefroren ist, voll tiefer Wellentäler und verhängnisvoller Wälle. Würde man darauf davonsegeln, sage ich zu Adam, könnte man wohl ewig weiterfahren, der Horizont ständig ersetzt durch einen neuen. Aber was bedeutet das für ihn? Er hat das Meer noch nie gesehen. Er kann sich Entfernung nicht vorstellen, nicht richtig. Auch nur bis zum Moss zu laufen fühlt sich für ihn wie eine lange Strecke an. Stell dir vor, du würdest fünfzigmal zum Moss und wieder zurück laufen, Adam, sage ich. Hundertmal. Oder den ganzen Tag lang. So weit ist es über die Moore. Aber er versteht es noch immer nicht.

Ein Kaninchen hob den Kopf aus dem Gras, und nach einem Augenblick der Unentschlossenheit hoppelte es davon, wobei es ein Paar Moorschneehühner aus ihrem Versteck in der Heide aufscheuchte. Sie flogen tief über dem Moor davon und krächzten ihren Warnruf – Goback, Goback, Goback –, und nachdem wieder Stille eingekehrt war, bewegte sich nichts anderes mehr, nur Fetzen des Morgensonnenscheins streiften meilenweit entfernt über den braunen Horizont.

Auf einer Landkarte lässt sich leicht nachverfolgen, wie weit die Leute sich ins Moor hineingewagt haben. Überall an seinen Rändern liegen Bauernweiler wie die Endlands verstreut, aber wenn man mit dem Finger ein wenig weiterfährt, scheint es, als wäre alles nun Folgende aus der Ferne benannt worden: White Heath, Greystone Ridge, Blackmire Edge. Und da draußen im Herzen des Nichts gibt es Tümpel und Sümpfe und kleine Hügel, die überhaupt keine Namen haben. Die Landwirte waren nie viel weiter als bis zum Rand der Schafweiden vorgedrungen, die sich von unserem Standort am höchsten Punkt des Talwegs beinahe eine Meile weit bis zur Mauer erstreckten.

Wer auch immer die Steine über Fiendsdale Clough hinaufgeschleppt hatte, um die Mauer zu errichten, war längst vergessen, aber schon seit Jahrhunderten hatte es in den Mooren irgendeine Art von Grenze gegeben, um die Schafe und das Jagdwild voneinander getrennt zu halten, die einfachen Bürger und die Reichen, die Pächter und die Herren, und vielleicht, einstmals, auch die Hirten und den Teufel.

Der größte Teil bestand heute nur noch aus grasbewachsenen Trümmern, abgesehen von dem kleinen Abschnitt am Fuße des Poacher's Seat, den Jim vor seinem Tod neu aufgebaut hatte. Wie ich mich erinnere, war er dabei sorgfältig vorgegangen, hatte sich Zeit genommen, mit seiner Hacke und seiner Brechstange alles bis aufs Fundament abzutragen und die Mauerkronen, Verblendsteine, Füllungen, Binder und Kimmsteine in ordentlichen Reihen auszulegen, damit beim Wiederzusammenbau keine Verwirrung aufkäme und überflüssige Handgriffe vermieden würden.

Wenn Dadda und ich hinaufkamen, um nach den Schafen zu sehen, versuchte ich gern mitzubekommen, wie geschickt Jim jedes Mal den richtigen Stein auswählte. Ich wollte verstehen, wie seine Hände sich an die Konturen desjenigen erinnern konnten, den er gerade eingefügt hatte, und dessen Gegenstück mit nur wenigen kurzen Berührungen fanden. Manchmal traf er seine Entscheidung allein nach Augenmaß und arbeitete dabei mechanisch, wenn auch niemals schnell, beugte sich vor und richtete sich auf und passte an und beugte sich erneut vor, während er bereits wusste, welchen Stein er auswählen musste.

Ich bekam den Eindruck, es machte ihm nichts aus, wenn jemand ihm zusah, solange er sich dabei nicht unterhalten musste, was für mich ebenfalls in Ordnung war. Dadda ließ ein paar Sätze fallen, aber generell handelte es sich um Feststellungen von Tatsachen oder Komplimente für die Arbeit, die Jim verrichtete, nichts, das diesen notwendigerweise zum Antworten veranlasste. Was er auch nicht tat. Er ließ das Klopfen der steinernen Konsonanten für sich sprechen. Wenn wir uns verabschiedeten und mit den Hunden zum Hof zurückkehrten, sah er uns nicht lange nach, ehe er mit dem Vorbeugen und Aufrichten und Anpassen fortfuhr.

Man konnte sich nur schwer vorstellen, dass er schon immer so schweigsam gewesen sein sollte. Angela wirkte nicht wie eine Frau, die einen schüchternen Angsthasen heiratete, und so jemand wäre in den Endlands auch nicht besonders nützlich gewesen. Ich hatte stets angenommen, dass er einst anders gewesen sein musste, aber die anderen sprachen nicht oft genug über ihn, um meine Vermutung zu bestätigen. Vielleicht hatten sie vergessen, wie er früher gewesen war. Ohnehin war es Zeitverschwendung, zurückzublicken, wo es so viel gab, das heute erledigt werden musste, und um ehrlich zu sein, glaube ich, dass sie ihn einfach tun ließen, was auch immer ihn glücklich zu machen schien. Sich um seine Tiere kümmern, seine Mauern zusammenfügen.

Natürlich merkte ich erst, als ich älter wurde, dass sie ihm gegenüber Nachsicht zeigten. Die Mauer musste überhaupt nicht neu aufgebaut werden. Abgesehen von der vergeudeten körperlichen Anstrengung – jeder reparierte Meter erforderte das Heben und Versetzen einer Tonne Steine –, brachte sie auch den Tieren keinerlei Nutzen. Wenn Hirsche auftauchten, wurden sie erschossen, und die Anwesenheit der Grenzlinie hatte sich sowieso dermaßen tief in das Bewusstsein der Pentecost-Schafe eingegraben und war seit so langer Zeit von Aue zu Lamm weitergegeben worden, dass die Hemmung, sie zu überqueren, ihnen ebenso in Fleisch und Blut übergegangen war wie das Bedürfnis, zu fressen oder zu atmen. Natürlich gab es immer wieder einige Lämmer, die ahnungslos auf die Welt gekommen zu sein schienen und beim Abtrieb von den Hunden im alten Moorhuhnsumpf liegend gefunden wurden, bis zu den Knochen abgenagt oder als ein Fleck aus schmutzigem Pelz im Morast.

Aber dies waren nur vereinzelte Fälle, über die man sich nicht den Kopf zu zerbrechen brauchte.

»Es gibt nichts Schlimmeres als ein Lamm, das nicht mehr aufstehen kann, Johnny, mein Junge«, sagte der Gaffer. »Das kannst du gleich zum Schlachthof bringen, um es ein für alle Mal loszuwerden.«

Die Schafe, die unten bei den Steinen lagen, beobachteten uns genau, als wären wir die ersten menschlichen Wesen, die sie jemals gesehen hätten, dann falteten sie mit großen Augen nervös ihre Vorderbeine auseinander und trampelten davon, während sie nach ihren Lämmern blökten. Nach dem Sommer waren sie alle fett und warteten vollgestopft mit Moos darauf, zum Fleischermesser oder zum Widder ins Tal gebracht zu werden. Für sie ging ein Jahr zu Ende, und ein neues sollte bald beginnen. Es war eine arbeitsreiche Zeit für Dadda, und ich hasste es jedes Mal, ihn verlassen zu müssen, während er mich dabei brauchte, auch wenn er etwas anderes vorgab.

Er hustete in seine Faust und zog einen ledernen Flachmann aus seiner Tasche.

»Dafür ist es doch wohl noch ein bisschen zu früh, Dadda«, meinte ich.

Er stank noch immer nach dem Bier und dem Scotch von der Trauerfeier und hatte noch längst keinen klaren Kopf.

»Man darf nicht riskieren, dass man auskühlt, John«, sagte er und nahm einen Schluck, dann noch einen. »Mit steifen Fingern kann man gar nichts schießen. Und wenn man nicht richtig schießen kann, dann kann man auch gleich nach Hause gehen.«

Er hustete noch einmal stoßweise und spuckte ins Gras. Es war allerdings auch schwer verständlich, wie er richtig schießen wollte, wenn er seinen Kater mit einem Brandy bekämpfte.

»Vielleicht sollten wir zurückgehen«, schlug ich vor. »Du bist krank. Du musst dir eingefangen haben, was auch immer der Schafbock hat.«

»Red keinen Unsinn«, wehrte er ab, »mir geht's gut«, und suchte das Moor mit seinem Fernglas ab, betrachtete Poacher's Seat, die Acres braunen Heidelands auf dem alten Moorhuhnsumpf, bis er schließlich beim Top Pond landete.

Im Kartenbuch war der Teich, in dem die Quellflüsse zusammenliefen, als Ursprung des Flusses Briar verzeichnet. Den Grund dafür erkannte man leicht. Hier gab es immer Wasser. Selbst im Sommer, wenn der Rest des Moors staubtrocken war, sickerte der Frühlingsregen noch immer durch den Torf an den Rändern des Teiches und hielt den Boden feucht. Dort im dunklen, verklumpten Schlamm hatte Dadda die Spuren der Hirsche gefunden. Und einen Tag später hatte er sie Schilf und Gras fressen sehen, sich rasch hinter die Büsche drängend, als sie bemerkten, dass er sie beobachtete.

»Wie viele Hirsche waren es?«, fragte ich.

»Es wurde gerade dunkel«, antwortete Dadda. »War schwer zu erkennen.«

»Einer? Zwei?«

»Vielleicht«, sagte er. »Vielleicht auch mehr. Ich weiß es nicht. Hier, deine Augen sind jünger als meine.«

Er reichte mir das Fernglas, und ich drehte am Fokusrad, um das im Wind raschelnde und wieder verstummende Stechpalmendickicht, an dem nun zu Jahresende Beeren wuchsen, schärfer zu sehen.

»Also, jetzt sind sie nicht da«, erklärte ich. »Vielleicht haben sie sich hinüber nach Wyresdale zurückgezogen.«

»Wir müssen sichergehen«, erwiderte Dadda.

»Aber in ein paar Tagen machen wir den Abtrieb«, sagte ich. »Dann ist es doch völlig egal, ob die Hirsche hier sind oder nicht.«

»Aye, und wenn wir dann im Frühling zurückkommen, stellen wir fest, dass sie sich hier hübsch eingerichtet haben«, meinte Dadda. »Nein, wir müssen sie sofort erschießen.«

»Wenn wir sie denn finden können«, fügte ich hinzu und gab ihm das Fernglas zurück.

»Wir werden sie finden«, sagte er. »Wir brauchen nur Geduld. Wir warten in einem der Schießstände, bis sie herauskommen.«

»In der Kälte herumzustehen wird deinen Bronchien nicht guttun, Dadda«, wandte ich ein. »Wieso kommst du nicht an einem anderen Tag wieder, wenn du dich besser fühlst?«

»Mir wird kein anderer Tag dafür bleiben, oder?«, erwiderte er. »Nicht, wenn wir erst einmal die Schafe eingesammelt haben. Es gibt zu viel zu tun.«

»Dadda, die Hirsche können warten, wenn du krank bist«, beharrte ich.

»Sie können nicht warten«, entgegnete er. »Hör zu, du wirst dich nicht mehr daran erinnern, aber in dem Jahr, nachdem deine Mam gestorben ist, gab es drüben in Wyresdale einen Hof, auf dem die Maul- und Klauenseuche an einem einzigen Tag durch die gesamte Herde gegangen ist. Der arme Kerl musste jedes einzelne seiner Tiere erschießen und verbrennen. Ich werde nicht zulassen, dass hier dasselbe geschieht, John.«

»Ich denke doch nur an dich, Dadda«, sagte ich.

»Dann denk und mecker nicht«, erwiderte er. »Ich lebe noch.«

Ein weiteres Husten, dann suchte er sich seinen Weg über die Mauer und durchs tiefe Heidekraut.

Die Schießstände waren dem Zahn der Zeit zum Opfer gefallen, die meisten von ihnen eingestürzt, aber Dadda kletterte in den einen Steinbogen hinunter, der noch zu gebrauchen war. Der Stand war so eng, dass zwei Männer darin kaum bequem stehen konnten, und der Geruch unserer Mäntel wurde plötzlich unerträglich. Dadda trug die Tarnjacke, die das ganze Jahr hindurch ungereinigt in der Spülküche hing, und hatte mir die Öljacke des Gaffers geliehen, in die Grandma Alice einst die großen Geheimtaschen eingenäht hatte. Sie war steif und wächsern und strömte einen absolut widerlichen Gestank aus, der nur durch Verbrennen loszuwerden wäre. Aber falls wir die Hirsche aufspüren sollten, würde es sich auszahlen, wie das Moorland zu riechen.

Dadda stand beinahe eine Stunde lang Wache und nippte dabei an dem Brandy in seinem Flachmann, während ich zitterte und mir sehnlichst wünschte, er würde endlich aufgeben und nach Hause gehen.

»Da«, sagte er und reichte mir das Fernglas.

Die Hirsche bewegten sich übers Moor. Ein Hirschbock und sein Harem, kaum zu unterscheiden von den Herbstfarben der Heide.

»Behalte sie im Auge«, wies Dadda mich an, während er das Gewehr aus dessen Ledertasche holte. Die Remington mit Kammerverschluss hatte dem Gaffer gehört, und der Legende nach hatte er sie bei einem Kartenspiel gewonnen. Vermutlich entsprach dies sogar der Wahrheit. Er hatte sie jedenfalls geliebt wie etwas, das er durch pures Glück erworben hatte, das eigentlich nicht für ihn vorgesehen war. Oft traf ich ihn dabei an, wie er den Kolben mit Zitronenöl einrieb oder den Lauf brünierte, damit er nicht rostete und kein Glanz auf dem Metall zurückblieb, der ihn womöglich an die Hirsche verraten hätte. In jenem Sommer, als ich die Grundschule beendete, war er ständig oben auf dem Moor gewesen und hatte genügend Hirschböcke getötet, um sie daran zu hindern, unser Weideland für ihre herbstliche Brunst zu nutzen. Aber ich wusste, dass es ihm nicht gelungen war, alle zu erschießen. Einer zumindest hatte sich ins Tal herunterstehlen und sich im Wald verstecken können. Mit dem Teufel in seinem Inneren, der ihn anspornte, war er wohl schneller gerannt als die anderen und den Schüssen des Gaffers entkommen. Wäre ich nicht in Greenhollow hineingestolpert, wäre der Teufel vielleicht in ein anderes der Tiere dort gesprungen oder ins Kernholz einer Weide geglitten. Aber das waren Spielsachen, die ihn rasch langweilten. Er konnte einen Baum durch eine Krankheit mit Blasen überziehen oder eine Füchsin auf ihre eigenen Jungen hetzen, aber das war dann auch schon der ganze Spaß. Ein Kind dagegen war eine ganz andere Angelegenheit.

Ich konnte seine Stimme nicht ausschalten. Auch wenn er mich nicht direkt ansprach, murmelte er noch immer im Hintergrund. Und wenn er spürte, dass ich ihn ignorierte, dann rief er mir in Erinnerung, dass ich gesagt hatte, ich wolle Lennie beim Sterben zusehen, und es nun nicht mehr zurücknehmen konnte. Ich hatte es versprochen. Dann, wie ein Junge auf dem Spielplatz, der seiner Nötigung den Stachel nehmen wollte, indem er mir all deren Vorzüge darlegte, erzählte er mir, dass sich das Zusehen lohnen und dass es auch bald geschehen würde, noch vor Ende des Sommers, und ich mich für immer daran erinnern würde. Ich sollte sehen, wie schnell ein Leben verlöschte. In einem Augenblick war es alles, im nächsten nichts. Und tatsächlich käme hinterher nichts. Aber das wusste ich bereits. Ich hatte die Porzellanpuppen und die Glasschwäne auf dem Kaminsims betrachtet, die Mam zurückgelassen hatte, und darauf gewartet, dass sie mir etwas mitteilten. Aber das taten sie nie. Nicht einmal, wenn ich sie in die Hand nahm und die Augen schloss. Die Toten waren tot. Und deshalb, sagte der Teufel, sollte ich nicht die Zeit verschwenden, die ich hatte, solange ich am Leben war.

Noch nicht, beantwortete er die Frage, die ich gerade erst zu stellen begonnen hatte. Noch eine ganze Weile nicht. Er könne mir nicht sagen, wie lange ich leben würde, sonst würde er die Lektion verderben, die er mir gerade erteilen wollte. Niemand sollte wissen, wann ihn sein eigener Tod ereilen würde, sonst würden all jene, die nur noch Wochen zu leben und nichts zu verlieren hätten, die ganze Welt zerstören. Nein, ein wenig Unsicherheit tue uns unheimlich gut. Es sei besser, wir säßen ständig im Fadenkreuz, wie die Hirsche auf dem Moor.

Dadda kauerte sich nieder, lud das Gewehr mit einem der Hohlspitzgeschosse und verriegelte den Verschluss. Nun tauchten zwei weitere Hirschböcke auf, die Rivalen des Sultans, die vom Rand aus auf den richtigen Augenblick warteten, um ihn herauszufordern. Ihr Brüllen hallte in der schneidenden Luft wider.

Dadda nahm seine Kappe ab und legte sie umgedreht auf den Boden wie eine Schüssel, ehe er sich, seine Haltung anpassend, das Gewehr auf die Schulter legte und die Mündung langsam durch die Grasbüschel auf der Mauer schob. Die Konkurrenz hatte den Sultan alarmiert, und er hob seinen Kopf aus dem versammelten Rudel Hirschkühe, die so langhälsig und nervös wie die Gänse auf dem Moss waren.

»Komm schon, du alter Mistkerl«, sagte Dadda und blickte mit zusammengekniffenen Augen durch das Zielfernrohr. »Zeig mir dein Gesicht. Schau hierher.«

Er wurde vollkommen regungslos. Der Lederriemen baumelte unter dem Gewehr.

»Finger, John«, sagte er.

»Was?«

»Steck dir die Finger ins Ohr.«

Der Sultan zuckte mit dem Kopf, und ein Stück von etwas Rotem flog durch die Luft, ehe er im Heidekraut zusammenbrach.

Der Schuss donnerte übers Moor und folgte dem Rest der Hirsche, die in Richtung Blackmire Edge davonstoben, sodass nur noch Hinterteile und Beine zu sehen waren. Immer weiter rannten sie, und die Hirschkühe folgten nun dem jüngeren der anderen beiden Hirschböcke, der über die kleinen runden Hügel und das Torfmoos sprang.

Dadda sah ihnen kurz nach, ehe er am Riegel zog, um die Patronenhülse auszuwerfen.

»Wir müssen ihnen folgen«, stellte er fest.

Er hängte sich das Gewehr über die Schulter, kletterte aus dem Schießstand, und wir machten uns auf den Weg in einen Teil des Moorlandes, den ich noch nicht kannte.

Der Hirschbock-Sultan war ein altehrwürdiges Tier, voller Kerben und Narben, das Geweih vom Abwehren seiner Rivalen angeschlagen und gebrochen. Dadda hatte ihn direkt über dem Auge getroffen, und die Wunde war aufgegangen wie eine kleine fleischige Chrysantheme. Zumindest war er ohne Schmerzen gestorben. Hohlspitzgeschosse sind glücklicherweise schnell.

Die Zunge hing ihm schlaff aus dem Maul, und die über den Schafdung kriechenden Fliegen waren bereits herübergekommen, um seine Nase in Augenschein zu nehmen. Sie brummten und stoben auseinander, als Dadda den Kopf des Hirschbocks mit seinem Zeh anhob.

»Armer alter Knacker«, sagte er. »Ich weiß nicht, weshalb sie nicht einfach drüben in Wyresdale bleiben.«

»Irgendetwas muss sie in diese Richtung treiben«, meinte ich.

»Was denn?«, wollte Dadda wissen und ließ den Blick über das Moor schweifen. »Hier ist doch nichts, oder?«

Er sah noch ein letztes Mal auf den Hirschbock hinunter und machte sich dann auf den Weg, wobei er die trockenste Route durch den Sumpf suchte, der von den Hirschen beim Davonrennen aufgewühlt worden war.

Der Wind nahm zu und sauste durch die trockenen Wurzeln. Wässriges Sonnenlicht breitete sich aus und wich dann wieder zurück. Eine Ecke des Himmels verdüsterte sich zu Schiefergrau und verhieß Regen oder sogar Hagel.

Wenn man so spät im Jahr die Hochmoore aufsuchte, verstand man leicht, weshalb die Dorfbewohner den Sarg dort stehen lassen mussten, sobald das Wetter umschlug und die Wolken tief heruntersanken. Die hölzerne Truhe mitsamt Inhalt entweder zurück ins Tal oder hinüber nach Wyresdale zu befördern hätte mit hoher Wahrscheinlichkeit noch ein paar weitere Leichname nach sich gezogen. Außerdem waren die Leute abergläubisch. Sie dachten an jene wütenden Geister, deren Körper hier von unbeholfenen Angehörigen zurückgelassen worden waren. Sie erinnerten sich an den Schneesturm und daran, wie der Teufel sich durch die Luft bewegte. Wie leicht es war, ihn aufzuwecken.

»Aye, aber das waren nicht wir, Johnny, mein Junge«, sagte der Gaffer. »Hör nicht auf das, was andere dir erzählen. Die waren nicht dabei. Die haben nicht gesehen, was Gideon Denning getan hat.«

Im Jahre neunzehnhundertzwölf, als Richard Arncliffes Sohn Jacob die Mühle führte, war das Grundstück an Gideon Denning übergegangen, der im Gegensatz zu seinen Vorgängern – Edgar, Enoch und seinem Vater Saul – tatsächlich die Reise in den Norden auf sich nahm, um das Tal und die Moore zu sehen.

Der ehrgeizige Mann, reif für sein Alter, war in Asquiths Regierung aufgestiegen und hielt nun mit noch nicht einmal vierzig Jahren einen wichtigen Posten im Außenministerium. In Brownlee Hall hatte eine Fotografie von ihm gehangen, auf der er dem jungen W.B. Yeats wie aus dem Gesicht geschnitten war: Kneifer, eine Habichtnase und wirres Haar. Dem Vernehmen nach war er eine Art Universalgelehrter gewesen: ein begabter Schriftsteller, Redner, Historiker und Antiquar. Er sprach die meisten europäischen Sprachen, beherrschte mehr als zufriedenstellend Kantonesisch und konnte sich auf Hindi, Urdu und Bengali verständigen. Und es gab noch ein Dutzend anderer Aktivitäten, bei denen er mit Leichtigkeit geglänzt hätte, hätte er sich dazu entschlossen, sie ernsthaft zu betreiben: Segeln, Bridge, Fotografie, Fahrradfahren, das Cello. Auf seinem Schreibtisch in Whitehall stand angeblich ein Schachbrett, auf dem er während eines Gesprächs das Budapester Gambit oder die Skandinavische Verteidigung aufstellte – eine Erinnerung an sein jeweiliges Gegenüber, dass er bereits mehrere Schritte vorausdachte. Er zerstörte gern Erwartungen, zwang andere in die Defensive.

Daher brachte er ihn besuchende Würdenträger, statt mit ihnen auf einem verschlafenen Anwesen in Hampshire bequem auf die Jagd zu gehen, hinauf ins Briardale Valley, um ihnen das echte England zu zeigen, sein Herz aus Torf und Stein.

Im »Croppers'« hingen an der Wand zwischen den Damen- und Herrentoiletten von Jacob Arncliffe aufgenommene Fotografien von ernst dreinblickenden indischen Diplomaten in Tweed und Turban, einem Prinzen aus Swasiland, der unsicher neben einer Schürze aus toten Vögeln stand, und einem Araber in Kufiya und Thawb in einer Reihe mit dem Ensemble aus MPs mit Walrossschnurrbärten, Konsuln, Geschäftsmännern, Hochkommissaren, Ehrenwerten und Lords. Sie stammten aus einer Zeit, als man Geschäfte noch auf den Moorhuhnsümpfen abschloss und das Empire zum Knall der Gewehre regiert wurde.

In jenen Jahren vor dem Ersten Weltkrieg waren die Endlands vom Beginn der Saison an bis zu dem Zeitpunkt, an dem das Hochland unpassierbar wurde, jedes Wochenende erfüllt vom Lärm der Männer und Hunde und Pferde, sobald eine Jagdgesellschaft aus Brownlee Hall ankam.

Der Herbst war eine lukrative Zeit für die Menschen im Tal. Jacob Arncliffes Mühlenarbeiter verdienten gutes Geld als Treiber, und die Dorfjungs konnten in einem Monat mehr einstecken, als sie in einem ganzen Jahr in die Hände bekamen, wenn sie in den Schießständen flink waren und eine Doppelbüchse schnell laden konnten. Aber stets waren es die Bauernjungen, die die Gäste weiter hinaus zu den Hirschen führten. Und der Gaffer nahm mindestens einen Shilling pro Tag, um die Jäger, die es wirklich ernst meinten, zur Far Lodge hinüberzubringen.

Ich schätze, sie steht wohl noch immer. Bloß geht heute niemand mehr auf die Suche nach ihr.

Adam fragt hin und wieder danach, aber ich bin froh, dass sie zu weit entfernt ist, um ihn dorthin zu bringen. Ich selbst war nur ein einziges Mal in meinem Leben dort. Und ich werde nicht noch einmal hingehen. Wenn es nach mir ginge, könnte sie nicht schnell genug verrotten.

Gideon Dennings Vater hatte sie errichtet, aufgrund einer flüchtigen Vorstellung, er könnte sich irgendwann einmal zur Jagd in seine Ländereien im Norden hinaufbegeben wollen. Er war jedoch niemals erschienen, und die Lodge war zu einem reinen Zierbau und, im Laufe der Zeit, einem Ort der Gerüchte geworden.

An Sonntagnachmittagen zogen junge Leute aus dem Dorf hinauf ins Moor und versuchten aus Neugier, sie aufzuspüren, fanden jedoch nichts und verirrten sich unweigerlich. Selbst der Gaffer, der so weit hinauswandern konnte, wie es sich ein Kind mit einer gesunden Missachtung von Gefahren nur wünschen mochte, war lediglich aus Zufall über sie gestolpert.

»Wäre ich zwanzig Meter weiter seitlich gelaufen, hätte ich sie verpasst«, erklärte er.

»Wie sah sie aus?«, fragte ich.

»Als wäre sie an jenem Morgen erst errichtet worden«, antwortete der Gaffer. »Verdammt seltsamer Ort, Johnny, mein Junge.«

Auf den alten Fotografien aus Gideon Dennings Zeit wirkte das Gebäude eher funktional als hübsch: ein lang gestreckter niedriger Bau, zum Schutz vor der Witterung dick verputzt mit

Kalkzementmörtel, die Türen befestigt an eisernen Angeln und beschlagen mit schwarzen Nägeln, deren Köpfe so groß waren wie Eier. Im Inneren befanden sich zwei Räume: Der eine war ein Schlafsaal für ein halbes Dutzend Männer, der andere diente zum Essen und Trinken.

Nachdem er die Lodge zum ersten Mal aufgespürt hatte, kehrte der Gaffer in der folgenden Woche dorthin zurück, und dann wieder und wieder, bis er den Ort jedes Mal, bei jedem Wetter auf Anhieb fand. Diese Kenntnis des Moorlandes wussten Dennings Gäste zu schätzen, wenn der Nebel alles einhüllte und es in jede Richtung gleich aussah. Sie waren froh, ihren kleinen Vergil zu haben, der sie führte.

So nannten sie ihn: kleiner Vergil. Das hatte Gideon Denning auch in das Bestimmungsbuch britischer Vögel gekritzelt, das er dem Gaffer zum Dank für seine Dienste geschenkt hatte. Denning musste gewusst haben, dass dieser nicht lesen konnte (tatsächlich tat er sich noch bis zu seinem Tod mit ein paar Wörtern schwer), und nahm wohl an, er würde das Teil mit seiner golden geprägten Schrift und den Holzschnitten von Kornweihen, Moorschneehühnern, Bussarden und Rabenkrähen eher für wertvoll als für erbaulich halten. Allerdings behauptete der Gaffer, ihm sei schon als Kind klar gewesen, dass es ein Geschenk war, an das Bedingungen geknüpft waren. Teure Bücher wurden im Allgemeinen nicht an Jungs von dreckigen Bauernhöfen am Arsch der Welt in Yorkshire verschwendet, und dieses war eine Erinnerung daran, dass der kleine Vergil für sich behalten sollte, was er in der Far Lodge gesehen hatte, insbesondere an jenen Abenden, wenn Dennings alte Freunde aus Oxford dort übernachteten.

Sie bezeichneten sich selbst als »die Hellenen«, wie sie auch den philosophischen Verein genannt hatten, den sie während ihrer Zeit auf dem Magdalen College gegründet hatten. Der Name klang akademisch genug, um sich darunter im Obergeschoss eines Pubs auf der Broad Street zu treffen, ohne dass zu viele Fragen gestellt wurden. Jeden Mittwochabend um sieben, erzählte mir der Gaffer, hätten sie im schickeren Teil des Pubs zu Abend gegessen, Zeitung gelesen, Zigarren geraucht, und wären dann mit zwei Flaschen gutem Rotwein nach oben verschwunden, wo sie versuchten, mit den Toten in Kontakt zu treten. Denning hätte sich seinen Collegeschal um den Kopf gewickelt und das Medium gespielt, während die anderen mit gespreizten Fingern und gefüllten Weingläsern am Tisch gesessen hätten. Sie hätten Shakespeare herbeigerufen, und Denning hätte ein Sonett zum Besten gegeben, das niemand je zuvor gehört hatte. Sie hätten Kleopatra aufgefordert, sich zu erkennen zu geben, und Denning hätte sich Augen und Lippen angemalt und sie alle geküsst, einen nach dem anderen. Um Mitternacht hätten sie dann den Teufel auf ein Glas Château Latour in ihren Kreis eingeladen, und Denning hätte mit den Fingern Hörner gemacht und seine Studienkollegen hinaus auf die Straße gejagt.

Jahre später, als er die Far Lodge erbte, hatte er sie an einen noch besseren Ort führen können, der meilenweit entfernt von allem war, um dort zu spielen und zu trinken, vor allen Dingen zu trinken.

»Die feinen Pinkel, Johnny, mein Junge«, erzählte der Gaffer. »Du glaubst, bei denen gibt's nur ein Tässchen Tee und Gurkensandwiches, was? Ich sage dir, die kippen es sich hinter die Binde, als gäbe es kein Morgen. Und die Frauen«, fügte er hinzu, »die Frauen haben ein Mundwerk, das würdest du nicht glauben. Einige von denen würden einen Hafenarbeiter rot anlaufen lassen.«

»Es kamen auch Frauen dorthin?«, fragte ich.

»Die ein oder andere, aye«, erwiderte der Gaffer. »Ich sag es dir, was ich in der Far Lodge nach Sonnenuntergang alles gesehen habe, Johnny, mein Junge.«

Aber das hübsche Buch und das zwischen die Seiten geschobene Zweieinhalb-Shilling-Stück wiesen ihn an, nichts von den Männern zu erzählen, die Opium geraucht und einander während der Séancen geküsst hatten. Was die Planchette eines Abends über Mr Denning ausbuchstabiert hatte, sollte nicht wiederholt werden. Auch durften keine Gerüchte über die Tochter des Duke of Bowland in die Welt gesetzt werden, die einen Fingerhut Hundeblut getrunken und den Rest des Abends auf allen vieren verbracht hatte – *wie Euter haben ihre Titten gebaumelt, Johnny, mein Junge* –, während die Männer sie beim Canastaspielen streicheln durften.

Vor allen Dingen sollte er jene Nacht spät in der Saison vergessen, als Gideon Denning, bis zum Lallen abgefüllt mit Brandy und Scotch, aus einem aus der Levante mitgebrachten alten Buch Anleitungen vorgelesen hatte. Und seine Freunde, die noch betrunkener waren, hatten sich in die Daumen geschnitten und Figuren an die Tür gemalt. Es waren wichtige Männer, die nicht wollten, dass ihre Namen genannt wurden. Sie wollten auch nicht, dass berichtet wurde, wie in den frühen Morgenstunden jemand geklopft hatte, der Stimme nach ein Kind, und sie sich zu sehr gefürchtet hatten, um es hereinzulassen. Ebenso wenig wollten sie irgendjemanden wissen lassen, dass am nächsten Tag, als sie die Hirsche jagten, noch ein anderer mit ihnen auf dem Moor gewesen war. Ein Umriss von jemandem oder etwas, der fortwährend wuchs und schrumpfte, wie die Schatten des Feuerscheins in der Lodge, sodass sie, wenn sie sich zu den Bergrücken hinter sich umdrehten, unmöglich sagen konnten, wie weit entfernt oder wie nah er war.

Damals hatte der Gaffer die kleine schwarze Hand mit den sechs Fingern gefunden.

»Da lag sie, Johnny, mein Junge«, sagte er. »Mitten im Heidekraut. Der Owd Feller ist wie eine Schlange. Wirft seine Haut ab.«

»Ist das wahr?«, fragte ich.

»Na klar ist es das«, erwiderte der Gaffer. »Er verwandelt sich ständig. Deshalb muss man seine fünf Sinne beisammenhalten.«

»Hast du sie den feinen Pinkeln gezeigt?«, wollte ich wissen.

»Nay«, machte der Gaffer. »Die hatten schon genug Angst.«

Insbesondere die Tochter des Duke of Bowland, die den Gaffer angefleht hatte, sie so schnell wie möglich zurück ins Tal zu bringen. Auch die anderen waren fest davon überzeugt, dass das, was auch immer ihnen da folgte, was auch immer sie in der Nacht aufgeweckt hatten, darauf aus war, ihnen zu schaden. Und nun, da dunkle Wolken aufzogen, wollten sie nicht auf dem Moor in die Falle geraten. Wenn der Gaffer sie hinunter zum Bauernhof führen konnte, ehe das Wetter umschlug, würde er sich ein hübsches Trinkgeld verdienen, und ein Buch über Vögel, von dem sie wussten, dass es ihm gut gefallen würde.

Die Geräusche, die auf ihrem Weg die Corpse Road entlang hinter ihnen ertönt waren, seien nur schwer zu beschreiben, sagte der Gaffer. Wie Krähenschreie, und zugleich wie Kinderweinen. Und hin und wieder schien ein Laut über ihre Köpfe zu fliegen, tief genug, um sie zum Ducken zu bringen, ein hartes, lautes Kratzen wie von Metall auf Stein.

Bis sie die Mauer erreicht hatten, war das Moor verstummt, und bei Fiendsdale Clough ertönten nur noch die vertrauten Stimmen von Regen und Wasser, doch keiner von ihnen sagte ein Wort, ehe sie in der Küche des Bauernhauses saßen und Tee und Brandy tranken. Sie waren nicht lange geblieben, gerade genug, um sich vor dem Ofen zu trocknen und ihre Nerven für die Fahrt zurück nach Brownlee Hall zu beruhigen, das Denning etwa einen Tag später für den Winter schloss. Die Bediensteten wurden entlassen, Türen und Fenster verriegelt, und der Chauffeur wurde auf den letzten Bauernhof im Briardale Valley geschickt, um ein Buch auszuliefern.

Während der Gaffer das Päckchen auswickelte und schweigend die Münze einsteckte, die ihm in den Schoß glitt, wanderte der Teufel von Bergrücken zu Bergrücken über das Moor. Mit dem einsetzenden Regen hatte er diejenigen, die ihn geweckt hatten, aus dem Blick verloren, und so versuchte er stattdessen, ihrem Geruch zu folgen.

Der feuchte Herbst hatte jedoch ihre Spuren verwischt, und sie führten nirgendwo hin. Tage vergingen, dann begann er in der Ferne das Geräusch von Schafen und Hunden und Pfeifen zu vernehmen, die ihn zu den Trümmern der Mauer führten, hinter denen er sich versteckte, um die Hirten bei der Arbeit zu beobachten. Während die Schafe blökten und trotteten und ausscherten, lösten sich zwei Lämmer in Richtung Torfmoor, wo sie bald nur noch weiße Köpfe waren, die nach Rettung schrien. Die Hirten gingen sie mit ihren Stäben herausziehen, und der Teufel kletterte über die Mauer und packte die ihm am nächsten stehende Aue bei den Hörnern. Er schlang ihr den Arm um den Hals, zog ihr den Kiefer quer und brach ihr das Genick, ehe sie auch nur einen Laut hervorbringen konnte. Dann schnitt er ihr den Schafpelz ab und warf ihn sich über den Rücken, um sich der Herde anzuschließen, die hinunter in die Endlands getrieben wurde.

Am Rand einer kleinen Senke blieben wir stehen, und Dadda zog erneut sein Fernglas hervor. Die Hirsche waren wieder zum Schritttempo übergegangen und legten hier und dort eine Pause ein, um am Gras zu reißen. Sie waren uns jedoch mindestens eine Meile voraus und noch zu weit entfernt, um sie zu erschießen. Der jüngere der beiden Hirschböcke schien die Rolle des Sultans übernommen zu haben, während der andere sich auf Distanz hielt und beobachtete.

»Macht schon«, brummte Dadda und blickte weiter durchs Fernglas. »Geht hinauf auf den Kamm.«

»Werden sie sich dort nicht hinter den Felsen verstecken?«, fragte ich.

»Nay«, entgegnete Dadda. »Da gibt's nichts zu fressen. Sie werden in den Adlerfarn auf der anderen Seite hinuntersteigen.«

»Und dann?«

»Dann können wir sie einzeln abschießen«, erklärte er. »Das funktioniert leichter von oben.«

»Denkst du, uns bleibt noch genügend Tageslicht?«, wollte ich wissen.

»Aye«, antwortete Dadda mit einem Blick in den Himmel. »Das wird schon reichen. Solange sie sich vorwärtsbewegen.«

Für den Moment verharrten sie jedoch zufrieden fressend, und die beiden Böcke behielten einander wachsam im Auge und warteten auf den Zeitpunkt, an dem sie sich würden beweisen müssen. Dadda schob den Sicherheitshebel an seinen Platz, stellte das Gewehr beiseite und legte sich außer Sichtweite in die Heide. Zwischen den Wurzeln wuchsen die Heidelbeersträucher, an denen der Gaffer sich immer bedient hatte, wenn er mit den Hunden draußen war, sodass er stets mit blutroten Händen zurück auf den Bauernhof kam. Jetzt im Oktober waren die Beeren jedoch längst verschwunden, wie auch die kleinen Vögel, die sich im Sommer davon ernährt hatten. Der Herbst spielt dort oben im Moor eine ungemein traurige Melodie. Es gibt keine Wiesenpieper, keine Feldlerchen mehr. Nur den schwermütigen Doppellaut des Bussards und den Trillerpfeifenschrei des Brachvogels, die weit hinfort geblasen werden, bis dahin, wo der Horizont in den Himmel übergeht.

Während wir die Hirsche weiter beobachteten, stieg ein Turmfalke aus den nackten Stielen des Wollgrases auf und flatterte so nah an uns vorbei, dass wir seine stählerne Haube und seinen karamellfarbenen Bauch erkennen konnten. Er kämpfte eine Weile mit dem Wind und kam dann beinahe in der Luft zum Stehen, um darauf zu warten, dass sich irgendwo im Heidekraut ein Happen Fleisch rührte und unter seinem Blick anwuchs. Uns hatte er natürlich bereits entdeckt – er hatte uns seit dem ersten Gewehrschuss beobachtet – und wusste, sollten wir eine Bedrohung darstellen, könnte er sich mit einem Flügelschlag in Sicherheit bringen.

Als Junge hatte ich immer gern den Raubvögeln bei der Arbeit zugesehen. Der Gaffer sagte, sie würden das Moor am besten kennen, besser als wir es jemals vermochten. Sie verbrächten ihr ganzes Leben damit, auf das Land hinunterzuspähen, jeden Zentimeter nach einem Zeichen abzusuchen. Das Wasser des Top Pond, das sich wie ein langsam geöffneter Reißverschluss teilte, wenn eine Ratte auf eine der Schilfinseln zuschwamm. Das Kommen und Gehen der Moorhuhnmütter in ihrem Nest unter der Mauer. Sie wüssten anhand der Bewegung des Grases, ob es sich nur um den Zug einer plötzlichen Brise handelte oder um einen losrennenden Hasen. Sie könnten instinktiv herabschießen oder aufsteigen.

»Ihre Welt ist größer als unsere, Johnny, mein Junge«, sagte der Gaffer. »Sie haben den Himmel und die Erde. Das würde dir auch gefallen, oder etwa nicht?«

»Ja«, antwortete ich.

Wäre ich kein Otter gewesen, dann wäre ich ein Habicht geworden.

Dadda zog seinen Flachmann hervor und nahm einen weiteren Schluck Brandy.

»Sicher, dass du keinen willst?«, fragte er und wischte den Flaschenhals an seinem Ärmel ab.

Diesmal griff ich nach der Flasche und nahm einen kräftigen Schluck von dem Zeug, das nun, da es langsam kälter wurde, auf der Zunge und im Hals angenehm brannte.

»Du wirst froh sein, nach dem Abtrieb wieder von hier verschwinden zu können«, bemerkte Dadda und setzte sich die Kapuze seiner Jacke auf. »Bei solchem Wetter.«

»Wir müssen nicht fahren«, entgegnete ich.

»Willst du wirklich schon wieder damit anfangen, John?«, fragte er. »Katherine ist ein nettes Mädchen, aber du wusstest schon, dass sie niemals hierherziehen würde, als du sie dir ausgesucht hast. Deshalb hast du sie ja überhaupt erst ausgesucht, oder?«

»Gib ihr eine Chance, Dadda«, bat ich. »Sie ist erst seit zwei Tagen hier.«

»Sie könnte den Rest ihres Lebens hier verbringen, ohne sich je heimisch zu fühlen, John.«

»Mam war auch anfangs neu hier«, gab ich zu bedenken. »Sie muss dasselbe empfunden haben.«

Er sah mich an und wusste genau, worauf ich anspielte.

»Für sie war es anders«, erklärte er bestimmt, nahm seine Kappe ab und wischte sich mit der Innenseite seines Handgelenks die Stirn ab.

»Wirklich?«, hakte ich nach.

»Ich meine, die Menschen waren damals anders.«

»Ich glaube nicht, dass die Menschen sich verändern«, entgegnete ich.

»Ihr beiden wollt viel mehr, als wir jemals angestrebt haben«, bemerkte er.

»Das stimmt nicht«, behauptete ich.

»Es muss so sein«, beharrte Dadda. »Sonst wärst du doch gar nicht erst fortgegangen, oder?«

»Das hätte ich nicht tun sollen«, gab ich zu. »Heute ist mir das klar.«

»Aye, na ja.«

»Wie man sich bettet, meinst du?«, fragte ich.

»Aye, so was in der Art«, erwiderte er und setzte das Fernglas erneut an.

»Du hast meine Frage noch nicht beantwortet«, stellte ich fest.

Er klopfte mit seinem Ehering gegen das Gehäuse und sehnte sich nach einer Zigarette.

»Dadda?«, fragte ich.

»Es ist lange her, John«, erwiderte er. »Ich weiß nicht mehr, wie sie sich gefühlt hat.«

»Komm schon, daran wirst du dich doch erinnern.«

»Warum willst du hier leben?«, fragte er, nahm das Fernglas herunter und blickte mich an. »Man weiß nie, was von einem verdammten Monat bis zum nächsten geschehen wird. Willst du das wirklich?«

»So ist es schon immer gewesen, Dadda«, sagte ich. »Ich weiß, wohin ich zurückkehren würde.«

Er führte das Fernglas wieder an die Augen. »Es hat sich verändert«, meinte er. »Es ist nicht mehr so wie in deiner Kindheit.«

»Inwiefern?«, wollte ich wissen.

»Ich weiß nicht«, meinte Dadda. »Mir scheint bloß, als hätten deine Mam und ich diesen Ort in seinen besten Zeiten erlebt.«

»Es kann nicht alles einfach so zu Ende gehen«, erwiderte ich.

»Natürlich kann es das«, entgegnete er. »Wie alles andere auch. Was glaubst du, was wohl aus Angelas Hof werden wird? Sie hat schließlich niemanden, der ihn übernehmen kann, oder?«

»Irgendwann einmal wird sie dafür Grace haben«, behauptete ich.

»Ach, komm«, sagte Dadda. »Die könnte sich niemals allein um den Hof kümmern.«

»Ein Grund mehr für Kat und mich, zurückzukehren«, stellte ich fest.

Dadda schüttelte den Kopf. »Mit den Endlands ist es vorbei, John«, sagte er. »Das war's.«

»Das sagst du nur wegen des Gaffers«, entgegnete ich.

»Ich spüre es schon seit Langem«, erklärte er. »Ich habe mich an die Vorstellung gewöhnt. Noch ein paar Jahre, dann verkaufe ich alles, bevor ich zu müde werde. Mit dem Geld könntest du doch sicher mehr anfangen als mit diesem gottverdammten Hof, oder?«

»Ich will dein Geld nicht, Dadda.«

»Was willst du dann?«, fragte er.

»Den Hof weitergeben«, antwortete ich. »Wie wir es seit eh und je tun.«

»Na, mir tut der arme Kerl leid, dem du diesen Job aufhalst«, stellte er fest. »Sieh uns doch an, um Himmels willen, voller Schlamm und Scheiße.«

»Aber wir sind es dem Gaffer schuldig, oder etwa nicht?«, fragte ich. »Er hat dem Hof sein gesamtes Leben gewidmet.«

»Du hörst dich an, als würdest du ihn bewundern«, bemerkte Dadda.

»Du etwa nicht?«, wollte ich wissen.

»Um ehrlich zu sein, bin ich froh, dass er tot ist, John«, sagte er.

Die Hirsche zogen weiter, und Dadda stieß mich an. Der Turmfalke faltete seine Flügel zusammen und bohrte seine Krallen in die Heide.

Aus ihm sprach nur die Trauer, das war alles. Er meinte nicht »froh«. Erleichtert vielleicht, für den Gaffer. Sechsundachtzig war alt genug, um noch immer zu arbeiten, und er hätte nicht zusehen mögen, wie sein Vater mit über neunzig Jahren durch das Tal wackelte, so nutzlos wie einer der alten Hunde, um die Jim sich einst gekümmert hatte. Dadda mochte ihn nicht im eigentlichen Sinne bewundert haben, aber zumindest konnte er das Opfer erkennen, das der Gaffer den Endlands gebracht hatte. Und wenn auch nur deshalb, weil es seinem eigenen Opfer entsprach.

Wir folgten den Hirschen eine weitere Stunde, ließen ihnen genügend Raum zum Umherstreifen und die Chance, unsere Anwesenheit zu vergessen. Als sie sich Blackmire Edge näherten, machten sie einen Bogen um die weite Fläche aus Torf, die diesem Ort seinen Namen gab, und stiegen zu dem Streifen aus Kies auf dem Bergrücken auf. Wind und Regen hatten hier Gras und Torf davongeschwemmt, und auf der anderen Seite fiel das Moorland von dem Steilhang ab in ein Tal aus tiefem Farndickicht.

»Lauft schon weiter, ihr Mistkerle«, brummte Dadda und versuchte, die Hirsche durch reine Willenskraft dazu zu bringen, nicht länger am Horizont herumzulungern, sondern den Hang hinunterzugehen.

»Hier«, sagte er und reichte mir das Fernglas, während er nach einem Stein wühlte.

Er warf ihn, so weit er konnte, und das Geräusch ließ die Hirsche außer Sichtweite rennen.

Wir liefen ihnen hinterher, und natürlich kam Dadda viel schneller als ich die Steigung hinauf und wartete hinter den Felsen auf mich. Der Regen, der den ganzen Nachmittag über gedroht hatte, zog nun schließlich auf uns zu, und bis ich die Stelle erreicht hatte, an der Dadda auf dem Bergrücken kauerte, hatte die Nässe sich zwischen meine Kapuze und meinen Kragen vorgetastet und meine Haut gefunden. Dadda reichte mir seinen Flachmann, aus dem ich ein paar Schlucke nahm und die brennende, betäubende Wirkung des Brandys spürte, während ich hinunterblickte.

Etwa dreißig Meter unter uns begann der ältere Hirschbock, dessen Brust und Hals so stark wie die eines Bisons waren, sich dem Harem zu nähern, und ließ ein einschüchterndes Röhren vernehmen, das als weißer Dunst davonschwebte. Der junge Hirschbock tat es ihm gleich und schüttelte sein Geweih, während die Hirschkühe im Dickicht ästen. Dadda hielt das Gewehr vor ihnen versteckt und beobachtete sie, während der Regen vom Schirm seiner Kappe tropfte.

»Worauf wartest du?«, fragte ich. »Können wir es nicht einfach hinter uns bringen und zum Hof zurückkehren?«

»Noch nicht«, sagte er. »Warte.«

Der Regen bildete um unsere Füße Pfützen und strömte in Miniaturwasserfällen zwischen den Felsen herab. Die Wolken zogen näher und hüllten die Hirsche unter uns zeitweise in dichte Schleier.

»Es wird bald dunkel«, bemerkte ich. »Dann werden wir nichts mehr sehen.«

»Sei still«, befahl Dadda und bewegte sich ein kleines Stück entlang des Bergrückens, während der ältere Hirschbock erneut röhrte und das jüngere Männchen fort von den Hirschkühen und auf das offene Grasland lockte. Ein paar Minuten lang belauerten sie einander aus der Ferne, wobei jeweils der eine sein Geweih senkte und der andere es ihm nachtat, bevor sie die Köpfe wieder hoben und stolz ihre Stimmen erklingen ließen.

Ich weiß nicht, was sie sahen oder im anderen spürten, aber plötzlich ließen sie die Köpfe sinken und stießen im selben Augenblick nach vorn, sodass die Geweihe klapperten und knirschten. Die Nasen dicht am Boden, drängten und zerrten sie einander ins Sumpfwasser und wieder heraus, rutschten und stemmten sich in den Torf. Der ältere Hirschbock war viel stärker und drehte den Kopf des jungen Hirschbocks auf die Seite, sodass dessen Ohr dem Regen ausgesetzt war. Für eine Weile waren ihre Geweihe ineinander verfangen, und sie zogen, statt zu drücken, um die Sprossen wieder zu entwirren. Als es ihnen gelang, verlor der ältere Hirschbock das Gleichgewicht, und ehe er sich wieder aufrappeln konnte, rammte ihm der jüngere das Geweih seitlich ins Gesicht, schlitzte ihm den Hals auf und riss ihm ein Auge aus. Es folgte der schwache Versuch eines Gegenschlags, doch sobald der ältere Hirschbock wieder auf den Beinen war, rannte er davon und kämpfte sich durch das Farnkraut. Der jüngere Hirschbock warf den Kopf zurück, ließ seiner Kehle eine tiefe Bekräftigung seines Sieges entweichen und kehrte dann zu seinen Hirschkühen zurück.

Sein unterlegener Rivale strich mit schlammbeschmiertem Fell langsam durchs Farngestrüpp. Er schniefte und schüttelte den Kopf, um den Schmerz loszuwerden, doch dann gaben seine Beine nach und er ließ sich zu Boden sinken, während sein Brustkorb sich hob und senkte.

»Lass mich den anderen erschießen«, bat ich.

»Du?«, fragte Dadda. »Wann hattest du denn zum letzten Mal ein Gewehr in der Hand?«

»Ich muss es eben neu lernen«, sagte ich.

»Aye, schön, ich habe unten auf dem Hof noch ein Spielzeuggewehr«, erwiderte er. »Damit kannst du von mir aus den ganzen Tag lang Dosen vom Zaun schießen.«

»Komm schon, Dadda«, drängte ich ihn. »Bring es mir bei.«

»Ich habe dir doch gesagt, dass du diesen Ort besser weit hinter dir lässt«, erwiderte er.

»Bitte, Dadda«, beharrte ich und streckte die Hände aus.

Er sah mich an und gab mir dann das Gewehr.

»Halt es ruhig«, wies er mich an, während er eine neue Ladung in die Patronenkammer steckte.

Ich klemmte mir den Kolben gegen die Schulter, und Dadda korrigierte meinen Griff.

»Hier«, sagte er. »Stell deine Füße ein bisschen weiter auseinander.«

Er trat gegen meine Stiefel und schob mich in die richtige Position.

Ich blickte durchs Visier, und das sich verdunkelnde Moor verschwamm vor meinen Augen, während ich versuchte, das Gewicht des Gewehrs gleichmäßig zu verteilen. Ich schwenkte einmal an der gesamten Herde vorbei, bevor ich umkehrte und das hübsche Auge des jungen Hirschbocks ins Fadenkreuz nahm.

»Hast du ihn?«, fragte Dadda.

Der Hirschbock senkte den Kopf, um am Farnkraut zu rupfen, richtete sich dann wieder auf und fraß malmend. Er zuckte mit den Ohren und blinzelte das Regenwasser davon, während er seine Aufmerksamkeit auf die Hirschkühe richtete.

»Hast du ihn, John?«

»Ich habe ihn«, sagte ich. »Ich habe ihn.«

»Dann mach schon«, sagte Dadda. »Bevor er dir wieder entwischt.«

»In Ordnung.«

»Verkrampf dich nicht«, sagte er. »Wenn du dich verkrampfst, triffst du bloß in die Luft.«

»Ich verkrampfe mich nicht«, erwiderte ich.

»Doch«, entgegnete er. »Der Abzug kriecht nicht. Zieh ihn einfach zurück.«

Der Hirschbock blickte auf, und das Fadenkreuz lief auf seiner Stirn zusammen. Bevor ich allerdings abdrücken konnte, drehte er sich um, da er, genau wie ich, abgelenkt wurde von dem Klang einer Stimme, der mit dem Wind heranwehte, ein vages, fernes Heulen, das schnell wieder erstarb. Doch so leise das Geräusch auch war, genügte es, um die Hirsche aus dem Farn preschen zu lassen, die Hirschkühe eng nebeneinander rennend, der Hirschbock hinter ihnen.

Ich gab mein Bestes, ihn zu verfolgen, aber er rutschte immer wieder aus meinem Blickfeld, und schon als der Gewehrkolben gegen meine Schulter stieß, wusste ich, dass ich ihn verfehlt hatte. Während es in meinen Ohren pfiff, nahm Dadda mir das Gewehr ab, leerte die Kammer und lud es rasch erneut, ehe der Hirschbock außer Schussweite war. Dadda folgte dem Geweih mit der Gewehrmündung, blickte ohne zu blinzeln mit weit aufgerissenen Augen durchs Visier und wartete, wartete, ehe er schoss. Der Schuss traf irgendetwas und hallte im Talkessel nach, aber der Hirschbock rannte weiter, spritzte durch den Sumpf und verlor sich im Nebel.

Dadda hustete und spuckte auf die Steine.

»Ich weiß, ich weiß«, sagte er. »Ich habe es auch gehört.«

Bis wir zurück auf dem Hof waren, war es fast dunkel geworden. Musket und Fly kamen herbei und schnüffelten an unserer Kleidung, rochen den Tod an uns und verschwanden wieder in ihren Hundehütten.

Da wir so lange unterwegs gewesen waren, machte Dadda sich Sorgen um den Schafbock, doch ich konnte ihn davon überzeugen, zumindest die nasse Jacke gegen eine trockene auszutauschen, ehe er nach ihm schauen ging. Während des Abstiegs bei Fiendsdale Clough war sein Husten schlimmer geworden, und er hatte ein paar Mal neben den Steinhaufen auf dem Weg stehen bleiben müssen, um wieder zu Atem zu kommen.

»Wer könnte denn bei diesem Wetter draußen auf dem Moor gewesen sein?«, fragte ich. »Du glaubst doch nicht, dass es die Sturzakers waren, oder? Ken und Vinny?«

»Was hätten die denn dort oben zu suchen gehabt?«, wollte Dadda wissen.

»Ich weiß nicht, vielleicht wollten sie wildern?«

»Dann hätten sie ihre Hunde dabeigehabt«, entgegnete Dadda. »Ich habe keine Hunde gehört, du etwa?«

Das hatte ich nicht. Nur diesen einzigen, rasch verklingenden Schrei.

»Das waren wahrscheinlich Vogelbeobachter«, meinte Dadda.

»Vogelbeobachter?«

»Aye, die kommen aus Wyresdale hierher und verlaufen sich«, erklärte er. »Wir haben schon mal ein paar hinter der Mauer gefunden.«

»Aber um diese Jahreszeit würde doch niemand dort oben Vögel beobachten wollen«, wandte ich ein. »Da gibt's nicht viel zu sehen, oder?«

»Hör mal, ich weiß nicht, wer es war«, antwortete Dadda. »Vielleicht war es auch gar nichts. Aber erwähn es nicht gegenüber Bill. Das regt ihn nur noch mehr auf.«

Er klopfte erneut an die Tür zur Waschküche und wartete darauf, dass uns jemand aus dem Regen hereinließ.

»Ich komme, ich komme«, rief Angela, und wir hörten sie die Melodie vom »Winterkönig« summen, während sie mit Schlüssel und Türklinke hantierte. Das sangen sie immer, wenn sie die Krone für den Schafbock anfertigten. Von all den alten Liedern mag Adam dieses am liebsten. Die Zeile, in der der Widder bei den Auen seine Pflicht erledigt, bringt ihn zum Lachen.

Nachdem der Teufel kam und ging,
Auf ihre Rücken, Vater, spring.
Oh Winterkönig, nimm die Krone,
Mit vollen Auen uns belohne.

»Du lieber Himmel«, entfuhr es Angela, als sie die Tür schließlich aufbekam. »Wie ihr ausseht. Ich hoffe, ihr seid nicht umsonst klatschnass geworden.«

»Keine Sorge«, erwiderte Dadda. »Wir haben sie gefunden.«

»Wie viele waren es?«, fragte sie.

»Drei«, antwortete Dadda, nahm seinen Mantel ab und hängte ihn wie eine formlose Fischhaut an einen Haken an der Tür. »Zumindest haben wir drei gesehen. Vielleicht gibt es noch mehr, aber sie werden jetzt nicht mehr hierherkommen.«

»Und ihr habt sie alle erwischt?«, hakte Angela nach.

»Aye, das haben wir«, bestätigte Dadda und warf mir einen raschen Blick zu.

Wir hätten uns keine Gedanken darüber zu machen brauchen, ob wir Bill erzählen sollten, was wir gehört hatten, da die Dyers bereits heimgegangen waren, um zu besprechen, wie sie das Haus umräumen sollten.

Seit Jeff aus dem Gefängnis entlassen worden war, hatte zumindest Laurel gehofft, er, Liz und Grace würden gemeinsam zu ihr und Bill zurückkehren, statt bei Angela zu leben. Ihr Cottage war viel größer. Außerdem war Liz nun eine Dyer und würde mit Jeff zusammen den Hof der Dyers führen, wenn es an der Zeit wäre.

Liz zu überreden würde schwierig werden, aber Jeff würde nur zu gern zurück zu seinen Eltern auf der anderen Seite des Tals ziehen, und Angela würde ihm mit Vergnügen die Taschen tragen. Sie war einer der wenigen Menschen, die ihn durchschauten, und das wusste er. Wäre Liz' Vereinigung mit Jeff am Ufer von Sullom Wood in jenem Sommer, in dem ich an die Universität ging, nicht neun Monate später mit der Ankunft von Grace gesegnet gewesen, dann hätte Angela dafür gesorgt, dass ihre Tochter sich von ihm fernhielt. Auch wenn ich davon ausgehe, dass es schwierig geworden wäre, sie tatsächlich voneinander fernzuhalten, wenn sie die ganze Zeit in Sichtweite des anderen lebten.

»Ich weiß ehrlich gesagt nicht, weshalb Laurel sich überhaupt die Mühe macht, Jeff bei ihren Plänen zu berücksichtigen«, sagte Angela, die Dadda seine Kappe abnahm und die Nässe abklopfte. »Wenn der morgen auftaucht, wird es das erste Versprechen sein, das er in seinem ganzen Leben je gehalten hat.«

Sie trat zurück in die Küche und beteiligte sich an dem lautstarken Gespräch, das Grace und Liz gerade führten, wobei die drei kreuz und quer über Kat hinwegredeten, die in einer alten Jeans und einem Wollpullover von Liz am Tisch saß. Die Ärmel waren zu dicken braunen Ringen zurückgerollt, die ihr von den

Handgelenken hingen, der Kragen war so ausgeleiert, dass er ihr beinahe über eine Schulter rutschte.

»Wo bist du gewesen?«, fragte sie, als ich mich neben sie setzte. »Du bist ja triefnass.«

»Du weißt, wo ich gewesen bin«, antwortete ich.

»Bis jetzt?«, fragte sie.

»Es ist ein langer Weg«, sagte ich.

»Wieso hast du mich nicht geweckt, bevor ihr heute Morgen aufgebrochen seid?«, wollte sie wissen.

»Ich dachte, du könntest den Schlaf gebrauchen«, erwiderte ich. »Was ist denn los?«

»Nichts«, antwortete sie, aber ich konnte sehen, dass sie versuchte, ihre Nase zu bedecken, ohne es die anderen merken zu lassen. Was auch immer sie am Vorabend zu riechen geglaubt hatte, war zurückgekehrt und löste Übelkeit bei ihr aus. Es war eine Phase der Schwangerschaft, die vorübergehen würde, und ohne Zweifel würde etwas noch Unerträglicheres an ihre Stelle rücken, während das Baby wuchs. Das war der Fluch einer jeden Mutter beim ersten Kind. Nichts war vertraut. Nichts fühlte sich natürlich an. Wie sollte es auch, wenn es Körper und Geist dermaßen durcheinanderbrachte?

»Katherine«, sprach Angela sie an und lenkte ihre Aufmerksamkeit von mir zurück auf die in der Mitte des Tisches ausgebreiteten Blätter und Blumen. »Nun komm. Du wolltest doch wissen, wie es geht, oder etwa nicht?«

Nach dem ersten erfolgreichen Devil's Day direkt nach dem Ersten Weltkrieg hatten die Bewohner der Endlands eine Krone für den Schafbock gefertigt und das Privileg der Krönung einem der Kinder überlassen. Damals sei sie ein recht schlichtes Teil gewesen, sagte der Gaffer, nicht mehr als ein kleiner Reifen aus gebogenen Weidenzweigen und Heu. Über die Jahre ist sie jedoch zu einer immer prachtvolleren Kreation geworden, die einen ganzen Tag zur Vorbereitung in Anspruch nimmt, vor allem, weil dabei mehr geredet als gearbeitet wird. Die Krone auf dem Tisch war ein großer Kranz aus getrockneten Blumen und Hartriegelzweigen, Stechpalmendornen und Ebereschenblättern. In das geflochtene getrocknete Heu waren sorgfältig Eicheln mitsamt den Kelchen gebunden worden, und eine Kette aus aufgefädelten Bucheckern säumte das Ganze.

»Schau mal, Opa Tom«, sagte Grace. »Wie findest du sie?«

»Die ist ja mal wirklich hübsch, meine Liebe«, sagte Dadda, der sich den Kopf mit einem Geschirrhandtuch trocken rieb.

»Meinst du, sie wird Daddy auch gefallen, Onkel John?«, fragte Grace.

»Das wird sie bestimmt«, antwortete ich.

»Um wie viel Uhr wird er morgen zu Hause sein?«, wollte sie wissen. »Wird er da sein, wenn ich aufwache?«

»Das glaube ich nicht, Grace«, erwiderte Angela. »So«, sagte sie und zeigte Kat, wie sie das Efeu durch das grüne Band wickeln musste, das um die Krone gebunden war.

Kat übernahm, stach sich beinahe augenblicklich an der Stechpalme und saugte an ihrem Finger.

»Sie wird dafür sorgen müssen, dass sie sich abhärtet, John«, bemerkte Liz. »Wie soll das erst werden, wenn sie zum Lammen wiederkommt, wenn sie sich wegen eines kleinen Schnitts schon so anstellt?«

»Ich stelle mich nicht an«, protestierte Kat, und ich fragte mich kurz, ob sie wohl die weite Jeans hinunterziehen und den anderen die Narben an ihrem Oberschenkel zeigen würde. Als Beweis dafür, dass auch sie nicht unbeschadet durchs Leben gekommen war.

»Keine Angst, Tante Katherine«, sagte Grace. »Ich werde dir zeigen, was du tun musst, wenn die Lämmer kommen. Du kannst mir dabei helfen, die Kümmerlinge zu füttern.«

Und sie berichtete detailreich von all den unterentwickelten

Tieren, die sie in jenem Frühjahr mit der Flasche aufgezogen hatte.

»Erzähl Katherine ein anderes Mal davon, Grace«, sagte Angela. »Tom wird nach so einem Tag ein bisschen Ruhe haben wollen.«

»Aye, komm schon«, fügte Liz hinzu. »Hol deinen Mantel. Zeit, nach Hause zu gehen.«

»Aber ich möchte noch meinen Zaubertrick üben, den ich Daddy zeige, wenn er nach Hause kommt«, wandte Grace ein.

»Ein andermal«, sagte Liz. »Opa Tom ist müde, nicht wahr?«

»Macht euch um mich keine Gedanken«, wehrte Dadda ab und zog seinen Regenmantel über. »Ich muss noch nach dem Schafbock sehen.«

Als er draußen war, schob Grace ihren Stuhl ganz nah an Kats heran, bis ihre Schultern sich berührten. Der Verband an ihrer Hand hatte sich mittlerweile ganz gelöst, und über der Wunde hatte sich dicker Grind gebildet.

»Magst du Zaubertricks, Tante Katherine?«, fragte Grace.

»Ja«, sagte Kat und bemühte sich zu lächeln. »Wieso, kennst du welche?«

»Der Gaffer hat mir ganz viele beigebracht«, erklärte sie.

»Das muss lustig gewesen sein«, sagte Kat. »Waren das Kartentricks oder etwas in der Art?«

»Manchmal«, erwiderte Grace. »Es gibt auch einen mit einer Münze.«

»Zeig mal«, forderte Kat sie auf.

»Den haben alle schon gesehen«, meinte Grace.

»Ich nicht«, entgegnete Kat.

Grace lehnte sich zur Seite und steckte sich die Finger in die Hosentasche, aus der sie einen Penny hervorzog, auf dessen beiden Seiten das Bildnis eines römischen Kaisers grob eingeprägt war.

»Nero?«, fragte Kat.

»Caligula«, korrigierte sie Grace.

»Hat der nicht sein Pferd geheiratet oder so was?«, fragte Angela, die gerade den Tisch abwischte.

»Nein, er hat sein Pferd zu einem Priester ernannt«, widersprach Grace.

»Und sein Schwein zum Papst?«, fragte Liz. »Wo lernst du dieses Zeug? In der Schule?«

»Er hat in einem sizilianischen Bullen Menschen bei lebendigem Leib geröstet«, fuhr Grace fort. »Und seine Schwester geschwängert.«

»Tatsächlich?«, fragte Angela.

»Aye«, sagte Grace. »Dann hat er das Baby aus ihr herausgeschnitten und es ins Feuer geworfen.«

»Das hätte er doch nun wirklich nicht machen können«, meinte Liz.

»Er konnte alles machen, was er wollte«, beharrte Grace. »Er war schließlich der Kaiser, oder etwa nicht?«

»Kein Wunder, dass er verrückt war«, warf Kat ein.

»Er war nicht verrückt«, widersprach Grace. »Ich denke, nicht das tun zu können, was man will, macht einen verrückt, oder nicht?«

»Das ist eine schwierige philosophische Frage«, stellte Kat fest.

»Über so etwas haben der Gaffer und ich immer gesprochen«, erklärte Grace achselzuckend und griff nach den leeren Wassergläsern auf dem Tisch, drehte sie um und legte die Münze unter das Glas links.

»Jetzt sieh zu«, sagte sie. »Ich werde die Münze verschieben.«

Sie bedeckte beide Gläser mit einem Küchenhandtuch, das über einer der Stuhllehnen hängen gelassen worden war, und als sie es wieder hochzog, hatte der Penny seinen Platz gewechselt.

»Sehr schlau«, lobte Kat. »Zeig es mir noch mal.«

»Der ist für Kinder«, behauptete Grace. »Ich kann auch bessere Tricks. Ich kann deine Gedanken lesen. Ich kann dir sagen, was du denkst.«

»Also gut«, sagte Kat. »Was denke ich gerade?«

»So funktioniert das nicht«, entgegnete Grace und stieß sie leicht mit der Schulter an. »Ich muss zuerst ein Wort sagen. Mummy, zeigst du es ihr?«

»Du willst nicht wissen, was ich denke«, erwiderte Liz, und Angela lachte, woraufhin die beiden den Verschnitt von der Krone durch die Spülküche hinaus zur Komposttonne trugen.

»Gib mir deine Hände, Tante Katherine«, forderte Grace sie auf. »Ich brauche sie, um mich mit deinen Gedankenwellen zu verbinden.«

Grace umklammerte ihre Finger, und Kat versuchte zu lächeln, konnte jedoch nicht den Blick davon abwenden, wie Grace mit dem Daumen einen kleinen Kreis auf ihren Knöchel malte.

»Farbe«, sagte Grace und schloss die Augen. »Grün.«

»Das stimmt«, meinte Kat.

»Tier. Amsel.«

»Wieder richtig«, bestätigte Kat.

»Nummer. Sechs.«

»Du bist ziemlich gut darin, nicht wahr?«, fragte Kat.

»Glücklich«, sagte Grace. »Baby.«

»Natürlich«, erwiderte Kat.

»Zuhause. Daddys Haus. Das Pfarrhaus.«

»Früher vielleicht«, meinte Kat. »Jetzt nicht mehr.«

»Angst. Die Endlands.«

»Ich habe hier keine Angst«, widersprach Kat und warf mir einen Blick zu. »Weshalb sollte ich Angst haben?«

»Liebe. John.«

»Auf jeden Fall.«

»Mutterleib. Erleichterung.«

»Erleichterung? Wie meinst du das?«, wollte Kat wissen.

»Tick-tock, tick-tock«, machte Grace. »Du hast dir schon Sorgen gemacht, oder?«

»Wie bitte?«

»Dass es zu spät sein könnte.«

»Vielleicht solltest du deinen Mantel holen«, schlug Kat vor. »Ich glaube, deine Mum möchte nach Hause gehen.«

»Die anderen Männer hattest du nicht gern genug, nicht wahr?«, fragte Grace. »Aber als du dann das Tick-tock hörtest, dachtest du, vielleicht hättest du sie lassen sollen.«

Kat sah mich an.

»Lass Kat jetzt in Ruhe, Grace«, sagte ich.

»Deshalb hast du John nach der Party bleiben lassen, nicht wahr?«, fuhr Grace fort. »Tick-tock. Tick-tock. Er ist der Einzige, der jemals deine Narben gesehen hat.«

Kat hörte auf, ihre Hände aus Graces Griff zu winden, und blickte sie an.

»Was?«, fragte sie. »Was hast du gesagt?«

Als Liz und Angela aus der Spülküche hereinkamen, ließ Grace los und öffnete die Augen.

»Ist ihr etwa schlecht, John?«, fragte Angela und wies mit dem Kinn auf Kat.

»Ein kleiner Schnitt in den Finger, und sie wird weiß wie ein Laken«, bemerkte Liz. »Herrje, John, du bringst sie besser wieder nach Hause.«

»Wie findest du den Trick, Tante Katherine?«, fragte Grace. »Glaubst du, er wird Daddy gefallen?«

»Wer hat dir das alles erzählt?«, wollte Kat wissen.

»Ich kann dir doch nicht zeigen, wie es gemacht wird, oder?«, meinte Grace. »Wenn jeder Zaubertricks beherrschen würde, wäre es keine Zauberei mehr.«

»Du siehst besorgt aus, Mrs Pentecost«, sagte Liz und tätschelte Kat im Vorbeigehen den Arm, als sie ihren Mantel holte. »Bist du nervös wegen Devil's Day morgen?«

»Vielleicht versteckst du dich besser im Schafpferch, wenn der Owd Feller kommt«, schlug Angela lachend vor, während sie ihre Sachen zusammensuchte.

»Ich weiß nicht«, überlegte Liz. »Es könnte von Vorteil sein, eine Pfarrerstochter als Köder im Haus zu haben.«

»Ich will nicht, dass er sie auffrisst«, protestierte Grace, sprang von ihrem Stuhl auf und hakte sich bei Kat ein.

»Dann müsste er auch hungrig ins Bett gehen«, bemerkte Angela.

Sie zog ihre Wachsjacke an und schloss gerade den Reißverschluss über ihrer Brust, als jemand an die Vordertür zu hämmern begann. Laurels Stimme klang drängend in die Küche, und dann Bills, der gegen das Glas pochte.

»Verdammt noch mal«, entfuhr es Angela. »Gleich bricht noch seine Hand durch.«

Dadda musste sie draußen gehört haben, denn nun betrat er das Haus gemeinsam mit einem zeternden Bill und einer sich entschuldigenden Laurel.

»Es tut mir leid, Tom«, beteuerte sie, während sie den Flur herunterliefen. »Es tut mir leid, dass wir in diesem Zustand hierherkommen.«

»Ist was passiert?«, erkundigte sich Angela, als Laurel in der Küchentür erschien.

Ehe sie antworten konnte, hatte sich Bill an ihr vorbeigeschlängelt, dessen Mantel mit Blut bespritzt war.

»Mach besser schnell, dass du nach Hause kommst, Angela«, sagte er. »Und sieh nach, ob es deinen Tieren gut geht.«

»Du liebe Güte, was ist denn passiert?«, fragte Liz, während Grace vom Tisch heruntterglitt und ihn anstarrte.

»Es ist unser Douglas«, erklärte Laurel. »Aus ihm wurden ganze Stücke herausgerissen. Als wir nach Hause kamen, lag er tot da.«

»Wer hat das gemacht?«, wollte Angela wissen.

»Die Hunde der verdammten Sturzakers«, antwortete Bill.

»Was, hast du sie etwa gesehen?«, fragte Liz.

»Nein, ich habe sie nicht gesehen«, erwiderte Bill. »Ich brauchte sie nicht zu sehen.«

»War mit den Kühen alles in Ordnung?«, hakte Angela nach.

»Aye«, bestätigte Bill.

»Und die Gänse?«

»Aye, aye«, erwiderte Bill abgelenkt.

»Du hast keine der Gänse verloren?«, fragte Angela noch einmal.

»Nein, Gott sei Dank nicht«, antwortete Laurel und bekreuzigte sich.

»Wie können es dann die Hunde gewesen sein?«, wollte Dadda wissen.

»Tom hat recht«, pflichtete Angela bei. »Wären die Hunde der Sturzakers auf den Hof gekommen, hättest du jetzt die ganze Wiese voller toter Vögel.«

Bill winkte ab. »Ich gehe morgen früh als Erstes zu ihnen«, meinte er. »Das war's jetzt. Mir reicht's.«

»Ich glaube immer noch nicht, dass das eine gute Idee ist«, wandte Laurel ein.

»Aye«, sagte Dadda. »Ohne Beweise kannst du nichts ausrichten. Begrab deinen Hund einfach, und belass es dabei.«

»Keine Beweise?«, ereiferte sich Bill. »Der einzige Beweis, den ich brauche, liegt in eine alte Decke gewickelt im Geräteschuppen.«

»Oh, nun hör auf zu schreien, Bill«, forderte Laurel. »Es ist schon schlimm genug.«

»Na ja«, meinte er. »Es wird jedenfalls Zeit, dass wir mit dieser verfluchten Familie ein ernstes Wörtchen reden.«

»Da stimme ich zu«, mischte ich mich ein. »Zuerst das Feuer, und nun das.«

»Halt dich da raus«, verlangte Dadda.

»Du kommst also mit, John?«, wollte Bill wissen.

»Natürlich«, erwiderte ich.

»Du bleibst schön hier«, sagte Dadda. »Wenn irgendjemand Bill begleitet, dann werde ich das sein. Das ist nichts, worum du dich kümmern müsstest.«

»Wieso sollten die Sturzakers sich überhaupt die Mühe machen?«, überlegte Angela. »Das ergibt keinen Sinn.«

»Das ist doch offensichtlich«, erklärte Bill. »Nach gestern schickt er mir jetzt eine Warnung, oder etwa nicht?«

»Das weißt du nicht«, wandte Dadda ein.

»Die Sturzakers sind auf unseren Hof gekommen, Tom«, versicherte Bill. »Erzähl mir nicht, du würdest bloß Däumchen drehend dasitzen, wenn jemand hierhergekommen wäre und dir das angetan hätte. Das hat der Gaffer schließlich auch nicht getan, oder?«

»Genug jetzt, Bill«, rief Laurel.

»Der Gaffer? Was meinst du damit?«, fragte ich.

»Nichts«, antwortete Dadda.

»Lass uns nach Hause gehen, Bill«, forderte Laurel ihn auf. »Ich will nicht zu lange vom Hof fort sein.«

Sie warfen einander einen Blick zu, dann schickte Bill Grace ihren Mantel aus dem Flur holen.

Als die Tür sich hinter ihr geschlossen hatte, fragte Bill: »Und, willst du es ihm jetzt erzählen, Tom? Du meintest, du würdest es tun, wenn er zum Abtrieb herkommt.«

Dadda sah in Kats Richtung.

»Sie ist Johns Frau«, sagte Bill. »Sie muss es auch erfahren.«

»Nicht jetzt«, wandte Laurel ein und zog ihn am Ärmel. »Ein andermal.«

Doch Bill blieb sitzen und sah Dadda erneut an.

»Komm schon«, drängte er. »Besser, sie hören die Wahrheit von uns als den Scheiß, mit dem Ken Sturzaker ankommt.«

»Wartet mal«, rief Liz und zeigte auf Kat. »Wir kennen sie

kaum. Wir wissen nicht, was sie tun wird. Sie ist schließlich nicht aus dem Tal, oder?«

»Jetzt schon«, meinte Bill.

»Dies ist nicht der richtige Zeitpunkt«, erklärte Angela. »Lasst uns das später besprechen.«

»Oder gar nicht«, fügte Liz hinzu.

»Ich stimme dir zu«, sagte Laurel. »Katherine braucht das nicht zu wissen.«

»Sie hat in die Familie hineingeheiratet«, widersprach Bill. »Sie hat das Recht, es zu wissen, die beiden haben es.«

»Das Recht, was zu wissen?«, fragte Kat und blickte sich ängstlich am Tisch um.

»Tom?«, forderte Bill ihn auf, und Dadda zündete seine Selbstgedrehte an und wendete sich ab.

Bill beugte sich vor. »Hör zu, John«, begann er. »Dieses Frühjahr ist nach dem Lammen etwas vorgefallen. Wir wollten es dir erzählen, aber mit der Hochzeit und allem erschien es uns einfach nicht richtig. Und wir wollten warten, bis du herkommst, damit wir es dir persönlich erklären können.«

»Was denn?«, fragte ich. »Was ist passiert?«

»Ich glaube nicht, dass der Gaffer es wollte«, erläuterte Angela. »Er hat bloß instinktiv reagiert.«

»Aye«, bestätigte Bill. »Es war im Grunde nicht seine Schuld.«

»Dieser Junge hätte nicht hier sein sollen«, fügte Angela hinzu.

»Welcher Junge?«, fragte ich.

Das Lammen war bei uns immer spät erfolgt, damit das neue Leben bei besserem Wetter und in wärmerem Sonnenschein zur Welt käme. Auf diese Weise konnten die Lämmer bereits ein paar Tage nach ihrer Geburt mit ihren Müttern zu den Hochweiden gebracht werden. Unten im Tal wurden sie unruhig und gereizt. Sie schienen in ihrem tiefsten Inneren zu spüren, dass sie eigentlich nicht dort hingehörten. Der Gaffer sagte, er habe gesehen, wie alle Schafe zugleich ihre Blicke auf die Bergrücken richteten und dabei genauso blökten, wie sie es taten, wenn sie hungrig waren. Je schneller sie aufs Moor kamen, desto besser.

Doch an jenem Tag Mitte April, an dem ich zum Helfen gekommen war, hatte es angefangen zu schneien und den ganzen Nachmittag über nicht mehr aufgehört. Die Auen platzierten ihre neugeborenen Lämmer zwischen sich und die Mauern der Weide am Haus, um sie vor dem Wetter zu schützen, und Dadda wollte sie hereinholen. Der Gaffer hatte jedoch mit einem Blick in den Himmel gemeint, es würde den Lämmern nicht schaden, sich an die Kälte zu gewöhnen, und bis zum Abend würde es aufhören zu schneien, was es dann auch tat, sodass das Tal bei Einbruch der Dunkelheit seltsam leuchtend dalag.

Ein paar Tage mit kaltem Wind ließen den Schnee erstmal nicht tauen, und die ganze Zeit über wurden noch mehr Lämmer geboren. Die Dyers und die Beasleys übernahmen es, in Schichten nach den Auen zu sehen, dennoch schliefen Dadda und insbesondere der Gaffer nie mehr als ein paar Stunden, ehe sie in den Stall zurückkehrten, um zu beobachten und zu warten.

Doch selbst als die natürliche Aprilwärme wiederkehrte und der Schnee im Tal zu schmelzen begann, mussten Dadda und der Gaffer dem Hochmoor ein, zwei weitere Tage zum Nachziehen geben. Dort oben würde es noch kälter sein, und die Mulden wären noch immer so tief, dass ein Lamm darin verloren gehen konnte.

Ich war eine Woche lang geblieben, und nachdem die meisten Auen gelammt hatten, fuhr Dadda mich zum Bahnhof, von wo aus ich nach Suffolk zurückkehrte. In jener Nacht war dann ein junger Mann – eigentlich noch ein Junge, sagte Dadda, ein Junge, der nicht viel älter war als jene, die ich in Churchmeads unterrichtete – gekommen, um die Neugeborenen zu stehlen.

Der Gaffer war allein im Lämmerstall gewesen, und als er die Panik der Schafe draußen auf der Weide vernommen hatte, war er über den Hof ins Haus gegangen, um seine Schrotflinte aus der Küche zu holen.

Kat legte sich die Hand auf den Mund und schloss die Augen. Ein paar Minuten lang sagte niemand ein Wort, bis Dadda seine Selbstgedrehte ausdrückte und hustete.

»Tut mir leid, dass du das hören musstest, John«, sagte er.

»Was habt ihr getan?«, fragte ich. »Ich meine, hinterher.«

»Das reicht«, entgegnete Dadda. »Mehr braucht ihr nicht zu wissen.«

»Nun sag es mir schon«, bat ich. »Was ist mit dem Jungen geschehen?«

»Wir haben ihn nach Sullom Wood gebracht«, antwortete Bill.

»Und?«

»Du lieber Himmel«, fuhr Liz dazwischen. »Willst du wirklich alle Einzelheiten erfahren?«

»Wer war er?«, fragte ich.

»Weiß der Teufel«, erwiderte Bill. »Niemand hat nach ihm gesucht.«

Kat hatte den Kopf in die Hände sinken lassen und weinte. Ich streichelte ihr den Rücken, dann beruhigte Laurel sie und strich ihr das Haar aus dem Gesicht.

»Ist schon gut«, sagte sie. »Wir sind alle für dich da.«

»Ich muss zurück nach Hause«, stellte Kat fest.

»Ich weiß, meine Liebe«, erwiderte Laurel. »Es muss schwer für dich sein.«

»Ich verstehe nicht, was hier vor sich geht«, fuhr Kat fort.

»Gott weiß es«, sagte Laurel und legte die Hand auf das Kruzifix um ihren Hals.

»Was?«, fragte Kat.

»Ich habe gebetet, er möge den Weg weisen, und er hat geantwortet«, erklärte Laurel.

Sie setzte sich und blickte Kat in die Augen.

»Weißt du, Katherine, meine Liebe, die Sünden der Welt«, führte sie aus. »Es sind ihrer zu viele, um nur von ein paar wenigen Menschen getragen zu werden.«

»Nun hör doch auf, Frau«, fuhr Bill sie an. »Wovon redest du?«

Laurel ignorierte ihn und steckte Kat das Haar hinter die Ohren. »Manchmal«, meinte sie, »verlangt Gott von uns einfach, die Last zu teilen.«

Kat schüttelte den Kopf und schob Laurels Hand weg. Alle versuchten, sie aufzuhalten, doch sie lief die Treppen hinauf in das Zimmer unter dem Dach.

Dort fand ich sie, wie sie auf dem Bett saß und sich den Bauch rieb, während ihr Gesicht in dem baumelnden Spiegel auftauchte und wieder verschwand.

»Schwöre, dass du nichts davon gewusst hast, John«, verlangte sie.

»Natürlich habe ich nichts gewusst«, erwiderte ich. »Du hast sie doch gehört. Sie haben es vor mir genauso geheim gehalten wie vor dir.«

»Wieso hat er das getan?«, wollte sie wissen.

»Er muss geglaubt haben, er täte das Richtige«, gab ich zurück.

»Gott, mir wird ganz schlecht bei dem Gedanken«, stellte Kat fest und senkte den Blick auf die Dielenbretter. »Dass sie alle zur Hochzeit gekommen sind, nachdem sie so etwas getan haben.«

»Es war der Gaffer, Kat«, sagte ich. »Nicht die anderen.«

»Komm schon, die anderen sind nicht weniger schuldig«, entgegnete sie.

»Was hätten sie denn tun sollen?«, fragte ich. »Ihn verpfeifen? Der Gaffer war sechsundachtzig. Er wäre im Gefängnis gestorben.«

»Er hat jemanden umgebracht«, beharrte Kat und sah mich mit roten Augen an. »Er hat jemandem das Leben genommen, John. Herrje, kein Wunder, dass Grace sich so seltsam verhalten hat. Das arme, arme Mädchen.«

»Sie weiß von nichts«, widersprach ich.

»Sie ist nicht dumm, John«, entgegnete Kat. »Wie es scheint, weiß sie eine ganze Menge.«

»Soll heißen?«

»Was genau hast du ihr über uns erzählt?«

»Ich habe ihr nichts von deinen Narben verraten, Kat«, erwiderte ich. »Außerdem könnte ich dir genau dieselbe Frage stellen.«

»Als würde ich mit ihr über solche Dinge sprechen«, protestierte sie.

»Sie schien genauestens informiert zu sein«, gab ich zu bedenken. »Hast du wirklich so empfunden? Hattest du das Gefühl, du musstest nehmen, was du kriegen konntest?«

»Selbstverständlich nicht«, widersprach Kat. »Sei nicht albern.«

Sie schniefte und wies mit dem Kinn Richtung Treppe.

»Jetzt fragen sie sich wahrscheinlich alle, was ich wohl als Nächstes tun werde, nicht wahr?«, wollte sie wissen.

»Was wirst du tun?«, fragte ich.

»Wir müssen es jemandem sagen, John«, antwortete sie. »Das ist das Einzige, was wir tun können.«

»Und was, glaubst du, würde dann mit dem Hof geschehen?«, erkundigte ich mich.

Sie sah mich stirnrunzelnd an. »Was willst du damit sagen?«, fragte sie. »Dass wir es für uns behalten sollen?«

»Ich will sagen, dass du an Grace denken solltest, selbst

wenn dir egal ist, was mit allen anderen geschieht. Nein, das ist keine Erpressung, Kat. Du würdest ihr Leben zerstören. Du weißt, dass ich recht habe.«

»Wir könnten sie mit nach Suffolk nehmen«, schlug Kat vor. »Sie sollte nicht hier sein. Nicht bei diesen Leuten.«

Ich hielt ihren Kopf zwischen meinen Händen, damit sie mich ansah.

»Ich behaupte nicht, der Gaffer habe richtig gehandelt, Kat«, erklärte ich. »Aber es ist geschehen, und sie haben getan, was sie getan haben. Was würde es bringen, es nun in die Welt hinauszuposaunen?«

»Wir würden das Richtige tun, John«, erwiderte sie.

»Für wen?«

»Komm schon, du weißt, was ich meine«, sagte sie und nahm meine Hände fort. »Ich werde mich nicht mehr im Spiegel anschauen können, wenn ich nichts sage, und du genauso wenig.«

»Sieh mal«, redete ich auf sie ein. »Seitdem sind sechs Monate vergangen, und kein Mensch hat nach dem Burschen gefragt, oder?«

»Aber irgendjemand muss ihn vermissen«, beharrte Kat. »Früher oder später wird irgendjemand kommen.«

»Selbst wenn, wird im Wald nichts mehr zu finden sein. Nicht nach all dieser Zeit.«

Sie schluckte und wischte sich frische Tränen fort.

»Was ist mit diesem Ken Sturzaker?«, fragte sie. »Er weiß etwas. Das hat er bei der Trauerfeier gesagt.«

»Der wird ein halbes Gerücht über nichts Bestimmtes gehört haben«, beschwichtigte ich sie.

»Manchmal ist ein halbes Gerücht noch schlimmer«, gab Kat zu bedenken.

»Das ist alles, was Sturzaker je zu bieten hat«, sagte ich. »Deshalb hört auch niemand auf ihn.«

»Ich finde trotzdem, dass du morgen nicht mit zu ihm gehen solltest.«

»Ich denke aber, dass es Dadda lieber wäre«, meinte ich. »Dann könnten wir Bill zumindest zu zweit zurückhalten.«

»Ich will einfach nur noch nach Hause«, sagte sie.

»Du wirst warten müssen«, erwiderte ich. »Wir sind gekommen, um beim Abtrieb zu helfen.«

»Ich kann jetzt nicht mehr hierbleiben«, beharrte sie.

»Aber wir werden gebraucht«, erklärte ich.

»Was soll ich denn zu ihnen sagen?«, fragte Kat. »Nach allem, was passiert ist?«

»Du brauchst gar nichts dazu zu sagen«, meinte ich. »Pack einfach mit an und mach dich nützlich. Wir haben eine Menge zu tun.«

»Du verlangst von mir, zu vergessen, was ich gerade gehört habe?«

»Nein«, widersprach ich. »Lass es einfach in der Vergangenheit, wo es hingehört.«

Sie fing erneut an zu weinen und wischte sich die Augen am Ärmel von Liz' altem Pullover ab.

»Was für ein Recht hatten sie, uns in diese Lage zu bringen?«, fragte sie. »Wir haben nichts damit zu tun. Weshalb mussten sie es uns erzählen?«

»Weil wir Pentecosts sind«, antwortete ich.

Devil's Day

Es war einfach Pech gewesen, dass der Gaffer in jener Nacht im Lämmerstall Wachdienst gehabt hatte. Hätte Dadda die Weide am Haus zuerst erreicht, oder wäre ich dort gewesen und nicht zu Hause in Suffolk, dann wäre der Junge nun möglicherweise noch am Leben. Die kleinste Andeutung eines Geräuschs, ein paar Lichter, die im Haus angingen, und ich bin mir sicher, ein Anfänger wie er hätte auf dem Absatz kehrtgemacht, statt sich zur Wehr zu setzen. Vielleicht wäre er besser vorbereitet oder mit Verstärkung wiedergekommen und hätte es erneut versucht, das kann ich nicht sagen. Vielleicht hätte er sich auch für immer vom Tal ferngehalten. Aber es brachte im Grunde nichts, sich jetzt noch den Kopf darüber zu zerbrechen. Wie ich zu Kat gesagt hatte, wir konnten nichts mehr ändern.

Bevor sie schließlich einschlief, weinte sie noch eine Weile und erzählte mir, sie sei froh, dass ich zu Hause gewesen sei, als es passierte, dass ich nicht wie die anderen sei. Ich sagte nichts, aber ich wusste, wäre ich in jener Nacht hier gewesen, hätte ich genau dasselbe getan wie alle anderen. Ich hätte mitgeholfen, den Jungen in den Wald zu tragen.

Am nächsten Morgen legten wir den Hund der Dyers in den Kofferraum von Bills kleinem Lieferwagen, zu den Holzkäfigen, mit denen er und Laurel an Weihnachten und Ostern immer ihre Vögel auf die Märkte transportierten. Obwohl er die ganze Nacht über im kalten Werkzeugschuppen gelegen hatte, begann Douglas bereits zu riechen, dennoch war Bill fest entschlossen, mit ihm zu den Sturzakers zu fahren.

»Ich weiß nicht, was für eine Reaktion du von ihm erwartest«, sagte Dadda. »Selbst wenn es seine Hunde waren, wird er wohl kaum die Hände heben und es zugeben, oder?«

»Ich will ihn direkt ins Gesicht fragen«, verkündete Bill.

»Du kannst ihn fragen, auf welche Weise du willst«, meinte Dadda. »Es wird keinen Unterschied machen.«

»Ich will einfach, dass er weiß, dass ich es weiß«, erklärte Bill. »In Ordnung?«

Er legte einen niedrigeren Gang ein und wurde langsamer, um über das Viehgitter am Eingang von Sullom Wood zu scheppern. Der Wind bewegte die Bäume wie einen einzigen Körper, und noch über das Heulen des Motors hinweg, mit dem Bill erneut Gas gab, war das Geräusch laut und gewaltig, wie eine lang gezogene Brandung.

Blätter wirbelten in den Böen, hin und wieder blitzte ein Sonnenstrahl auf. Regen lag in der Luft, während sich das Jahr dem Ende zuneigte. Ich wollte nicht, dass Dadda dem Winter allein entgegensehen musste. Es war mir immer schwergefallen, ihn nach dem Abtrieb zu verlassen, aber dieses Jahr würde es noch schlimmer sein als zuvor.

Die Leute in den Endlands waren natürlich an Regen und Hagel gewöhnt und machten einfach weiter wie gehabt, aber zeitweise wurde es unmöglich, sich im Freien aufzuhalten. Wenn die Wolken so niedrig über dem Tal hingen, dass die anderen Höfe aus dem Blickfeld verschwanden. Dann würde das Haus leer wirken. Dann würden die Geister kommen. Besser, man füllte es mit Gesprächen. Besser ein schreiendes Baby als überhaupt kein Geräusch.

Wir kamen an der Kirche vorbei – welch seltsame Vorstellung, dass der Gaffer dort unter den tosenden Lärchen lag –, dann überquerte Bill die Brücke und fuhr bis zum hinteren Ende der New Row.

Sturzakers Wagen stand auf dem Bürgersteig, eine verbeulte Limousine mit abgefahrenen Reifen, das Rückfenster übersät mit Aufklebern, die Fahrertür in einer anderen Farbe als der Rest.

»Gut«, stellte Bill fest. »Er ist da. Überlasst mir das Reden, in Ordnung?«

Wir folgten ihm über die Straße, und Dadda drückte zögernd auf den Klingelknopf. Die Fenster des Hauses waren mit Kondenswasser beschlagen, das die Vorhänge mit Grauschimmel überzogen hatte.

Die Feuchtigkeit hatte auch an den hölzernen Fensterbrettern genagt, und aus den Ritzen in der Treppe zur Haustür wuchsen Disteln. Alle Häuser in der New Row sahen gleich aus. Als sie erbaut wurden, mussten sie den Arbeitern der Mühle prachtvoll vorgekommen sein, aber mittlerweile wäre es das Beste, wenn man sie dem Erdboden gleichmachte.

Selbst um diese frühe Uhrzeit ertönten im Haus der Sturzakers bereits lautstarker Streit und Hundegebell, dazu war ein Radio bis zur Verzerrung aufgedreht. Es war gar nicht so schlecht, dass Mr und Mrs Earby nebenan beide taub waren.

Dadda klingelte noch einmal, und Karen, Vinnys kleine Schwester und das jüngste von Sams und Cheryls Sprösslingen, hob das Netz vor dem Fenster und grinste uns an, bevor sie ihr Gesicht gegen die Scheibe drückte und ihre Lippen wie Nacktschnecken bewegte.

»Herrgott«, entfuhr es Bill. »Diese verfluchten Sturzakers hätte man schon vor langer Zeit sterilisieren sollen.«

Aus dem Inneren des Hauses drang ein Schrei, und das Kind wurde weggezogen von Jackie, die uns daraufhin ein dünnes Lächeln schenkte und die Aufschläge ihres Morgenmantels über ihren Ausschnitt zog. Sie rief nach ihrem Ehemann, wenige Augenblicke später öffnete sich die Tür, und Sturzakers Gesicht erschien in dem Spalt, den die Kette erlaubte.

»Was wollt ihr?«, fragte er, wobei er sich bemühte, einen seiner Bull Terrier mit dem Knie davon abzuhalten, auf die Straße hinaus zu entkommen.

»Mit dir reden, Ken«, antwortete Bill.

»Worüber?«, wollte Sturzaker wissen und blickte uns drei an.

»Darüber, was sich im Kofferraum meines Wagens befindet«, sagte Bill.

Sturzaker warf über unsere Köpfe hinweg einen Blick auf Bills Daihatsu. »Und was wäre das?«, erkundigte er sich.

»Als ob du das nicht wüsstest«, gab Bill zurück.

Sturzaker wandte sich an Dadda. »Scheiße, Tom«, sagte er. »Es ist halb sieben Uhr morgens.«

»Komm einfach, und sieh's dir an«, meinte Dadda. »Dann können wir dich in Frieden lassen.«

Die Tür ging zu, die Kette glitt zurück, und Sturzaker trat in Pantoffeln und Mantel aus dem Haus.

Bill öffnete den Kofferraum seines Lieferwagens und hob die Abdeckplane von dem Hund.

»Und?«, fragte Sturzaker.

»Was meinst du mit ›und‹?«, ereiferte sich Bill. »Scheiß auf dein ›und‹. Das waren deine Hunde, oder etwa nicht?«

»Weißt du, wovon er redet, Tom?« fragte Sturzaker.

»Kümmer dich nicht um ihn«, verlangte Bill. »Du hörst mir zu. Ich rede.«

»Du redest ganz schönen Mist, Bill, aye«, erwiderte Sturzaker.

Mittlerweile war Jackie in den Türrahmen getreten und rief ihren Mann durch die zusammengebissenen Zähne herbei. »Lass sie doch reinkommen, um Himmels willen«, zischte sie. »Das muss doch nicht die ganze Straße hören, oder?«

Sie ließ uns eintreten, während sie mit der einen Hand ihren Morgenmantel zu- und mit der anderen den Terrier festhielt.

»Geht es um das Feuer?«, wollte sie wissen. »Ken hat euch doch schon gesagt, dass es nicht unser Vinny war, oder, Ken?«

»Ich hab's versucht«, bestätigte Sturzaker.

Da er den Bauernhof an uns roch, zerrte und bellte der kleine schwarze Hund im Flur, womit er die anderen aufscheuchte, die zur Absperrung am oberen Ende der Treppe kamen.

»Bring dieses verfluchte Ding ins Wohnzimmer, Ken«, forderte Jackie, worauf Sturzaker zu ihr aufblickte und den Terrier fortschleppte.

Seit der Friseur in der Stadt geschlossen hatte, arbeitete Jackie im »Cropper's Arms«, wo sie der Liebling der alten Herren war, die sich auf die Barhocker entlang des Tresens hievten, um den Inhalt ihrer Bingobluse zu begutachten: Blick nach unten, genau hinschauen, ob man was gewonnen hat. Sie war eins der Gerüchte, die über die Jahre am Gaffer hängen geblieben waren. War es nicht eines Abends hinter den leeren Bierfässern auf dem Hinterhof gewesen? Oder unten im Keller, beim Austauschen jener Fässer?

Niemand sonst hatte etwas bemerkt, und ich hatte auch nichts zu den anderen gesagt, aber bei der Beerdigung hatte ich gesehen, wie sie sich während des zweiten Verses von »Mein Mund besinge tausendfach« in die Kirche herein- und vor der Predigt wieder hinausgeschlichen hatte.

Ohne die Schminke, die sie für die Arbeit aufschichtete, war Jackie kaum wiederzuerkennen. Ihre Augen waren verquollen, ihr Kinn kreuzweise mit Falten schraffiert. Sie musste schon nahezu sechzig sein, und die Unterstützung, die sie Cheryl bei der Betreuung von Vinny und Karen gab, während Sam einsaß, hinterließ ihre Spuren. Wobei sie eigentlich schon seit jenem Tag alt aussah, an dem Lennie ertrank.

»Wie geht's dir, John, mein Lieber?«, fragte sie, während sie uns in die Küche führte. »Wie geht's deiner Frau? Der Gaffer hat im Pub ständig von ihr gesprochen, musst du wissen.«

»Ihr geht es gut«, antwortete ich.

»Sie muss sich fragen, wo sie hier gelandet ist«, sagte sie, wobei sie fast über die beiden kläffenden Dackel stolperte, die an ihren Schienbeinen scharrten. Draußen vor dem Fenster sprang und bellte ein weiteres Dutzend Hunde in einem Drahtzwinger auf dem Hinterhof.

Karen war diejenige, die das Radio auf volle Lautstärke gedreht hatte, wahrscheinlich, um die Hunde und den Streit ihrer Großeltern bei unserer Ankunft auszublenden. Sie saß mit einem Löffel in der Faust am Tisch und kratzte das Fleisch einer Kohlrübe aus. An diesem Abend würden sich alle Dorfkinder zum Laternenumzug treffen. Die Türen entlang der New Row würden dafür mit aufgesprühten Spinnenweben und Pappskeletten geschmückt.

»Mach es aus, oder nimm es mit nach oben, Karen«, rief Jackie. »Ich verstehe mein eigenes Wort nicht mehr.«

Das kleine Mädchen hielt das Radio umklammert und tat so, als könnte sie sie nicht hören. Erst als Sturzaker ins Zimmer kam, dämpfte sie das ohrenbetäubende Getöse.

»Schlafzimmer«, befahl er. »Na los.«

Murrend knallte sie den Löffel auf den Tisch, ehe sie aus dem Zimmer stampfte.

Sturzaker wartete, bis er ihre Schritte auf der Treppe hörte.

»Dein Hund wird also umgebracht, und du kommst direkt hierher«, stellte er fest. »Wie genau soll ich das verstehen?«

»Umgebracht?«, fragte Jackie.

»Gestern Abend«, fügte ich hinzu.

»Und ihr glaubt, dass es einer von Kens war, oder was?«, wollte sie wissen. »Na, da habt ihr wahrscheinlich recht. Das sind fiese Mistviecher.«

»Wenn die nicht gelernt haben, wie man ein Vorhängeschloss aufkriegt«, sagte Sturzaker und wies mit dem Kinn in Richtung Fenster, »dann kann's keiner von meinen gewesen sein.«

»Es sind ja schließlich nicht alle im Zwinger, oder?«, hakte Bill nach, während weitere Hunde oben durch die Schlafzimmer tappten und rumpelten.

»Die, die ich im Haus halte, hätten deinem Hund das nicht antun können, Bill«, entgegnete Sturzaker. »Außerdem waren nachweislich alle hier. Wäre einer entkommen, wüsste ich es. Sie sind alle im Buch aufgelistet. Ich kann's euch zeigen, wenn ihr wollt.«

Die Hunde oben polterten in die andere Richtung zurück, und ein müde wirkender Wolfshund kam auf der Suche nach der Wärme des Kamins in die Küche gewandert.

»Woher willst du wissen, wie viele du hier hast?«, fragte Bill. »Du wirst überrannt, Mann.«

»Wie oft habe ich ihm das schon gesagt«, pflichtete Jackie bei. »Das habe ich doch, oder, Ken?«

Sturzaker stand auf und zog die Tischschublade auf. Er hielt ein kleines Lederbuch hoch und reichte es Bill.

»Zähl du sie«, forderte er ihn auf. »Sollte einer fehlen, dann höre ich mir an, was du zu sagen hast.«

»Mir ist klar, dass sie nicht von allein auf unseren Hof gekommen sind«, wehrte Bill ab. »Jemand muss sie hingebracht haben.«

»Jemand?«, fragte Sturzaker.

»Du weißt, wen ich meine«, sagte Bill.

»Ach ja?«

»Euer Vinny«, erklärte Bill und blickte dabei aus dem Fenster. »Ich habe ihn gesehen, wie er mit ein paar deiner großen Viecher draußen rumgelaufen ist. Zwei von denen könnten unseren Douglas problemlos aufgerissen haben.«

»Vinny war es nicht«, entgegnete Sturzaker und setzte sich wieder an den Tisch.

»Woher willst du das wissen?«, fragte Bill. »Ihr habt doch die meiste Zeit über keine Ahnung, wo er sich herumtreibt.«

»Wie bitte?«, empörte sich Jackie.

»Na ja, ist er etwa jetzt gerade hier?«, fragte Bill, den Blick auf die fleckigen Styroporplatten an der Decke gerichtet.

»Nein«, erwiderte Sturzaker.

»Na also«, meinte Bill. »Beweis erbracht.«

»Er ist schon seit einer Woche nicht hier«, erklärte Jackie. »Er ist mit Cheryl seine Tante in Bradford besuchen gefahren. Hat Ken euch das nicht erzählt?«

Sturzaker trank seinen Tee und blickte uns an.

»Tut mir leid, dich zu enttäuschen, Bill«, sagte er.

»Komm schon«, meldete Dadda sich zu Wort und klopfte Bill auf die Schulter. »Gehen wir. Wir haben heute noch genug zu tun.«

»Wartet noch einen Moment«, forderte Bill mit einem Nicken in Richtung Sturzaker. »Ich würde immer noch gern erfahren, wo er gestern Abend gewesen ist.«

»Nachtschicht«, erwiderte Sturzaker. »Frag im Schlachthaus nach, wenn du willst.«

»Er ist gerade erst heimgekommen«, bestätigte Jackie.

»Ich ess normalerweise keine Schweinekoteletts zum Frühstück, Bill«, meinte Sturzaker und wies auf den Teller, auf den Jackie seine Mahlzeit häufte.

Bill gab ihm das Buch mit dem Ledereinband zurück.

»Ich bring euch zur Tür«, sagte Sturzaker und erhob sich von seinem Stuhl.

»Sieht man dich mal im Pub, solange du hier bist, John?«, wollte Jackie wissen. »Dich und deine Frau?«

»Er bleibt nicht lange«, erklärte Dadda und führte mich hinaus in den Flur.

Zwei weitere Hunde wanden sich an uns vorbei und fingen an, um Futter zu betteln.

»Herrgott, Ken«, stöhnte Jackie und schubste den kleinsten weg. »Ich bleib unter diesen Umständen selbst nicht mehr lange hier. Kannst du diese verdammten Viecher nicht loswerden?«

Sturzaker schnitt ihr das Wort ab, indem er die Tür mit seinem Fuß zuschob.

»Tut mir leid, dass ihr euch umsonst auf den Weg gemacht habt, Leute«, sagte er.

»Es war nicht umsonst«, widersprach Bill. »Ich habe gesagt, ich wollte dir in die Augen sehen, und das habe ich getan.«

»Und was hast du gesehen?«

»Dass du was damit zu tun hattest.«

»Ist das so?«, fragte Sturzaker und öffnete die Haustür. »Dann solltest du mal zum Augenarzt gehen.«

»Hör mal gut zu«, sagte Bill mit leiser Stimme, da wir nun wieder auf der Straße standen. »Wenn in den Endlands noch irgendwas passiert, dann bin ich schneller wieder hier, als du gucken kannst.«

Sturzaker grinste und schüttete den Bodensatz seines Tees auf die Treppenstufen.

»Schon mal was von einem Typen namens Dent gehört?«, fragte er.

»Nein, haben wir nicht«, antwortete Dadda, der Bill zum Aufbruch ermuntern wollte.

»Dent?«, wiederholte Bill. »Wer ist Dent?«

»Paul Dent«, erklärte Sturzaker. »Wird auch Liberace genannt.«

»'ne Schwuchtel?«, fragte Bill.

»Wegen den ganzen Ringen, die er trägt«, erläuterte Sturzaker. »Einen an jedem Finger.«

»Klingt für mich wie 'ne Schwuchtel«, meinte Bill.

»Na ja, so würde ich ihn nicht nennen wollen«, erwiderte

Sturzaker. »Du kannst seinen Namen in keinem Pub in Burnley erwähnen, ohne dass irgendjemand sich einscheißt. Ganz fieser Kerl ist das. Ihr habt doch sicher das von den zwei kleinen Kindern gelesen. Also, ich hab gehört, dass es seine Hunde waren, die auf sie gehetzt wurden. Anscheinend hat ihr Daddy ihm Geld geschuldet.«

Bill sah ihn an.

»Nein?«, fragte Sturzaker. »Überrascht mich ehrlich gesagt, dass du ihn nicht kennst, Bill, bei den Kreisen, in denen dein Jeff verkehrt. Für wen arbeitet er jetzt noch mal?«

»Die Brauerei«, antwortete Bill. »Und das weißt du auch.«

»Aye, das ist sein Job«, bestätigte Sturzaker. »Ich frage dich, für wen er arbeitet. Oder hat er dir das nicht erzählt? Ist natürlich wohl auch am besten, wenn's seine Mam nicht erfährt.«

»Wieso erzählst du mir von diesem Dent?«, wollte Bill wissen.

»Ich hab gehört, dass er auf der Suche nach 'nem verschwundenen Transporter ist«, antwortete Sturzaker.

»Wo hast du das gehört?«, fragte Dadda.

»Von den Jungs auf der Arbeit«, sagte Sturzaker. »Ein paar von denen kommen aus der Gegend. Ihr wisst ja, wie das ist. Einer kriegt zufällig irgendwas mit, erzählt es seinem Kumpel, und der erzählt es dann weiter.«

»Und du glaubst an den ganzen Tratsch, oder was?«, erkundigte sich Bill.

»Normalerweise nicht«, gab Sturzaker zu. »Die meiste Zeit wird bei uns ein Haufen Mist geredet. Aber dann fiel mir ein, dass ich vor ein paar Monaten einen Transporter am Haus vorbeikommen sehen hab, der in eure Richtung gefahren ist.«

»Und?«, fragte Bill.

»Na ja«, meinte Sturzaker. »Ich hab ihn nie zurückkommen sehen.«

»Mir scheint, du bist derjenige, der mal zum Augenarzt

muss«, erwiderte Bill und gab endlich Daddas Hand auf seinem Arm nach.

»Ich hab noch nichts zu niemandem gesagt«, erklärte Sturzaker. »Ich dachte, ich frag euch Jungs erst mal, was ihr darüber wisst. Ich mein, ich würd ja nicht wollen, dass jemand wie Dent euch einen Besuch abstattet, wenn's nicht unbedingt sein muss.«

Bevor wir in den Lieferwagen stiegen, rief er uns noch über die Straße hinweg zu: »Das mit deinem Hund tut mir leid, Bill. Ich hoffe, ihr findet die Mistkerle.«

Auf der Fahrt aus dem Dorf heraus schwieg Bill und überließ es Dadda, zu erklären, dass Sturzaker recht hatte. Es sei gut möglich, dass er einen Transporter durch Underclough hatte fahren sehen. Jenen blauen Transit, den der Junge mit den gestohlenen Lämmern hatte füllen wollen.

Am stockfinsteren frühen Morgen hatte er ihn auf der Straße stehen lassen und war die letzten hundert Meter bis zum Bauernhof zu Fuß gegangen, um niemanden mit dem Motorengeräusch aufzuwecken. Er hatte auch ein paar fleischige Knochen dabei, um die Hunde ruhig zu halten. Viel weiter reichte seine Kompetenz jedoch nicht.

»Er hat wahrscheinlich zum ersten Mal in seinem Leben Schafe stehlen wollen«, meinte Dadda. »Sie waren über den gesamten Hof verstreut, als der Gaffer herauskam.«

»Und der Transporter gehörte diesem Dent?«, erkundigte ich mich.

»Herrgott«, fluchte Bill. »Wir wollen wirklich nicht, dass so jemand bei uns auftaucht, Tom.«

»Meintest du nicht, dass er wie 'ne Schwuchtel klingt?«, fragte Dadda.

»Was machen wir, wenn er im Wald herumschnüffelt?«, wollte Bill wissen.

»Und wenn schon?«, meinte Dadda. »Er wird dort schließlich nichts finden, oder?«

»Trotzdem.«

»Ich glaube nicht, dass Sturzaker irgendetwas zu ihm sagen wird«, beschwichtigte ich ihn. »Dem macht die ganze Sache viel zu viel Spaß.«

Dieser Dent war seine Trumpfkarte, und sie aus einer Laune heraus auszuspielen würde das Vergnügen verderben, das es ihm bereitete, uns auf die Folter zu spannen.

»Ich glaube ja, Sturzaker hat es ihm längst erzählt«, widersprach Bill.

»Red keinen Unsinn«, fuhr Dadda ihn an.

»Na ja, wenn es nicht Vinny war, der das Feuer gelegt oder unseren Douglas umgebracht hat, dann war es womöglich Dent.«

»Das glaube ich nicht«, entgegnete Dadda.

»Du hast doch gehört, was Sturzaker gesagt hat«, erwiderte Bill, als wir am Kriegerdenkmal vorbeikamen und in den Wald hineinfuhren. »Wenn Dent seine Hunde auf diese kleinen Kinder in Burnley gehetzt hat, dann wäre das Niederbrennen von Bäumen gar nichts dagegen.«

»Wenn der uns was zu sagen hätte, warum sollte er dann nicht einfach auf den Hof kommen und an unsere Tür klopfen?«, wandte Dadda ein.

»Woher soll ich das wissen?«, gab Bill zurück. »Solche Typen ticken doch nicht ganz richtig.«

»Ich kann es mir nicht vorstellen«, meinte Dadda.

»Na ja, irgendjemand ist aber in den Endlands gewesen«, stellte Bill fest. »Das kannst du nicht abstreiten, Tom.«

»Was ist aus ihm geworden?«, fragte ich. »Aus dem Transporter?«

Dadda zündete seine Selbstgedrehte an und richtete seinen Blick auf die Fahrbahn.

»Wir haben ihn verbrannt«, sagte er. »Und dann haben wir ihn ins Moss geschoben.«

Bill schüttelte den Kopf. »Scheiße, Tom«, fuhr er ihn an. »Was hat sich der Gaffer bloß dabei gedacht? Hättest du ihn nicht aufhalten können?«

Aber ihm war auch klar, dass Dadda nichts hätte tun können. Als der Schuss ihn weckte, war bereits alles vorbei, und der Junge lag tot auf der Weide.

»Kein Wort bei unserer Rückkehr«, wies Bill uns an. »Die ganze Sache mit diesem Dent bleibt unter uns dreien, in Ordnung? Ich kann gut drauf verzichten, dass Laurel den ganzen verdammten Tag lang die Hände ringt.«

»Klar«, sagte Dadda.

»Und dein Mädel braucht's auf gar keinen Fall zu erfahren, John«, richtete Bill sich an mich.

»Einverstanden«, erwiderte ich.

»Hast du heute Morgen mit ihr gesprochen?«, wollte Bill wissen.

»Sie hat nicht viel gesagt«, antwortete ich. »Sie versucht einfach gerade, das alles zu verarbeiten.«

»Was wird sie tun?«, fragte Dadda. »Wird sie was sagen?«

»Ich glaube, sie weiß noch nicht, was sie tun wird«, erklärte ich. »Ihr müsst ihr ein wenig Zeit geben.«

»Wir müssen es wissen«, beharrte Bill. »Und wenn sie sich nun entschließt, es jemandem zu sagen?«

»Das hättest du dir überlegen sollen, bevor du den Mund aufgemacht hast«, bemerkte Dadda. »Hättest du gewartet, bis ich mit John gesprochen habe, hätte sie es überhaupt nicht erfahren müssen, oder?«

»Unsinn«, wehrte Bill ab. »Du hättest kein Wort zu John gesagt, wenn wir dich nicht gezwungen hätten.«

»Aye, na ja, das wär vielleicht auch gar nicht so schlecht gewesen«, meinte Dadda.

»Der Bursche musste es erfahren«, widersprach Bill.

»Und ich bin froh darüber«, versicherte ich.

»Siehst du?«, meinte Bill.

»Erzähl deinem Mädel, sie soll ihre Sachen packen«, sagte Dadda. »Ich bringe euch beide heute Nachmittag zum Bahnhof.«

»Ich dachte, ihr bräuchtet heute noch ein wenig Unterstützung im Wald?«, fragte ich.

»Die brauchen wir auch«, bestätigte Bill.

»Das schaffen wir schon alleine«, meinte Dadda.

»Und was ist mit dem Abtrieb?«, wollte ich wissen.

»Seht ihr nur zu, dass ihr nach Hause kommt«, wehrte Dadda ab.

»Herrgott noch mal, Tom, hier ist sein Zuhause«, rief Bill. »Wenn unser Jeff hier antanzen kann, wann immer er Lust hat, dann wüsste ich nicht, wieso John nicht bleiben sollte. Lass ihn arbeiten, wenn er es doch will.«

Dadda zog erneut an seiner Selbstgedrehten und blickte aus dem Fenster.

Jeff hatte es nie anders gekannt. Jedes Mal wurde er wieder willkommen geheißen. Es wurden keine Fragen gestellt. Seine Indiskretionen wurden vergessen, als Erwachsener wie schon als Kind. In Laurels Augen wurde er ständig ausgenutzt, war leicht zu verleiten, weil er so gutgläubig war.

In jenem Sommer, als ich die Grundschule beendete, hatte Jeff mehr und mehr Zeit unten im Dorf mit Sam und Monkey und Jason verbracht, hatte bei Arncliffe's Fenster eingeworfen und gelernt, wie man bei Wigton's etwas mitgehen ließ, wenn gerade niemand hinsah. Vielleicht waren diese Aktivitäten Initiationen, ich weiß es nicht, aber nach den ersten paar Wochen der Sommerferien schien er ein vollwertiges Mitglied ihrer kleinen Clique geworden zu sein.

Eines Nachmittags schlugen die vier sich durchs Farngestrüpp in Greenhollow und verfolgten Lennie, wobei sie Vogelschreie und Paviankreischen ertönen ließen.

»Hier hast du dich also die ganze Zeit aufgehalten, Fettsack?«, rief Sam, der ihn mit seinen großen Augen anstarrte.

»Hast du dich hier unten mit einem Mädchen getroffen?«, wollte Jason wissen.

»Ist es Irene Dewhurst?«, fragte Jeff. »Holst du dir Fischfinger bei ihr?«

Monkey lachte, während er sich in der Nase bohrte.

»Hast du hier das Gespenst gesehen?«, fragte Sam.

»Ich habe kein Gespenst gesehen«, verteidigte sich Lennie. »Ich sagte, mich hat jemand beobachtet.«

»Wer denn?«, fragte Sam, der sich umblickte, mich jedoch natürlich nicht sehen konnte, wie ich im Schneidersitz hinter den Weidenzweigen saß.

»War's der Teufel?«, fragte Jason, und Monkey lachte erneut.

»Aye«, machte Sam. »War er es, Specki?«

»Er lebt im Wald, nicht wahr?«, hakte Jason nach.

»Aye«, bestätigte Sam.

»Nein, tut er nicht«, entgegnete Lennie. »Der Teufel lebt im Moor. Nicht wahr, Dyer?«

»Das ist bloß 'ne alte Geschichte, die seine Leute ihren kleinen Kindern erzählen«, behauptete Sam. »Oder, Jeff?«

»Aye«, sagte Jeff. »Eigentlich wohnt er hier. Er springt von einem Tier zum nächsten, um nicht gefangen zu werden.«

»Was für Tiere?«, wollte Lennie wissen.

»Vögel und Kaninchen und so«, antwortete Sam. »Was gerade da ist.«

»Aye, na klar«, meinte Lennie. »Ihr redet doch alle nur Blödsinn.«

»Manchmal«, fuhr Sam fort, »springt er auch in Menschen, wenn sie lange genug hier unten bleiben. Stimmt doch, oder, Jungs?«

»Aye«, sagte Jason.

»Aye«, sagte Monkey.

»Und man muss ihnen in die Augen sehen«, fügte Sam hinzu. »So erfährt man, ob sie den Teufel in sich tragen.«

Er hielt Lennies Kopf fest und starrte ihn an.

»Ist er da drinnen?«, fragte Jason.

»Aye, schaut mal«, sagte Sam und verdrehte Lennies Kopf so, dass die anderen es sehen konnten.

»Das sind seine Augen«, meinte Jeff.

»Oh, aye«, pflichtete Jason bei. »Das ist auf jeden Fall der Owd Feller.«

»Verpisst euch«, rief Lennie und schlug Sams Hände weg, woraufhin Monkey die anderen drei zum Rufen brachte: *Teufel, Teufel, Teufel.*

Lennie schubste sie nacheinander gegen die Brust, während sie ihn lachend umzingelten.

»Wir müssen ihn herausbekommen«, verkündete Sam. »Wir können ihn nicht in unser Haus lassen. Wir müssen ihn in den Fluss werfen. Dann wird er stattdessen in einen der Fische springen.«

»Lasst mich in Ruhe«, rief Lennie, aber als er versuchte, sich unter Sams Arm hindurchzuducken, fingen Monkey und Jeff ihn ein und zerrten ihn hinunter auf Schlamm und Kies. Während er sich wand und trat, ließen seine Schreie die Ringeltauben durch das Blätterdach davonflattern. Sie fingen erneut an, im Sprechchor zu rufen, drückten ihn auf den Bauch nieder, und Sam spritzte ihm mit dem Fuß Wasser ins Gesicht. Lennie spuckte und würgte, während Monkey und Jason ihm die Hände festhielten und Jeff sich auf seinen Rücken kniete.

»Genau so«, rief Sam. »Spuck ihn aus.«

»Tauch sein Gesicht unter«, schlug Jeff vor, woraufhin sie Lennie vorwärtsschoben und Sam ihm den Kopf ins fließende Wasser drückte.

Monkey lachte, als Lennie sich krümmte und dann nach Luft schnappend wie ein Fisch auftauchte.

»Ist er schon fort?«, fragte Sam. »Ich glaube, er ist noch nicht fort, oder, Jungs?«

Nein, der Teufel war noch da. Also bot Sam ihm eine weitere Gelegenheit, in den Fluss zu entkommen. Und dann noch eine.

Als Sam zufrieden war, wies er die anderen an, seinen Bruder loszulassen, und Lennie setzte sich ans Ufer und begann zu weinen.

»Hör auf«, sagte Sam. »Hör auf zu heulen, du blödes Riesenbaby.«

Lennie legte sich die Hände um den Hinterkopf und forderte ihn erneut auf, sich zu verpissen. Und dann stürzte Sam sich auf ihn, versuchte seine Finger auseinanderzuziehen und mit seinen Fäusten an sein Gesicht heranzukommen. Die anderen sahen eine Weile dabei zu und verschwanden dann, einer nach dem anderen.

Ich wollte Lennie mitteilen, dass bald alles vorbei sein würde. Dass seine Geschichte so kurz vor dem Ende angelangt sei, ich konnte bereits die Sandkörner im Stundenglas fallen hören. Diese blauen Flecken von den Fäusten seines Bruders, wollte ich sagen, würden noch immer da sein, wenn man ihn ins Grab legte.

Ich wollte ihm auch erklären, dass ich ihn beinahe beneidete. Nichts war mehr wirklich von Bedeutung. Über so viele Dinge würde er sich niemals Sorgen machen müssen. Ihm würde so vieles erspart bleiben.

Zurück auf dem Hof, parkte Angelas Hilux neben der Heuscheune, und durchs Küchenfenster konnte ich sehen, wie Liz am Spülbecken den Wasserkessel füllte. Als sie uns bemerkte, hob sie die Hand, und Dadda ging nachsehen, ob der Schafbock etwas von dem Futter angerührt hatte, das er ihm am Morgen gegeben hatte.

Sobald ich an die Haustür klopfte, riss Kat sie auch schon auf. Ich konnte erkennen, dass sie geweint hatte, auch wenn sie sich Mühe gab, es zu verbergen. Sie habe draußen Geräusche gehört, sagte sie. Sie könne sie nicht mehr beschreiben. Auch hätten die Hunde irgendetwas angebellt. Ja, sie wisse, dass die Tür verschlossen und verriegelt war, dennoch habe sie sich gefürchtet. Und als dann Angela und die anderen kamen, hätten sie diesen fürchterlichen Gestank mitgebracht.

»Es ist Grace«, sagte sie. »Er hängt an ihr, da bin ich mir sicher.«

»Komm und setz dich«, forderte ich sie auf. »Du siehst aus, als würde dir gleich schlecht werden.«

Es hatte natürlich nichts mit Grace zu tun. Kat war immer noch aufgewühlt von dem, was sich im Frühjahr ereignet hatte. Die ganze Nacht über war sie ständig hinunter auf die Toilette gerannt, hatte sich T-Shirts und Pullover übergezogen, wenn ihr kalt war, und sich wieder ausgezogen, wenn ihr zu heiß wurde, hatte das Fenster geöffnet, wieder geschlossen und die Dachsparren angestarrt, während Dadda im Werkzeugschuppen an irgendetwas herumbastelte. Die anderen hegten ihre Zweifel an ihr, aber ich wusste, dass sie nichts sagen würde. Und sie wusste es auch. Deshalb hatte sie ja solche Angst. Ihr war noch nie etwas so Großes anvertraut worden.

Ich führte sie in die Küche und ließ sie sich setzen, während ich ihr ein Glas Wasser einschenkte. Sie blickte unsicher Grace an, die zurücklächelte und das Medaillon an seiner Kette drehte.

»Ich nehme an, Ken Sturzaker hat Bill zum Teufel gejagt, oder?«, erkundigte sich Liz.

»Könnte man so sagen«, erwiderte ich.

»Haben sie Douglas begraben?«, wollte Grace wissen.

»Das haben sie«, bestätigte ich. »Hinter dem Haus.«

»Na ja, damit ist die Sache nun vielleicht erledigt«, meinte Angela. »Wenn wir Glück haben, lassen uns die Sturzakers jetzt in Ruhe.«

Grace stellte sich hinter Kat und legte ihr die Arme um den Hals.

»Können wir jetzt gehen, wo Onkel John wieder da ist?«, fragte sie. »Ich möchte Tante Katherine den Wald zeigen.«

Kat wollte einen Schluck von dem Wasser nehmen, das ich ihr gegeben hatte, musste jedoch würgen, und es lief ihr das Kinn hinunter.

»Was hast du, Tante Katherine?«, fragte Grace und setzte sich neben sie. »Ist es das Baby? Wird dir davon schlecht?«

»So habe ich mich wochenlang gefühlt«, mischte Angela sich ein. »Ich konnte nichts länger als fünf Minuten bei mir behalten.«

»Mir ging's ganz genauso«, pflichtete Liz bei. »Man fragt sich manchmal, wofür man das Ganze eigentlich auf sich nimmt, oder?«

»Kannst du schon spüren, wie es sich bewegt?«, wollte Grace wissen.

»Nein«, antwortete Kat und wischte sich das Wasser mit dem Ärmel ab.

»Kann ich es mal versuchen?«, fragte Grace, und ehe Kat Nein sagen konnte, hatte sie ihr schon die Hand auf den Bauch gelegt. »Da ist etwas«, verkündete sie. »Ich spüre seinen Herzschlag.«

»Red keinen Unsinn«, entgegnete Liz. »Das ist wahrscheinlich dein eigener.«

»Es ist noch zu früh«, erklärte Angela. »Sie wird erst in ein paar Monaten spüren, wie das Baby sich bewegt.«

»Hier«, sagte Grace, ergriff Kats Hand und legte sie ihr auf den Bauch. »Ich habe recht, oder?«

»Da ist nichts«, verneinte Kat.

Grace beugte sich hinunter und lauschte. »Jetzt hat es aufgehört«, verkündete sie. »Ich hoffe, es geht ihm gut.«

»Natürlich geht es ihm gut«, sagte Angela. »Zieh deinen Mantel an.«

»Kommst du jetzt mit, Tante Katherine?«, fragte Grace.

Kat nickte und steckte eine Hand unter ihr Hemd, auf der Suche nach dem, was Grace hatte spüren können.

Vom Hof aus fuhren wir die Landstraße hinunter und trafen an der Weide neben dem Wald auf Bill und Laurel. Das Gras glänzte noch immer vom Regen, doch die Ränder waren trocken, und wir gingen im Gänsemarsch auf die Bäume zu, wobei unsere Spiegelbilder eins nach dem anderen über das Wasser in der alten Tränke zogen. Grace zog Kat an der Hand die Hecke entlang und erzählte ihr, wie sie hier gemeinsam Brombeeren pflücken würden, wenn sie im Sommer zur Ernte käme. Bis dahin hätte sie auch das Baby bekommen. Konnte ein Baby schon Brombeeren essen? Würde es den Geschmack mögen? Mochte Tante Katherine sie? Sie sollte sie allerdings nicht mehr nach dem Michaelistag essen. Niemand aß sie nach dem Michaelistag. Der Gaffer hatte mir jedes Jahr dieselbe Geschichte erzählt. Wie der Erzengel Michael Luzifer aus dem Himmel in einen Brombeerstrauch geworfen hatte. Wie der Teufel in einem Wutanfall auf die Beeren gepinkelt und so dafür gesorgt hatte, dass sie sauer wurden.

»Wenn der September zu Ende geht, Johnny, mein Junge«, sagte der Gaffer, »dann lässt du alles, was noch an den Sträuchern ist, für die Vögel zurück, in Ordnung?« Und er erzählte mir von den Jungs aus dem Dorf, die er gekannt hatte, die nach der Schule Brombeeren pflücken gegangen waren und sich damit vollgestopft hatten und danach eine Woche lang heißes Blut pissten.

Angela rief nach Grace und lenkte ihre Aufmerksamkeit auf die Gänse, die gerade ins Tal geflogen kamen. Sie flatterten tief über den Wald, wobei ihre Rufe von den Bergrücken widerhallten, und alle blieben stehen, um sie zu beobachten.

»Die sind den ganzen Weg von Island bis hierher gekommen, Tante Katherine«, sagte Grace, und Kat lächelte ihr zu und ließ sich dann zurückfallen, um sich mit mir zu unterhalten.

»Weißt du, keiner hat den gestrigen Abend auch nur mit einem Wort erwähnt«, berichtete sie.

»Wahrscheinlich wollten sie keine Diskussion darüber anfangen«, meinte ich.

»Aber es ist, als hätten sie uns nie irgendetwas erzählt«, sagte Kat.

»Was gibt es dazu denn noch zu sagen?«, wollte ich wissen.

»Einiges.«

»Ich meine, was gibt es dazu noch zu sagen, das irgendetwas an der Sache ändern könnte?«

»Ich mache mir Sorgen um Grace«, erklärte sie. »Ich bin mir sicher, sie weiß viel mehr darüber, was der Gaffer getan hat, als sie zu erkennen gibt.«

»Niemand hat ihr irgendetwas erzählt«, entgegnete ich.

»Das hätten sie auch nicht gebraucht. Sie ist extrem scharfsinnig«, erwiderte Kat. »Sie hat schließlich herausgefunden, dass ich schwanger bin, nicht wahr? Und ganz offensichtlich schnappt sie auch einiges auf.«

»Ach ja?«

»Du warst dabei, als sie mir ihren Zaubertrick gezeigt hat, John«, beharrte Kat. »Wie sollte sie all diese Dinge gewusst haben, wenn sie nicht unsere Gespräche belauscht hat?«

»Über diese Dinge haben wir doch gar nicht gesprochen, seit wir hier sind«, gab ich zu bedenken.

»Vielleicht doch, ohne es zu merken«, meinte Kat.

»Ich denke, daran würden wir uns erinnern«, entgegnete ich.

»Dann erklär du es mir«, forderte sie mich auf. »Das kannst du nicht, oder?«

»Was möchtest du deswegen unternehmen?«

»Ich sage nur, dass wir aufpassen müssen, worüber wir reden«, antwortete Kat. »Grace ist ziemlich gut darin, leise im Schatten zu lauern.«

»Sie wäre nicht das erste Kind, das gern Erwachsene ausspioniert«, erwiderte ich.

»Das ist kein Spiel. Irgendetwas stimmt nicht mit ihr«, stellte Kat fest. »Dieser Geruch an ihr. Und wie sie mich andauernd anstarrt.«

»Kat, wenn dir bis jetzt noch nicht aufgefallen ist, dass sie in dich verknallt ist ...«

»Nicht auf diese Weise«, wehrte Kat ab. »Eher, als würde sie sich eine Meinung über mich bilden.«

Grace winkte Kat herbei und rief ihren Namen.

»Hilf ihr einfach, diesen Tag zu genießen«, bat ich sie.

Die Tradition verlangte, dass jedermann den Morgen des Devil's Day in Sullom Wood verbrachte, um Blätter und Baumrinde, Eicheln und moosige Zweige zu sammeln. Alles, was rauchen und stinken und dem Owd Feller in die Nase ziehen würde, damit dieser aufwachte. Es war eine Aufgabe für die Kinder, die sie beschäftigt hielt, während sie auf das Feuer und die Lieder am Abend warteten. Kat trennte sich nur zögerlich von mir, doch Laurel packte sie am Arm, und sie gingen Grace dabei helfen, ihre mitgebrachte Plastiktüte zu füllen.

Während sie tiefer im Farnkraut verschwanden, brachen Dadda, Bill und ich in Richtung Fluss auf, wo wir so viel wie möglich von den Bäumen retten wollten, die bei dem Brand Schaden genommen hatten. Wir würden in Archangel Back aufstapeln, was wir konnten, und dann mit Anhängern hinunterfahren, um das Holz zu den Bauernhöfen zu bringen.

Das Rauschen des Flusses stieg an, während wir durch die Bäume liefen und bis zum Rand des Bereichs kamen, der zerstört worden war. Der Regen hatte den größten Teil der Asche in einen teerähnlichen Schlamm verwandelt, der sich zwischen den Baumstümpfen herumwälzte. Einige der Bäume waren zu Holzkohle verbrannt, und was immer man von ihnen abbrach, zerfiel zu Staub.

Dadda und Bill schritten den Bereich ab, in dem das Feuer Schaden verursacht hatte, und einigten sich darauf, dass es in jede Richtung nur etwas mehr als fünfzig Meter waren. Es hätte viel schlimmer sein können, dennoch würde es Zeit brauchen, bis alles nachgewachsen war, und das Gebiet müsste noch viele Jahre lang auf den Karten verzeichnet werden.

»Was haben sie verwendet?«, fragte ich. »Benzin?«

»Weiß der Himmel«, antwortete Dadda. »Was es auch war, es ist schnell verbrannt.«

»Verflucht«, meinte Bill, der die Reihe von geschwärzten Bäumen entlangblickte. »Es wird Wochen dauern, das alles zu beseitigen.«

»Hattest du gehofft, es ließe sich an einem Tag erledigen, oder was?«, erkundigte sich Dadda.

»Ich möchte es einfach nur hinter mich bringen, das ist alles«, erwiderte Bill. »Ich will nicht mehr Zeit hier drinnen verbringen, als unbedingt nötig ist.«

Er trat zu den Bäumen, die an der Grenze des Feuers gestanden hatten, wo es ihnen endlich gelungen war, die Flammen zu löschen und das lodernde Unterholz mit Schaufeln auszuschlagen. Mit einem Blick zurück auf uns zog er am Starterseil seiner Kettensäge und entfernte die Äste der Buche, der er am nächsten stand. Sie plumpsten schwer zu Boden und ließen eine Wolke aus Sägemehl und Asche aufsteigen.

»Mach schon, John«, forderte Dadda mich auf. »Geh nachsehen, was unten am Ufer übrig geblieben ist.«

Wie ich vermutet hatte, war das, was einst Greenhollow gewesen war, aufgerissen worden. Die Weißbirken und Weiden hatten ihre Blätter verloren, ihre Äste waren versengt zu steifen schwarzen Drähten. Jene Bäume, die sich bereits zuvor über den Fluss gelehnt hatten, waren in die Schlucht gefallen und hatten unten ein Ossarium aus weißen Stämmen gebildet. Der obere Teil des Wasserfalls war verstopft von Gehölz aus verkohlten Ästen, und das Ufer, an dem Sam und die anderen an jenem schwülen Nachmittag vor vielen Jahren Lennie niedergedrückt hatten, war übersät mit verbranntem Holz, aus dem noch immer Rauchfetzen aufstiegen.

Als er am Flussufer spuckte und würgte, war ich überzeugt gewesen, dass Lennie auf diese Weise sterben würde. Es schien auch unausweichlich, dass Sam dafür verantwortlich sein würde, nach all den Malen, die er seinen Bruder in der Schule geschlagen und getreten hatte. Doch Lennie hatte noch ein wenig länger zu leben, und sobald Sam verschwunden war, hatte er sich aufgesetzt und auf das Ufer geschnäuzt, woraufhin er sich mit dem Handrücken die Nase abtupfte, um das Blut zu betrachten.

Beim Aufstehen zuckte er zusammen wie ein alter Mann und griff sich an den unteren Rücken. Er blickte in die Richtung, in die Sam und die anderen sich entfernt hatten, doch ihre Stimmen waren noch immer irgendwo im Wald zu hören, weshalb er ihnen nicht sogleich folgte. In seinem Zustand hätte er ohnehin kaum nach Hause kommen können, also zog er sein T-Shirt aus, um es im Fluss zu waschen. Sein Körper bot einen erschreckenden Anblick. Blass und unförmig, wie der Matsch einer heruntergebrannten Kerze. Nicht mehr lange, dann würde dieser Körper auf dem Friedhof unter der Erde liegen. Würde Lennie nicht mehr gehören. Würde ihn nicht mehr beschämen.

Am Wasser kniend, durchnässte er sein T-Shirt und hängte es dann tropfend an einen Zweig. Er wusch sich das Gesicht und die Hände und ließ seinen Jungsbusen wackeln, als er sich den Schlamm von der Brust wischte.

Während er darauf wartete, dass sein T-Shirt trocknete, las er Steine aus dem Kies auf und warf sie auf die andere Uferseite, wobei er Insekten aufschwirren ließ und ein Kaninchen verscheuchte. Dann ging er dazu über, die Weide, auf der ich saß, zu beschießen. Die Kieselsteine rissen die Baumkrone über mir auf und ließen Blätter herunterrieseln.

Ich glaube, er konnte mich zwar nicht sehen, spürte aber, dass dort wieder jemand war, der ihn beobachtete, und spähte durch die Zweige.

»Verpiss dich«, rief er. »Was willst du?«

Er schaute noch einmal nach, trat dann ein paar Schritte zurück und bewaffnete sich mit einem größeren Stein.

»Bist du das, Sam?«, fragte er, obwohl er wusste, dass er es nicht sein konnte. »Bist du das, du glupschäugiges Arschloch?«

Er wischte sich die Nase am Unterarm ab und schlug eine Biene aus seinem Blickfeld.

Er zögerte kurz mit erhobenem Arm, dann warf er den Stein in meine Richtung. Er schlug durch die Äste und fiel gemeinsam mit Zweigen und Fetzen der Baumrinde herunter. Ihm folgte rasch ein weiterer, doch bis dahin rannte ich bereits durch die Bäume bis zur Biegung des Flusses, wo das Wasser tief genug war, damit ein Otter darin untertauchen und verschwinden konnte.

Und wisse ich denn, wie bald ich den Jungen nun sterben sähe?, fragte der Teufel. Wisse ich, dass dies die letzten paar Tage seines Lebens waren? Diese Bäume, dieser Fluss, sie wären die letzten Dinge, die er zu Gesicht bekäme. Dies sei der Ort, an dem die Welt, die er gekannt hatte, sich auflöste und er selbst in die Stille verschwände.

Wir arbeiteten ein paar Stunden lang, sägten und hackten und trugen das Holz, das es wert war, gerettet zu werden, die Viertelmeile durch den Wald bis Archangel Back.

Ich weiß nicht, ob ich dabei an der Stelle vorbeikam, an die sie den Jungen gebracht hatten. Sie hätte überall sein können. Unter dem gefallenen Laub, in der herbstlichen Stille wirkte der Wald, als wäre er seit Jahrhunderten nicht gestört worden.

Das Einzige, was sich hier bewegte, war Owd Abraham, der langsam durch das Farnkraut zottelte und kurz stehen blieb, um uns zu betrachten, ehe er weiter nach Steinpilzen und Butterrüblingen Ausschau hielt. Sollte er zufällig auf den Jungen gestoßen sein, dann wäre von diesem nun nicht mehr viel übrig.

Er sei arm gewesen, hatte Dadda mir erzählt. Kaum ausreichend gekleidet für das Wetter. Nichts in den Taschen, außer ein paar Münzen und zwei Zigaretten in einer zerdrückten Schachtel. Seine Turnschuhe fielen auseinander, und an ihm klebte jener ungewaschene Geruch, wie ihn auch die alten Kerle im »Croppers' Arms« verströmten, die keine Frau mehr zu Hause hatten. Die tätowierten Kreuze und Quadrate auf seinem Unterarm sahen aus, als hätte er sie selbst gestochen.

Natürlich hatte ich Mitleid mit ihm. Wer würde sich schon Sullom Wood als letzte Ruhestätte wünschen? Und wenn er so jung war, wie die anderen behaupteten und wie seine Stümperhaftigkeit zu belegen schien, dann war es eine furchtbare Verschwendung eines Lebens.

Er mochte ein Junge gewesen sein, aber naiv war er nicht. Er musste die möglichen Konsequenzen erwogen haben, während er im Dunkeln durch das Tal herauffuhr, und war dennoch gekommen. Was geschehen war, war das Schlimmste, das er sich hätte ausmalen können. Er war ein Risiko eingegangen und hatte verloren. Es war ganz allein seine Schuld.

Er hätte ohnehin keine Ahnung gehabt, was er da stahl. Was hätte er denn mit einem Transporter voller kleiner Lämmer angestellt, an denen nichts dran war? Kein Metzger hätte sie ihm so jung abgekauft. Und wenn, dann hätte er so gut wie gar nichts für sie bekommen. Er hätte den Hof für ein paar Banknoten in seiner Gesäßtasche zugrunde gerichtet. Das wusste Dadda nur zu gut. Sie alle wussten es.

Bis wir aus dem Wald heraus und über die Pferdeweide der Beasleys kamen, waren die anderen bereits aufgebrochen, um das Lamm von Beckfoot's abzuholen, wohin sie Kat mitgenommen hatten. Sie hatte wahrscheinlich nicht mitkommen wollen, aber sie musste Zeit allein mit ihnen verbringen. Je besser sie alle kennenlernte, desto eher würde Kat verstehen, weshalb sie damals im Frühling getan hatten, was sie getan hatten. Es waren keine schlechten Menschen. Sie hatten es für den Gaffer getan. Sie hatten es getan, weil sie die Endlands genauso sehr liebten wie er.

Es musste weitergehen. Das Tal musste eine Zukunft haben.

Zurück auf dem Hof, warfen wir ein paar der Zweige, die wir aus dem Wald mitgebracht hatten, auf den Scheiterhaufen, den der Gaffer vor seinem Tod anzuhäufen begonnen hatte. Dieser war stets unter seiner Aufsicht in Form eines sorgfältig aufgeschichteten Hügels errichtet worden, und am Ende hatte er oftmals eine Leiter gegen den Haufen gelehnt und war bis zur Spitze geklettert, um ein paar alte Zaunstücke oder zurechtgesägte Äste neu zu ordnen, die für seinen Geschmack noch nicht sicher genug waren. Natürlich immer mit einer Kippe im Mundwinkel, in der die Drohung eines alles erfassenden Flächenbrandes aufglimmte, während er uns unter ihm Anweisungen erteilte.

Kat trat mit einem Eimer aus der Spülküche, den sie mit beiden Händen trug, und kippte das braune Wasser in den Ausguss. Seit sie von Beckfoot's zurückgekehrt waren, hatten sie und Grace in der Küche Dienstmädchen für Angela und Laurel gespielt, die wie an jedem Devil's Day das Vorbereiten und Anrichten der Speisen übernahmen.

Beim Hineingehen kam Kat aus dem Haus Grace entgegen, die ein Teetablett trug und tausend Fragen stellte. Wann würden wir den Scheiterhaufen anzünden, und um wie viel Uhr werde der Owd Feller vom Moor herunterkommen, und könne sie nach wie vor das Lied singen? Glaubten wir, ihr Daddy käme bald nach Hause? Werde Tante Katherines Baby Angst haben? Und was gebe es zu essen?

Es war ein Tag für Kinder. Das war er stets gewesen. Es war zu schade, dass Grace niemanden in ihrem Alter hatte, mit dem sie ihn teilen konnte. Das spürte sie am Devil's Day noch mehr als sonst.

Ich war selbstverständlich auch ein Einzelkind gewesen, und Liz und Jeff ebenso, aber immerhin hatten wir einander gehabt. Und selbst wenn Jeff mich die meiste Zeit des Jahres über ignorierte, hielt er in der Schule stets zu mir, wenn die Sturzakers sich über unsere Traditionen lustig machten. Nicht dass es darauf angekommen wäre. Ich freute mich mehr auf den Devil's Day als auf Weihnachten, und das konnte mir nichts und niemand verderben.

Der Nachmittag neigte sich mit einem Rippenmuster aus rötlichen Wolken über den Bergrücken dem Ende zu. In den Buchen zwitscherten die Amseln, der Fluss rauschte. Eine Zeit lang war der Hof in kupferfarbenes Licht getaucht, dann glitt die Sonne aus dem Tal, über die Stechpalmenbüsche, die Felsmassive und Bergrücken, wo sie ein letztes Mal aufglühte.

Als der letzte Rest Tageslicht verschwunden war, gingen wir hinaus und zündeten das Feuer an, wozu wir brennende Wachskerzen in das Fundament des Haufens stellten, damit dieser von innen nach außen brannte. Als der Wind in die Flammen fuhr, pulsierten diese und breiteten sich langsam vom Kern aus, wobei sie unsere riesenhaften Schatten an die Mauern des Bauernhauses warfen.

Von Jeff war noch immer keine Spur zu sehen, was mich jedoch nicht überraschte. Es wäre nicht das erste Mal, dass er sein Wort gegeben und ihm dann jede Bedeutung genommen hätte. Dennoch, wenn – falls – er auftauchte, würde Laurel ihm seine Sünden vergeben, Liz würde sich von ihm küssen lassen und Grace würde sich ihm an den Hals hängen wie ein Äffchen.

»Wo ist er?«, wollte Grace wissen. »Du hast gesagt, er würde zurück sein, ehe wir das Feuer anzünden.«

»Vielleicht wurde er aufgehalten«, meinte Angela. »Er wird bald hier sein.«

»Ich will ihm meinen Zaubertrick zeigen«, erklärte sie.

»Das kannst du auch«, versprach Liz. »Wenn er zurückkommt.«

»Aber das kann noch ewig dauern«, maulte Grace.

»Schmoll nicht, Liebes«, sagte Angela.

»Ich schmolle nicht.«

»Na, dann leg schon los«, forderte Liz sie auf, und Grace griff in die Plastiktüte, die sie am Morgen gefüllt hatte, und begann, eine Handvoll Blätter, Eicheln und Bucheckern nach der anderen in die Flammen zu werfen.

»Sing den Vers, Grace«, rief Angela. »Vergiss den Vers nicht.«

Teufel, komm herauf,
Mach die Augen auf.
Teufel, schlaf nicht mehr,
Iss den Kuchen leer.
Teufel, komm herum,
Whisky, Wein und Rum.

»Und wann kommt er denn nun endlich, der Owd Feller?«, fragte Grace.

»Ich habe es dir doch gesagt, wenn er bereit ist«, erwiderte Angela. »Weißt du, er hat eine weite Strecke zu laufen.«

»Laufen?«, wiederholte Grace. »Ich dachte, er hätte Flügel?«

»Die sind ganz zerknittert, weil er so lange geschlafen hat«, erklärte Angela.

»Aber Daddy wird vor ihm hier sein, oder?«, wollte Grace wissen.

»Das sollte er besser«, meinte Angela. »Niemand möchte den Owd Feller auf der Landstraße treffen.«

Rauch und Funken drifteten davon bis zum hintersten Ende des Tals, und die Weidenblätter, die Grace in Sullom Wood gesammelt hatte, wurden in die heiße Luft emporgehoben, brannten an den Rändern, rollten sich ein und zerfielen zu Asche.

»Sie starrt mich immer noch so an«, sagte Kat.

»Sie starrt dich nicht an«, behauptete ich.

»Doch«, beharrte Kat. »Sieh, gerade eben.«

»Sie findet dich eben hübsch, Kat«, erwiderte ich. »Mehr ist es nicht.«

»Ich habe diesen Blick schon tausendmal bei Kindern gesehen«, erklärte sie. »Sie führt irgendetwas im Schilde.«

Als das Feuer lichterloh brannte und die Hitze uns bis zum Zwetschgenbaum vor der Spülküche zurückgedrängt hatte, rief Angela, es werde nun Zeit, und wir gingen zum Essen ins Haus. Die Hunde wurden aus ihren Hütten hereingebracht, und Fly war natürlich völlig überdreht, weil sie sich ausnahmsweise drinnen aufhalten durfte.

»Ich lasse sie morgen vielleicht besser hier«, überlegte Dadda laut und ließ sie sich neben Musket hinlegen. »Sie wird uns wahrscheinlich eher behindern als helfen.«

»Wir können den Abtrieb aber nicht mit nur einem Hund machen«, wandte Angela ein. »Irgendwann muss sie es lernen.«

»Tom könnte recht haben«, entgegnete Bill. »Morgen soll schließlich nichts schiefgehen.«

»Was könnte denn schiefgehen?«, fragte Angela. »Der Wetterbericht sieht gut aus, oder nicht?«

»Ich mach mir keine Sorgen wegen des Wetters«, meinte Bill. »Nur wenn man bedenkt, was in den letzten paar Tagen passiert ist, bin ich heilfroh, wenn die Schafe vom Moor runter sind.«

»Die Sturzakers werden uns doch wohl von nun an in Ruhe lassen«, erwiderte Angela.

»Woher sollen wir wissen, was dieser Mistkerl tun wird?«, wollte Bill wissen.

»Beruhige dich, Bill«, mischte Laurel sich ein. »Was ist denn in dich gefahren?«

»Nichts«, gab er zurück.

»Du wirkst so empfindlich«, fügte sie hinzu.

»Weshalb wohl?«

»Douglas?«, fragte Laurel.

»Natürlich Douglas, verflucht noch mal«, rief er. »Ich habe gestern einen verdammt guten Hund verloren, nur weil irgendein Mistkerl sich rächen wollte.«

»Aber nun seid ihr ja quitt«, gab Angela zu bedenken.

»Aye, na, das werden wir ja noch sehen, nicht wahr?«, entgegnete Bill. »Wenn sie herkommen, um deine Schweine aufzuschlitzen.«

»Das reicht jetzt«, rief Laurel. »Verdirb Grace nicht den Abend.«

Die Küche war sauber geschrubbt worden, und die Mahlzeit, die Angela und Laurel vorbereitet hatten, wurde auf dem Tisch ausgebreitet, Herzhaftes neben Süßem.

Schinkenscheiben, Rindfleischstücke. Herzbraten. Eine römische Pastete. Marmeladenpudding. Brombeercrumble. Zwetschgenkuchen. Kännchen mit Vanillesauce und Sahne direkt neben den Saucieren für die Bratensauce. Eine Fülle und Unordnung, die alle Kinder liebten. Eine Erinnerung daran, dass der Teufel einst versucht hatte, uns auszuhungern, und gescheitert war.

Devil's Day bildete nicht nur den Auftakt zum Abtrieb, sondern markierte auch den Winterbeginn, wenn stets alles Mögliche herbeigebracht wurde, um die Speisekammer in der Spülküche aufzufüllen. Eingemachte Pflaumen, Chutney-Gläser, Blaubeermarmelade. Und die Gänseeier vom Hof der Dyers, die Rote Bete aus Angelas Garten und die Gurken, die Bill auf seinem Frühbeet zog, wurden allesamt in großen Gläsern eingelegt und auf den Schieferregalen gestapelt.

Die Krönung des Mahls war jedoch der Lammeintopf, den Angela auf den Tisch stellte und mit einem entweichenden Dampfpilz aufdeckte.

»Es ist so schön, dass wir alle beisammen sind, nicht wahr?«, fragte Laurel. »Na ja, fast alle. Ist es nicht schade, dass der Gaffer nicht noch eine Woche länger durchhalten konnte?«

»Wir werden einfach nur ein wenig lauter singen müssen«, meinte Angela.

»Und wir müssen dafür sorgen, dass die Kleine hier bald lernt, auf der Geige zu spielen, nicht wahr?«, fügte Laurel hinzu und umfasste Graces Kinn. »Um die alten Traditionen aufrechtzuerhalten. Wir sollten auch all die Lieder niederschreiben, bevor sie in Vergessenheit geraten.«

»Die werden nicht in Vergessenheit geraten«, meinte Angela. »Wir singen sie schon lange genug.«

»Sollen wir mit dem Essen auf Daddy warten?«, fragte Grace.

»Er kann aufholen, wenn er da ist«, entgegnete Bill.

»Aye«, sagte Dadda. »Fangen wir an, bevor es kalt wird.«

»Aber wir heben besser etwas für ihn auf«, erwiderte Grace.

»Es dürfte wohl kaum knapp werden, oder?«, bemerkte Liz.

»Ich werde trotzdem etwas für ihn beiseitestellen«, verkündete Laurel, und sobald sie eine Portion für Jeff auf einen Teller gehäuft hatte, schwirrte sie wie üblich um den Tisch und reichte jedem einen Teller mit Eintopf. Kat begnügte sich mit Gemüse und Brot.

Wir aßen etwa eine Stunde lang, während derer Grace und Laurel jede Minute auf die Uhr blickten. Zweimal ging Grace hinaus in den Flur, weil sie glaubte, sie hätte jemanden klopfen hören, und beide Male kehrte sie mit einer Miene zurück, die niemand aufheitern konnte, bis Angela ihr mitteilte, es sei gleich an der Zeit, das Lied zu singen, das sie zu Hause geprobt hatte.

»Ich habe im Nebenzimmer den Kamin angezündet«, erklärte Laurel. »Damit wir es warm und gemütlich haben.«

Die Teller wurden in die Spüle gestellt, die Lichter ausgeschaltet und Efeu an den Türgriff gehängt. Wir wollten den Teufel nicht in der Küche haben. Dort warteten zu viele Versuchungen, und wenn er seine Knie einmal unter den Tisch schöbe, würde er nie wieder gehen. Im Laufe der Jahre hatte er gelernt, dankbar zu sein für die Schüssel Lammeintopf, die wir ihm auf dem Kamin bereitstellten.

Laurel hatte wahrscheinlich mehr Zeit im Wohnzimmer verbracht als irgendeiner von uns Pentecosts. Nach Mams Tod hatte sie die Rolle der Haushälterin übernommen, und über die Jahre war ihr diese Wohltätigkeit zur Gewohnheit geworden. Noch immer kam sie jede Woche zum Staubwischen und Saugen, auch wenn die Möbel kaum je genutzt wurden. Der Paisleyteppich war zu gut, um mit Stiefeln darüber zu laufen, das Sofa und die Sessel zu gepflegt, um schmutzige Hunde darauf liegen zu lassen. Es war ein Zimmer für jene seltenen Gelegenheiten wie Weihnachten und Devil's Day, wenn wir uns saubere Kleidung anzogen und die Arbeit für eine Weile ruhen lassen konnten.

Laurel zog die Samtvorhänge zu, wobei sie mit der Hand über die Falten strich und Mams Arbeit aus der ersten Zeit ihrer Ehe mit Dadda bewunderte. Mam hatte auch die Samtkissen mit der Hand genäht, die Balken geschwärzt, die über die Decke verliefen, die alten Kacheln um den Kamin herausgemeißelt und durch blauweiße Quadrate ersetzt, auf denen holländische Milchmädchen und Windmühlen abgebildet waren. Wenn Mam noch irgendwo im Haus spürbar war, dann hier, und vielleicht mied Dadda dieses Zimmer genau deshalb.

»Deine Mam hatte eine wunderschöne Stimme«, erklärte Laurel. Dasselbe verkündete sie jedes Jahr, und jedes Jahr ertönte wieder zustimmendes Murmeln im Zimmer.

In einem der Alben, die am Abend vor der Beerdigung des Gaffers herumgereicht worden waren, klebte eine Fotografie von Mam beim Singen am Devil's Day, die Augen geschlossen, hinter ihr ein jüngerer, schlankerer Bill, der mit dem Bogen über die Saiten der Geige strich.

»Darf ich jetzt singen?«, fragte Grace.

»Wir haben doch gesagt, dass du darfst, oder?«, erwiderte Angela. »Nun mach schon.«

Grace stand vom Sofa auf und stellte sich neben Bill vor den Kamin. Sie warf erneut einen Blick auf Kat, und diese schaute mich an, als wollte sie sagen: *Siehst du?*

»Bereit?«, erkundigte sich Bill, und als er loslegte, nickte Grace im Takt und stimmte nach dem vierten Mal ein.

Komm runter zum Tanzen und Trinken, mein Herr,
Komm runter, und wärm deine Knochen.
Sonst bringen dich Regen und Wind noch zum Hinken.
Komm runter, und wärm deine Knochen.
Komm runter, und schlag den Bauch voll dir, mein Herr,
Komm runter, und wärm deine Knochen.
Denn Wein, Whisky, Lamm dir als Zoll wir bescheren.
Komm runter, und wärm deine Knochen.

Es gab noch ein paar weitere Verse, die Grace allesamt Wort für

Wort auswendig wusste. Als sie zum Ende kam, brach im Zimmer lauter Applaus aus, und Bill wurde ein Glas Wein gereicht, das er in einem Zug leerte, wie es die Tradition verlangte. Um sich Mut anzutrinken für das Erscheinen des Owd Feller.

Bei unserer Hochzeitsfeier hatte der Gaffer eine Stunde damit verbracht, die alten Lieder aus den Endlands zu singen, und damit jene von Kats Familienmitgliedern erfreut, die bereits genügend Alkohol getrunken hatten, um ihre Krawatten zu lockern, während er die Teetrinkenden sich halb von ihren Stühlen erheben ließ, um durch den Festsaal zu spähen und den alten Dummkopf ausfindig zu machen, der solch einen Lärm veranstaltete. Er war sein gesamtes Repertoire durchgegangen, von den Geschichten über ehrbare Diebe:

Hört nun das Lied von den edlen Wilderern
Die alle verdammt sind zum Sterben,

über Parodien auf vorgetäuschte Unschuld:

Sie sagt, sie sei ein reines Kind,
Das niemals auch nur denkt an Sünd'.
Die Schüssel voll Kirschen verbirgt sie zu gerne,
Doch ich hab darin schon gehört ihre Kerne.

bis zu den Reimen, die die Kinder beim Seilspringen auf dem Spielplatz singen:

Armer Jacob, lauf nun schnelle.
Kommt der Teufel aus der Hölle.
Armer Jacob, wo bist hin?
Unterm Schnee begraben bin.

Der Gaffer erzählte mir, Jacob Arncliffes Leichnam sei der letzte gewesen, der nach dem Schneesturm gefunden wurde, womit er der Dreizehnte war, der in jenem Herbst starb. Beinahe eine Woche Tauwetter musste verstreichen, ehe er unter den Schneewehen zum Vorschein kam, ein verschrumpeltes Etwas in einem Paletot, dessen Hut fünfzig Fuß entfernt entdeckt wurde, vom Sturm davongeweht. Er war weit vom Weg abgekommen und im sumpfigen Gebiet in der Nähe des Flusses gelandet, weshalb man nur vermuten konnte, der arme Mann habe auf dem Heimweg nach Syke House die Orientierung verloren.

Holzbretter wurden über den Schlamm gelegt, und ein paar Mühlenarbeiter versuchten, bis zu dem Leichnam zu kriechen und ihn so würdevoll wie möglich herauszuholen. Doch der improvisierte Ponton war so instabil, und der Körper hatte sich dermaßen mit Wasser vollgesogen, dass sie am Ende gezwungen waren, ihn auf den Weg zurückzuschieben und zu zerren. Ihr armer Mr Jacob.

Und was würde nun aus der Mühle werden? Was würde aus Underclough werden? Mr Jacob war unverheiratet gewesen und hatte keine Söhne, die seine Aufgabe übernehmen könnten. Er hatte sein Leben dem Geschäft und dem Dorf gewidmet. Er war ein guter Mann gewesen. Sein eigener Herr. Nie hatte er sich über die Dorfbewohner gestellt, noch katzbuckelte er vor den feinen Pinkeln, wenn diese zum Schießen kamen. Er hatte das Tal sogar noch mehr geliebt als die anderen Arncliffes, und wie Nathaniel seine Notizbücher geführt hatte, so hatte Jacob Fotos gemacht. War man an einem Sonntagnachmittag über die Bergrücken oder am Flussufer entlangspaziert, so hatte man ihn unweigerlich irgendwo angetroffen, wie er mit der Pfeife im Mund in seine Box Brownie starrte.

Sie bekreuzigten sich und beteten für ihn. Doch wie er dort auf dem Grünstreifen neben dem Weg offen dalag, brachte es kaum jemand über sich, allzu lange hinzusehen, und schon bald kam jemand mit einer Decke. Auch nach einer Woche, in der er begraben gewesen war, hätte er nicht so entstellt sein dürfen, insbesondere, da er in Eis und Schnee verpackt gewesen war. Er hätte ausgesehen, beschrieben sie es, als wäre er von einem Stier zertrampelt worden.

»Er mag zwar klein sein, Johnny, mein Junge«, sagte der Gaffer. »Aber der Owd Feller hat eiserne Hufe.«

»Wie dieses Pferd bei der Schau?«, fragte ich und erinnerte mich an den aufgeplatzten Schädel des Mannes, wie er sich die Hände vors Gesicht hielt, wie die Zuschauer davonrannten, während die Stute den Kopf senkte und Gras kaute, als wäre nichts geschehen.

»Zehnmal so hart«, behauptete der Gaffer.

»Ist Jacob also daran gestorben?«, wollte ich wissen. »Und nicht an der Kälte?«

»Aye«, antwortete der Gaffer. »Bei niemandem ist es die Kälte gewesen. Der Teufel brachte den Schneesturm bloß hierher, um uns eingesperrt zu halten, während er seinen Spaß hatte. Weißt du, er ist wie ein Kind.«

Tagelang warteten sie darauf, dass der Frost auf dem Friedhof taute, aber selbst eine Woche nachdem es aufgehört hatte zu schneien war es unmöglich, mehr als die Spitze einer Schaufel in die Erde zu stecken.

Ihnen blieb nichts weiter übrig, als die dreizehn Särge in der Kirche aufzubewahren, bis sie hinüber nach Wyresdale gebracht werden konnten. Es schien ein schwacher Trost, aber zumindest konnten sie ihre Leute, wenn schon nicht im Leben, so doch im Tod beschützen, und so weihten sie die Türen und hielten die Kerzen am Brennen und markierten die Särge mit Kreuzen aus Salz.

Natürlich waren die Familien der Verstorbenen nicht erfreut darüber, dass jene woanders beerdigt werden sollten, aber sie zeigten sich erleichtert, dass sie sie immerhin nicht mehr über das Moor tragen mussten, wo der Teufel sich versteckt halten mochte. Es war das Zeitalter des Automobils.

»Oh, hört mal, hört mal. Was ist das?«, fragte Angela am Ende des Liedes, das wir gerade sangen. »Ich habe gehört, wie draußen das Tor aufging. Ich kann jemanden auf dem Hof hören.«

»Er kommt«, sagte Grace. »Schnell. Macht die Lichter aus.«

Laurel stand auf und legte den Schalter um, und das Gespräch verebbte, bis nur noch das Knistern des Feuers und das draußen vorbeirauschende Wasser von Gutter Clough zu hören waren. Kat ergriff meine Hand und vermied es, Grace anzusehen, die sich neben sie auf die Armlehne des Sofas gesetzt hatte.

»Mach schon, Opa Tom«, sagte sie. »Lass ihn rein.«

Dadda ging die Haustür öffnen, und auf dem Weg zurück durch den Flur folgte ihm ein kalter Luftzug. Bill begann, einen ganz leisen Ton zu spielen, zunächst kaum hörbar, doch anschwellend, während er den Ellbogen langsam vor- und zurückschob, bis er mit einem Doppelgriff bei einem seltsam disharmonischen Zweiklang landete. Grace drückte Kats Schulter, bei jedem flackernden Schatten und jeder knackenden Holzdiele überzeugt davon, dass nun der Owd Feller durch die Tür käme. Alle hoben vor ihm das Glas, während er an ihnen vorbei auf die Hitze des Feuers zuschritt. Und tauchte auf der Kaminplatte nicht für einen Augenblick ein zusätzlicher Schatten auf? Und zitterte nicht auf dem Kaminsims der Whisky in seinem Glas? Und bewegte sich nicht der Löffel in der Schüssel mit Eintopf?

Bill begann »Des Teufels Streich« zu spielen, eine Art Shanty oder Jig, der langsam einsetzte und immer mehr Fahrt aufnahm, sobald alle mitklatschten.

Da sie ihre Aufregung nun nicht mehr beherrschen konnte, rief Grace: »Können wir jetzt anfangen zu spielen?«

»Aye, leg los«, erwiderte Angela.

»Wo ist die Augenbinde?«, fragte Grace.

»Hier«, antwortete Liz und zog ein Baumwolltuch aus ihrer Hosentasche.

»Wofür ist das denn?«, wollte Kat wissen, als Grace begann, es auf dem Knie zu falten.

»Na ja, irgendjemand muss mit dem Owd Feller tanzen«, erklärte Grace. »Sonst geht er nicht schlafen.«

Laurel nahm Grace die Augenbinde ab und band sie Kat behutsam um den Kopf. »Das ist bloß eine alte Tradition«, beschwichtigte sie Kat. »Ein kleiner Spaß.«

»Komm schon, Lady, steh auf«, forderte Angela Kat auf und half ihr vom Sofa. »Im Sitzen kannst du nicht tanzen.«

»Ich möchte auch gar nicht tanzen«, wehrte Kat ab und wollte den Knoten wieder lösen, den Laurel gebunden hatte.

»Hey, wir alle haben es schon getan, Mrs Pentecost«, protestierte Liz und zog ihr die Hände fort. »Am ersten Devil's Day nach der Hochzeit. Der Owd Feller liebt verheiratete Frauen. Er versucht gern, sich etwas zu schnappen, das ihm nicht gehört.«

»John, bitte sag etwas«, flehte Kat.

»Du gibst keinen Ton von dir, John Pentecost«, warnte mich Angela.

»Keiner spricht jetzt mehr«, verlangte Grace. »Sonst verderbt ihr das Spiel.«

»Was für ein Spiel?«, wollte Kat wissen.

»Du tanzt mit jedem, der dir die Hand gibt«, erklärte Grace. »Und du musst ›Teufel‹ sagen, wenn du glaubst, dass er es ist.«

»Das ist doch lächerlich«, meinte Kat und zuckte dann zusammen, als Liz ihre Handgelenke ergriff und sie zum Takt der Musik zu schwingen begann. »Lasst mich ins Bett gehen«, bat sie. »Ich bin müde.«

Sie drehten eine Runde um das Sofa, dann ließ Liz sie los, sodass Kat im Leeren herumtastete und sich erneut erschreckte, als Dadda, von Angela angeschubst, ihre Hände in seine nahm. Kat wand sich, um freizukommen, aber Dadda hielt sie fest, bis Laurel übernahm und eine Art Walzer über den Kaminvorleger simulierte. Als ich an der Reihe war, erkannte Kat auf der Stelle die Narben und rauen Stellen auf meinen Handflächen und befreite eine ihrer Hände, um sie an mein Gesicht zu führen.

»Ich möchte jetzt aufhören, John«, sagte sie. »Bitte. Ich habe genug.«

Die Regeln besagten jedoch, dass niemand sprechen durfte, solange »Des Teufels Streich« gespielt wurde, also erwiderte ich nichts und ließ Grace vor mich gleiten und zum letzten Tanz übernehmen.

Sobald Grace sie berührte, schrie Kat auf, als hätte sie einen Stromschlag verpasst bekommen.

»Wenn du glaubst, dass es der Teufel ist, dann sag es«, erinnerte Angela sie an die Regel.

Grace umklammerte Kats Handgelenke, so fest sie konnte.

»Du musst es sagen«, forderte Grace sie auf. »Sonst lässt er dich niemals gehen.«

»John, bitte«, rief Kat und versuchte, Graces Finger abzuschütteln. »Sie tut mir weh.«

»Dann sag es einfach, Kat«, erwiderte ich.

»Teufel«, sagte sie. »Teufel.«

Kat nahm die Augenbinde ab und begutachtete ihre Hände. Dann blickte sie Grace an und wich zurück, wobei sie den Tisch umwarf, auf dem während des Tanzes mehrere Weingläser abgestellt worden waren. Sie fielen und rollten über den Holzfußboden und verschütteten alles, was sich noch in ihnen befand.

»Was trägst du da?«, fragte Kat. »Was hat sie auf dem Kopf, John?«

»Nichts«, antwortete ich. »Wovon redest du?«

»Weshalb trägt sie das?«

»Sie trägt gar nichts«, sagte Laurel und versuchte, Kat an den Schultern festzuhalten. »Da ist nichts, meine Liebe.«

»Hör auf, mich anzustarren«, rief Kat. »Wieso starrst du mich so an? Was ist das?«

»Was meint sie denn, Mummy?«, fragte Grace.

»Nimm das ab«, forderte Kat sie auf. »Nimm das ab, das ist widerlich.«

Sie packte eine Handvoll von Graces Haaren und zog fest daran. Grace schrie und schlug gegen ihre Hände. Laurel versuchte, Kats Finger zu lösen, aber diese stemmte sich mit der anderen Hand gegen Graces Schulter und zerrte erneut, wobei sie ein ganzes Büschel Haare abriss, mit einem Geräusch, als würde jemand Papier zerreißen. Grace kreischte und stieß Kat von sich, und Angela hielt sie von hinten fest, während sie mit großen Atemstößen in sich hineinschluchzte. Liz drängte sich an Dadda und mir vorbei, sank auf die Knie und betastete Graces Skalp. Dünne Rinnsale aus Blut liefen ihr das Ohr herunter und bildeten am Ohrläppchen Tropfen.

»Oh Gott«, rief sie und drehte sich zu Kat um. »Was zur Hölle ist denn in dich gefahren?«

Kat ließ sich auf den Rand des Sofas sinken und blickte erneut auf ihre Hände.

»Warum hat sie das gemacht?«, fragte Grace an Liz gerichtet. »Es war doch nur ein Spiel.«

Liz wischte etwas Blut von Graces Hals und strich ihr das Haar aus der Stirn.

»Wieso ist Daddy nicht nach Hause gekommen?«, fügte Grace hinzu und schob Liz' Hand fort, nun mit Wut in ihren Tränen. »Du hast gesagt, er würde kommen.«

»Schon gut, schon gut«, beruhigte sie Angela. »Schsch!«

»Er wird bald zurück sein«, versprach Liz.

»Ich hoffe, er kommt gar nicht mehr. Ich hoffe, der verfluchte Teufel frisst ihn auf«, rief Grace.

»Geh und mach sie in der Küche sauber«, sagte Dadda, schob sich zwischen Liz und Kat und wies auf die Tür.

»Sie sollte bis morgen besser von hier verschwunden sein, John«, drohte Liz beim Hinausgehen. »Bring sie nach Hause.«

Bill trank sein Glas aus und steckte dann die Geige zurück in ihren Kasten. Laurel blickte uns einen Moment lang an, dann ging sie in der Küche einen Lappen holen, um den verschütteten Wein aufzuwischen.

»Glaubt ihr nicht, ich habe in diesem Haus schon genug Angst?«, fragte Kat leise.

»Niemand will dir Angst einjagen«, erwiderte ich.

»Warum habt ihr sie dann diese schreckliche Maske aufsetzen lassen?«, wollte Kat wissen. »Was war das? Der Kopf von einem ihrer Schweine, oder was?«

»Bring sie ins Bett, John«, forderte Dadda mich auf. »Ich fahre euch morgen nach dem Abtrieb zum Bahnhof.«

Er griff nach einem weiteren Stück Holz und warf es aufs Feuer, damit dieses die ganze Nacht hindurch brannte und dafür sorgte, dass der Teufel weiterschlief.

Der Abtrieb

Wie viel Wein und Bier am Devil's Day auch geflossen sein mochten, für den Abtrieb am nächsten Morgen waren alle wieder früh auf den Beinen. Nicht, weil die Schafe nicht auch später heruntergebracht werden könnten, sondern weil niemand den Teufel länger im Haus haben wollte als notwendig. Je eher wir die Herde auf die Weide am Haus bekamen, desto eher konnten wir den Owd Feller aus dem Schlaf aufscheuchen und zurück auf das Moor jagen. Und wenn er erst einmal zurück auf dem Moor war, dann konnten wir ihn vergessen und uns für den Winter ins Tal zurückziehen.

Die anderen warteten bereits auf uns, als Dadda den Land Rover am Fuße von Fiendsdale Clough parkte. Jeff war allerdings noch immer nirgends zu sehen.

»Der verlorene Sohn kehrt anscheinend doch nicht zwangsläufig zurück«, bemerkte Dadda.

»Dabei hätten wir heute einen zusätzlichen Mann gut gebrauchen können«, erwiderte ich.

»Wir schaffen es auch ohne ihn«, versicherte Dadda. »Wir haben es bislang immer hinbekommen.«

Er zündete seine Selbstgedrehte an, stieg aus und ging mit Bill sprechen.

Kat starrte durch die braunen Regenbogen, die die Scheibenwischer auf die Windschutzscheibe geschmiert hatten.

»Kommst du jetzt?«, fragte ich.

»Ich kann nicht«, antwortete sie.

»Nun bist du doch schon hier.«

»Nur, weil ich nicht allein auf dem Hof bleiben wollte«, entgegnete sie.

»Aber du wirst auch allein sein, wenn du hier sitzen bleibst«, gab ich zu bedenken.

»Bitte zwing mich nicht, zu den anderen zu gehen«, sagte sie. »Nicht heute. Ich glaube nicht, dass ich Grace in die Augen blicken kann.«

»Gestern Abend war es heiß in dem Zimmer«, erwiderte ich. »Du warst einfach müde. Das ist alles.«

»Ich weiß, was ich gesehen habe, John«, widersprach sie. »Es war abscheulich.«

Sie drückte sich einen Handballen aufs Auge.

»Ich bin bestimmt krank«, meinte sie.

»Du bist nicht krank.«

»Wie erklärst du dann, was ich gestern Abend gesehen habe?«, wollte sie wissen.

»Wir können heute Nachmittag zum Arzt in Clitheroe gehen, wenn du dir Sorgen machst«, schlug ich vor.

»Ich möchte zu *meinem* Arzt gehen«, entgegnete Kat. »Nicht zu irgendeinem Fremden.«

Dadda beendete sein Gespräch mit Bill und winkte uns aus dem Land Rover.

»Wir müssen los«, erklärte ich.

»Wenn ich mitkommen muss, dann bleibe ich bei dir«, sagte Kat.

»Dann binde deinen Schal um«, forderte ich sie auf.

»Und wenn wir fertig sind, dann fahren wir nach Hause, nicht wahr?«, fragte sie.

»Und lassen die anderen die ganze Arbeit tun?«

»Aber wir sind doch nur für den Abtrieb gekommen«, erwiderte Kat.

»Na ja, mittlerweile hat sich einiges geändert«, stellte ich fest.

Dadda klopfte ans Fenster.

»Kommt schon«, rief er durch die Scheibe. »Wir sind sowieso schon spät dran.«

Als Kat ausstieg, starrten alle sie an. Grace trug eine dicke Wollmütze, die sie sich nun noch tiefer ins Gesicht zog, ehe sie verschwand, um Steine in den Fluss zu werfen. Sie zog natürlich eine Schau ab. Sie wollte sichergehen, dass Kat ein schlechtes Gewissen hatte. Aber sie würde es überleben. Lennie Sturzaker hatte mir so oft ganze Haarbüschel ausgerissen, dass ich wusste, sie würde nur etwa einen Tag lang eine empfindliche Kopfhaut haben.

»Dann kommt sie also tatsächlich mit, oder was?«, erkundigte sich Liz und blickte Kat an, während sie sich ihre Handschuhe anzog.

»Sie ist schließlich hergekommen, um beim Abtrieb zu helfen«, bemerkte ich.

»Na ja, halt sie bloß von Grace fern«, warnte Liz mich. »Und von mir.«

»Ach, jetzt lass mal gut sein«, rief Angela. »Grace ist wohlauf. Wir haben keine Zeit, uns zu streiten, wenn es so viel zu tun gibt. Außerdem«, fügte sie hinzu, rückte Kats Schal zurecht und zog den Gürtel von Liz' altem Mantel enger, »können wir Katherine schließlich nicht mit einem Baby im Bauch in der Kälte herumsitzen lassen, oder?«

»Los jetzt, Grace«, befahl Liz. »Du machst dich mit Opa Bill auf den Weg.«

Grace nickte, und Bill nahm sie an der Hand.

»Ich wollte ihr nicht wehtun«, versicherte Kat. »Ich weiß nicht, was da los war.«

»Die Wahrnehmung kann leicht mal verrücktspielen, wenn

man schwanger ist«, erklärte Laurel. »Dann hält man alle möglichen seltsamen Dinge für wahr.«

»Also, ich nicht«, stellte Liz fest.

»Na, dann hast du es vergessen«, meinte Angela. »Du warst mit Sicherheit nicht du selbst, wann immer du schwanger warst.«

»Soll ich jetzt etwa Mitleid mit ihr haben, oder was?«, ereiferte sich Liz. »Ihr habt doch gesehen, was sie mit Grace gemacht hat.«

»Und sie hat sich entschuldigt«, erwiderte Laurel.

»Konzentrier dich einfach auf die Arbeit«, empfahl Angela.

Liz dampfte ab, ehe Angela zu Ende gesprochen hatte, und holte Bill und Grace auf dem Pfad neben der Schlucht ein.

»Achte nicht auf sie, Katherine«, sagte Angela. »Sie ist bloß wütend auf Jeff.«

»Ihr habt also nichts von ihm gehört?«, fragte ich.

»Er wird heute hier sein«, erklärte Laurel. »Er muss irgendwo in einen Stau geraten sein.«

»Hat er denn nicht angerufen?«, hakte Angela nach.

»Dazu hat er wahrscheinlich keine Gelegenheit, wenn er unterwegs ist«, meinte Laurel.

»Irgendwann muss er ja auch mal anhalten«, bemerkte Angela. »An Tankstellen gibt es doch Münztelefone, oder etwa nicht?«

»Aye, aber nach der ganzen Fahrerei ist er sicher müde«, antwortete Laurel. »Da wird er einfach nur schlafen wollen.«

»Ich hätte ja erwartet, er würde noch lieber mit Grace sprechen wollen«, erwiderte Angela.

»Er hat wahrscheinlich vor, anzurufen«, sagte Laurel. »Ich weiß nicht, weshalb er es nicht tut. Vielleicht vergisst er es. Bitte stell es nicht so hin, als würde er sich nicht für uns interessieren. Er versucht noch immer, seinen Weg zu finden. Er kann nicht auf Anhieb alles richtig hinbekommen.«

Bill rief nach ihr, worauf sie mit geröteten Wangen die Hände in die Jackentaschen steckte und zu ihm ging.

»Wo ist er?«, fragte ich. »Weiß sie das überhaupt?«

»Ich glaube nicht, dass irgendjemand das weiß«, antwortete Angela. »Nicht so genau.«

»Bill behauptet, er habe Freunde in Schottland«, ließ Dadda uns wissen und öffnete den Kofferraum des Land Rovers.

»Aye, na ja, dann soll er vielleicht auch besser dortbleiben«, meinte Angela. »Dann können Liz und Grace hier endlich ihr eigenes Leben weiterleben. Ich hab genug davon, dass dieser Mistkerl ihnen das Herz bricht.«

Dadda schickte die Hunde los. Sie entfernten sich augenblicklich, mit gesenkter Schnauze über die Felsen schnüffelnd. Als Fly auf dem Weg vorauspreschte, rief Dadda sie zurück und verpasste ihr einen Klaps auf die Nase.

Ich konnte verstehen, weshalb er gereizt war. Der Gaffer hatte zwar im Laufe der Jahre das Verfolgen und Pfeifen immer weniger selbst übernommen, dabei aber die Verantwortung für den Abtrieb niemals vollständig an Dadda übergeben. Die Organisation des Abtriebs war das Letzte, was ein Bergbauer aus den Endlands aufgab.

Wie alle anderen Pentecosts hatte der Gaffer den größten Teil seines Lebens damit verbracht, zu verstehen, wie man die Hunde anleitete und jedes einzelne der Schafe sicher den schmalen Pfad neben Fiendsdale Clough hinunter und über das Moss zurück auf den Hof brachte. Aus eigener Erfahrung wusste er natürlich, dass Dadda allein durchs Zusehen nur bis zu einem bestimmten Punkt lernen würde und dass man eine Fähigkeit nur erlangen konnte, indem man sie selbst ausübte, aber er konnte seine Besitzansprüche auf den Abtrieb nur schwer abschütteln. Ich glaube nicht, dass es Arroganz war, oder gar die Angst, dass die gesamte Unternehmung scheitern würde, wenn jemand anderes sie beaufsichtigte, sondern eher ein Widerwillen, selbst den Kampf mit dem Moorland aufzugeben. Dort oben sieht es aus, als hätte sich seit dem Schmelzen der Gletscher nichts verändert, doch zugleich ist kein Tag wie der andere, und mit Sicherheit auch kein Abtrieb.

In jenem Jahr mochte es kalt und klar gewesen sein, aber in dem davor waren die Wolken so tief gesunken, während wir über das Moss gingen, dass man kaum noch den Pfad vom Sumpf unterscheiden konnte und wir beinahe zwei Auen verloren hätten.

Wie schon sein Vater und dessen Vater vor ihm, lernte der Gaffer jedes Jahr ein wenig mehr über die Bewegungen von Wasser, Wind, Licht und Wolken, das Wachstum und die Ausbreitung des Mooses, die Täuschungen des Torfs, das unter dem Heidekraut versteckte Netzwerk aus Bodenfalten. Es waren nur bruchstückhafte Erfolge, aber sie genügten, ihn trotz seines Alters immer wieder zurück auf die Hochweiden zu locken, statt im Haus vor dem Kamin zu sitzen.

»Die Moore sind für jeden anders, Johnny, mein Junge«, sagte er. »Du wirst sie auf deine Weise verstehen.«

Das Moor, das er kannte, war mit ihm gestorben. Dadda würde sein eigenes finden müssen. Und ich glaube, dass ihn diese Erkenntnis überrascht hatte. Er hatte nicht erwartet, dass er sich im Alter von vierundfünfzig Jahren hier wie ein Anfänger vorkommen würde.

Alter, Schmerzen, Schlafmangel, Kater, Husten und Albträume sorgten dafür, dass jeder von uns Fiendsdale Clough in einem anderen Tempo erklomm. Die Hunde hatten wie immer die meiste Energie und waren uns bereits nach einer halben Minute weit voraus, und als Dadda ihnen zu warten befahl, dampfte ihr Atem.

»Das war's dann, Tom«, bemerkte Angela und rieb sich die

Handrücken, während sie neben ihm lief. »Der Winter ist im Anmarsch.«

Wir hatten die erste nasskalte Herbstnacht hinter uns und waren am Morgen nach dem Aufstehen von Hahnenfedern aus Frost an den Küchenfenstern empfangen worden. Die Luft hatte sich ihre nächtliche Kälte bewahrt, und das Tal lag so ungestört da, dass jeder Laut am Ohr so klar erklang wie an seiner Quelle: dem Fluss, den Bäumen, die sich im Wald bewegten, den Gänsen auf dem Moss. In den letzten paar Tagen war deren Schar stark angewachsen, hatte sich versammelt als ein Chor aus ungeölten Stimmen. Hunderte von ihnen drängten sich auf den Inseln aus Binsen und Gras, die sich wie Walrücken aus dem Eis erhoben.

Irgendwo unter den glasigen Schichten und dem schwarzen Schlamm befand sich der Transporter, mit dem der Junge auf den Hof gefahren war. Sollte Dent hierherkommen, könnte er so lange herumstehen und sich umschauen, wie er wollte, und würde doch keine Spur davon entdecken.

Hier in der Schlucht hatten wir das Sonnenlicht bereits verloren und schritten durch einen Schatten, der zu dieser Jahreszeit den ganzen Tag lang über der Klamm liegen würde. Die Temperatur sank um noch ein paar Grad, und neben uns fiel das Wasser mit einer alpinen Klarheit rauschend auf die Felsen und ließ Gischt aufsteigen.

An einigen Stellen war die Eisdecke auf dem Pfad so dick, dass wir nur schleppend vorankamen, und ich war froh, dass ich den Hirtenstab in der Hand hielt, um mich und Kat zu stützen, die mir mit langsamen, unsicheren Schritten folgte.

Die Schafhirten in den Endlands hatten während des Winters, wenn der Schnee sie im Haus festhielt, immer ihre eigenen Hirtenstäbe angefertigt, hatten für den Stiel Eschenholz von seiner Rinde befreit und den Griff so weich gekocht, bis er sich zu einer Serife biegen ließ. Der Stab, den ich benutzte, war vor Joe Pentecosts Zeit erschaffen worden, und die Riffel am Griff waren schon ganz abgenutzt. Er war der Beweis dafür, dass Männer, denen ich niemals begegnet war, ihr Leben mit harter Arbeit verbracht hatten, um die Endlands für Kinder zu bewahren, die sie selbst niemals kennenlernen würden – so wie der Gaffer in jener Nacht im Frühjahr die Schafe beschützt hatte. Nicht etwa, weil er dem Jungen, der gekommen war, um sie zu stehlen, hatte schaden wollen, sondern weil die Herde nicht nur ihm allein gehörte. Sie gehörte Dadda, und sie gehörte mir und Kat und unseren Kindern und ihren.

Nach Suffolk zurückzukehren wäre, als nähme ich jeden einzelnen Hirtenstab und zerbräche ihn über dem Knie.

Unsere Kette dehnte sich aus und fiel dann eine Weile auseinander, wobei Laurel und Angela die Nachhut bildeten, ehe wir einzeln und zu zweit wieder zusammenfanden und uns erneut als Gruppe versammelten, als die steile Strecke flacher wurde. Weiter würde Angelas Körper sie nicht tragen, und seit ich denken konnte, war sie dafür verantwortlich gewesen, hier den Pfad zu überwachen, wenn die Herde heruntergetrieben wurde. Sie, Laurel und Grace würden sich verstreut aufstellen und sichergehen, dass keins der Schafe zu nah an den Rand kam und in die Schlucht fiel.

Grace würdigte Kat noch immer keines Blickes und blieb stets nah bei Liz, fragte nach ihrem Daddy und ob dieser zurück sein werde, ehe sie den Owd Feller aufweckten und den Schafbock krönten.

»Er wird es sicher versuchen«, antwortete Liz.

»Ich will ihm vom Devil's Day erzählen«, fuhr Grace fort. »Er wird alles wissen wollen.«

Damit blickte sie in Kats Richtung und vergewisserte sich, dass Kat sie auch gehört hatte.

»Ich werde ihm meinen Kopf zeigen müssen«, verkündete sie.

»Da ist nichts zu sehen, Grace«, meinte Angela. »Nun mach schon und stell dich zu Laurel. Lass deine Mam hoch auf den Kamm gehen.«

Liz entfernte sich mit Bill und Dadda, Kat und ich folgten ihnen mit ein paar Metern Abstand.

»Was wird Jeff bloß von mir denken?«, sorgte sich Kat.

»Du gehst davon aus, dass er auftauchen wird«, entgegnete ich.

»Und wenn?«, hakte sie nach. »Grace wird ihm doch als Allererstes erzählen, dass ich ihr das Haar ausgerissen habe.«

»Falls er tatsächlich nach Hause kommt«, antwortete ich, »wird sie so aufgeregt sein, dass sie es vollkommen vergisst.«

»Na ja, wenn Grace es ihm nicht erzählt, dann wird Liz es tun«, gab Kat zurück.

»Mach dir wegen ihr keine Sorgen«, beschwichtigte ich sie. »Sie kommt schon darüber hinweg.«

Doch als wir den Bergkamm erreicht hatten, nahm Liz ihre Position ein, trat sich an einer Torfmauer die Kälte aus den Zehen und würdigte Kat keines Blickes, während wir an ihr vorbeigingen, um Dadda und Bill zu helfen.

Das milde braune Hochland, das ich nur zwei Tage zuvor gemeinsam mit Dadda beim Verfolgen der Hirsche durchquert hatte, existierte nicht mehr. Jetzt war alles steinhart, zusammengepresst vom Gewicht des Himmels. Und da sie das Moor nun zum ersten Mal zu Gesicht bekam, konnte Kat nicht umhin, die sich vor ihren Augen entfaltenden Meilen ungläubig anzustarren.

In der glasklaren Luft hob der Sonnenschein die felsigen Kuppen der entfernten Bergrücken hervor und ließ das Moorland sogar noch größer wirken.

Ich dachte an die Stimme, die Dadda und ich bei Blackmire Edge gehört hatten. Jetzt war ich mir nicht einmal mehr sicher, ob es überhaupt eine Stimme gewesen war. Es kam mir unwahrscheinlich vor. Falls es sich um jemanden gehandelt hatte, der sich beim Wandern oder Vogelbeobachten verirrt hatte, dann wäre dieser ziemlich weit hinaus aufs Moor gelangt, viel weiter, als Fremde für gewöhnlich gingen. Außerdem trug der Wind hier oben Geräusche über solche Entfernungen hinweg, dass sie schnell verzerrt wurden. Womöglich hatten wir eine der Auen gehört, oder einen Vogel, oder es konnte der Wind selbst gewesen sein.

Unten im Schutz des Tales hatte sich kein Lüftchen geregt, aber hier oben kamen die Windstöße in eisigen Wellen, die den Frost von den Grashügeln bliesen und die Hunde blinzeln ließen. Drüben im Westen türmten sich Wolken am Horizont, und Bill blickte sich im Gehen immer wieder um.

»Was meinst du, Tom?«, fragte er.

»Bevor uns das erreicht, werden wir längst wieder unten sein«, antwortete Dadda.

»Das sagst du«, meinte Bill. »Aber erinnerst du dich noch an letztes Jahr?«

»Wir haben schon Schlimmeres erlebt«, wehrte Dadda ab.

Neunzehnhundertsiebenundvierzig, neunzehnhundertdreiundsechzig, neunzehnhundertfünfundsiebzig, neunzehnhunderteinundachtzig und neunzehnhundertzweiundachtzig waren allesamt Kapitel in einer Chronik grausamer Herbste, in denen Eschen von Stürmen entwurzelt und Brücken von Überflutungen davongerissen wurden, in denen der Kuhstall der Dyers sein Dach verlor und unsere Scheune ihre schweren Tore, in denen der Blitz in den Schweineauslauf der Beasleys einschlug und die halbe Herde tötete.

Einige Abtriebe bleiben im Gedächtnis haften aufgrund dessen, was dabei verloren oder zerstört wurde. Man braucht nur einen Blick auf die Landkarten zu werfen – dort ist alles dokumentiert.

»Trotzdem«, beharrte Bill. »Wir sollten besser nicht trödeln.«

»Tun wir das denn jemals?«, fragte Dadda.

»Ich meine ja nur«, erwiderte Bill.

»Kat wird uns nicht aufhalten«, versicherte ich. »Falls es das ist, was dir Sorgen bereitet.«

»Ich bin mir sicher, dass sie uns nicht im Wege stehen will«, entgegnete Bill. »Aber wenn man die Arbeit nicht gewohnt ist ...«

»Dann gebt ihr eine Aufgabe«, schlug ich vor.

»Stell dich am besten dorthin«, wies Dadda sie an und deutete an ihr vorbei auf die Mauer. »Sorg dafür, dass keins von ihnen durchkommt.«

Kat ging zu der großen Lücke zwischen dem Teil, den Jim neu aufgebaut hatte, und der nächsten Reihe aus Trümmern, wobei sie mit ausgebreiteten Armen wie eine Seiltänzerin durch die Heide watete.

»Sie hätte besser auf dem Weg bleiben sollen«, bemerkte Bill.

»Sie kommt schon zurecht«, behauptete ich. »Sie muss lernen, was zu tun ist.«

Bill warf erneut einen Blick auf die herbeiziehende Wetterfront und ging dann weiter, Dadda und den Hunden hinterher.

Die Schafe standen über das Weideland verstreut, ihre Schatten von der tief stehenden Sonne lang gezogen, während bei jedem ihrer Schreie kleine weiße Atemwölkchen aus ihren Mäulern entwichen. Das Gras, auf dem sie kauten, war steif vom Raureif, das Heidekraut spröde. Das Moorland hatte sie so lange versorgt, wie es dazu in der Lage war, aber nun mussten sie es verlassen. Die meisten Auen würden für den Schafbock auf der Weide am Haus bleiben, aber diejenigen von ihnen, die schon vier Schuren hinter sich hatten – die älteren Damen mit den abgenutzten Zähnen –, würden zur Auktion gebracht werden. Hier oben in den Bergen war ihre Zeit des Lammens vorüber, aber ein Bauer aus dem Flachland mit mehr Platz und weicherem Gras mochte sie noch für ein, zwei weitere Saisons gebrauchen können. Die männlichen Jungtiere, die im Frühjahr geboren worden und nun stämmig und kräftig waren, würden zum Schlachter gebracht werden. Und die weiblichen Lämmer bekämen ein weiteres Jahr, in dem sich ihre Gebärmutter entwickeln konnte, ehe sie besprungen wurden.

Seit Jahren bestand unsere Strategie nun schon darin, die Schafe bis zu den zehn Metern Mauer am Fuß des Poacher's Seat zu treiben, die Jim wiederaufgebaut hatte, und sie dort an beiden Seiten von den Hunden flankieren zu lassen. Wenn Musket und Fly dann näher kämen, gäbe es mit großer Wahrscheinlichkeit nur einen Weg, den die Schafe nehmen würden. Die Schwierigkeit lag darin, sie in all den Spalten und Senken erst einmal aufzuspüren und dafür zu sorgen, dass sie nicht vor lauter Angst ihr Gewicht vergaßen und über die zerfallenen Mauerstellen in den alten Moorhuhnsumpf sprangen.

Fly war zunächst etwas übereifrig, und Dadda musste brüllen, um ihren Übermut zu einem wölfischen Schritt zu zügeln. Andernfalls hätten sich die Schafe zerstreut, noch ehe wir begonnen hatten.

Als älterer Hund war Musket gewohnheitsmäßig gehorsam und reagierte auf alle Rufe und Pfiffe, sobald sie ertönten. Er trabte auf Poacher's Seat zu, schlängelte sich durch die kleinen Hügel mit Heidekraut bis nach oben und brachte dann die Schafe, die dort grasten, hinunter auf die Ebene. Während sie mithumpelten (denn Schafe sehen beim Rennen immer aus, als würden sie hinken), machte Musket kleine Schlenker in die versteckten Rinnsale und Torfmulden, um die Auen und Lämmer dort hinauszujagen, die gemeinsam mit den Moorschneehühnern zum Vorschein kamen.

Andere fraßen entlang eines Grasstreifens zwischen zwei Sumpfflächen, zu dessen hinterem Ende Dadda mich schickte, um die Schafe in Richtung Mauer zu treiben. Musket und Fly wurden an die Ränder der Sümpfe geschickt, damit die Schafe gar nicht erst auf die Idee kämen, auszuscheren und hinterher gerettet werden zu müssen. Im Laufe der Jahre hatten wir auf genau diese Weise mehrere Auen verloren, die im Schlamm ertranken, ehe wir auch nur bis auf fünfzig Meter Entfernung an sie herangekommen waren.

Musket hielt Schritt mit mir, wie Dadda es ihm befahl, doch Fly rannte zu schnell voraus und brachte mit ihrem Bellen die Schafe vorn in der Herde dazu, in diejenigen hinter ihnen hineinzulaufen. Rasch pfiff und rief Dadda die Hündin, woraufhin Fly sich eingeschnappt zurückzog und es den Schafen erlaubte, sich weiterzubewegen, sobald ich sie vorantrieb.

Ein paar besonders rebellische oder besonders dumme versuchten, an mir vorbeizuschießen, aber ich reagierte schnell und bildete eine Absperrung mit dem Stock, um sie wieder auf Kurs zu bringen. Wild dreinblickend und ungeschickt wechselten sie dann die Richtung und liefen erneut mit dem Strom, wobei ihre Hufe dumpf auf dem gefrorenen Boden aufschlugen.

Etwa eine halbe Stunde lang waren wir auf diese Weise beschäftigt, jagten die Schafe aus jeder Senke des Moorlandes und hielten sie an der Mauer beisammen. Wenn die Schafe zu nah herankamen, klatschte Kat in die Hände, allerdings genügte im Allgemeinen schon ihre Anwesenheit, sie kehrtmachen und sich zwischen die anderen Hügel aus Schafpelz schieben zu lassen.

Während die Hunde dafür sorgten, dass sie zusammenblieben, zählte Dadda ihre Köpfe, dann tat Bill noch einmal dasselbe. Sie überprüften ihr Ergebnis ein zweites Mal, dann rechnete ich sie erneut zusammen.

»Ich komme auf einundsechzig«, verkündete Dadda.

»Ich auch«, bestätigte Bill. »John?«

»Einundsechzig«, sagte ich.

»Es sind also nicht alle«, stellte Bill fest.

»Noch längst nicht«, fügte Dadda hinzu.

Siebzig Tiere, Mutterschafe und Lämmer, waren im Frühjahr heraufgebracht worden. So stand es im Hauptbuch mit dem marmorierten Einband, das der Gaffer seit Jahren verwendete, das ich selbst heute noch verwende. Dadda kletterte auf ein paar Mauertrümmer und ließ den Blick über den Moorhuhnsumpf schweifen.

»Na los«, rief er, und Musket schlug einen Haken zwischen den Steinen hindurch, um sich auf die Suche zu machen. Fly wollte ihm folgen, aber Dadda erhob die Stimme, und sie blieb an Ort und Stelle, legte sich hin und behielt die Schafe im Auge, die nun unruhiger wurden, als Kat von ihrem Platz aus zu uns herüberkam.

»Du hast wohl keine durchgelassen, oder?«, fragte Bill sie.

»Nein«, antwortete sie.

»Sicher?«

»Wenn sie es doch sagt«, fuhr ich dazwischen.

Musket erschnüffelte sich seinen Weg durchs Heidekraut, aber nach ein paar Minuten blieb er stehen und blickte Dadda mit einem Ausdruck an, der Unsicherheit so nahekam, wie ein Hund es bewerkstelligen konnte. Was genau sollte er eigentlich finden? Da war nichts.

»Bringt die hier nach unten«, trug Dadda uns auf. »Ich werde nach den anderen sehen.«

»Brauchst du keine Hilfe?«, wollte ich wissen. »Mit einigen weiteren Augenpaaren finden wir sie bestimmt schneller.«

»Ich habe ja Musket, nicht wahr?«, meinte er.

»Wir können mehr Fläche abdecken, wenn wir alle gehen«, entgegnete ich.

Dadda blickte auf Kat und dann wieder auf den Moorhuhnsumpf. »Es wird beschwerlich sein, dort hinauszugehen«, gab er zu bedenken. »Ich habe keine Zeit, darauf zu warten, dass alle aufschließen.«

»Dann komm eben morgen noch mal, um nach ihnen zu suchen«, schlug Bill vor. »Sie halten schon noch eine Nacht alleine aus.«

»Bis dahin könnten sie sich noch weiter entfernt haben«, erwiderte Dadda.

»Gib ihnen einen Tag, und du findest sie wieder dort, wo sie hingehören«, meinte Bill. »Da bin ich mir sicher.«

»Und wenn nicht?«, fragte ich.

»So weit haben sie sich noch nie entfernt«, sagte Dadda. »Irgendwas stimmt nicht.«

»Wenn du morgen wiederkommst, können wir alle helfen«, argumentierte Bill.

»Wir sammeln alle Tiere am selben Tag ein«, beharrte Dadda. »Das haben wir schon immer getan.«

»Ich denke doch nur an dich«, versicherte Bill.

»Das erzählen mir gerade verdammt noch mal alle«, erwiderte Dadda.

»Wir meinen es auch so, Tom«, sagte Bill. »Wir haben immer alle an einem Strang gezogen, oder etwa nicht?«

»Dann bleib hier und hilf uns«, forderte ich ihn auf.

Bill blickte hinauf in die tief hängenden braunen Wolken. »Jetzt denk doch mal nach, Mann. Wenn das da runterkommt, wirst du die Hand vor den Augen nicht mehr sehen«, prophezeite er.

»Aye, na schön, und bis dahin machen wir weiter«, blieb Dadda stur.

Bill ergriff seinen Arm. »Tom, du hast nicht versagt, weißt

du«, beschwor er ihn. »So etwas passiert eben. Es ist nicht deine Schuld.«

»Du bist noch hier?«, gab Dadda zurück.

Bill blickte ihn an und wandte sich dann an Kat.

»Lass die beiden gehen, meine Liebe«, sagte er. »Du kommst besser mit mir runter zum Hof.«

Kat schüttelte den Kopf, und Bill hielt seine Hand noch eine Weile als Angebot ausgestreckt, ehe er Daumen und Zeigefinger in den Mund nahm und Liz auf dem Kamm zupfiff, damit sie wusste, dass die Schafe unterwegs waren.

Dadda scheuchte die Hunde auf und schickte sie mit einem Geräusch aus dem Rachen langsam auf die Herde zu, um diese von der Mauer zu lösen. Die Schafe ganz am Rand bewegten sich zuerst und äußerten sich dabei lautstark, dann folgten ihnen die anderen, um in einer blökenden und stöhnenden Masse aus Schafpelzen und schwarzen Köpfen zusammenzulaufen, wobei Letztere mit einem hölzernen Schlagen der Hörner zuckten, wenn Fly ihnen zu nahe kam.

»Kann ich nicht Musket mitnehmen?«, fragte Bill, während er sich langsam entfernte. »Dieses Mädel ist ’ne verdammte Last.«

»Behalte sie einfach im Auge«, erwiderte Dadda. »Die Schafe wissen, was sie zu tun haben.«

Ihre Zeit hier oben war für dieses Jahr beendet, und so begannen sie, sich schlammbespritzt auf den Bergkamm zuzubewegen, strömten so unausweichlich aus dem Moor herunter wie das Regenwasser.

Beim Abtrieb, erkläre ich Adam, kommen den Schafen zwei Gedanken zur gleichen Zeit. Der erste ist ein Instinkt, der sie wie ein Funken entfacht und vor der Gefahr davonlaufen lässt – und Gefahr liegt in allem außer ihnen selbst. Der zweite ist ein Drang, so stark wie derjenige, der sie normalerweise davon abhält, über die Mauer hinaus zu wandern, oder der sie für den Schafbock bereit macht: Dieser sagt ihnen, dass es an der Zeit ist, das Moor zu verlassen. Die zunehmende Kälte und die kürzer werdenden Tage erzeugen eine synaptische Verbindung, die sie dazu zwingt, Unterschlupf und Futter zu suchen, und in irgendeiner Form erinnern sie sich an das Wiesengras auf der Weide am Haus und an den Pfad, der sie dorthin führt.

Sie sträuben sich dagegen, zusammengetrieben zu werden, und gehen zugleich vollkommen willentlich.

»Sie wissen, dass ihnen nichts anderes übrig bleibt, Johnny, mein Junge«, sagte der Gaffer. »Sie wissen, dass es aus sein wird mit ihnen, wenn sie sich weigern.«

Und das brachte mich zu der Überlegung, was der Tod, oder vielmehr die Vorstellung des Todes, für die Schafe bedeuten mochte. Ob sie stets in ihrem Bewusstsein herumkreiste wie eine summende Fliege, oder ob sie eher geräuschlos wäre, ein dumpfes Pochen wie Zahnweh.

Ich weiß es nicht. Vielleicht haben sie auch überhaupt keine Vorstellung vom Tod, vielleicht leben sie ihr Leben, ohne sich des Endes jemals bewusst zu sein, wie ein Baum, dessen Blätter im Herbst vertrocknen. Im Grunde beneide ich sie ungemein um diese einfachen Gefäße, die sie füllen müssen. Für sie gibt es immer nur den Bauch, den Bauch, den Bauch, den Schoß, den Schoß, den Schoß.

Wären die fehlenden Schafe den Poacher's Seat hinaufgewandert, wären sie auf dem offenen Hang deutlich zu erkennen gewesen, und hätten sie sich hinter den Stechpalmenbüschen beim Top Pond versteckt, dann hätten wir sie noch aus dieser Entfernung gehört. Am wahrscheinlichsten schien es, dass das kalte Wetter sie über den Moorhuhnsumpf auf die alten Schießstände zugetrieben hatte, wo sie eine Weile windgeschützt stehen konnten. Musket untersuchte jeden Haufen gefallener

Steine und sprang in das Loch hinunter, in dem Dadda und ich uns versteckt hatten, um den Hirsch zu erschießen, wurde jedoch nicht fündig und lief dann hinüber zu der Torfmauer, wo Kat sich vor dem Wind schützte.

»Ich wünschte, ich hätte mein Fernglas mitgebracht«, meinte Dadda. »Ich kann hier oben gar nichts sehen.«

Sein Blick wanderte an der Stelle vorbei, an der der Hirsch gefallen war.

»Sie können nicht hinüber nach Blackmire Edge gegangen sein, Dadda«, sagte ich. »Da waren wir erst vor ein paar Tagen, wir hätten sie gesehen.«

»Aye, aber was hat sie denn überhaupt vertrieben?«, fragte Dadda sich und sah noch einmal nach.

»So etwas passiert manchmal, nicht wahr?«, erwiderte ich.

»Aye, hin und wieder ein oder zwei, vielleicht«, gab er zurück. »Aber nicht gleich neun.«

»Vielleicht hat das, was auch immer die Hirsche von Wyresdale hierhergejagt hat, sie ebenfalls verschreckt?«, überlegte ich.

»Aber dann wären sie doch nicht darauf zugelaufen, oder?«, gab Dadda zu bedenken.

»Sie sind vor irgendetwas davongerannt«, stellte ich fest.

Er hustete und rieb sich die Brust. Er brauchte länger als gewöhnlich, um wieder zur Ruhe zu kommen.

»Herrje, hör dir das an«, sagte er. »So wirst du in zwanzig Jahren auch klingen, wenn du hierher zurückkehrst.«

»Das sind nur die Zigaretten, Dadda«, widersprach ich.

»Das hat nichts mit den Zigaretten zu tun«, entgegnete er und wischte sich den Mund an seinem Ärmel ab. »Das ist dieser gottverdammte Ort, der macht dich zum Krüppel.«

»Du hast bloß Husten, Dadda«, meinte ich. »Du wirst es überleben.«

»Willst du sie wirklich alldem hier aussetzen, John?«, fragte Dadda mit einem Blick auf Kat, die Musket gerade den Kopf kraulte. »Ist es das, was du dir für sie wünschst? Den ganzen Tag auf dem verfluchten Moor den blöden Schafen hinterherzurennen?«

»Es ist eine Aufgabe«, antwortete ich. »Hier gibt es viele Aufgaben zu erledigen. Wenn etwas getan werden muss, dann muss es getan werden.«

»Sieh sie dir doch an«, forderte er mich auf. »Ein heftiger Windstoß würde sie zum Hof zurückwehen.«

»Gib ihr sechs Monate Zeit«, erwiderte ich, »und ich schätze, dann wirst du nicht mehr erkennen können, dass sie jemals woanders gelebt hat als hier.«

»Sechs Monate?«, fragte Dadda. »Ihr seid noch nicht einmal sechs Tage hier, und der Ort macht sie schon krank.«

»Das ist nur das Baby«, wehrte ich ab. »Wenn es einmal auf der Welt ist, wird sie sich eingewöhnen.«

»Du weißt schon, dass es einen Menschen gibt, dem du nichts vormachen kannst, John«, meinte er. »Und das bist du selbst. Also versuch's erst gar nicht, das wär bloß Zeitverschwendung.«

Er zog seinen Reißverschluss weiter zu und stellte den Kragen auf, um den Wind abzuhalten, der uns nun mit frisch geschärfter Schneide um die Ohren pfiff.

Das grelle Blau des Morgens verblasste, und Wolken zogen auf. Ein dunklerer Schatten zog über das Moor, dann begann der Schnee, in dicken Flocken langsam zu fallen. Das war zu dieser Jahreszeit nichts gänzlich Unübliches, doch für gewöhnlich war es nicht mehr als ein kurzer Schauer, der auf Eisregen folgte und rasch wieder schmolz.

»Sollten wir jetzt lieber gehen?«, fragte Kat, die mit Musket herüberkam.

»Das zieht vorbei«, versicherte ich.

Und wenn nicht, dann würde es eine nützliche Lektion für sie darstellen. Sie musste erleben, wie schnell sich hier oben das Wetter ändern konnte. Sie musste zumindest einmal davon überrascht werden, um auch nur das Geringste zu lernen.

»Ich erzähl dir mal was, Johnny, mein Junge. Das Wetter hier«, hatte der Gaffer gesagt, »da hab ich Frauen gekannt, die waren weniger wankelmütig.«

Er hatte recht. Ich habe es schon tausendmal selbst erlebt.

Ruhe verwandelt sich in Sturm.

Von einem Frühlingshimmel prasselt Hagel nieder.

Ein plötzlicher Schauer, und dann wölbt sich ein Regenbogen über das helle, nasse Tal.

Der Winter schmilzt innerhalb von einer Stunde.

Der Sommer kann in sintflutartigen Regenfällen enden. Genau wie an jenem Tag, als Lennie Sturzaker starb.

Die Hitze, die sich wochenlang über das Tal gelegt hatte, war eines Nachmittags gegen Ende August plötzlich aufgebrochen, und Wolken waren angerollt, so tief und so dunkel, dass Dadda und der Gaffer von der Weide am Haus hereingerannt kamen und wir drei uns mit eingeschaltetem Licht in die Küche stellten und das Unwetter beobachteten.

Der betonierte Hang, der vom Tor zur Straße führte, war eine Staustufe sich wälzenden Wildwassers, das am Gras zerrte und es zittern ließ wie das Unkraut im Fluss. Die Abflüsse auf dem Hof verstopften, und das Dach des Hauses vergoss den Regen in breiten, spritzenden Vorhängen. Der Donner ertönte ebenerdig, schlug ins Herz der Bergrücken und hinein in die Erde, mit einem zweiten dumpfen Aufschlag, wenn er von den Drei Schwestern widerhallte. Den ganzen Nachmittag über füllte sich das Tal wie eine Schüssel, doch bis zum Abend verzog sich der Regen langsam, die Wolken lichteten sich, und nur der Wind blieb noch, kräuselte die Wasseroberfläche der überfluteten Weiden und schüttelte die Nässe aus den Bäumen. Das Wasser strömte und rauschte von jedem Hang und ließ den Fluss anschwellen, der tief und braun zielstrebig voranschoss und alles mit sich riss, was der Sturm in seine Strömung geschleudert hatte.

Laurel war diejenige, die mit den Neuigkeiten über Lennie Sturzaker zurück in die Endlands kam. Sie war im Dorf zu Besuch bei Betty Ward gewesen und habe gerade nach Hause aufbrechen wollen, als der Regen eingesetzt und sie gezwungen habe, den Rest des Nachmittags dort zu verbringen. Als er endlich abklang, hätten sie gerade eine Kanne Tee angebrochen und sie habe diese nicht verschwenden wollen, erzählte sie, und Betty habe ihr gerade erst zur Hälfte von den letzten Seitensprüngen ihrer Schwester berichtet, und außerdem habe die Straße ohnehin zwei Fuß unter Wasser gestanden, also sei sie geblieben, wo sie war.

Während sie ihr Früchtebrot und ihren Rosinenkuchen verspeisten, hörten sie draußen einen der Beckfoot-Jungs rufen, und als sie die Netzvorhänge anhoben, sahen sie, wie sich die Leute auf der Brücke versammelten. Der andere Sohn der Beckfoots trat noch in seiner Schürze aus der Metzgerei, gefolgt vom auf dieselbe Weise gekleideten Alun.

Mit Stiefeln an den Füßen, Laurel in einem geborgten Regenmantel, stapften die beiden die Straße hinauf und stießen zu den Dewhursts, den Earbys und den Parkers, die alle hinüber zu Arncliffe's blickten. Die Beckfoot-Brüder waren das schlammige Ufer hinuntergeklettert und balancierten gefährlich auf der Mauer des Mühlgrabens, von wo aus sie versuchten, an Lennie heranzukommen. Dieser hob und senkte sich dort mit der Kruste aus Müll, wobei sein Körper jedes Mal gegen die Eisenschaufeln des Rades stieß. Oben am Abhang, wo das Geländer verrostet war und die Dorfkinder immer durchkletterten, um auf dem Gelände zu spielen und die Fenster einzuschlagen, stand Jackie und sprach Lennies Namen aus, als würde sie in der

Abenddämmerung eine Katze ins Haus rufen. Die anderen Frauen, die neben ihr standen, berührten ihre Schultern und ihr Haar. Und als es den Beckfoots endlich gelang, einen von Lennies Armen zu erwischen und ihn herauszuziehen, begann sie zu schreien, und keiner konnte mehr zusehen.

Irgendwann kam ein Krankenwagen, der im Tal stets eine seltsame weiße Kreatur darstellte, und brachte Lennie fort, wobei er an Ken Sturzaker vorbeifuhr, der gerade auf dem Rückweg vom Schlachthof ins Dorf war.

»Der arme Mann hat seinen Jungen noch nicht einmal mehr sehen können«, berichtete Laurel.

»Was zum Teufel hat der Junge denn bei diesem Wetter überhaupt bei Arncliffe's zu suchen gehabt?«, wollte Dadda wissen.

»Ich glaube nicht, dass er dort gespielt hat«, entgegnete Laurel. »Betty war anscheinend der Meinung, er müsse in Sullom Wood gewesen und dort ins Wasser gefallen sein.«

»Aye, na ja«, meinte der Gaffer. »So was passiert eben, wenn man an Orten herumstöbert, an denen man nichts zu suchen hat.«

»Hab ein wenig Mitgefühl, Harry«, bat Laurel. »Ich weiß, dass du dich mit den Sturzakers nicht verstehst, aber trotzdem.«

Der Gaffer winkte ab und zündete sich eine Zigarette an.

»Ich finde, wir sollten ihnen zumindest ein paar Blumen schicken«, sagte Laurel zu Dadda. »Irgendetwas.«

»Aye«, stimmte Dadda zu. »Natürlich machen wir das.«

»Und vielleicht auch eine Karte«, fuhr Laurel fort. »Wir könnten alle unterschreiben.«

»Wir schicken denen gar nichts«, widersprach der Gaffer. »Der Junge hatte da nichts verloren.«

»Das behauptet auch niemand«, meinte Dadda. »Darum geht es doch nicht, oder?«

»Worum geht es denn dann?«, wollte der Gaffer wissen.

»Sie haben gerade einen ihrer Söhne verloren. Ein Junge im

Alter von unserem John«, erklärte Dadda und erhob dabei die Stimme, wie er es seinem Vater gegenüber nur selten tat.

»Die sollen bloß nicht denken, wir würden hier alle um ihn weinen«, gab der Gaffer zurück. »Da würden wir uns doch selbst anlügen, oder, Johnny, mein Junge?«

Er legte mir die Hand auf den Arm und nahm noch einen weiteren Zug.

»Bei Wigton's gibt es Blumen«, stellte Dadda fest und kramte in seiner Hosentasche nach ein paar Münzen, die er Laurel reichte.

»Es muss ja nichts Großes sein«, meinte diese und sah mich mit einem mitfühlenden Lächeln an. »Bloß irgendetwas.«

Der Gaffer stand auf und verstreute die Münzen über den Küchenfußboden. Dann ging er hinaus und rief nach den Hunden.

Am Morgen der Beerdigung eine Woche darauf ging er im Moss schießen, und auch die anderen sorgten dafür, dass sie nicht teilnehmen konnten. Angela behielt Liz zu Hause, damit sie den Schweinestall ausmistete, und Jim ging oben an der Mauer arbeiten. Bill hatte sich seit Monaten bemüht, Jeff vom Umgang mit den Sturzakers abzubringen, und Lennies Tod erschien ihm wie eine gute Gelegenheit, alle Verbindungen zu ihnen endgültig abzubrechen. Laurel könne gern auf der Kirchenbank schluchzen, wenn sie wolle. Was ihn anbelange, gingen uns die Sturzakers nichts an. Was mit denen geschehe, sei nicht unser Problem.

Es mochten nur drei von uns aus den Endlands in die Kirche gekommen sein, aus dem Dorf dagegen waren jedoch so gut wie alle aufgetaucht. Die Wigtons und die Beckfoots hielten ihre Läden aus Respekt den ganzen Morgen geschlossen, und jene Männer, die im Schlachthaus in derselben Schicht arbeiteten wie Ken Sturzaker, hatten freibekommen, um an der Beerdigung teilzunehmen. Auch alle Lehrer von der Schule waren erschienen: Mr Cuddy, Mrs Broad und die normalerweise in Blumenmustern gekleidete Miss Bibby aus der ersten Klasse, die nun in Schwarz gehüllt war und jene Kinder tröstete, die lieber neben ihr als bei ihren Eltern hatten sitzen wollen. Sie waren so alt, wie ich bei Mams Tod gewesen war, und konnten keine Vorstellung davon haben, was gerade passierte. Sie lutschten an ihren Daumen, verstört vom Anblick eines weinenden Sam Sturzakers, und waren wie in den Bann geschlagen von der kleinen Kiste neben dem Altar, in der dessen Bruder nun lag, nicht schlafend, sondern tot. Für immer fort. Eine solche Dauerhaftigkeit konnten sie nicht begreifen.

Nach dem Gottesdienst trugen Ken Sturzaker, Eddie Moorcroft und die Beckfoot-Brüder Lennie aus der Kirche auf den Friedhof. Auf der anderen Seite der ihn begrenzenden Mauer zog der Fluss vorbei, nun in einem vernünftigen Tempo. Die einzigen Hinweise auf Sturm und Hochwasser waren die platt gedrückten Farne und Bärenklaupflanzen am Ufer. Dennoch war wohl niemand imstande, zu verdrängen, dass Lennie bereits schlaff und tot hier vorbeigetrieben sein musste, sein Leichnam nur ein weiterer Gegenstand, den der Fluss aus dem Tal befördern sollte, wozu das Flutwasser ihn am Schulhof, an Beckfoot's und Wigton's vorbei, unter den grünen, widerhallenden Steinen der Brücke hindurch und weiter und weiter transportierte, bis er sich im Mühlgraben verfing.

Als sie begannen, ihn in die Erde hinunterzulassen, fragte ich mich, was wohl geschehen wäre, wenn er dort nicht eingefangen worden wäre und der Fluss ihn hinaus aus dem Tal getragen hätte, hinaus aus den Bergen. Ich stellte mir vor, wie er unter Mellor Knoll vom Briar an den Hodder übergeben würde und dann in den Zusammenfluss am Jesuitenkolleg hineinschlingerte, wo der Hodder auf den Ribble traf. Und von da aus würde es weitergehen, er würde durch Balderstone und Salmsbury und

Preston gleiten, vorbei am Watt von Fylde, wo der Fluss breiter wurde und in ein Mündungsgebiet überging, das wiederum ins Meer führte. Und ich stellte mir die Krebse vor, die an seinen Fingern hingen, ich stellte mir die Aale vor, die über seinen Hals glitten, und die Möwen, die aus den grauen Wellen aufstiegen, während er von der Ebbe hinausgezogen und aus England verstoßen wurde.

Nach der Beerdigung stellten Laurel und Betty Tapeziertische auf dem Schulhof auf, da nur dort genügend Platz für alle war, und servierten Tee und Sandwiches und Orange Squash. Es war nur natürlich, dass die kleineren Kinder, erleichtert darüber, dass nun alles vorbei war und sie den Tod, was auch immer er sein mochte, vergessen konnten, zu spielen anfingen, wie sie es in der Pause getan hätten, mit einem oder zwei Beinen auf die Himmel-und-Hölle-Felder sprangen und dann von jenen fortgedrängt wurden, die als Nächstes an der Reihe waren. Die Erwachsenen ließen es zu. Es sei schön, sagten sie, an einem so traurigen Tag Lachen zu hören.

Nach etwa einer Stunde löste sich der Leichenschmaus auf, und die Leute zogen sich langsam wieder in ihre Häuser zurück. Ken Sturzaker ging mit Eddie Moorcroft und den anderen Männern aus dem Schlachthof ins »Cropper's Arms« und schleifte die Beckfoot-Brüder mit, denen er einen auszugeben versprochen hatte, nachdem sie im Mühlgraben ihr Leben aufs Spiel gesetzt hatten.

Bald war der Schulhof leer, und Dadda führte mich an der Hand zurück zu unserem Parkplatz.

»Alles in Ordnung?«, erkundigte er sich.

»Ja, Dadda«, antwortete ich.

»Vielleicht hättest du nicht mitkommen sollen«, überlegte er. »Beerdigungen sind schon verdammt seltsame Angelegenheiten.«

»Mir geht's gut«, versicherte ich.

»Du hast den ganzen Morgen über kaum ein Wort gesagt.«

»Ich weiß nicht, was ich sagen soll.«

»Weißt du, dir wird nicht dasselbe zustoßen«, sagte er und schloss die Tür auf. »Falls du dir darüber Sorgen machst.«

»Ich weiß, Dadda«, erwiderte ich.

»Unfälle passieren eben«, stellte er fest. »Aber sie sind so selten, dass du dir darüber nicht den Kopf zu zerbrechen brauchst, in Ordnung?«

»Ja, Dadda.«

Er trommelte mit seinem Ehering auf dem Lenkrad, während wir aus dem Dorf heraus- und nach Sullom Wood hineinfuhren, und beinahe hätte ich ihm gestanden, dass es überhaupt kein Unfall gewesen war.

Am wahrscheinlichsten erschien es uns, dass die Schafe entlang der Corpse Road verschwunden waren und damit die offensichtlichste Route durch das Moorland genommen hatten. Sie musste ihnen wie einer der Trampelpfade vorgekommen sein, die sie durch das Gras schlugen, um ans Wasser zu gelangen.

Wir folgten dem Weg eine halbe Stunde, entdeckten jedoch keine Spur von ihnen. Der Schnee fiel noch immer sanft, doch in den Gräben zwischen den Torfhügeln ließ der Wind die Flocken aufstieben, sodass man kaum noch mehr als zwanzig Meter Sicht hatte.

»Vielleicht sollten wir jetzt umkehren«, meinte Kat.

»Aye«, erwiderte Dadda. »Du und John geht zum Hof zurück. Ich komme hier allein zurecht.«

»Ich lasse dich hier oben nicht allein, Dadda«, protestierte ich. »Das habe ich dir schon gesagt. Wenn nun irgendetwas passiert?«

»Was denn zum Beispiel?«

»Tu nicht so, als wärst du schwer von Begriff«, erwiderte ich.

»Du weißt, was ich meine. Du könntest stürzen oder etwas in der Art.«

»Ich bin hier oben noch nie gestürzt«, stellte er fest. »Ich pass schon auf, wo ich hintrete, keine Sorge.«

»John, bitte«, sagte Kat. »Ich finde, wir sollten umkehren. Ich möchte mich hier oben nicht verirren.«

»Wir sind erst ein, zwei Meilen gelaufen«, erwiderte ich.

»Es geht nicht um die Entfernung«, beharrte Kat. »Es geht um das Tageslicht. Bei solchem Wetter wird es viel früher dunkel. Das weißt du auch.«

»Es ist erst Mittag, Kat«, erklärte ich und zeigte ihr meine Armbanduhr. »Ich denke, uns bleibt schon noch eine Weile Zeit. Du solltest keine Angst vor dieser Gegend haben.«

»Ich bin nur vernünftig«, gab sie zurück.

»Ruhig«, sagte Dadda. »Hört.«

Kat und ich blieben stehen, und Musket schloss die Augen, während der Wind sein Fell bis auf die Haut teilte.

Ein schwaches Blöken erklang und verhallte wieder, und Dadda schickte Musket los. Dieser verschwand, bellte jedoch wenige Augenblicke danach, und wir fanden ihn an zwei Tierkadavern am Wegesrand schnuppernd. Beide Auen waren halb vom Schnee bedeckt, seit Tagen tot, und ihr Blut war zu kristallinen Adern gefroren, die die Verwehungen mit einem Netz überzogen. Offensichtlich hatten Krähen sich bereits am Tisch niedergelassen, um die Überreste zu verschlingen, und von keinem der Tiere war viel mehr übrig als eine Matte aus zerrupftem Schafpelz. Jedes Bein war bis zum Knochen abgezogen, und aus den aufgerissenen Bäuchen waren die Köstlichkeiten herausgepickt worden.

»Aber was hat sie denn bloß umgebracht?«, wollte Kat wissen.

»Hunde«, antwortete Dadda und hielt Musket davon ab, seine Nase in die Wunden zu stecken. »Wenn sich ein paar von ihnen zusammenrotten, können sie ein Schaf in Stücke reißen, wenn sie wollen.«

»Oh Gott, da ist noch eins«, rief Kat und zeigte an uns vorbei auf Musket, der auf der anderen Seite des Pfades eine ältere Aue aufgeschlitzt und verstreut gefunden hatte.

Wieder erklang das ferne Blöken, und Musket blinzelte Dadda zu, auf seinen Befehl wartend.

»Lauf los«, gebot dieser, und der Hund drehte sich um und trottete entlang des Pfades davon.

Ein paar Hundert Meter weiter vorn sahen wir ihn durch den Schnee am Rand einer tiefen Senke warten. Es war eine der Stellen, von denen mir der Gaffer erzählt hatte, wo die müden Leichenträger gestolpert waren und den Sarg mitsamt Inhalt durch Gras und Felsen hatten hinunterpurzeln lassen.

Der Ruf, den wir vernommen hatten, kam von einem jungen Schaf, das unter uns ausgestreckt dalag, einem der Weibchen, das beim Decken zum ersten Mal vor den Schafbock geführt werden sollte. Nach einem ungeschickten Sturz war es auf dem Rücken gelandet und wand sich nun in Schlamm und Schnee, um wieder auf die Beine zu kommen.

»Die ist am Ende, Dadda«, stellte ich fest. »Sieh sie dir doch an.«

»Es hat sie bloß umgehauen«, widersprach er und prüfte die Stabilität des Torfs am oberen Ende des Hangs mit dem Stiefelabsatz.

»Du wirst doch wohl nicht dort hinuntergehen, oder?«, fragte Kat.

»Na, ich werde nicht zusehen, wie sie Schmerzen leidet«, erwiderte Dadda.

»Geh du nicht auch noch, John«, bat Kat und hielt mich am Arm fest.

»Aye, bleib hier, John«, stimmte Dadda zu. »Ich schaffe das allein.«

»Es ist weit bis nach unten«, gab ich zu bedenken.

»Ich habe mein ganzes Leben lang Schafe aus irgendeiner Schlucht gezogen«, erklärte er. »Das werde ich wohl noch hinbekommen.« Damit machte er sich auf den Weg nach unten, stach mit seinem Hirtenstab in die verkrustete Erde und trat den Frost von den Felsen. Obwohl Kat mich zurückrief, folgte ich ihm, wobei ich mich an Grasbüscheln festhielt, um das Gleichgewicht zu halten.

Das Schaf stöhnte und rollte herum, als wir uns ihm näherten. Eins der Vorderbeine war von den Felsen bis auf die Sehnen gehäutet worden, das andere war im rechten Winkel abgeknickt. Das gebrochene Ende schlug hilflos umher, während das Schaf versuchte, vor uns zu fliehen.

»Wir müssen sie zurücklassen«, sagte ich.

»Hier?«, fragte Dadda.

»Sie wird nicht in der Lage sein zu laufen, oder?«

»Das arme Mädchen muss Todesqualen leiden«, erwiderte Dadda.

»Nicht mehr lange«, gab ich zurück. Ihr Schafpelz war dunkel vor Blut.

»Ich bin nicht den ganzen Weg gelaufen, um die Schafe zu finden und ihnen beim Sterben zuzusehen«, entgegnete Dadda. »Wenn ich sie zurück zum Hof kriege, kann ich Leith kommen und nach ihr sehen lassen.«

»Dadda, du kannst sie nicht den ganzen Weg zurück ins Tal tragen«, meinte ich.

»Was schlägst du stattdessen vor?«

»Hier liegen genügend Steine rum«, bemerkte ich. »Erlösen wir sie von ihrer Qual.«

»Hilf mir einfach, sie auf den Rücken zu nehmen«, forderte Dadda mich auf und gab mir seine Schiebermütze und seinen Hirtenstab zum Halten.

Er kniete nieder, und mit vereinten Kräften gelang es uns, ihm das Schafweibchen wie eine Stola um die Schultern zu legen. Ihr gebrochenes Bein baumelte in seinem Griff, und sie versuchte zunächst, sich zu befreien, beruhigte sich jedoch, als Dadda mit dem Aufstieg begann. Im Schnee war jeder Schritt wohlüberlegt, und ich blieb dicht hinter ihm, damit ich ihn stützen konnte, wenn es aussah, als würde er gleich stürzen.

»Glaubst du, das waren die Hunde der Sturzakers?«, erkundigte ich mich.

»Ich kann mir nicht vorstellen, dass er sie so weit mitgenommen haben soll. Du etwa?«, erwiderte Dadda.

»Sie könnten ihm entwischt sein«, gab ich zu bedenken.

»Du hast die Zwinger auf seinem Hinterhof gesehen«, bemerkte Dadda. »Für mich sahen die ziemlich sicher aus.«

»Wessen Hunde waren es dann?«, fragte ich.

»Ich weiß es nicht«, antwortete er. »Sie könnten jedem gehören. Vielleicht waren es auch Streuner aus Wyresdale. Oder manchmal werden welche im Moor ausgesetzt. Wem sie auch gehören, wegen ihnen müssen die Hirsche in diese Richtung gekommen sein.«

»Wir sollten lieber mit Schrotflinten wiederkommen«, meinte ich.

»Jetzt, wo es schneit, werden sie nicht mehr lange bleiben«, entgegnete Dadda.

»Das macht mir ja gerade Sorgen«, erklärte ich. »Sie könnten ihren Weg hinunter ins Tal finden.«

»Na, und wenn sie das tun, dann wird es mein Problem sein, nicht wahr?«, fragte er.

»Ich gehe nicht zurück nach Suffolk, Dadda«, erwiderte ich. »Das habe ich dir bereits gesagt.«

Er trat daneben, und ich hielt ihn am Ellbogen fest, damit er nicht ausrutschte. Er musste gespürt haben, wie ihm das Schaf von den Schultern glitt, und hatte die Finger fest in seinen Pelz gegraben, um es auszubalancieren. In diesem Augenblick verließ die junge Aue der letzte Rest Leben, an den sie sich noch geklammert hatte, und ihr Kopf baumelte zurück und knallte den ganzen Weg den Hang hinauf gegen Daddas Rücken.

Als sie Dadda mit dem Arm erreichen konnte, beugte Kat sich nach unten und zog ihn herauf. Das Blut hatte sich auf dem Rücken seiner Jacke bis zum Saum ausgebreitet und sein Haar und seinen Nacken getränkt. Etwas Sehniges und Graues hing aus dem Pelz des Schafes herab und zog einen langen Spritzer durch den Schnee, als er es von seinen Schultern fallen ließ.

»Um Himmels willen«, rief Kat. »Ihr beide wärt beinahe selbst dort hinuntergestürzt. Was hätte ich denn bitte schön tun sollen, wenn ihr euch ebenfalls die Beine gebrochen hättet?«

»Uns geht es gut«, wehrte ich ab. »Reg dich nicht so auf.«

»Sogar ich konnte deutlich erkennen, dass dieses Schaf sterben würde«, fuhr Kat fort. »Wieso habt ihr euch überhaupt die Mühe gemacht?«

»Ich musste versuchen, sie da herauszubekommen«, antwortete Dadda.

»Sich um seine Tiere zu kümmern ist eine Sache, aber das hier ist purer Leichtsinn«, erklärte Kat. »Seht euch doch mal den Himmel an.«

»Ich weiß, wie der Himmel aussieht«, erwiderte Dadda.

»Können wir jetzt gehen?«, fragte Kat. »Der Rest von ihnen wird auch nur tot sein.«

»Das möchte ich lieber mit eigenen Augen sehen, bevor ich zum Hof zurückkehre«, meinte Dadda.

»Jetzt sind wir schon einmal hier, Kat«, fügte ich hinzu. »Da können wir ebenso gut schauen, ob wir die anderen auch noch finden.«

Sie brachte mich dazu, sie anzusehen.

»Wem gegenüber willst du dich eigentlich beweisen, John?«, fragte sie. »Ich hoffe, das bin nicht ich.«

»Wirst du uns nun helfen?«, wollte ich wissen.

»Du hast mir versprochen, wir könnten heute nach Hause fahren«, erinnerte sie mich.

»Ich habe dir gar nichts versprochen«, entgegnete ich. »Ich habe dir gesagt, dass wir zum Arbeiten herkommen. Das hier ist Arbeit.«

»Wir haben auch Arbeit«, sagte sie. »Ich habe den Kindergarten, und du hast die Schule.«

»Damit ist es jetzt vorbei«, erklärte ich. »Es geht nicht anders.«

»Wovon redest du?«

»Jetzt, wo der Gaffer nicht mehr da ist, werden wir hier gebraucht«, erläuterte ich. »Das ist unser Hof. Und das sind unsere Tiere. Wir tragen für sie genauso viel Verantwortung wie Dadda.«

»Hör auf, das zu behaupten«, forderte Kat.

»Aber es stimmt«, beharrte ich.

»Mir ist der Hof scheißegal«, sagte sie und wandte sich an Dadda. »Tut mir leid, Tom, aber so ist es.«

»Warte mal«, rief ich. »Wer hat dir das Recht gegeben, ihn vor die Hunde gehen zu lassen?«

»Was meinst du damit?«, fragte sie.

»Ich meine, dass es nicht an dir liegt, diese Entscheidung zu treffen«, sagte ich. »Du verwaltest das Land nur, wie wir alle. Warum sollten andere darum gebracht werden, in den Endlands zu leben, nur weil du keine Lust dazu hast?«

»Ich werde unseren Sohn nicht hier großziehen, John«, erklärte sie.

»Du hast keine andere Wahl, Kat.«

»Drohst du mir etwa?«

»Natürlich nicht«, entgegnete ich. »Ich meine, *wir* haben keine andere Wahl. Die Situation hat sich verändert. Es gibt jetzt Verpflichtungen, die wir erfüllen müssen.«

»John«, erwiderte sie. »Ich weiß nicht, wie ich es dir noch sagen soll. Ich möchte nicht hier sein.«

»Warum nicht?«

»Stellst du mir diese Frage ernsthaft?«, wollte sie wissen. »Nach dem, was der Gaffer getan hat? Nach dem, was sie alle getan haben?«

Dadda blickte sie an.

»Hör mal, du kannst ja hierbleiben, wenn du willst«, erklärte sie. »Ich kehre zurück nach Dunwick.«

»Du benimmst dich wie ein Kind«, sagte ich.

»Lass mich in Ruhe«, fauchte sie mich an und entfernte sich ein wenig den Pfad entlang.

»So wirst du sie nicht überzeugen können«, gab Dadda zu bedenken.

»Ich versuche gar nicht, sie zu überzeugen«, entgegnete ich. »Die Entscheidung ist längst getroffen. Und sie weiß, dass es die richtige ist.«

»Du kannst sie nicht zwingen, irgendwo zu bleiben, wo sie nicht sein will«, meinte Dadda.

»Sie weiß nicht, was sie will«, widersprach ich. »Das ist ihr Problem.«

»Für mich hört es sich an, als wollte sie nach Hause«, bemerkte Dadda.

»Wenn sie davon redet, dann meint sie nicht das Haus, in dem wir tatsächlich wohnen«, erläuterte ich. »Sie meint das Pfarrhaus.«

»Und? Lass sie gehen.«

»Nein, Dadda«, beharrte ich. »Sie muss erwachsen werden.«

Der Schnee fiel nun mit größerer Dringlichkeit, und Dadda stellte seinen Kragen auf, der immer noch feucht vom Blut war.

»Scheiß drauf«, brummte er. »Lassen wir es für heute gut sein.«

»Aber vielleicht sind noch welche am Leben«, meinte ich.

»Nicht bei diesem Wetter«, widersprach er und schickte Musket in die Richtung, in die Kat gegangen war.

Wir folgten den Fußspuren, die sie im Schnee hinterlassen hatte, und gingen davon aus, sie innerhalb weniger Minuten einzuholen. Sie war jedoch rascher vorangekommen, als ich erwartet hatte, und nicht einmal Musket konnte sie finden. Aber sie würde sich nicht verirren. Bislang war die Corpse Road noch zu erkennen, und solange sie dieser folgte, würde sie bald auf die Schießstände und dann auf die Mauer stoßen. Und hatte sie diese erst einmal erreicht und sich ein wenig beruhigt, würde sie gewiss vernünftig genug sein, dahinter zu bleiben und auf uns zu warten. Dann könnten wir ihr den Weg bis zum oberen Ende des Pfades zeigen und mit ihr hinunter ins Tal gehen. Wir würden auf den Hof zurückkehren und den anderen dabei helfen, den Owd Feller vom Kamin zu verscheuchen und danach den Schafbock zu krönen. Wir würden Tee trinken und in der Spülküche nach dem Essen stöbern, das am Devil's Day mitgebracht worden war. Wir würden zusehen, wie der Schnee auf den Hof fiel. Dann würden wir uns zusammensetzen und Pläne schmieden.

Sweeting blieb in den Herbstferien immer mit den Internatsschülern in Churchmeads, daher würde ich ihn nach der Vorbereitungsstunde anrufen können, um ihm mitzuteilen, dass er meine Kündigung zu erwarten habe. Ich konnte seine Stimme bereits hören, wie sie von Verwirrung zu Überredung zu Einwilligung und schließlich zu philosophischer Gelassenheit überging. Nun, es sei ja offensichtlich, dass ich an der Schule bereits seit einer Weile nicht mehr zufrieden sei, und das Leben sei zu kurz, um es unerfüllt zu verbringen, und ein Mann, der den Sinn seines Lebens fände, könne sich über alle Maßen glücklich schätzen. Er würde jedoch auch erleichtert sein, das wusste ich, da es nun keine Briefe von den Eltern mehr geben würde, kein Aufsehen mehr. Aha, würde er denken, die Situation sei also komplizierter gewesen, als er gedacht habe. Ich habe mir Sorgen um meinen einsamen Vater gemacht. Ich habe familiäre Verpflichtungen erfüllen wollen. Für Mr Pentecosts Schwierigkeiten in der letzten Zeit habe es ernsthafte Gründe gegeben. Das sollte Mrs Weaver doch besänftigen.

Wir würden Kats Familie natürlich einen Besuch abstatten müssen, und Barbara würde am Boden zerstört sein, wenn wir ihr mitteilten, was wir vorhatten. Am Boden zerstört und dann wütend, und selbstverständlich würde sie mir die Schuld geben. Der Reverend würde es schade finden, dass Kat das Dorf verließ, sich jedoch insgeheim freuen, dass sie an ihr eigenes Leben statt an das ihrer Mutter dachte. Rick würde sie auslachen und sich nicht vorstellen können, wie Kit-Kat auf einem Bauernhof arbeitete. Aber was sie auch sagen und fühlen mochten, wir würden unser Haus dennoch räumen und zum Verkauf anbieten. Wir würden verschenken oder wegwerfen, was wir nicht mehr brauchten, und dann für immer in den Norden ziehen.

Selbstverständlich würde es Kat schwerfallen, den Kindergarten zu verlassen, aber sie hätte dort ohnehin bald aufgehört, wenn das Baby kam. Und ihre Gefühle würden sich auch ändern. Das ist der Lauf der Dinge. Was lebenswichtig erscheint, ist es tatsächlich nur selten, und meist tritt an seine Stelle das, was wirklich nötig ist.

Wenn wir endgültig hierherzögen, würden wir uns von allen alten Schichten befreien. Die Vergangenheit, in der wir einst gelebt hatten, würde uns wie die Vergangenheit anderer Leute erscheinen.

Und so ist es heute auch, sage ich zu Adam.

Es kommt mir absurd vor, sage ich, dass ich einst Jungen in gestreiften Blazern Shelley und Shakespeare, Hardy und Houseman nahegebracht habe.

Auf dem offenen Moorhuhnsumpf war der Schnee in dichten

Flocken gefallen und hatte die Spuren bedeckt, die Kat hinterlassen hatte. Dadda lief auf direktem Wege in Richtung Poacher's Seat, der in den Wolken auftauchte und wieder verschwand. Doch der Wind nahm zu, und bald war alles vor uns im Schneesturm verborgen. Ich sah nur noch den blutbefleckten Rücken von Daddas Jacke und die von seinen Stiefeln hinterlassenen Soden. Musket trottete neben mir und versuchte, die günstigste Route zu finden, sein Fell war von der Nässe des Schnees zu Spitzen geformt.

Normalerweise war er ziemlich geschickt darin, seine Pfotenspuren zurückzuverfolgen, und genau wie die Schafe hätte er seinen Weg zurück in die Endlands wahrscheinlich ohne größere Schwierigkeiten gefunden, doch als wir in eine Vertiefung traten, an die wir uns aufgrund der vollkommenen Stille dort unten erinnert hätten, hieß Dadda ihn stehen bleiben.

»Wir müssen in die falsche Richtung gelaufen sein«, stellte er fest. »Auf dem Moorhuhnsumpf gibt es keine solchen Abhänge.«

»Wir können nicht allzu weit vom Weg abgekommen sein«, entgegnete ich. »Wir sind doch immer nur geradeaus gelaufen, oder?«

»Als ob man bei einem solchen Wetter jemals geradeaus laufen könnte«, gab Dadda zu bedenken.

»Dann müssen wir zurückgehen«, meinte ich.

Dadda schob seinen Ärmel hoch und warf einen Blick auf seine Armbanduhr. »In wenigen Stunden wird es dunkel«, erklärte er.

»Ich weiß, Dadda.«

»Es ist nicht leicht, das obere Ende des Pfades zu finden, wenn das Tageslicht verschwindet.«

»Ich weiß.«

Er vertrieb lediglich seine Sorgen, das war alles. Ich wusste, dass er nicht gehen wollte, ehe wir Kat gefunden hatten, aber er hatte recht. Die Dunkelheit riegelte die Ränder des Moors ab. Und selbst wenn wir es durch pures Glück bis zum höchsten Punkt von Fiendsdale Clough schafften, war es unwahrscheinlich, den Abstieg auf dem Schafspfad durch Eis und Schnee zu bewältigen, ohne dabei in die Schlucht zu rutschen. Wir hatten keine Taschenlampe dabei, und wir waren müde.

Das Laufen durch den Schnee hatte uns beiden Kraft geraubt, und so blieben wir stattdessen für eine Minute stehen und lauschten. Die Stille war das, was ich am ehesten vergaß, wenn ich mich fern des Tals aufhielt. Ich konnte sie unmöglich mit nach Suffolk nehmen, konnte sie unmöglich irgendwo anders wahrnehmen als hier.

Musket hatte das bessere Gehör, weshalb er als Erster den Ruf hörte und ein paar Schritte weitertrottete, um ihm auf den Grund zu gehen.

»Das klingt wie noch eine der Auen«, sagte Dadda.

»Nein, das ist Kat«, widersprach ich.

Aber als der Ruf erneut ertönte, hörte er sich nach keinem von beidem an. Diesmal wurden auch Worte intoniert, die jedoch unmöglich zu verstehen waren.

»Vielleicht ist es dieselbe Person, die wir letztens gehört haben, wer auch immer das war«, überlegte Dadda.

»Kann sein«, erwiderte ich, und die Stimme klang noch genauso entfernt, als sie ein drittes Mal zu uns drang. Ein schwindender Ton, der zu kurzlebig war, um ihn zu lokalisieren.

Musket bellte, und Dadda forderte ihn auf, still zu sein. Ich rief Kats Namen und begann den Hang hinaufzuklettern.

Der Sturm legte sich langsam, und der Schnee ebbte ab zu ein paar herumwirbelnden Flocken. Als ich oben angelangt war, konnte ich erkennen, wie der Wind den Schneesturm über das Moor getrieben und den Himmel am Horizont vor uns in einem schmutzigen Orange zurückgelassen hatte. Muskets Nase musste vor Kälte taub geworden sein. Er hatte uns in einem weiten Bogen geführt, sodass wir mittlerweile in Richtung Westen statt Osten gingen.

Das Moor mochte nun freigefegt von Wolken sein, doch von Kat war noch immer keine Spur zu erkennen, und nichts wirkte vertraut. Es war schwer, die Entfernungen einzuschätzen, schwer zu sagen, ob die weißen Bergrücken, die wir sehen konnten, Meilen vor uns lagen oder aber in wenigen Gehminuten zu erreichen waren.

Ich folgte Dadda zu einem höheren Punkt am Rande der Kluft, doch dahinter lag nur noch mehr von der gleichen Aussicht. Ich rief nach Kat und bekam keine Antwort. Die Stimme, die wir vernommen hatten, sprach nicht noch einmal.

Uns blieb nicht viel mehr übrig, als uns auf den Weg zurück zur Mauer zu machen. Solange wir das schwindende Tageslicht in unserem Rücken behielten, würden wir in die richtige Richtung gehen.

Bei Sonnenuntergang verwandelte sich der Himmel in zinnoberrote Bänder, die die Wolken leuchtend flankierten, und schon bald wehte eine neue Wetterfront heran. Die Dämmerung kam gemeinsam mit dem Schnee, und von da an konnten wir nur noch versuchen, der Linie zu folgen, auf der wir bislang gelaufen waren, wobei wir beide Kats Namen riefen.

Am Verblassen des Lichtes las ich ab, dass Dadda und ich noch etwa eine Stunde gelaufen, dabei jedoch wohl kaum weiter als eine Meile gekommen waren. Schon mitten im trockenen Hochsommer war der Weg über das Moor beschwerlich genug, doch im Schnee war jeder Schritt eine Erfahrung für sich, und man konnte kaum vorhersagen, ob der Untergrund, auf den man seinen Fuß setzen wollte, sich zu einem metertiefen Loch öffnen oder den Stiefel in den Matsch schlittern lassen würde. Bei den Talkesseln im Moor war es leichter, auf dem Hintern hinunterzurutschen, als zu Fuß zu gehen, und auf der anderen Seite wieder hinaufzuklettern war so anstrengend wie das Erklimmen einer Sanddüne.

Auf diese Weise hatten wir ein halbes Dutzend Schneisen und Mulden durchquert und erreichten gerade die Spitze eines besonders steilen Abhangs, als Dadda sich hinunterbeugte und Musket am Genick packte, damit dieser keinen Schritt weiterging.

»Was ist los?«, erkundigte ich mich.

Er gab keine Antwort, und als ich die letzten paar Schritte bis zum Kamm erklommen hatte und mich neben ihn stellte, konnte ich sehen, worauf er hinunterblickte. Es war die Far Lodge.

Trotz allem, was der Gaffer mir erzählt hatte, war ich nicht davon ausgegangen, dass sie noch so gut erhalten sein würde. Die Mauern waren solide, und das Dach, das eigentlich als Erstes hätte zerfallen müssen, hielt den Schnee wie ein starres Zelt. Von den Fensterläden war die schwarze Farbe abgeblättert, aber sie waren noch immer fest verriegelt. Das Gebäude wirkte wie einer jener Leichname aus der Eisenzeit, die hin und wieder aus dem Torfmoor gezogen wurden und bei denen Haare und Haut und Fingernägel noch intakt waren. Etwas Totes, das seltsam nah daran war, noch am Leben zu sein.

»Das verstehe ich nicht«, sagte ich. »Wir können nicht hier sein, wenn wir nach Osten gelaufen sind.«

»Du hast gesehen, wo die Sonne untergegangen ist«, erwiderte Dadda. »Wir sind in die richtige Richtung gegangen.«

»Wie ist das möglich?«, wollte ich wissen.

Dadda blickte erneut hinunter auf die Lodge, die langsam unter dem Schnee begraben wurde. »Ich weiß es nicht«, antwortete er.

»Glaubst du, wir könnten hineingelangen?«, fragte ich.

»Ich würde lieber weitergehen«, antwortete Dadda.

»Wir sind meilenweit vom Tal entfernt«, erklärte ich. »Es wird stockdunkel sein, ehe wir auch nur in die Nähe des Pfades kommen.«

»Kann schon sein, aber dieses Haus sollte man besser in Ruhe lassen«, beharrte Dadda.

»Zehn Minuten, Dadda«, bat ich. »Nur, bis sich das hier verzogen hat.«

Gemeinsam schoben wir mit den Stiefeln den Schnee beiseite, der sich vor den Türen angehäuft hatte, ehe wir diese weit genug nach innen drücken konnten, um uns durch den Spalt hineinzuzwängen. Die Fensterläden ließen den Raum in grauem Dunkel verharren, doch selbst im Dämmerlicht war zu erkennen, dass das Esszimmer, in dem Gideon Denning und die Hellenen einst Karten gespielt, ihren Scotch getrunken und den Teufel aus seinem Schlaf unter dem Moor aufgeweckt hatten, komplett ausgeräumt worden war. Falls die Zeichen, die sie in jener Nacht Ende Oktober an die Tür geschmiert hatten, noch immer vorhanden waren, wie der Gaffer behauptet hatte, dann waren sie längst überdeckt von Schimmel und Spinnennetzen.

In der Lodge war es kälter als draußen im Schnee, und Dadda trat an den Kamin, um zu sehen, ob dieser noch zu gebrauchen wäre.

»Hier werden wir nicht viel zum Brennen kriegen«, meinte er.

Der Kamin war übersät von Vogelscheiße, und auf der Feuerstelle häuften sich die Überreste alter Nester. Wahrscheinlich waren noch mehr von ihnen in den Schornstein gezwängt.

Als Brennstoff standen uns lediglich zwei Fensterläden zur Verfügung, die irgendwann einmal zum Reparieren hereingebracht und gegen die Wand gestellt worden waren. Dadda zertrampelte sie in kleine Stücke, wir stapelten sie auf dem Rost, knieten uns hin und bliesen darauf, um die Flammen zum Leben zu erwecken. Doch sie schwelten eher, als dass sie brannten, und ein bis zwei Fuß vom Kamin entfernt blieb es bitterkalt.

»Sie wird allein zum Hof zurückgefunden haben, oder?«, fragte Dadda.

»Ich bin mir sicher, dass die anderen sie aufgesammelt haben«, erwiderte ich. »Sie werden nach ihr sehen, bis wir zurückkommen.«

»Ich schätze, wir werden noch ein paar Stunden brauchen«, meinte er.

»Dadda, wir können jetzt nirgendwohin mehr gehen«, entgegnete ich.

»Es ist erst fünf Uhr«, stellte er mit einem Blick auf seine Armbanduhr fest. »Wenn wir bald aufbrechen, sind wir bis sieben zurück. Spätestens acht.«

»Wohl eher acht Uhr morgen früh«, widersprach ich.

»Hör doch auf.«

»Na ja, dann hör du endlich auf, Unsinn zu reden, Dadda«, verlangte ich. »Du weißt, wie es im Schnee auf dem Moor ist.«

»Ich habe neun gute Tiere verloren«, sagte er. »Ich will sichergehen, dass es zumindest dem Rest von ihnen gut geht.«

»Das wird es schon«, versprach ich.

»Ich kann nur hoffen, dass sie sie bei dem Wetter nicht draußen auf der Weide gelassen haben«, erwiderte er.

»Was hättest du getan?«, hakte ich nach.

»Sie in den Stall gebracht, natürlich«, antwortete er.

»Na, dann werden Bill und die anderen wohl dasselbe getan haben, oder?«, fragte ich. »Sie haben den Abtrieb schon genauso oft mitgemacht wie du.«

»Irgendjemand muss sich auch den Schafbock anschauen«, fügte Dadda hinzu.

»Sie haben Augen«, antwortete ich. »Jeder von ihnen.«

»Ihn richtig beobachten, meine ich, Klugscheißer«, fuhr er

mich an. »Sie müssen wissen, wann sie Leith anrufen sollen, wenn es ihm schlechter geht.«

»Sie werden es schon hinbekommen«, beteuerte ich.

»Besser wär's.«

»Was wirst du wegen der Auen unternehmen?«, fragte ich.

»Da kann ich nicht viel machen. Ich hab keine Zeit, sie noch vor dem Decken zu ersetzen«, meinte er. »Ich werde nun bis nächstes Jahr warten müssen.«

»Wir werden die Herde wieder aufbauen, Dadda«, versicherte ich. »Mach dir keine Sorgen.«

Er spuckte ins Feuer, zog an seiner Selbstgedrehten und gab keine Antwort.

Es waren nicht nur die drei Auen gestorben, sondern mit ihnen ihre Nachkommen und deren und deren. Jeder Tod hallte immer weiter nach.

»Bill hatte allerdings recht, Dadda«, erklärte ich. »Es ist nicht deine Schuld.«

»Das würd ganz anders aussehen, wenn der Gaffer noch hier wär«, meinte er. »Dann müsst ich mir das noch bis zum Sankt-Nimmerleins-Tag anhören.«

»Aber er ist ja nicht hier, oder?«

»Vielleicht nicht körperlich.«

»Hat er dich jemals hierhergebracht? Der Gaffer?«, fragte ich.

»Nein«, antwortete Dadda. »Und er hat mir versichert, wenn er jemals herausfände, dass ich auch nur nach diesem Ort gesucht hätte, dann würde er mir einen Satz heiße Ohren verpassen.«

»Er hat dich doch nie geschlagen«, entgegnete ich.

»War bloß eine Redewendung.«

»Wie ist er gewesen?«, fragte ich. »Nach der Geschichte mit dem Jungen?«

Danach hatte ich noch gar nicht richtig gefragt.

»Er hat nicht viel darüber geredet«, erklärte Dadda. »Das hat keiner von uns.«

»Hat er sich Sorgen gemacht?«

»Na klar hat er das«, erwiderte Dadda. »Wie denn auch nicht?«

»Das hat er dir also gesagt?«

»Das brauchte er nicht, so viel, wie er jeden Abend im ›Cropper's Arms‹ in sich hineinkippte«, berichtete er. »Ich weiß nicht, man hätte ja denken können, er würde nach dem, was passiert ist, ganz die Finger davon lassen.«

»Wie meinst du das?«

»Er wollte diesen Jungen nicht umbringen«, führte Dadda aus. »Er wollte ihm bloß einmal über den Kopf schießen, um ihn zu verjagen. Die Sache ist nur, er war den ganzen verdammten Abend lang im Pub gewesen, nicht wahr? Er konnte noch nicht mal mehr gut genug sehen, um geradeaus zu pissen.«

»Dann war es also ein Unfall«, stellte ich fest. »Wie du gedacht hast.«

»Das macht es nicht besser, John«, sagte er. »Deshalb ist er trotzdem noch ein betrunkener alter Mistkerl, oder nicht?«

»Willst du ihn so in Erinnerung behalten?«, fragte ich.

»Wie soll ich ihn denn sonst in Erinnerung behalten?«

»Er war dein Dad«, erklärte ich.

»Aye, aber er hat mich nie besonders gemocht«, meinte Dadda.

»Natürlich hat er das«, widersprach ich.

»Dann weißt du weniger über dein Zuhause, als ich gedacht hatte«, gab er zurück.

»Ich habe euch nie streiten sehen«, sagte ich. »Nicht über irgendetwas Wichtiges.«

»Du warst ja schließlich auch nicht hier«, entgegnete er. »Er hat mir immer die Schuld dafür gegeben, dass du gegangen bist.«

»Aber ich bin derjenige, der gegangen ist«, beharrte ich. »Mit mir hat er sich verkracht, nicht mit dir.«

»Er hat nie schlecht von dir gedacht, John«, behauptete Dadda.

»Das hat er, Dadda«, sagte ich. »Das weiß ich.«

»Hör mal, ich habe jeden Tag meines Lebens mit ihm verbracht«, verkündete Dadda. »Wann immer er erfahren hat, dass du zu Besuch kommst, war er wie ausgewechselt. Letzte Woche hat er die Tage gezählt. Ich habe gehört, wie er Musket davon erzählt hat.«

Ich glaubte ihm nicht, was Dadda bemerkte.

»Ich war nicht derjenige, der den schicken Nachttopf auf den Dachboden gestellt und den Spiegel aufgehängt hat«, erklärte er. »Er hat große Stücke auf dich und dein Mädchen gehalten.«

Er zog seine Mütze vom Kopf und hielt sie näher ans Feuer, um sie ein wenig zu trocknen. »Außerdem geht es nicht nur um die Schafe«, kam er zum Thema zurück. »Ich habe noch mehr um die Ohren.«

»All deine Aufgaben werden morgen auch noch auf dich warten«, versicherte ich ihm. »Und wenn du dir wegen Bill Gedanken machst, der wird Sturzaker doch nicht aufsuchen, ehe er weiß, dass wir in Sicherheit sind, oder?«, meinte ich.

»Sturzaker?«

»Komm schon«, sagte ich. »Du weißt auch, dass er nach der Sache mit den Schafen wieder bei ihm vor der Tür stehen wird.«

»Das wird er nicht«, wehrte Dadda ab. »Er hat zu viel Angst, dass Sturzaker Dent von dem Transporter berichtet.«

»Womöglich ist seine Angst auch berechtigt«, gab ich zu bedenken.

»Das sind ja ganz neue Töne«, stellte Dadda fest. »Ich dachte, du wärst dir sicher, Sturzaker würde uns so lange wie möglich zappeln lassen?«

»Du kennst ihn doch«, erwiderte ich. »Wenn er damit ein

wenig Geld verdienen kann, dann könnte die Versuchung zu groß werden.«

»Er wird damit kein Geld verdienen können«, bestritt Dadda.

»Wieso bist du dir da so sicher?«

»Ist doch egal, John«, meinte er. »Vergiss es.«

»Das verstehe ich nicht«, erklärte ich.

»Sieh mal, Ken Sturzakers Neuigkeiten sind Schnee von gestern«, teilte Dadda mir mit. »Dent wird nicht auf dem Hof aufkreuzen.«

»Woher weißt du das?«, hakte ich nach.

Er zog an seiner Selbstgedrehten und pickte sich einen Tabakfaden von der Lippe.

»Dadda, woher weißt du das?«, wiederholte ich.

»Weil er bereits da war, John«, sagte er.

»Wovon redest du?«, fragte ich. »Wann?«

»Ein paar Wochen später«, erklärte er. »Der Junge, den der Gaffer erschossen hatte, war Dents Neffe gewesen.«

»Oh Gott.«

»Und das wird diese vier Wände nicht verlassen, in Ordnung?«, fragte er.

»Selbstverständlich«, bestätigte ich. »Aber woher wusste Dent, dass er in den Endlands nachschauen sollte?«

»Einer der anderen kleinen Scheißkerle, die für ihn arbeiten, hat ihm erzählt, dass besagter Neffe hierhergekommen sei, um sich ein paar Pfund dazuzuverdienen.«

Er blies den Rauch in Kringeln aus der Nase und rieb sich die Haut unter dem Auge. Er war erschöpft.

»Weißt du«, fuhr er fort, »in den meisten Fällen würde ich sagen, dass Ken Sturzaker nur Mist erzählt, aber alles das, was er euch über Dent berichtet hat, entsprach bis ins Letzte völlig der Wahrheit.«

»Wie meinst du das?«, wollte ich wissen.

»Na ja, das mit seinem Neffen schien ihn kaum zu stören. Ich hatte den Eindruck, er fände, der hätte bekommen, was er verdient hatte«, erläuterte Dadda.

»Und das war alles?«, fragte ich. »Sie waren also quitt? Er und der Gaffer?«

»Komm schon«, fuhr Dadda mich an. »Glaubst du wirklich, ein Typ wie der gibt sich so einfach mit nichts zufrieden?«

»Was wollte er dann also?«, hakte ich nach.

Dadda blickte erst mich an und dann ins Feuer. »Grace«, sagte er. »Er wollte Grace. Der Gaffer sollte sie hinüber nach Burnley bringen.«

»Aber das hat er nicht getan«, stellte ich fest. »Wieso glaubst du also, dass Dent nicht zurückkommt, um sie zu holen?«

»Weil der Gaffer ihm stattdessen was anderes gegeben hat«, antwortete Dadda.

»Was hat er ihm gegeben?«

»Das weiß ich nicht« antwortete er. »Sie haben es unter sich ausgemacht.«

»Der Gaffer hat es dir nicht verraten?«, fragte ich.

»Um ehrlich zu sein, John«, erwiderte er. »Ich habe ihn nicht gefragt.«

Da es nicht aufhören wollte zu schneien, blieb uns nichts anderes übrig, als das Ende der Nacht abzuwarten. Musket lag auf meinen Füßen, Dadda rauchte seine Selbstgedrehte, und bald war deren bernsteinfarbenes Glimmen das einzige Licht im Raum.

Ich schlief ein wenig, auch wenn ich nicht weiß, wie ich das auf dem kalten Fußboden bewerkstelligte, und als ich wieder aufwachte, begann das Tageslicht, die Fensterläden zu umrahmen und unter der Tür hereinzuströmen. Dadda hustete und rollte sich herum. Der Wind hatte sich gelegt, und auf dem Moor war es still. Ich lauschte ein paar Minuten und fragte mich, ob ich in all der Stille womöglich Kat rufen hören konnte. Aber sie musste unten auf dem Hof sein. Sie bereitete sich wahrscheinlich gerade gemeinsam mit den anderen darauf vor, nach uns zu suchen.

Das Feuer war beinahe ausgegangen, und ich konnte Daddas und Muskets Atem sehen, während sie schliefen. Ohne eine Taschenlampe war es in der Nacht zu dunkel gewesen, um im angrenzenden Schlafraum nach irgendetwas zum Verbrennen zu suchen, aber nun war der Morgen bereits grau genug, um zumindest zu erkennen, dass die Tür an ihren Angeln hinabgesunken war und einen Spaltbreit offen stand. In dem dahinterliegenden Zimmer schien es heller zu sein als in dem, in dem wir geschlafen hatten, und als ich die Tür anhob, um sie so weit aufzubekommen, bis ich hineinschlüpfen konnte, stellte ich fest, dass einer der Fensterläden sich gelöst hatte und dasselbe schmuddelige Tageslicht hereinfallen ließ wie das Fenster der Spülküche unten im Bauernhaus. Draußen hatte es aufgehört zu schneien, und unter der niedrigen Wolkendecke erstreckte sich das Moor in die Ferne, Schneewehe für Schneewehe, bis hin zum kalten Sonnenaufgang an seinem östlichen Rand.

In dem Zimmer, in dem Gideon Denning und die Hellenen einst geschlafen und gevögelt hatten, war nicht mehr viel von der Einrichtung übrig geblieben. Die hölzernen Etagenbetten waren verschwunden, der eiserne Kohleofen, der sie warm gehalten hatte, war wahrscheinlich auf dem Schrottplatz gelandet, und die einzig verbliebenen Überreste waren ein paar kaputte Stühle auf der anderen Seite des Zimmers, zu denen sich ein heftiger Verwesungsgeruch gesellte, der mich an jene Toilette in Spanien erinnerte.

Vom Hügel aus mochte die Lodge solide gewirkt haben, aber sie verrottete von innen nach außen. Die Dachsparren hatten jahrzehntelang den Regen aufgesogen und eine Speckschicht aus weißem Schimmel angesetzt. An den Wänden glänzte der Putz vor Schweiß, und überall dort, wo die Holzdielen zerstört waren, wuchsen hohe Grasbüschel. Jedes Brett hatte vom tropfenden Dach darüber schwarze Streifen und sah aus, als würde es beim nächsten Fußtritt zersplittern.

Ich fragte mich, wie lange das Moor wohl brauchen würde, um das gesamte Gebäude zu verschlingen. Weitere hundert Jahre? Zweihundert? Vielleicht noch länger. Aber eines Tages würde es verschwunden sein. Der Wind würde die Dachschiefer lose rütteln wie alte Zähne, und irgendwann würde der Regen vollenden, was die aufsteigende Feuchtigkeit begonnen hatte, und die Dachbalken durchnagen, bis sie abknickten und herunterfielen.

Irgendjemand war hier gewesen, und zwar erst vor Kurzem. In einer offenen, halb leeren Dose Hundefutter steckte noch ein Löffel. Zigarettenkippen und abgebrannte Streichhölzer lagen verstreut herum. Womöglich hatten ein paar Typen aus dem Dorf oder aus Wyresdale hier während der Moorhuhnjagd Unterschlupf gesucht. Hatten ihre Terrier gefüttert, ihre Gewehre gereinigt und darauf gewartet, dass der Regen vorüberzog.

Doch dann stieß ich auf eine Autobatterie, eine Zange, einen Fäustel und erst einen, dann den zweiten Lederstiefel. Und der Gestank in dem Zimmer war zu stark für Hundefutter.

Hinter den verstreuten Stühlen entdeckte ich jemanden, der zusammengerollt mit dem Gesicht zur Wand lag. Seine nackten Füße hatten die Farbe von Auberginen angenommen. Ich wartete darauf, dass er sich bewegte oder aufwachte, obgleich ich wusste, dass dies nicht geschehen würde. Niemand legte sich so unbehaglich schlafen. Und es war zu kalt, um die Nacht nur in einem T-Shirt verbracht zu haben.

Ich trat an den Rand des Flecks, der sich unter dem Körper ausgebreitet hatte und getrocknet war, und erkannte das ungezähmte Haar und das Ohr ohne Ohrläppchen. Ich kannte diese knochige Nase und (auch wenn die Finger gebrochen waren) die Hand, auf die *Liz* und *Grace* tätowiert war. Aber das Blut auf seiner Haut und seiner Kleidung stammte nicht von ihm. Jeff lag in den Überresten des Leichnams eines anderen Mannes. Ein Mann, der aufgerissen worden war wie die Auen, die wir auf dem Moor gefunden hatten.

Mittlerweile war mir Musket in das Zimmer gefolgt, und nachdem er vor dem Hundefutter zurückgeschreckt war, begann er, sich durch die auf dem Boden verteilten Kleidungsfetzen und das Fleisch, das bis in die Zimmerecke verstreut war, zu schnüffeln. Er bellte, blickte mich an und wartete auf die Erlaubnis, die Finger zu fressen, die er gefunden hatte. An jedem von ihnen steckte ein Silberring.

Ich hörte, wie Dadda sich im Zimmer nebenan regte und nach mir rief, und nachdem ich Musket mit dem Fuß hinausgeschoben hatte, schloss ich die Tür zum Schlafraum hinter mir so fest, wie es ging.

»Was machst du da?«, fragte Dadda.

»Dir war kalt«, erwiderte ich. »Ich dachte, ich könnte da drinnen etwas finden, das wir verbrennen können.«

»Vergiss es«, wehrte Dadda ab. »Wir bleiben nicht länger hier. Wir müssen los.«

Er wusste, dass die anderen beim ersten Licht des Tages wieder heraufkommen würden, um nach uns zu suchen, und er wollte nicht, dass sie meilenweit über das Moor wandern mussten. Es lag nun bereits unter einer tiefen Schneedecke begraben, und niemand konnte sagen, wie viel noch herunterkommen würde.

Frühling

Tagelanger Starkregen wusch die Schneeverwehungen am Ende davon und hinterließ das Tal schlammig und feucht. Weihnachten kam und ging, und im Januar erreichte uns schließlich der echte Winter. In dieser Zeit hatten wir stets das Schlimmste durchzustehen. Die Höfe waren von der Außenwelt abgeschnitten, Rohre vereisten, Zäune wurden durch Stürme umgekippt, während Musket sich eine Erkältung zuzog und gepflegt werden musste wie ein alter Großvater.

Der Frost dauerte bis weit in den Februar hinein an, aber dann kroch langsam die Sonne ins Tal, und die Schluchten wurden zu tropfenden Grotten voll Schneeglöckchen und Bingelkraut. Und der Fluss, der so lange vom Eis gedämpft worden war, strömte nun laut mit dem Schmelzwasser. Der März wich dem April, und die Lämmer wurden in Blüten und hohe Wolken hineingeboren. Ebenso wie auch dieses Jahr wieder.

Ich bin genauso schlimm, wie es Dadda und der Gaffer einst gewesen waren. Ich kann die Schafe nicht besonders lange allein lassen. Kat ist allerdings auch nicht besser. Sie ist im neunten Monat schwanger mit unserem zweiten Kind, und ich bitte sie, es langsam anzugehen, aber sie hört einfach nicht auf mich. Sie sagt, sie sei so rund, dass sie ohnehin nicht schlafen könne, da könne sie ebenso gut zu den Pferchen hinüberwatscheln und mir bei der Nachtschicht helfen. Außerdem meint sie, ihre

Anwesenheit wirke beruhigend. Die Auen spürten, dass Kat in derselben Klemme steckte wie sie.

Liz und Grace sind an den meisten Tagen da gewesen, um zu helfen, Angela ebenfalls, wenngleich sie nachmittags müde wird und sich zu Adam setzt, um ihm mit den Lämmern zu helfen, die mit der Flasche aufgezogen werden. Seit Jahren ist es nun schon seine Aufgabe (so wie es einst meine gewesen ist), nach den Kümmerern zu sehen, von denen wir dieses Jahr ein paar mehr hatten als gewöhnlich. Er arbeitet jedoch wie immer gewissenhaft. Er gurrt nicht über ihre schlotternde Veloursléderhaut oder ihr lustiges leises Blöken, sondern ist fest entschlossen, diese kleinen, hageren Dinger in gute, starke Tiere zu verwandeln. Aber es ist eine Aufgabe für Kinder, und er wird nicht ewig ein Kind bleiben.

Kat bemuttert ihn mehr als nötig, insbesondere in der Nähe der Schafe. Sie mag es nicht, wenn er beim Lammen im Pferch dabei ist. Sie hat Angst, dass sie ihn umschubsen und über ihn trampeln. Aber er muss es nun einmal lernen, und deswegen schließen wir gelegentlich einen Pakt des Schweigens, damit sie sich keine Sorgen macht.

Als wir gestern Abend vom Schießen im Moss zurückgekehrt waren, bekam eine der Auen Wehen. Doch nur der Kopf des Lamms kam zum Vorschein, nicht seine Hufe. Eine schlechte Gebärposition. So bleiben die Schultern stecken. Das Lamm kann sterben, und die Mutter ebenfalls.

Ich ergriff Adams Hand, führte ihn in den Pferch und half ihm, sich neben mich ins Stroh zu knien. Die Aue zappelte und erzeugte einen Ton in der Kehle, woraufhin Adam ein wenig zurückwich.

Hab keine Angst vor ihr, sagte ich. Sie wird dir nichts tun, wenn sie weiß, dass du ihr helfen willst. Kannst du seinen Kopf spüren?

Ich führte seine Finger an das schmierige Gesicht des Lammes.

Ich muss es wieder hineinschieben, erklärte ich, damit wir die Beine in eine andere Position bringen können. Das wird deine Aufgabe sein. Keine Angst, für dich wird es sowieso leichter sein. Du hast kleinere Hände als ich.

Nachdem ich das Lamm zurück in den Uterus geschoben hatte, rieb ich Adams Finger mit Gelee ein und steckte seine Hand in die Vagina des Mutterschafes. Bei dem Gefühl auf seiner Haut und dem galligen Geruch verzog er unwillkürlich das Gesicht, aber er sagte nichts.

Kannst du sein Bein spüren?, wollte ich wissen.

Ja, antwortete er.

Wie viele?

Nur eins.

Steck beide Hände hinein, forderte ich. Es ist alles in Ordnung. Lass sie ihre Geräusche machen, du fügst ihr keinen Schaden zu. Hast du das zweite gefunden?

Das hatte er.

Aber sie sind glitschig, sagte er.

Dann rück näher heran, trug ich ihm auf. Bis du die Knöchel gut im Griff hast.

Er schob sich auf den Knien voran, bis seine Wange beinahe das Hinterteil der Aue berührte, seine braunen Augen wanderten hin und her, und sein Mund war leicht geöffnet, wie immer, wenn er sich auf etwas konzentriert.

So ist es gut, sagte ich. Und jetzt hol es raus.

Er zog seine Unterarme zurück, die Haut bedeckt von sirupartigem Blut und Gerinnseln, und holte dabei zwei kleine Hufe aus dem Schlund des Geburtskanals. Die Aue murrte und spannte sich an, und ich hielt sie fest, während Adam auf den Knien zurückrutschte und das Lamm hinaus ins Stroh beförderte.

Ist es gesund?, fragte er.
Es geht ihm gut, bestätigte ich.
Was ist es?, wollte er wissen.
Ein Junge, sagte ich.
Ein zweimalgeborener.

Kat war natürlich außer sich, als sie ihn in diesem Zustand sah, aber ich erklärte ihr, dass er das Lamm nur gehalten, dass ich es zur Welt gebracht hätte. Einen Monat vor der Geburt unseres Kindes sollte sie sich nicht unnötig aufregen. Ich habe ihr viele Dinge nicht erzählt. Sie weiß nicht, dass ich Adam dem Lamm, das wir Ende des Jahres zu Devil's Day essen werden, die Ohrmarke habe stechen lassen. Ich habe ihr nicht erzählt, dass ich ihn gestern die Schrotflinte vom Moss nach Hause habe tragen lassen. Oder dass er mir heute Morgen in der Spülküche geholfen hat, die Stockenten auszunehmen.

Wenn ich zu ihm sage: Das bleibt zwischen uns beiden, dann weiß er, dass er den Mund halten muss, wenn er weiter etwas über das Tal lernen möchte. Also fragt er mich erst, nachdem wir Kat in der Küche beim Stricken einer Babymütze zurückgelassen haben und draußen auf dem Hof Jenny an ihrer Hundehütte festbinden, wo wir wirklich hingehen.

An einen Ort, an dem du noch nicht gewesen bist, antworte ich.

Aber was ist mit den Lämmern?, fragt er. Was ist, wenn noch mehr kommen?

Oma Angela und Tante Liz sind da, erkläre ich. Und Grace ebenfalls. Die werden nach ihnen sehen, wenn wir fort sind. Mach dir keine Sorgen.

An den meisten Tagen versuche ich, ihn mit hinaus auf die Heuwiesen zu nehmen, oder auf dem anderen Weg bis zu dem Haus zu gehen, das einst den Dyers gehörte. Er kann nicht schnell laufen, auch wenn ihm die Landstraße sein ganzes Leben lang vertraut ist. Aber das heißt nicht, dass er nicht weit laufen könnte. Kat und ich haben immer angenommen, er würde schnell ermüden, wenn wir ihn eine längere Strecke zu Fuß gehen ließen, aber weshalb sollte das eigentlich der Fall sein? Seine Beine sind schließlich nicht schlechter als die Beine anderer.

Schritt für Schritt bewegen wir uns langsam die Straße entlang. Sobald der Wind sich legt, spenden die Sonnenstrahlen Wärme. Ohne Frage ist Frühling. Der schlammige Sumpf des Winters ist nun Vergangenheit, und der Fluss springt daher wie die Lämmchen auf der Weide neben dem Haus.

Es ist so laut, sagt Adam und legt sich die Hand ans Ohr. Für ihn ist das Wasser überall. Es füllt das Tal bis zum Rand. Es erinnert ihn ständig daran, sich zu fürchten.

Ich weiß nicht mehr genau, wie alt er war, als seine Hand aus Kats glitt und er von den Trittsteinen bei der Brücke der Beasleys fiel, ob eher drei als vier Jahre, aber er war nicht lange im Wasser geblieben. Lediglich die paar Sekunden, in denen die Strömung ihn unter der Betonbrücke hindurch und auf der anderen Seite wieder heraustrug, wo ich gerade die Disteln zurückschnitt. Als ich Kats Schreie hörte, hatte ich die Hippe fallen lassen und den hustenden und weinenden Adam am Arm herausgezogen.

Danach hatten wir uns wochenlang mit Was-wäre-wenn-Fragen gegeißelt und uns alle möglichen Schreckensszenarien ausgemalt: den Familiennamen auf der Titelseite der *Lancashire Gazette* zu lesen, einen winzigen Sarg nach St Michael's hineinzutragen, wie wir beide für immer in Schuld ertranken.

Kat ging immer wieder mit ihm zum Arzt, aus Sorge über den Schnitt am Fußknöchel, den er sich an der scharfen Kante der Felsen zugezogen hatte, aus Sorge, seine Lungen könnten Schaden genommen oder sein kleines Gehirn könnte zu wenig Sauerstoff abbekommen haben. Er war jedoch nicht lange genug untergetaucht gewesen, um tatsächlich einen körperlichen Schaden davonzutragen. Allerdings litt er unter Nachtängsten, und für einige Monate danach schlief er mit uns im Bett.

Aber das ist nun schon lange her, und er ist mittlerweile beinahe elf Jahre alt. Er hat keine Zeit mehr, ein Kind zu sein. Damit ist es nun vorbei.

Wo sind wir?, fragt er.

Beim Hirsch, antworte ich.

Er erkennt das alte Haus der Dyers an dem Kopf des Hirschbocks, der in einen der Torpfosten geschnitzt ist. Diese waren aus dem Mauerwerk des Kirchenportals gerissen worden, als Richard Arncliffe den Glockenturm instand setzte. Seit frühester Kindheit liebt Adam es, mit dem Finger das Geweih entlangzufahren.

Das Tor ist mit einer angerosteten Kette verschlossen, und auf dem betonierten Weg hoch zum Bauernhaus sprießt frisches Gras so hoch, dass es das ZU-VERKAUFEN-Schild verdeckt, das im Laufe des Winters umgeweht wurde. Eine Zeit lang, in der sie mit einem Molkereiangestellten aus Clitheroe verlobt war, hatte Grace erwogen, den Hof weiterzuführen. Es war nur vernünftig. Alle Gebäude, die sie brauchen würden, waren bereits vorhanden, sie kannte das Land gut, und ihr Verlobter hatte auf dem Hof seines Vaters eigene Kühe aufgezogen und besaß den Grundstein für eine gute Herde. Aber die Beziehung war im Sande verlaufen, wie es bei Grace nicht unüblich ist, und dann stand das Abferkeln vor der Tür, und Angela und Liz brauchten sie, weshalb die Idee aufgegeben wurde.

Hin und wieder kommen Leute in Range Rovers mit Plänen für ein Leben auf dem Land zur Besichtigung vorbei, und vor einer Weile hieß es, jemand wolle dort ein Bed and Breakfast eröffnen, aber die Endlands sind eher abgelegen als lauschig, eher wachsam als friedlich. Außerdem sind sie ein Ort der Arbeit, und diese Ärzte und Rechtsanwälte, die mit ihren Familien in ihren Hunter-Gummistiefeln anrücken, erkennen bald, dass sie nicht hierher passen würden.

Und selbst jemand mit dicker Brieftasche würde die Ausgaben scheuen, die nötig wären, um den Hof zu renovieren. Am Haus müssen hundert verschiedene Stellen ausgebessert werden, und das Dach der Scheune rostet auf den Zusammenbruch zu, ebenso wie die korrodierenden Stangen im Viehstall, in dem es noch immer nach Desinfektionsmittel riecht. Als damals die Maul-und-Klauenseuche ins Tal kam, hat sie sie ruiniert, die Dyers. All ihre Ayrshires wanderten auf einen Scheiterhaufen, genau wie die Schweine der Beasleys, genau wie unsere Schafe.

Ich war nur froh, dass Dadda nicht mehr mit ansehen musste, wie der Hof lahmgelegt wurde.

Da wir so spät lammen, waren unsere Auen noch trächtig gewesen, als die Männer vom Schlachthof, die in jenem Frühling eine andere Art von Schlachterarbeit zu erledigen hatten, eines Nachmittags gemeinsam mit Leith zum Hof heraufkamen.

Sie traten mit einem Bolzenschussgerät und ein paar Rückenmarkdurchtrennern in den Lammpferch und ließen ihn hinterher still zurück. Dann verbrannten wir, was sie getötet hatten. Dann vergruben wir die Asche. Dann kauften wir neue Tiere, genau wie Angela. Dann versuchten wir, ein zweites Baby zu bekommen, und nun steht Kat kurz vor der Entbindung. Diesmal wird es ein Mädchen, sagt sie. Dabei ist sie sich genauso sicher wie damals, als sie wusste, dass Adam ein Junge werden würde.

Wir machen weiter. Wenn die Welt ins Tal herabgerollt kommt, und manchmal geschieht das eben, dann fangen wir wieder von vorn an. Wir kommen allein zurecht. Wir können einander ernähren. Wir haben Häuser, die uns gehören. Das Land ist unseres. Was auch passiert, daran wird sich nichts ändern. Wir sind nicht wie die Leute in Underclough, die versuchen, in Ruinen zu leben.

Es fällt mir nicht leicht, Adam den Unterschied begreiflich zu machen zwischen dem Dorf heute und dem Dorf, wie die Arncliffes es kannten. Ich habe ihm die Mühle beschrieben und ihm erklärt, wofür sie genutzt wurde, aber ich weiß nicht, was genau er sich darunter vorstellt. Wasserräder und Zahnrädchen und Treibriemen, wie das Innere einer gigantischen Uhr vielleicht. Er weiß, dass die Mühle schloss, als der Gaffer kaum älter war als er selbst, doch schwerer fällt ihm, zu begreifen, dass das Unternehmen eigentlich bereits mit Jacob Arncliffe starb. Nach dem Schneesturm wurde die Arbeit natürlich fortgesetzt, die Webstühle lärmten noch immer von den frühen Morgenstunden bis zum Sechs-Uhr-Läuten von St Michael's, auch wenn die Firma, die den Betrieb übernommen hatte, in Schwierigkeiten geriet und bald feststellte, dass sie eine Antiquität erworben hatte. Im darauffolgenden Jahr begann der Krieg, und die Mühle spielte eine kleine Rolle in den allgemeinen Anstrengungen, allerdings wurde nur ein Bruchteil des Gebäudes für die Stoffe benötigt, die ihr zu produzieren aufgetragen wurde, und Räume, die zuvor von Lärm erfüllt gewesen waren, standen nun leer.

Männer verließen die Häuserreihe und die Nine Cottages und fragten sich auf den Schiffen nach Frankreich, ob die Uniformen, die sie trugen, aus dem Stoff genäht worden waren, den sie selbst hergestellt hatten. Und später, ob die Decken ihrer Lazarettbetten jene waren, die sie selbst im Veredelungsraum zurechtgeschnitten hatten. Ein paar von ihnen kamen schreckhaft und wie ausgewechselt nach Hause, ein paar schienen die ganze Angelegenheit als reine Unannehmlichkeit erlebt zu haben, aber die meisten kehrten als Namen für den Meißel des Steinmetzes zurück ins Tal. Bis das Kriegerdenkmal am Straßenrand kurz vor Sullom Wood errichtet worden war, in jenem Jahr, als Gideon Denning die Endlands verkaufte, erschienen die Fotografien, die Jacob vom Fluss und von der Kirche aufgenommen hatte, von den Webern, die ihre Beete auf der Rückseite der New Row harkten, von den Mädchen, die geisterhaft verschwommen um den Maibaum tanzten, von den Bauern mit ihren Sicheln und ihren Hirtenstäben, bereits alt. An eine Zeit geheftet, in die sie sich niemals zurückkämpfen könnten.

Aber wir leben anders, Adam, sage ich. Wir lassen nichts verloren gehen. Wir lassen uns nichts wegnehmen. Wir haben die Fähigkeit, weiterzumachen. Und daher auch die Verpflichtung.

Das ist es, was die Dyers vergessen haben, oder nicht mehr sehen konnten.

Manchmal laufe ich Laurel über den Weg, wenn sie unten im Dorf Betty Ward besucht, und dann erzählt sie mir jedes Mal, was für ein Segen es für Bill und sie doch gewesen sei, das Tal verlassen zu müssen. Bill sei mit seiner Arthritis nun mehr oder weniger ans Haus gefesselt, und sie selbst sei ja nun auch nicht gerade bei bester Gesundheit. Man stelle sich nur vor, sie müssten sich jetzt auch noch um einen Hof kümmern? Nein, sie seien glücklich in Fleetwood. Sie habe immer in die Gegend zurückkehren wollen, in der sie aufgewachsen war, und am Meer leben. Sie habe eine Anstellung bei einem Fischhändler, von der sie eine kleine Wohnung bezahlen könne. Und wenn Jeff irgendwann einmal endlich ins Tal zurückkehrte, könne ich ihm mitteilen, dass dort ein Zimmer mit Blick über die Promenade auf ihn warte.

Laurel ist die Einzige, die noch fest daran glaubt, er werde auftauchen. Sie denkt noch immer, Jeff werde eines Tages durch ihre Tür spazieren, ihr einen Kuss auf die Stirn geben und in dem Zimmer schlafen, das sie jede Woche für ihn sauber macht. Sogar Grace hat sich bereits vor Jahren damit abgefunden, dass er tot ist.

Die Polizei hatte den Fall so lange bearbeitet, wie sie es eben tut, wenn jemand vermisst gemeldet wird, und es war schwer mit anzusehen, was die Dyers alles durchstehen mussten. Doch es war immer noch besser für sie, als zu wissen, was ich in der Far Lodge entdeckt hatte.

Heutzutage sprechen Kat und ich nicht mehr sehr oft von jener Nacht. Aber sie ist Teil unserer Geschichte, und an verschneiten Tagen erwische ich Kat manchmal beim Tagträumen, und dann weiß ich, dass sie daran denkt.

Dadda und ich hatten etwa eine Stunde gebraucht, um gemeinsam mit Musket bis zur Mauer zurückzulaufen, wo Bill in Begleitung von Fly auf uns gewartet hatte, seit es hell genug war, um etwas zu sehen. Die Schafe, die sie am Tag zuvor ins Tal getrieben hatten, ständen alle wohlauf in den Ställen. Der Schafbock fresse. Sie hätten Kat mit steifen Händen und blutleeren Lippen in der Nähe des Top Pond herumwandernd gefunden. Aber nachdem sie sie hinunter zum Hof gebracht hätten, wo sie sich aufgewärmt und etwas gegessen habe, gehe es ihr gut, sie habe sogar geschlafen, obwohl sie Angst um Dadda und mich gehabt habe.

Um Grace machten sie sich erheblich mehr Sorgen. Sie habe Fieber. Sie könne nicht aufhören, sich zu übergeben. Laurel sehe nach ihr.

Sie hätten den Arzt gerufen, aber es werde Stunden dauern, ehe er durch den Schnee zu ihnen gelangen könne. Bill sei mit Daddas Traktor losgefahren und habe eine Schneise vom Moss bis zum Hof gezogen, während Liz und Angela die Straße von Schnee frei räumten. Allerdings fielen nun schon wieder frische Flocken vom Himmel, die die Kruste auf all den Nebengebäuden dicker werden ließen.

Bei unserer Rückkehr schlang Kat die Arme um mich und ließ mich nicht mehr los, ehe ihr bewusst wurde, wie kalt ich war, woraufhin sie mir aus meinen Kleidern half und mir ein Bad einließ.

»Es tut mir leid«, sagte sie, während wir darauf warteten, dass die Wanne sich füllte.

»Wohin bist du gegangen?«, wollte ich wissen.

»Ich weiß es nicht«, antwortete sie. »Ich konnte es nicht erkennen.«

»Warum hast du nicht auf uns gewartet?«

»Ich war wütend«, erklärte sie.

»Trotzdem«, sagte ich. »Du bist ganz schön schnell abgehauen, Kat. Wieso?«

»Du wirst mich für dumm halten«, wich sie aus.

»Was meinst du damit?«

»Ich dachte, ich hätte jemanden nach mir rufen hören«, erwiderte sie.

»Wen?«

»Es klang wie Grace«, sagte sie.

»Wieso hätte Grace denn auf dem Moor sein sollen?«, fragte ich.

»Ich dachte, sie wäre vielleicht gemeinsam mit den anderen aufgebrochen, um nach mir zu suchen«, erklärte Kat. »Habt ihr es denn nicht auch gehört? Das müsstet ihr eigentlich.«

»Ich dachte, das wärst du«, sagte ich. »Hast du nicht nach uns gerufen?«

»Das habe ich, einmal«, bestätigte sie.

»Vielleicht war es das, was ich gehört habe.«

»Aber wen habe ich dann gehört?«, wollte sie wissen. »Da war jemand oben auf dem Moor, der meinen Namen kannte, und es war nicht Grace.«

»Wie geht es ihr?«, fragte ich.

»Wirklich nicht gut«, antwortete Kat.

»Sie wird sich bloß erkältet haben«, meinte ich.

»Das ist keine Erkältung«, widersprach Kat. »Das ist etwas anderes.«

»Was denn?«

Kat senkte die Stimme. »Als ich vorhin ins Badezimmer gegangen bin«, berichtete sie, »habe ich sie dabei erwischt, wie sie sich die Finger in den Hals gesteckt hat.«

»Glaubst du, sie ist bulimisch?«, fragte ich.

»John, sie sagte, sie versuche, den Teufel loszuwerden«, erwiderte Kat. »Sie erzählte mir, deshalb habe sie den Spiegel eingeschlagen. Sie wollte nicht, dass er sie ansieht.«

»Das klingt für mich, als hätte sie im Fieberwahn geredet«, stellte ich fest.

»Oder sie braucht vielleicht eine andere Art von Arzt«, bemerkte Kat und drehte die Wasserhähne zu.

»Hast du es Liz erzählt?«

Kat schüttelte den Kopf. »Sie redet noch immer nicht mit mir. Steig hinein. Ich gehe dir etwas zu essen machen.«

Sie schloss die Tür hinter sich und ging nach unten, während ich in die Badewanne kletterte, meine Fingerknöchel lockerte und meine tauben Zehen aufweckte. Hinter der Milchglasscheibe schneite es erneut. Wir würden noch mindestens ein, zwei Tage auf dem Hof festsitzen. Zeit genug, um mich mit Kat erneut darüber zu unterhalten, für immer hierzubleiben. Zeit genug, um ihr verständlich zu machen, wie wichtig sie war. Dass sie die Endlands in ihrem Schoß trug.

Wolltest du mich hierhin bringen?, fragt Adam und fährt mit dem Finger durch die Kerbe um das Gesicht des Hirschbocks herum. Hier bin ich schon ganz oft gewesen.

Nein, wir gehen woanders hin, antworte ich. Über das Brombeerfeld.

Was ist da?

Du wirst es herausfinden, wenn du mitkommst, nicht wahr?

Wir laufen an der grünen Wiese vorbei, auf der früher die Ayrshires der Dyers widerkäuten, und kommen zu der Weide, auf der Jim einst seine Pferde hielt.

Ich halte Adams Hand, während wir den Weg über den Grünstreifen bewältigen, der auf das von Nesseln einen Spaltbreit offen gehaltene Gatter zuführt. Ich zwänge mich als Erster durch die Lücke, trampele nieder, so viel ich kann, und trage Adam auf, die Hand nach der hölzernen Kante auszustrecken.

Hast du sie?, frage ich.

Ich hab sie, bestätigt er.

Nimm die Füße hoch, wenn du durchkommst, rate ich ihm, dennoch stößt er mit dem Zeh gegen eine der harten Furchen, stolpert und tastet nach etwas, woran er sich festhalten kann.

Ich halte dich, versichere ich, mach dir keine Sorgen. Für einen Augenblick baumelt er gleichsam an meiner Hand, ehe er die Balance wiederfindet.

Wir folgen der Heckenreihe, wobei Adam vorsichtig auftritt und mit der freien Hand in die vom Wind gebeugten Distelköpfe und Gräser greift.

Wir gehen in den Wald, oder?, fragt er. Ich kann ihn hören. Ist das der Ort, an den du mich bringst? Weißt du, ich war schon mal in Sullom Wood.

Nicht da, wo wir jetzt hingehen, widerspreche ich. Du möchtest doch gern etwas Neues entdecken, oder?

Er nickt auf diese Weise, die bei ihm bedeutet, dass er zwar zustimmt, sich dabei aber unsicher ist. Genauso war Kat früher auch.

Durch Schlamm und Pfützen brauchen wir eine gute halbe Stunde, um den Zaun auf der anderen Seite des Feldes zu erreichen. Als ich noch jünger war, konnte ich ihn erklimmen, ohne meine Schritte groß zu unterbrechen. Ein Tritt, noch ein Tritt, eine Hand auf der obersten Latte und hinunter ins gefallene Laub.

Lass mich zuerst hinüberklettern, sage ich, doch Adam hält mich am Arm fest. Du musst loslassen, sage ich. Nur für eine

Minute. Zuerst klettere ich hinüber, und danach kann ich dir helfen.

Sein Albtraum sei, teilt er mir mit, dass wir eines Tages draußen unterwegs sind, und ich stürze oder sterbe (und ihm ist bewusst, dass Mummys und Daddys sterben können, da ich ihm von meiner Mam erzählt habe), und er weiß nicht, wo er ist.

Na ja, dann schreist du eben, erkläre ich ihm. Irgendjemand würde dich schon hören. Irgendjemand würde kommen.

Aber er weiß, dass wir heute weiter gelaufen sind als je zuvor, und er hat jedes Gefühl für Entfernungen verloren.

Erzähl mir, welche Vögel du hören kannst, fordere ich ihn auf, um ihn abzulenken, während ich über den Zaun klettere.

Als er noch kleiner war, saß er immer auf der Bank im Garten und sprach nach, was Kat und ich ihm beibrachten. Hörst du das, Adam? Das ist eine Amsel. Das ist ein Rotkehlchen. Das ist eine Dohle.

Wenn die Katze einmal ein Geschenk auf der Türschwelle oder in der Spülküche hinterließ, dann legte ich es Adam in die Hand, damit er erfuhr, wie groß der eine Vogel im Unterschied zu einem anderen war. Dann konnte er Vergleiche ziehen. Geräusche allein sind knifflig. Der Zaunkönig wiegt nur wenig mehr als das Ei, aus dem er schlüpft, erfüllt jedoch die gesamte Weide am Haus mit seinem Gesang. Die große, flatternde Rohrweihe, die die Grenzen des Moss abmisst, bringt dagegen kaum mehr als ein türangelartiges Quietschen zustande.

Anhand des Vogelgesangs erkennt Adam den Wandel der Jahreszeiten. Der Sommer ist laut. Der Herbst bedrückt. Der Winter stumm. Der Frühling wild.

Was ist das?, frage ich, während ich auf der anderen Seite hinunterklettere. Tschilp, tschilp.

Ein Buchfink, antwortet Adam. Und das Lied der Buchfinken klingt überall anders. Was sie hier singen, singen sie nirgendwo sonst.

Wer klingt, als würde er Holz zersägen?

Der Eichelhäher, sagt Adam. Er ärgert sich über irgendetwas. Ich kann auch einen Kleiber hören. Und das ist eine Misteldrossel.

Ich wünschte allerdings, er könnte heute Nachmittag das Licht hier drinnen sehen. Ich wünschte, er könnte die Glockenblumen und die Lichtnelken und die Hainveilchen sehen.

Nach tausend einzelnen Schritten verwandeln sich die Bäume von Eichen und Buchen zu Weißbirken und Weiden. Und aus Greenhollow steigt das laute Tosen des Flusses empor. Zehn Jahre nach dem Feuer sieht die Gegend nun langsam wieder so aus wie zuvor. Die überlebenden Weiden am oberen Ende der Schlucht sind nun dichter bewachsen und hängen durch. Und bald wird sich alles, was in den Schatten unter ihnen zu sprießen beginnt, über den Fluss hinweg ausbreiten, bis es auf die Äste auf der anderen Seite trifft, sodass das Dach neu gewebt wird. Vielleicht wird meine Tochter den Ort eines Tages wieder so sehen, wie ich ihn einst kannte.

Kannst du hören, wie hoch die Bäume sind, Adam?, frage ich. Erkennst du die verschiedenen Geräusche, die die Blätter machen? Aber er lauscht weder auf mich noch auf die Bäume, sondern auf das Rauschen des flussabwärts gelegenen Wasserfalls.

Der Hang, der hinunter ans Ufer führt, sieht steiler aus als früher, und wo einst nur Schlamm und Wurzeln gewesen sind, wachsen nun Bärlauch und Sauerklee.

Leg deine Arme um mich, Adam, sage ich und gehe neben ihm in die Hocke. Ich werde dich tragen. Es ist zu steil für dich, um allein hinunterzugehen.

Wenn es steil ist, wirst du hinfallen, wendet er ein.

Ich werde nicht hinfallen, widerspreche ich, obgleich sich unter den Blättern, nur darauf lauernd, meinen Fuß einzufangen, noch die Überreste dessen befinden, was wir vor Jahren am Morgen des Devil's Day abgeschnitten haben. Die dickeren Äste sind nach wie vor im Prozess des Verrottens begriffen, die Baumstümpfe sind mit Moos überzogen.

Adam hängt sein Fliegengewicht an mich, legt mir das Kinn auf die Schulter und umklammert mit den Schenkeln meine Taille. In seinem Atem und seinem Haar kann ich die Tomatensuppe riechen, die Kat ihm zum Abendessen gegeben hat.

Ich denke: Er ist real, und er ist am Leben.

Ich denke: Er ist mein Junge.

Ich denke: Es ist eine nackte Tatsache, dass eine Zeit kommen wird, wenn ich nicht mehr da bin und Kat nicht mehr da ist, und nur noch Adam und seine Schwester übrig bleiben. Er darf das Tal nicht fürchten. Es darf ihm nicht unbekannt sein.

Eine Weile gehen wir am unteren Rand des Hangs entlang und folgen der Wasserströmung, bis die Weiden über uns schwerer werden und ihr Schatten die Gräser am Wachstum gehindert hat. Ich hebe ihn über die Untiefen und trage ihn zu dem langen flachen Felsen über dem Wasserfall.

Wenn wir etwas sagen wollen, müssen wir nun laut sprechen. Adams Haut und Haare sind vom Sprühnebel bedeckt. Das Wasser tröpfelt von seinen Brauen, und er blinzelt es fort. Seine Augen zucken vor Wasser und Staub zurück, auch wenn sie keinen anderen Nutzen haben, als seinem Gesicht ein wenig Farbe zu verleihen. Er trägt sie wie die Murmeln in seiner Hosentasche.

Hier bin ich immer hineingesprungen, erzähle ich ihm. Als ich so alt war wie du. Im Sommer bin ich hierhergekommen. Ich habe so getan, als wäre ich ein Otter.

Nicht einmal das entlockt ihm ein Lächeln. Nicht einmal die Vorstellung, dass sein Vater einst ein kleiner Junge war und Fantasiespiele mochte.

Was würdest du sein?, frage ich.

Ich weiß es nicht, antwortet er.

Du könntest ein Frosch sein, schlage ich vor. Dann könntest du auch hineinspringen.

Nein, entgegnet er. Das kann ich nicht.

Ich lasse dich nicht ertrinken, verspreche ich. Ich kehre doch nicht ohne dich zum Hof zurück, oder?

Bitte, sagt er.

Du wirst dir nicht wehtun, versichere ich. Da sind keine Felsen, auf denen du landen könntest. Hör mal, sage ich. Ich werde diesen Stein hineinwerfen, und du wirst das Platschen hören. Hör zu.

Ich lasse ihn fallen, und Adam hört ihn, das weiß ich, dennoch behauptet er das Gegenteil.

Ich werde mich ins Wasser stellen, sage ich. Ich werde darauf warten, dass du hereinspringst, und dann werde ich dich auffangen. Wie wäre das?

Können wir nach Hause gehen?, bittet er. Ich möchte jetzt zurück nach Hause.

Das alles ist dein Zuhause, sage ich.

Ich meine das Haus, entgegnet er. Ich möchte zurück in unser Haus.

Hast du den Stein nicht platschen hören?, frage ich. Du kannst dir nicht wehtun. Dafür werde ich sorgen. Ich habe es schließlich auch überlebt, oder?

Nach kurzem Überlegen nickt er.

Dann streck deine Arme nach oben, sage ich und ziehe ihm das T-Shirt über den Kopf. Sein wuscheliger Haarschopf verfängt sich dabei im Kragen und klappt dann über seine Ohren herunter. Adam ist ein schmächtiger Junge, der nur aus Rippen und sich entwickelnden Muskeln besteht.

Ich knie mich hin, um seine Turnschuhe aufzuschnüren. Seine Haut ist von den Gummibändern seiner nicht zueinanderpassenden Socken gekräuselt. Seine Fußnägel müssen geschnitten werden. Die Narbe, die von seinem Sturz von den Trittsteinen vor Jahren herrührt, lächelt unter seinem Fußknöchel.

Ich erhebe mich wieder, doch er lässt mich nicht los und sucht mit seiner kleinen Hand, die noch wachsen muss, nach meinen Fingern.

Ich werde jetzt hinuntergehen und mich ins Wasser stellen, teile ich ihm mit. Du bleibst hier. Ich werde nicht lange brauchen.

Ich lasse ihn los und suche mir meinen Weg durch die flachen Wasserbecken.

Nein, sage ich, dreh dich nicht um, beweg dich nicht. Bleib einfach hier stehen, bis ich im Wasser bin.

Woher weiß ich, dass dir nichts passiert ist?, fragt er.

Rede weiter mit mir, fordere ich ihn auf. Dann weißt du, dass ich immer noch da bin.

Er verschränkt die Arme und reibt sich die Kälte aus der Haut.

Du kanntest Lennie Sturzaker, oder?, will er wissen.

Unten im Dorf wird noch immer über Lennie gesprochen. Er ist das warnende Beispiel, mit dem Eltern ihre Kinder ermahnen, nicht in der Nähe von Arncliffe's zu spielen.

Ist es das, wovor du Angst hast?, frage ich ihn.

Ich verstehe nicht, was ihm zugestoßen ist, erwidert Adam.

Er ist ertrunken, antworte ich. Das weißt du doch.

Aber wie?, hakt er nach.

Unten in Greenhollow ist Lennie Sturzaker real, nicht bloß eine mütterliche Parabel. Hier im Tal ist er gestorben, hier im Fluss, der vorüberströmt und sich unaufhörlich über den Rand des Wasserfalls ergießt.

Ein paar Tage, nachdem ich beobachtet hatte, wie Sam und Jeff und die anderen Lennie in den Fluss tauchten, schickte der Gaffer mich mit dem Fahrrad hinunter zum Schlachthof, wo ich Clive Ward das Geld überreichen sollte, das er ihm nach ihrem letzten Kartenspiel schuldete. Geld, das laut Dadda für die Anzahlung meiner Schuluniform fürs Gymnasium vorgesehen gewesen war. Der Gaffer hatte jedoch gemeint, er solle sich deswegen keine Gedanken machen. Er kenne jemanden, der bei Mosconi's arbeite und uns die Kleidung auf Pump gäbe, bis er das Geld am Samstag zurückgewänne.

Als ich den Schlachthof erreichte, war der Pferch voller Schweine, die sich dicht zusammendrängten und darauf warteten, dass das Tor geöffnet wurde. Clive Ward war einer der beiden Männer in Arbeitsoveralls, die während einer Kippenpause am Zaun standen. Ich reichte ihm die Geldscheine durch die Stäbe hindurch, und er steckte sie sich in die Tasche seines Overalls.

»Hier«, sagte er, blies Rauch aus einem Mundwinkel und drückte mir etwas Kleingeld in die Hand. »Sag dem Gaffer, wir sehen uns Samstag. Pass auf, dass er dein Fahrrad nicht verspielt.«

Er zwinkerte mir zu, schnipste den Zigarettenstummel in eine Pfütze und ging gemeinsam mit dem anderen Mann die Schweine hineintreiben.

Mit elf Jahren war ich Spezialist darin, mit dem Fahrrad durch das Dorf zu rasen und das leichte Gefälle entlang der New Row zu nutzen, um mich über den kleinen Hügel der Brücke zu tragen. Auf der anderen Seite drückte ich meine Knie durch und spürte den Ruck im Magen, wenn ich die scharfe Kurve bei Beckfoot's und Wigton's nahm. Es hatte eine Weile gedauert, bis ich genügend Mut zusammengenommen hatte, um meine Finger von den Bremsen zu lassen und mich in die Kurve zu lehnen, doch wenn ich meine Nerven beruhigte, konnte ich mich den gesamten Weg vorbei an der Schule, dem »Cropper's Arms« und der Kirche rollen lassen und musste erst wieder in die Pedale treten, wenn ich Archangel Back erreichte. Dann ging es darum, den Schwung beizubehalten, den Hintern vom Sattel zu heben und nach Sullom Wood hineinzufahren.

Zuerst glaubte ich, ich müsste über einen Stein auf der Fahrbahn gerollt sein oder mich mit dem Vorderreifen in einer Furche verfangen haben. Es gab keine Pfützen, in denen ich hätte ausrutschen können, die Straße war staubtrocken.

Der Lenker schwenkte abrupt nach rechts, stellte das Rad quer, und plötzlich kam mir die Straße entgegen. Ich schlug hart mit Knie, Ellbogen und Schulter auf, und das Fahrrad überschlug sich und klapperte ins Gebüsch am gegenüberliegenden Straßenrand. Dort blieb es mit tickendem Hinterrad liegen, während ich mich aufrappelte. Mein Ellbogen war aufgeplatzt, und die Haut hing in einem Lappen herunter und ließ Blut meinen Arm hinuntertröpfeln. Ein faustgroßer Stein hatte einen langen Kratzer auf dem Asphalt hinterlassen, auf dem er entlanggerollt war, nachdem er die Speichen ramponiert hatte.

Es raschelte im Farn, und Lennie Sturzaker tauchte schweißüberströmt und rotgesichtig vom feuchten Nachmittag vor mir auf.

»Bist wohl vom Fahrrad gefallen, was?«, fragte er.

Sein Nasenrücken war noch schwarz von Sams Schlägen vor wenigen Tagen, und sein Hals war von kleinen Schnitten übersät.

Ich gab keine Antwort und ging das Fahrrad aus dem Graben holen. Seine beiden Räder waren verformt und verdreht. Es würde nach Hause humpeln müssen, genau wie ich.

»Wo bist du gewesen?«, wollte er wissen.

»Nirgendwo«, sagte ich.

»Und wo gehst du jetzt hin?«, fragte er.

»Nach Hause«, warf ich ihm über die Schulter zu.

»Nicht in den Wald?«, hakte er nach, und ich spürte, wie er

mir mit den Fingern in den Rücken stieß. »Das warst du, oder? Du hast dich in den Bäumen versteckt?«

Ich versuchte, mich an ihm vorbeizudrängen, aber er hielt mich zurück.

»Ich habe nicht gesagt, dass du nach Hause gehen darfst, oder?«, fragte er, diesmal mit der Handfläche auf meiner Brust.

Ich wollte etwas erwidern, Gott weiß was, brachte jedoch kaum ein paar Worte hervor, ehe er seine Faust in meinen Magen grub und jegliche Luft aus meinen Lungen entweichen ließ. Das Fahrrad fiel erneut zu Boden, und ich beugte mich vor, um einatmen zu können. Er griff nach meinen Haaren und zerrte mich von der Straße in den Graben durch die Brombeersträucher und Nesseln. Am Rande des Waldes ließ er mich los und schubste mich heftig von hinten, sodass ich ein paar Schritte weiterstolperte.

»Komm schon«, sagte er. »Zeig mir, wo du dich versteckt hast.«

Noch mit zerfetztem Ellbogen und sich abmühenden Lungen hätte ich ihn leicht abschütteln können, aber der Teufel erklärte mir, der Zeitpunkt sei nun gekommen, dies seien die letzten Augenblicke in Lennie Sturzakers Leben, und ich müsse zusehen. Jeder Schritt, den er durch den Wald tat, führte ihn näher an sein Ende. Keinen davon würde er wieder zurückgehen.

»Stimmt was nicht mit dir, Pentecock?«, fragte Lennie. Ich war nun sein Spielball, und er schnipste mir in die Wange und schob mir das Knie in die Kniekehle. »Spionierst wohl gern Leute aus? Hast du dir ein Versteck gebaut, oder was? Wenn, dann gehört es jetzt mir.«

Ich hätte ihm die Weide zeigen können, auf der ich mich versteckt hatte, ich hätte ihm das Ufer zeigen können, an dem ich meinen Bau graben wollte, es machte keinen Unterschied, er hätte diese Orte ohnehin nicht mehr lange besessen. Ich hoffte, es würde schnell geschehen. Von dem Schmerz in meinem Ellbogen wurde mir schlecht, und es gab kein Entkommen vor der Feuchtigkeit des Nachmittags. Selbst im Wald war es klebrig vor Hitze, und an den Baumstämmen wimmelte es von Ameisen. Lennie atmete schwer, während er mich schubste und stieß, und als er mich am oberen Rand von Greenhollow nah an sich heranzog, bekam ich einen Hauch von seinem Schweiß in die Nase, ein ranziger Geruch, so stechend wie der von Geranien.

»Komm nicht auf die Idee, wegzuschwimmen, Pansycock«, drohte er. »Sonst warte ich beim Hof auf dich.«

Er schob mich den Hang hinunter bis zum Ufer des Flusses, und als ich unten angelangt war, spürte ich erneut seine Hand am Kragen meines Hemdes.

»Komm schon«, wiederholte er. »Zeig mir, wo du dich letztens versteckt hast.«

Als ich mich nicht rührte, drehte er mich herum und zog mir fest am Ohr.

»Funktioniert das nicht, oder was?«, rief er. »Bist du taub geworden? Wieso glotzt du mich so an?«

Ich wusste nicht, was ich ihm sagen sollte. Es machte nun wirklich keinen Unterschied mehr.

»Hör verdammt noch mal auf, mich anzustarren«, befahl er. »Du bist doch nicht ganz richtig im Kopf, Pentecost. Hast du Probleme, oder was?«

Ich hatte davon gehört, dass Leute auf der Stelle tot umgefallen waren, weil ihr Herz plötzlich aussetzte, oder weil ein Teil ihres Gehirns aufriss und anfing zu bluten. Vielleicht würde auch Lennie auf diese Weise sterben.

»Wenn mit dir was nicht stimmt«, fuhr er fort, »wenn du den Teufel im Kopf hast, dann musst du ihn dir rausnehmen lassen.«

Er wies mit einem Nicken an mir vorbei.

»Geh ins Wasser«, sagte er.

»Etwa so?«, fragte ich und blickte auf meine Kleidung hinunter.

Er zog ein Taschenmesser aus der hinteren Gesäßtasche und ließ die Klinge aufschnappen.

»Mach schon«, drängte er und wies mit der Messerspitze in Richtung Fluss.

Ich trat ans Ufer und hinunter auf den Kies, während mein Hinterkopf mit Spucke bombardiert wurde. Mit einem harten Tritt in den Oberschenkel wurde ich knöcheltief ins Wasser befördert, wo ich auf den bewachsenen Steinen unter meinen Füßen das Gleichgewicht verlor.

»Weiter«, befahl Lennie, hockte sich mit hervorquellendem Bauch hin und sammelte eine Handvoll Steine auf. »Tauch unter.«

Er war wieder genauso zielsicher wie zuvor, als er mich vom Fahrrad geschleudert hatte, und Stein für Stein traf die Hände, mit denen ich mein Gesicht bedeckte, und als er feststellte, dass ich sie nicht herunternehmen würde, warf er die Steine auf meine Rippen, meinen Rücken, meine Eier. Dann watete er selbst bis zu den Knien ins Wasser und nahm mich in den Schwitzkasten, wie er es an jenem Tag nach der Schule getan hatte. Ich glaube nicht, dass er es merkte, aber während er auf mich einprügelte, nannte er mich Sam. Er gab mir jeden Namen, der ihm in den Sinn kam. Er traf die Augenbraue, die er vor Wochen aufgerissen hatte, und ließ den Schmerz wiederaufblitzen wie eine weiße Stichflamme. Er schlug gegen die Wunde an meinem Ellbogen. Er zog erneut das Taschenmesser hervor, dessen Klinge ich ein-, zweimal ausweichen konnte, ehe sie durch das Gewebe zwischen meinem Daumen und Zeigefinger fuhr und dann tief in die Seite eines Nagels einschnitt. Der Teufel hatte mich angelogen. Natürlich hatte er das. Lennie würde mich umbringen. Ich war der Junge, der hier unten in Greenhollow sterben würde, nicht er. Lennie schloss seinen Griff noch fester und lehnte sich zurück, womit er mich in eine aufrechte Position brachte, in der er mir das Messer über den Bauch ziehen konnte. Er schniefte nah an meinem Ohr, und ich konnte Rindfleischchips und Zigarettenrauch in seinem Atem riechen, während er seine Hand aus meinem Griff zu winden versuchte. Der Tod würde ganz und gar nicht schnell kommen. Nicht wie bei den Lämmern, die wir nach dem Abtrieb zum Schlachthof brachten: ein warmer Stromschlag ins Gehirn, dann ein Messer durch die Luftröhre, so rasch und sauber wie eine Papierschnittwunde. Wie Lennie dagegen mit der Klinge auf mich einhackte, würde ich am Ende aus einem Dutzend rinnender Wunden verbluten.

Die losen Kiesel unter unseren Füßen ließen uns beide nach hinten stolpern, und auf der Suche nach festerem Untergrund, während wir uns weiter in den Fluss hinausbewegten, trat mein Fuß gegen einen Felsbrocken, und ich fiel rückwärts auf Lennie. Seine Beine gaben unter meinem Gewicht nach, und ich spürte, wie sein Griff um mich sich löste.

Seine Stimme wurde gedämpft, als wir unter Wasser tauchten und von der Strömung davongezogen wurden. Seine fetten Hände fegten durch das trübe Wasser vor mir und sahen bereits aus wie die eines Kadavers, dann trat einer seiner Turnschuhe ins Leere, dessen Schnürsenkel hinterherschleifte und sich dann einrollte. Doch danach verlor ich ihn im schlickigen Grün aus dem Blick und schwamm quer durch die Strömung zum Ufer, wo ich mich aus dem Wasser zog, wobei meine Kleidung an meinem Körper klebte.

Kurz darauf sah ich ihn viel weiter vorne, als ich erwartet hätte, an die Oberfläche kommen. Bei der Biegung des Flusses gelang es ihm, sich an den herabhängenden Weidenzweigen festzuhalten, und er machte ein, zwei Versuche, sich herauszuziehen. Aber ich hatte ihn schon am Seil in der Turnhalle gesehen, wo er seine Masse nie mehr als ein paar Zentimeter von der Matte hatte hochhieven können.

Er war gar nicht so weit vom Ufer entfernt, und ich lief am

Rand des Flusses entlang und sah zu, wie er nach den wie Rippen aus der Erde ragenden Wurzeln griff. Aber das Wasser schob und drehte ihn herum, sodass er jedes Mal ins Leere langte.

Dann entdeckte er mich und begann zu rufen, wurde jedoch untergetaucht und schlug mit der Hand auf das Wasser. Ich setzte mich in die Wurzeln und beobachtete, wie sein Gesicht erneut auftauchte, keuchend wie eine Frau bei der Entbindung, und er mit dem freien Arm in meine Richtung wedelte in der Hoffnung, ich würde ihn ergreifen. Aber so würde die Geschichte nicht enden. Ich konnte ihn nicht retten. Ich konnte nicht ändern, was auf der Welt geschehen sollte.

Er stieß einen einzelnen Schrei aus, die Augen weit aufgerissen in der Erkenntnis, dass er nun das Ende seines Lebens erreicht hatte, dass der Tod unmittelbar bevorstand, und dann pflückte ihn der Fluss von den Ästen und trug ihn mit sich davon. Ein Ellbogen, eine Hand, ein Fuß durchbrachen die dunkle Oberfläche und verschwanden dann wieder.

Ich spürte, wie sich der Teufel in mir regte und sich zum Sprung bereit machte, so wie eine Katze sich zusammenkauert, um einen Zaun zu erklimmen. Er sprang in die Bäume, wo die Dohlen warteten, schlüpfte in eine von ihnen und flatterte davon. Dann setzte der Regen ein und fiel auf den trockenen Wald, ließ die Blätter nicken, rauschte durch die Lichtungen, ließ den Fluss anschwellen.

Müde und warm schlief ich in der Badewanne ein und wachte davon auf, dass sie lauwarm geworden war und Laurel nach Grace rief. Als ich mich angezogen hatte und hinunter in die Küche gegangen war, stand Laurel auf Zehenspitzen vor dem Fenster und blickte hinaus in den Schnee, der sich immer dichter auf den Hof legte.

»Ist sie oben?«, fragte sie.

»Nein«, antwortete ich. »Wieso?«

»Sie ist verschwunden«, erklärte Laurel. »Katherine sucht nach ihr.«

»Ich dachte, sie schliefe im Wohnzimmer?«, bemerkte ich.

»Das dachte ich auch«, erwiderte Laurel. »Aber als ich ihr eine Tasse Tee bringen wollte, war sie nicht da.«

»Geh und hol die anderen«, sagte ich. »Ich werde sehen, ob ich Grace finden kann.«

Sie war weder im Werkzeugschuppen noch in der Heuscheune. Sie war auch nicht bei den Auen und Lämmern im Stall. Als ich gerade einen Blick in den Pferch des Schafbocks werfen wollte, hielt Kat mich am Tor zurück und ergriff meinen Arm.

»Was ist los?«, fragte ich, und sie wies mit dem Kinn auf Grace, die gegen die Stangen des Pferchtors lehnte und den Widder beim Grunzen und Auf-und-ab-Schreiten beobachtete. Die Krone des Schafbocks lag zerfetzt auf dem Betonfußboden.

»Was macht sie da?«, wollte ich wissen. »Sie soll sich doch ausruhen.«

»Ich weiß es nicht«, antwortete Kat. »Ich habe sie hier drinnen gefunden, als sie die Krone auseinandergerissen hat.«

»Grace?«, fragte ich, doch Kat hinderte mich daran, näher an sie heranzutreten.

»Nein«, sagte sie. »Lass sie in Ruhe.«

»Es ist eiskalt hier«, beharrte ich. »Wenn es ihr nicht gut geht, sollte sie im Haus sein.«

»Körperlich fehlt ihr nichts«, entgegnete Kat. »Sie hat keine Erkältung. Ich habe dir doch erzählt, was sie zu mir gesagt hat.«

Ein harter Lichtstrahl wanderte über die Wand und traf schließlich Kats Auge, während Grace auf die Glasscherbe in ihrer Hand blickte, ein Stück aus ihrem zerbrochenen Spiegel.

»Ich dachte, Liz hätte alles davon aufgesammelt?«, wunderte sich Kat.

»Weiß der Himmel.«

»Wo ist sie?«, erkundigte sich Kat.

»Laurel ist sie holen gegangen«, berichtete ich.

Grace besah ihr Spiegelbild in dem Splitter und starrte dann mit Tränen in den Augen hinauf zur Decke.

»Er sagt zu mir, ich solle den Schafbock umbringen«, erklärte sie. »Er sagt, ich solle die Scherbe hineinstoßen.«

Sie wandte sich um und blickte Kat an.

»Oh, Grace, hier ist niemand«, beschwor Kat sie. »Die Stimme ist nicht real.«

»Er sagt mir, ich solle ihm den Hals durchschneiden«, redete Grace weiter. »Er sagt mir, ich solle auch deinen und Onkel Johns durchschneiden.«

»Du wirst dir an dieser Scherbe nur wieder die Hand verletzen«, erwiderte Kat. »Wieso legst du sie nicht auf den Fußboden?«

»Jetzt lacht er«, berichtete Grace.

»Der Arzt wird bald hier sein«, meinte Kat.

»Nicht bei all dem Schnee«, widersprach Grace.

»Vielleicht kommt ja dein Dad bald nach Hause«, versuchte es Kat. »Dann willst du ihn doch sicher sehen, oder? Warum kommst du nicht mit hinein und wartest dort auf ihn?«

Grace erhaschte erneut einen Blick auf ihr Spiegelbild und schüttelte den Kopf.

»Was?«, fragte Kat.

»Er sagt, wenn mir nicht gefällt, dass er in mir ist, dann werde ich ihn herausschneiden müssen«, erklärte Grace. »Aber das will ich nicht.«

»Nein, nein, tu das nicht«, redete Kat auf sie ein und trat nun an sie heran. »Der Arzt wird ihn für dich loswerden.«

»Mit dem Zauberwort?«, fragte Grace und lächelte, während sie bis zur obersten Stange des Tors kletterte und sich erneut hinüberbeugte, um den Schafbock zu betrachten. Er starrte zurück, seine Nasenlöcher öffneten und schlossen sich, und sein weißer Atem vermischte sich mit dem sanften Dampfen der Heuballen.

»Es würde ihm nicht allzu sehr wehtun«, meinte Grace. »Wenn ich ihn an der richtigen Stelle erwische, wird es schnell gehen.«

»Komm herunter, Grace«, bat Kat. »Komm mit mir und John zurück ins Haus.«

Sie lächelte erneut und folgte der Aufforderung.

»Genau hier, Tante Katherine«, sagte sie, zog den Schal beiseite, den Kat sich um den Hals gewickelt hatte, und presste die Fingerspitzen unter den Winkel ihres Kiefers. »Wenn ich ihn hier erwische, dann blutet er wie ein Wasserhahn.«

Kat schluckte und tastete nach meiner Hand.

»Hör auf«, sagte sie. »Bitte, Grace.«

Grace legte Kat stattdessen die Hand auf die Wange und gab ihr einen Kuss.

In diesem Augenblick begannen draußen auf dem Hof Musket und Fly mit einer Feindseligkeit zu bellen, die ich bei ihnen noch nie vernommen hatte. Ihre Ketten strafften sich und klirrten, als eine tiefere Stimme zurückjaulte. Eine Schnauze und ein Satz Zähne drückten das Tor zum Pferch auf, und ein riesiger Hund stürzte so lärmend herein, dass Grace sich die Ohren zuhielt.

Es war keiner von Ken Sturzakers, sondern einer der Streuner von den Hochmooren. Ein Mitglied des Rudels, das die Schafe gerissen hatte und Dent in der Far Lodge über den Weg gelaufen war. Vielleicht einer von Dents eigenen Hunden. Einer, den er auf Jeff hatte hetzen wollen. Ich weiß es nicht. Er sah jedenfalls nicht aus, als hätte er in letzter Zeit genügend zu fressen bekommen. Als er uns anbellte, bewegte sich seine Haut über Rippen statt Muskeln, und seine Beine waren vom ewigen Laufen durch den Schlamm übersät mit Geschwüren. Er war derjenige, den die anderen immer von der Beute verjagten, der am

Ende lediglich das Blut auflecken oder an den Knochen nagen durfte. Der Schafbock wich brummend und blökend zurück.

Der Hund zuckte ein wenig zusammen, als ich in die Hände klatschte und laut rief, aber er war fest entschlossen, an den Schafbock heranzukommen, stellte seine Vorderpfoten aufs Tor und schob sein Gesicht zwischen den Stäben hindurch.

»Wem gehört der?«, fragte Kat.

»Ich weiß es nicht«, antwortete ich.

»Vielleicht solltest du ihn hineinlassen«, meinte Kat und schlang die Arme um Grace. »Dann wäre er zumindest eingefangen.«

»Das würde Dadda mir wahrscheinlich niemals vergeben«, entgegnete ich.

»Wäre es ihm nicht lieber, er fräße den Schafbock als uns?«

»Er wird uns nicht angreifen«, widersprach ich.

»Er ist am Verhungern«, stellte Kat über das Bellen des Hundes hinweg fest. »Sieh ihn dir doch an.«

Gegen die Wand gelehnt stand ein Besen, und auch wenn ich damit keinen Hund dieser Größe würde vertreiben können, dachte ich, das Geräusch des Stiels auf dem Metalltor könnte ihn zumindest aufscheuchen. Es ließ das Bellen des Hundes jedoch nur noch lauter werden, und er schnappte nach dem Holzstab, bis er ihn fest zwischen den Zähnen hatte.

»Du provozierst ihn nur«, rief Kat. »Lass los.«

Der Hund zog mir den Besen aus der Hand und schleuderte ihn gegen die Wand des Schafpferchs, ehe er seine Aufmerksamkeit auf Grace richtete. Irgendetwas an ihr gefiel ihm nicht. Ein bedrohlicher Geruch. Vielleicht derselbe Geruch, den Kat bemerkt hatte.

Grace wedelte mit dem Spiegeldolch vor sich herum, aber der Hund schnappte nach ihrem Unterarm und durchbohrte die Haut, während Kat und ich ihn davonzustoßen versuchten. So abgemagert er auch sein mochte, der Hund war stark, und nicht einmal ein Tritt in die Rippen brachte ihn vom Zubeißen ab. Grace brüllte und heulte nach Jeff. Sie rief, Kat solle ihr helfen. Und während sie schrie, verwandelte sich die Stimme des Hundes. Das tiefe Knurren in seiner Kehle wurde zu einem winselnden Laut, und schließlich ließ er los und wich zurück, die Augen geschlossen und das Maul weit geöffnet, als würgte er an irgendetwas herum. Kat stellte sich zwischen den Hund und Grace und wickelte sich rasch ihren Schal ab, um die blutenden Wunden zu verbinden. Aber sie hörte es auch, das weiß ich, weil sie mich anschaute und von mir gesagt bekommen wollte, dass es nicht wahr war.

Der Hund weinte, genau wie Grace.

Er schluchzte wie ein Kind.

Die Tür zur Scheune wurde aufgerissen, und Bill, Angela und Liz erschienen, gefolgt von Dadda, der beim Eintreten seine Schrotflinte lud. Mit einer nun wieder angemessenen Stimme drehte der Hund sich zu ihnen um und knurrte sie an, dehnte sein Maul beim Bellen weit auseinander. Dadda kam ein paar Schritte weiter herein, während er die Schrotflinte zuklappte, und wartete, bis der Hund näher kam, beinahe bis zu seinen Füßen, dann drückte er ab.

Der Lärm des Hundes verstummte, und er lag mit heraushängender Zunge gegen die Schlackenbetonmauer gelehnt, während sein Kopf auslief wie ein zersplitterter Granatapfel. Dadda blickte auf ihn hinunter, stieg dann über den Kadaver und ging in den Pferch, um den Schafbock zu beruhigen. Liz zerrte Grace aus Kats Armen und wickelte den Schal ab, um die Wunden zu begutachten.

»Oh Gott«, entfuhr es ihr.

»Bring sie ins Haus«, sagte Angela. »Tom hat Jod da.«

»Sie muss ins Krankenhaus, Mam«, entgegnete Liz.

»Der Arzt ist unterwegs«, erwiderte Angela. »Lass ihn zuerst nach ihr sehen.«

Nachdem sie den Schuss gehört hatte, war auch Laurel aus dem Haus gekommen, und Angela ergriff ihren Arm, damit sie nicht über den Hund stolperte.

»Du lieber Gott«, rief sie und bekreuzigte sich. »Geht es dir gut, Grace, mein Liebes?«

Liz zeigte ihr, was der Hund angerichtet hatte.

»War er hinter dem Schafbock her?«, fragte Laurel.

»Ich denke es«, antwortete Dadda.

»Der muss vom Moor heruntergekommen sein«, stellte Angela fest.

»Und nicht zum ersten Mal«, bemerkte Bill.

»War er das?«, fragte Laurel. »Hat er unseren Douglas umgebracht?«

»Das muss er wohl gewesen sein«, meinte Bill, schnappte sich die Hinterbeine des Hundes und begann, ihn hinaus in den Schnee zu ziehen.

»Komm schon«, sagte Liz und drückte Grace die Finger in den Rücken. »Hinein mit dir.«

»Schnell«, stimmte Angela zu.

»Das wird sich entzünden«, gab Laurel zu bedenken.

Bevor die drei sie fortbringen konnten, hielt Grace Kat am Handgelenk fest. »Bleib«, sagte sie.

Und das tat sie. Sie blieb für Grace. Zumindest am Anfang. Sie machte sich Sorgen um sie. Sie wollte sie wissen lassen, dass sie da war. Aber dann blieb sie für mich. Sie blieb für Adam. Sie blieb für alle anderen hier. Sie hätte gehen können, wenn sie gewollt hätte, aber das tat sie nicht. Es war ihre Entscheidung. Ein Instinkt war geweckt worden, von dessen Existenz sie nichts gewusst hatte. Danach gab es nichts mehr zu diskutieren. Wie die Schafe, die beim Abtrieb herunterkamen, wusste sie, wo ihr Platz war.

Doch mehr noch, nach dem flüchtigen Blick, den sie auf ihn hatte werfen können, als er sie angrinste wie ein Schwein, nach der Stimme auf dem Moor, die sie in die Irre geführt hatte, nach allem, was sie beim Pferch des Schafbocks mit angesehen hatte, hatte sie begriffen, was ich meinte, wenn ich behauptete, der Teufel sei real. Nicht der rührselige Owd Feller aus den Liedern oder das Ding, das Gideon Denning und seine Freunde in der Far Lodge geweckt zu haben glaubten. Da war ohnehin nichts, das sie hätten wecken können. Der Teufel ist schon vor allen anderen hier gewesen und geht ununterbrochen von einem Ding auf das nächste über. Er steckt im Regen und in den Stürmen und im wilden Fluss. Er steckt in den Bäumen des Waldes. Er ist das unerwartete Feuer und der Hundebeißer. Er ist die Krankheit, die einen ganzen Hof vernichten kann, und der Schneesturm, der ein ganzes Dorf unter sich begräbt. Aber immerhin können wir ihn hier bei seinem Werk beobachten. Er war aus dem Hirsch in mich hineingesprungen, und aus mir in die Dohlen. Aus einem schielenden Pferd in den armen Jim Beasley. Aus dem Gaffer in Grace, als sein Herz den Dienst versagte. Aus Grace in einen streunenden Hund aus dem Hochmoor.

Wo er danach hinging, wussten wir nicht. Doch dann kam Adam zur Welt. Ein blindes Kätzchen, das blind blieb. Aber Kat rannte nicht davon. Sie packte ihn nicht und brachte ihn fort. Sie erkannte, dass wir in den Endlands nicht nur das Privileg weitergeben, hier leben zu dürfen, sondern das Privileg, überhaupt am Leben zu sein. Ich meine damit, dass wir uns dem Kampf stellen, statt uns vor ihm zu verstecken. Wir impfen uns mit der Angst.

Kleine Dosen, und wir schöpfen Mut.

Adam sieht aus, als würde er mich vom oberen Rand des Wasserfalls aus anstarren. Er zittert erneut und steckt seine Hände in die Achselhöhlen.

Kannst du mich noch hören?, rufe ich ihm zu, und er nickt. Du kennst doch die Perlentaucher?, frage ich. Erinnerst du dich noch, was ich dir letztens zum Einschlafen vorgelesen habe? Sie fürchten sich nicht vor dem Wasser, oder?

Er ist in dem Alter, in dem alle Jungen gierig nach Superlativen sind. Das schnellste Dies, das schwerste Das, das größte, das längste. Nicht, dass er sich unter irgendetwas davon besonders viel vorstellen könnte, aber die Zahlen klingen im Vergleich eindrucksvoll genug: Der Windhund ist schnell – oh, aber erst der Gepard.

Die Perlentaucher tauchen mit einem einzigen Atemzug hundert Fuß oder noch mehr, nicht wahr?, fahre ich fort.

Hundertfünfzig, korrigiert er.

Wenn ein Faden sechs Fuß sind, wie viel ist das dann in Faden?, frage ich, damit sein Gehirn sich mit etwas anderem beschäftigen kann, als ans Fallen und Ertrinken und an Lennie Sturzaker zu denken.

Hier unten, geschützt vor der Brise, liegt etwas Wärme in der Luft, die ich am Rücken spüre, während mein Hemd zusammengefaltet am Ufer liegt. Sie ist gut gegen den Schmerz in meiner Schulter, gegen den die Salbe nichts ausrichten konnte.

Fünfundzwanzig, sagt Adam.

Das sind fünfundzwanzig Mal ich, erkläre ich. Fünfzig Mal du.

Er schätzt sich selbst von Kopf bis Fuß ab und versucht sich vorzustellen, wie er seine eigene Länge wieder und wieder ins Meer hineinfallen lässt. Ich öffne meinen Gürtel und knöpfe den Hosenstall meiner Jeans auf, die schon bessere Tage gesehen hat.

Weißt du noch?, frage ich. Dass es einen Punkt gibt, ab dem sie nicht mehr schwimmen müssen? Sie müssen gar nichts tun. Die Schwerkraft zieht sie hinab, und es ist, als würden sie unter Wasser fliegen. Erinnerst du dich daran?, frage ich, und er nickt.

Ich lege meine Jeans zu meinem Hemd und stecke meine Socken in die Stiefel, dann halte ich mich an einem Weidenzweig fest und trete hinunter in die Untiefen des Flusses, spüre mit einem Fuß nach dem anderen die bewachsenen Steine auf. Das Wasser ist noch immer winterkalt, aber ich behalte meine Schreie für mich. Ich will Adam nicht noch mehr Angst einjagen, als er ohnehin schon hat. Ich wate hinaus, bis ich bis zur Taille im Wasser stehe, dann rufe ich ihn.

Adam, sage ich, ich stehe jetzt im Fluss. Ich bin direkt unter dir. Wenn du springst, bin ich da, du wirst meine Hand sofort spüren.

Er rührt sich nicht vom Fleck und gibt keine Antwort.

Ich werde nicht zulassen, dass der Fluss dich davonträgt, verspreche ich ihm. Ich werde dich auffangen. Ich werde dich nicht ertrinken lassen. Aber du musst dafür sorgen, dass du vom Rand wegspringst, ermahne ich ihn. Lass dich nicht einfach fallen, sondern spring.

Und für einen Augenblick muss ich mich fragen, ob ich ihn schon jemals habe springen sehen. Ich glaube es nicht. Aber vielleicht nur, weil er Angst hat, unglücklich auf dem Boden aufzukommen. Wenn er ins offene Wasser springt, spielt das keine Rolle, denn die Oberfläche gibt nach, und der Fluss empfängt ihn mit offenen Armen.

Du musst die Beine beugen, rufe ich. Du musst dir vorstellen, du wärst ein Frosch. Du musst in die Hocke gehen und springen, Adam. Komm ein Stück näher, fordere ich ihn auf, doch natürlich kann er es nicht. Schieb deinen Fuß vorwärts, bis du den Rand mit deinen Zehen spüren kannst, trage ich ihm auf. Lass dir Zeit. Es besteht kein Grund zur Eile. Obwohl ich meine Beine nicht mehr spüren kann und sich meine Hoden aufgrund der gegen mich schlagenden Wellen in meinen Bauch verkrochen haben. Balancier dich mit den Armen aus, weise ich ihn an. Der Felsen ist flach, du wirst nicht ausrutschen.

Daddy, ruft er.

Du hast es fast geschafft, antworte ich. Nur noch ein Schritt.

Bei der Bewegung taumelt sein gesamter Körper zur Seite, aber er hält sich aufrecht, und erst der eine, dann der andere Fuß erreichen die Kante des Wasserfalls.

Kannst du den Rand jetzt spüren?, frage ich.

Er nickt und hält die Arme weiter zu den Seiten ausgestreckt. Auch ohne Sehkraft spürt er den großen leeren Raum vor sich.

Jetzt beug deine Knie, sage ich, beug deine Knie und lehn dich nach vorn. Und wenn du spürst, dass du fällst, dann drück dich so weit ab, wie du kannst, und ich werde hier im Wasser auf dich warten, ich werde dich auffangen. Hab keine Angst vor diesem Ort. Dies ist dein Tal. Kannst du mich hören? Ich bin nirgendwo hingegangen. Ich habe dich nicht verlassen. Ich bin hier.

Und er springt.

Mein Junge springt.

Und er fällt durch das grüne Licht.

Mein Junge springt, und meine Tochter tritt im Mutterleib.

Der Wind weht heran und fährt durch die Weiden und die Weißbirken. Er rüttelt an den Stechpalmen und den Vogelbeeren auf den Bergrücken, steigt und steigt empor bis zu den Rändern des Moors.

Um diese Jahreszeit ist das Tal genau so, wie es sein sollte. Nach dem langen Winter hat es sich wieder gefunden im Bariton der Auen und im Sopran der Lämmer, in der ansteckenden Rastlosigkeit der Zilpzalps und der Zaunkönige.

Auf den Heufeldern verjagen die Kiebitze die Dohlen. In dieser Zeit der Territorien wirbeln und stürzen Dutzende von ihnen umher. Und ihre Schreie sind erfüllt von Freude, als begegneten sie bei jeder Biegung aufs Neue ihrer eigenen unendlichen Freiheit.

Verheißung, verkündet all dies. Verheißung.

Wie jeden Frühling.

Danksagung

Ich danke all den wundervollen Mitarbeitern von John Murray für all ihre harte Arbeit und Unterstützung. Sie haben es mir ermöglicht, mit dem Schreiben meinen Lebensunterhalt zu verdienen. Mehr hätte ich mir nicht wünschen können.

Vielen Dank an Sara Marafini für das Entwerfen eines weiteren symbolträchtigen Covers. An Becky Walsh, Caroline Westmore und Morag Lyall für ihre Hilfe beim Redigieren des letzten Entwurfs, und an Amanda Jones für die Organisation der Herstellung. An Joanna Kaliszewska für den Verkauf des Romans ins Ausland.

Ich danke meinem Publicity-Manager Yassine Belkacemi, der dafür sorgt, dass ich im ganzen Land beschäftigt bin, und mit so viel Leidenschaft und Engagement für den Roman wirbt. Meiner Agentin Lucy Luck, die immer zur Stelle ist, um auf jede nur erdenkliche Art zu helfen – von scharfsinnigem redaktionellem Rat bis zur Unterstützung bei verschiedensten Lebenskrisen. Und meinem Lektor Mark Richards für all seine Geduld auf dem langen Weg und für seinen festen Glauben an mein Schreiben.

Zuletzt ein Dank an Ben und Tom: Auch wenn ihr es nicht wisst, habt ihr mich zum Weitermachen motiviert. Und an Jo, nicht nur für ihre immerwährende, unerschütterliche Unterstützung, sondern auch dafür, dass sie die Dinge oftmals so viel klarer gesehen hat, als ich es vermochte.